No Choice – Keine Wahl
Dark Romance

Eyrisha Summers

No Choice
Keine Wahl

*Das Schicksal schlägt die
Wege nur vor,
welchen wir gehen,
entscheiden wir am Ende
immer alleine ...*

Dark Romance

Eyrisha Summers

Impressum

Texte: © Eyrisha Summers
Coverdesign: Agnes Albrecht, Double-A-Coverdesign
Bildlizenzen: shutterstock, pixabay

Lektorat/Korrektorat: Maria Heine

Kontakt:
Eyrisha Summers
c/o Autorenservices.de
Birkenallee 24
36037 Fulda

Email:
eyrishasummers@gmx.de

Danksagung

Wieder einmal ist eine Geschichte geschrieben und ein Buch beendet und wieder einmal muss ich *Danke* sagen. Danke, für die vielen treuen Leser, für die wundervollen Kommentare, die ich immer von euch bekomme und für vier wundervolle Jahre, in denen ich meinen Traum leben konnte.

Es gibt noch so viele Geschichten, die ich gerne erzählen möchte – mal erotisch, mal phantastisch und ein anderes Mal eher märchenhaft oder romantisch – aber immer aus dem Herzen kommend.

Danke muss ich auch den vielen Helfern hinter den Kulissen sagen:

Da ist zum einen die liebe Agnes, die sich beim Cover für *No Choice* wieder einmal selbst übertroffen hat. Ihre Cover sind für mich immer wieder etwas ganz Besonderes und werden es wohl auch immer bleiben.

Dann wäre da noch Maria, die sich der Fehler in meinen Texten annimmt und sie ausmerzt. Auch ihre Arbeit kann gar nicht hoch genug bewertet werden.

Und zum guten Schluss muss ich auch noch meine Testleser erwähnen, die eine recht hohe Leidensfähigkeit an den Tag legen müssen. Daniela, Sandra, Sandra, Jutta, Mayas, Anika, Elvira, Christiane, Kerstin, Heinz-Jörg, Raphaela, Jasmin und Astrid – vielen Dank für eure Hilfe, für viele Lacher und den Spaß, den wir zusammen hatten

Prolog

Alejandro

Sie kamen bei Nacht. Männer! Ich hörte die Schreie und das grausame Lachen, lange bevor sie das Haus betraten. Verschlafen rieb ich mir die Augen. Die fremden Stimmen waren laut und beängstigend und am liebsten hätte ich mich ins Bett meiner Eltern geflüchtet. Mein Herz pochte vor Furcht. Erst recht, als ich die schrillen Schreie meiner Mutter hörte und gleich darauf ein lautes Poltern. Im Erdgeschoss war etwas umgefallen.

Doch dann hörte ich die Stimme meines Vaters – sie klang autoritär und laut, so wie ich sie kannte. Kurze Zeit später war sie jedoch eher unsicher, fast schon ängstlich. Das konnte nicht mein Padre sein. Er hatte mir gesagt, dass ein Mann mutig sein müsse, um diejenigen zu beschützen, die er liebte. So hatte er es mir beigebracht. Ein Junge weint nicht, er ist immer tapfer und stark. Ich hatte ihm geglaubt.

Mich hielt nichts mehr in meinem Bett. Unsicher tapste ich zur Tür meines Kinderzimmers, doch bevor ich diese öffnen konnte, wurde diese bereits leise geöffnet und meine ältere Schwester betrat den Raum.

„Alejandro", flüsterte sie. „Wir spielen jetzt ein Spiel! Das magst du doch so gerne." Komisch! Luciana spielte nie mit mir und schon gar nicht bei Nacht. Normalerweise

floh sie, wenn ich mit ihr Ball spielen wollte oder sie dazu drängte, mit mir zu den Pferden zu gehen. Ich konnte spüren, dass etwas nicht in Ordnung war – erst recht, nachdem das Grölen im Erdgeschoss immer lauter wurde.

Aufgeregt sah Luciana sich um und schob mich Richtung Fenster. Ohne ein Wort zu verlieren öffnete sie es und hob mich nach draußen auf das Dach der Veranda. In meinem Schlafanzug stand ich auf den warmen Ziegeln und sah Luciana an. Ich verstand überhaupt nicht, was das sollte. Wollte sie etwa Verstecken spielen? Jetzt?

„Hör mir gut zu, Alejandro! Du wirst jetzt ganz leise sein und zur Rückseite des Hauses gehen. Dann kletterst du die Leiter runter und versteckst dich. Ich fange an zu zählen und wenn ich ... Ich komme dich suchen – versprochen!" Wieder drangen laute Rufe und Mutters Schreie zu uns hinauf und ich konnte sehen, dass Luciana bei jedem Geräusch zusammenzuckte. „Und du gibst keinen Laut von dir, Alejandro. Hast du das verstanden? Immerhin möchte ich es nicht zu leicht haben und wirklich suchen müssen." Sie lächelte mich an und obwohl ich erst neun Jahre alt war, konnte ich sehen, dass es nicht echt war. Lucianas Lächeln war normalerweise viel hübscher.

Sie gab mir einen leichten Stoß und ich setzte mich in Bewegung. Wie ein Indianer auf dem Kriegspfad schlich ich ums Haus herum. Ein Schatten, den niemand sehen durfte. Schon bald erreichte ich die Rückseite der Hazienda. Flink kletterte ich die Metallleiter herunter. Wenn Madre wüsste, dass ich das schon sehr oft gemacht hatte, sie würde mich für den Rest meines Lebens einsperren. Und Eis bekam ich dann wahrscheinlich auch keins mehr.

Gebückt huschte ich durch das Blumenbeet, vorbei an der großen Terrasse, achtete dabei aber darauf, dass ich nicht ins Licht des hell erleuchteten Pools geriet. Ich musste an den großen Fensterscheiben vorbei, die zu unserem Wohnraum gehörten und ich warf einen raschen Blick ins Zimmer. Abrupt blieb ich stehen. Da waren sie – die Männer. Die Männer, deren Stimmen mich geweckt hatten. Aber wieso waren sie maskiert? Wieso verwüsteten sie unser Wohnzimmer?

Mein Vater empfing oft Besucher auf der Farm, aber doch nicht solche. Eher nette Männer und Frauen, die mir Geschenke mitbrachten und mir lächelnd über den Kopf streichelten – auch wenn ich das nicht mochte.

Dann erst bemerkte ich meine Mummy. Sie lag auf der Couch, die Röcke waren hochgerutscht und ich konnte meinen Blick nicht abwenden. Da war Blut – es rann über ihre Schenkel und machte den fremden Mann, der sie auf das Sofa drückte und zwischen ihren Beinen kniete, ganz schmutzig. Meine Mutter wimmerte und Tränen liefen über ihr weißes Gesicht. Dieser Mann – er tat ihr weh. Das durfte er nicht. Er durfte meiner Mummy nicht wehtun.

Ich stürmte nach vorne, wollte ins Wohnzimmer, doch im gleichen Moment fing mich der Blick meines Vaters ein. Furchtbare Angst zeichnete sein Gesicht, als er mich erkannte. Er warf mir einen traurigen Blick zu und ganz plötzlich wusste ich, dass diese Nacht mein Leben für immer verändern würde. Die Männer waren böse Männer und …

Mein Padre brüllte plötzlich auf und warf sich gegen den Fremden, der ihn die ganze Zeit festgehalten hatte. Ein Schuss krachte – dann noch einer und mein Daddy fiel. Ich hörte meine Mutter schreien, während Vater auf dem kalten, weißen Marmor lag und sich eine rote Pfütze unter ihm breitmachte. Blut sickerte aus seinen Mundwinkeln, tropfte zu Boden und bedeckte jetzt auch den hellen

Teppich, den meine Mummy so sehr liebte. Er schaute mich noch immer an, doch etwas stimmte nicht. Seine Augen wirkten jetzt anders – so starr und …

Letzte Woche war mein Hund gestorben. Billy! Dessen Augen hatten genauso ausgesehen – leblos. Erst in diesem Moment begriff ich, dass mein Padre zu Gott gegangen war. Dass er Mummy und mich mit den bösen Männern alleine gelassen hatte. Sie schrie noch immer und jetzt flog mein Blick wieder zu ihr. Ich sah, wie der Mann, der ihr wehtat, ausholte und sie ohrfeigte. Madres Kopf flog nach hinten und ihr Peiniger hob erneut seine Hand – dieses Mal nahm er die Faust. Immer und immer wieder schlug er zu – solange, bis Mummys Gesicht nur noch eine blutige Masse war. Starr vor Entsetzen stand ich zwischen den Büschen und traute mich nicht, mich zu bewegen. Ich wusste: Würden diese Männer mich finden, würden sie auch mir wehtun – so lange, bis auch ich bei Gott sein würde. Ich wusste, sie würden auch vor einem kleinen Jungen nicht haltmachen. Diese fremden Männer besaßen keine Ehre. Nicht so wie mein Padre. Plötzlich flog der Kopf meiner Mutter nach hinten und danach wurde es still – sie bewegte sich nicht mehr. Ihr Mund war zum Schrei geöffnet, doch der würde nicht mehr kommen. Niemand würde ihn mehr hören.

Keiner hatte ihr geholfen. Nicht mein Vater, nicht die Angestellten unserer Hazienda und ich auch nicht. Die Fremden waren gekommen und hatten meine Eltern getötet. Madre und Padre – die ich über alles liebte.

Heiße, brennende Tränen liefen über meine Wangen. Luciana hatte es gewusst. Sie hatte mich mit Absicht aus dem Haus geschickt. Zu den Stallungen sollte ich gehen und mich dort verstecken. Dort wollte sie mich holen kommen, dort sollte ich …

Schreiend erwachte ich aus diesem Alptraum, der mich Nacht für Nacht verfolgte. Seit dreiundzwanzig Jahren schlüpfte ich in die Rolle des kleinen Jungen von damals, der hilflos mitansehen musste, wie seine Eltern regelrecht abgeschlachtet wurden. Nicht immer war der Traum so intensiv wie gerade eben und ich fragte mich, ob es damit zusammenhing, dass *sie* heute meinen Weg kreuzte. *Sie,* die mir die Möglichkeit gab, an die Männer aus der Vergangenheit heranzukommen.

Monatelang war ich einer vielversprechenden Quelle auf den Fersen gewesen und dann gab mir dieser Kerl plötzlich die ideale Waffe an die Hand, um zu bekommen, was ich wollte. Ich wollte Informationen und er besaß etwas, das er unter allen Umständen beschützen wollte. Es war eine Frau. Eine ganz besondere Frau. Diejenige, die schon bald die seine sein sollte. Heute war ich ihr in Barranquilla begegnet und schon bald würde sie sich wünschen, Drago Leonov, ihrem Verlobten, niemals begegnet zu sein. Bald schon würde sie hoffen, dass sie Kolumbien heil wieder verlassen konnte. Ich sah sie und wusste: Sie würde das perfekte Werkzeug meiner Rache sein und sich schon bald in meinen Händen befinden ...

Kapitel 1

Noelle

Barranquilla war genauso, wie ich es erwartet hatte. Die Häuser im spanischen Stil, die Armut zum Teil erschreckend und laut war diese Stadt auch. Eigentlich so gar nicht meines und das hätte Drago auch wissen müssen. Immerhin kannten wir uns bereits seit unserer Kindheit und überfüllte Städte schreckten mich schon immer ab. Lange hielt ich es zwischen all den Menschen und dem Verkehr nicht aus, doch Drago hatte mich mit den Worten geködert, dass er etwas ganz Besonderes geplant habe und so hatte ich mich in das Unvermeidliche gefügt. Sehr schnell begriff ich allerdings, dass wir nicht nur zum Vergnügen in Barranquilla haltmachten.

Nachdem Drago für uns eine Suite im Carlton gebucht und wir eingecheckt hatten, bekam ich ihn so gut wie gar nicht mehr zu Gesicht. Geschäfte, hieß es von seiner Seite. Nichts, womit ich mein hübsches Köpfchen belasten müsste. Doch genau das war es, was mich in den letzten Wochen beschäftigte – die Art von Dragos Geschäften.

Seit drei Wochen waren wir bereits mit seiner Yacht, der Golden Pleasure, in der Karibik unterwegs. Zuerst in der Dominikanischen Republik, dann waren wir zu den Jungferninseln weitergereist und später an der Küste

Venezuelas entlanggefahren. Und immer wieder hatte es Besuche von Dragos Geschäftspartnern auf der Yacht gegeben. Von Männern, die ebenso finster wie wenig vertrauenerweckend wirkten. Männer, denen ich bei Nacht keinesfalls irgendwo auf der Straße begegnen wollte. Sie hatten alle etwas an sich, das mich frösteln ließ. Und bewaffnet waren die meisten von ihnen auch. Drago mochte glauben, dass ich naiv und leichtgläubig war, aber bei den meisten seiner Besucher stand groß auf der Stirn geschrieben: Vorsicht, Killer im Anzug! Das war genau die Art von Menschen, mit denen ich nichts zu tun haben wollte – doch anscheinend wurde ich nicht danach gefragt.

Während ich diese finsteren Gedanken in meinem Kopf hin und her wälzte, ließ ich mich seufzend in einem Straßencafé in der Nähe des Carlton nieder. Ich hatte genug vom Sightseeing und dem Bodyguard, der Dragos Stelle an meiner Seite vertrat. Shopping war auch nicht meins, deshalb war das kleine Straßencafé meine Rettung. Ich setzte mich in den Schatten und griff nach einer bereitliegenden Zeitung. Es gab sogar eine englischsprachige Ausgabe und nachdem ich mir einen Espresso bestellt hatte, begann ich zu lesen. Viel gab das Blättchen nicht her, aber zumindest musste ich mich, solange ich las, nicht mit meinem Aufpasser beschäftigen. Der hatte sich in fünf Metern Entfernung an einen weiteren Tisch gesetzt und behielt mich im Auge – das nervte kolossal. Ich wusste, dass Drago extrem sicherheitsbewusst war, aber dass er mich so überwachen ließ, war auch eine Sache, über die ich mit ihm reden musste. Das ging gar nicht – ebenso wenig, wie seine seltsamen Geschäfte. Sollte er in Drogenhandel oder ähnliches verwickelt sein, dann konnte er machen, was er wollte – dann war ich aus der Nummer raus. Egal, ob unsere Eltern die Verbindung wünschten oder nicht.

Der Espresso schmeckte erstaunlich gut und während ich die Tasse absetzte, schaute ich mich verstohlen um. Am Tisch neben mir saß eine junge Familie und die drei aßen Eis. Der kleine Junge zappelte und wackelte auf dem feinen Bistrostuhl herum, dass ich befürchtete, er würde gleich fallen. Die gleichen Sorgen schienen auch seine Mutter zu quälen, denn die ermahnte ihren Spross immer wieder, er möge doch endlich stillsitzen. Es war so drollig, den beiden zuzusehen, dass ich unwillkürlich lächelte – allerdings nur solange, bis mein Blick auf *ihn* fiel.

Er saß keine drei Meter von mir entfernt und seine dunkelblauen Augen fixierten mich auf eigentümliche Weise. Allerdings konnte auch ich nicht von mir behaupten, dass ich ihn nicht ebenso anstarrte wie er mich. In meinem ganzen Leben hatte ich noch keinen so aufregenden Mann gesehen. Er war groß und durchtrainiert. Das konnte ich erkennen, obwohl er saß. Die winzigen Stühle des Cafés schienen nicht für ihn gemacht zu sein. Das dunkelblaue Jackett spannte sich über breite Schultern und das weiße Hemd stand so weit offen, dass ich einen wunderbaren Ausblick auf den Ansatz seiner Muskulatur hatte – die war im Übrigen atemberaubend. Sein Gesicht war kantig und ein dunkler Bartschatten bedeckte sein Kinn, während ihm das volle, etwas längere Deckhaar verwegen in die Stirn hing. Seine Augen waren es allerdings, die mich vollkommen in den Bann schlugen. Noch nie hatte ein Mann mich mit einer solchen Intensität angesehen – fast so, als wolle er mich mit seinen Blicken ausziehen. Seine Blicke glitten über meinen Körper, als würde ich bereits ihm gehören und

Ärger machte sich in mir breit. Das war unverschämt und nicht tolerabel – zumindest nicht für mich.

Der Fremde begann zu lächeln, ... fast so, als ob er wüsste, was ich gerade dachte und dabei ließ er durchblicken, dass ihm meine Meinung ziemlich egal war. Anzüglich wanderten seine Augen über mein Gesicht und blieben schließlich an meinen Lippen hängen. Ich konnte nichts anderes tun, als ihn ebenfalls anzustarren. Finster und abweisend, doch das machte keinerlei Eindruck auf ihn. Ich konnte von Glück reden, dass Drago nicht hier war, denn der hätte unseren Blickwechsel nur wenig erheiternd gefunden. Im Gegenteil. Der Einheimische hätte sich auf was gefasst machen können, denn versuchte man Drago etwas wegzunehmen, dann wurde er zur Bestie.

Der Fremde irritierte mich mehr, als er es sollte. Verlegen griff ich nach der Zeitung und versuchte erneut, mich auf den Leitartikel zu konzentrieren, doch das wollte mir einfach nicht gelingen. Es ging um irgendwelche Drogengeschichten und einen Coup, den die hiesige Polizei wohl gelandet hatte. Der Inhalt der Zeitung interessierte mich weitaus weniger, als der Mann, der mich noch immer beobachtete. Während der ganzen Zeit konnte ich seine Blicke auf meiner bloßen Haut spüren – in jeder einzelnen, verdammten Sekunde. Und ich merkte auch, dass das etwas mit mir machte. Ich reagierte auf den Kerl in einer Weise, wie ich es nicht sollte. Verflixt! Das war nicht auszuhalten und schließlich kramte ich in meiner Tasche herum, zog meine Börse hervor und legte einen viel zu großzügig bemessenen Geldschein neben meine Kaffeetasse. Hier würde ich auf keinen Fall bleiben. Schon gar nicht, wenn die Gefahr bestand, dass mein Aufpasser Drago erzählte, dass ich auf übelste Weise angebaggert worden war. Das war nichts, was mein Verlobter wissen musste. Und noch viel weniger musste er erfahren, dass ich am liebsten auf das erregende Spiel eingegangen wäre.

Hastig stand ich auf, machte ein paar Schritte und stellte fest, dass sich sowohl mein Bodyguard, als auch der Typ erhoben hatten und mir folgten. Der Kerl musste verrückt sein. Merkte er denn nicht, dass ich das nicht wollte? Und sah er nicht, dass ich nicht alleine war?

Spencer warf ihm bereits die ersten misstrauischen Blicke zu, doch dann erkannte ich aus den Augenwinkeln, wie der aufdringliche Kerl an einen schnittigen Sportwagen herantrat, der rechts von mir am Straßenrand parkte – es war ein schwarzer Ferrari.

„Miss Forrester?" Dragos Hütehund trat an meine Seite. „Mir wäre es ganz recht, wenn wir zum Hotel zurückkehren würden. Mister Leonov wird mit Sicherheit nicht mehr lange auf dem Meeting sein und er hat mir aufgetragen, dafür zu sorgen, dass Sie in der Suite sind, wenn er zurückkommt." Ganz ehrlich: Gerade war es mir ziemlich egal, was Drago wollte. Mich interessierte der Mann, der mich beobachtet hatte, viel zu sehr, als dass ich ...

Ich ertappte mich bei dem Gedanken an seine vollen Lippen und daran, wie sich seine Küsse anfühlen würden. Und noch viel mehr dabei, dass ich mir wünschte, ich hätte auf die Flirtversuche einsteigen können. Noch immer spürte ich die dunklen, heißen Blicke auf meiner Haut und das Prickeln, das sie verursacht hatten. Noch nie hatte ich ein so ursprüngliches Verlangen beim Anblick eines Mannes verspürt. Es war nicht so, dass ich Drago nicht schätzte, aber ...

Wir kannten uns seit Kindertagen, wir mochten uns und er war es auch gewesen, der nach der Pleite meines

Vaters sofort zur Stelle war und meinem Dad Hilfe anbot. Allerdings nur, wenn ich mich bereiterklärte, seine Frau zu werden – warum auch immer. Denn Liebe oder Leidenschaft, die gab es zwischen uns beiden nicht.

Bis zu dem Moment, in dem er seinen Wunsch äußerte, mich zur Frau zu wollen, hatte ich in ihm mehr einen älteren Bruder gesehen, als den Mann, den ich einmal heiraten würde. Doch um meinen Vater zu retten und um den guten Ruf der Familie nicht zu beschmutzen, willigte ich ein, Dragos Frau zu werden. Er war ein toller Mann – dachte ich. Einer, bei dem ich mich wohlfühlen und die Liebe im Laufe der Zeit wachsen konnte. Doch bisher merkte ich nicht viel davon. Wir lebten nebeneinander her, wie Bruder und Schwester. Er überschüttete mich mit Geschenken und Komplimenten, aber das war es auch schon.

Drago hatte noch nicht ein einziges Mal versucht, mir zu nahe zu treten. Er behauptete immer, das erhöhe die Vorfreude auf die Hochzeitsnacht. Er nahm Rücksicht auf mich – so dachte ich zumindest. In diesem Moment war ich mir da allerdings nicht mehr so sicher. Sollte ich nicht mehr spüren, wenn er in meiner Nähe war? Nicht so reagieren, wie bei dem frechen Kerl, der mich mit seinen Blicken ausgezogen hatte?

In den letzten Wochen waren meine Zweifel immer größer geworden. Nicht zuletzt durch die seltsamen Kontakte, die mein Verlobter pflegte. Vor ein paar Tagen hatte ich versucht, mit ihm über dieses Thema zu reden, doch er hatte mich gepackt und mich ins warme Karibikwasser befördert. Danach verwöhnte er mich mit einer Massage und Champagner, sodass meine Bedenken in der Hitze des Tages einfach schmolzen und ich mich selber eine dumme, misstrauische Kuh schalt. Sein

Ablenkungsmanöver hatte für den Moment funktioniert, doch irgendwann würden wir reden müssen.

Wenig später stöckelte ich auf meinen Louboutins durch das geräumige Entree des Hotels und war gerade im Begriff, den Aufzug zu besteigen, als ich plötzlich stutzte.

Das konnte einfach nicht wahr sein. Ich wollte nicht glauben, was ich sah. Der Typ aus dem Café – er saß an der Bar und prostete mir mit einem Cocktail zu. Es war Sex on the Beach ... und ich konnte mir beim besten Willen nicht vorstellen, dass seiner Wahl keine Absicht zugrunde lag. Dieser, ... dieser ...

„Hallo, mein Schatz! Wie war dein Tag?“ Ich zuckte zusammen, als Drago so unverhofft neben mir auftauchte, mich in den Arm nahm und mir einen Kuss auf die Schläfe hauchte.

„Gu ... gut“, stotterte ich vollkommen entnervt und konnte meinen Blick doch nicht von dem unverschämten Macho an der Bar lösen. Sein Lächeln wirkte geradezu wölfisch und ich hatte nichts Besseres zu tun, als zu stolpern – geradewegs in Dragos Arme. Hitze schoss in meine Wangen und das Lachen meines Verlobten machte die Sache leider auch nicht besser. Allerdings war ich froh, dass er nicht mitbekam, wen ich im Visier hatte, als meine Beine beschlossen, mir den Dienst zu versagen ...

Kapitel 2

Alejandro

Drago Leonov war nur ein kleiner Appetithappen im Haifischbecken – allerdings einer, der über die richtigen Kontakte verfügte. Er selber interessierte mich kein bisschen. Mit seinen Hintermännern sah es allerdings anders aus. Einer davon, ein mieser, russischer Mafioso war es, den ich in die Finger bekommen wollte.

Mein Padre hatte sich damals mit den falschen Leuten angelegt. Das fand ich allerdings erst viele Jahre später heraus. Mein Onkel Dario war es, der Bruder meines Vaters, der mich über die Machenschaften meiner Familie aufklärte und darüber, dass wir schon von alters her gegen die Drogenkartelle in Kolumbien ankämpften. Waffenschieber hatte mein Vater auch nicht mit Freundlichkeit behandelt, doch das bekam ich erst mit, als ich die Zwanzig bereits überschritten hatte – als ich langsam zum Mann wurde.

Nicht einen Tag in meinem Leben konnte ich vergessen, was man uns angetan hatte. Die Bastarde ermordeten nicht nur meine Eltern, sie verschleppten auch meine Schwester. Seit dreiundzwanzig Jahren war sie verschollen und ich glaubte nicht, dass Luciana noch am Leben war. Niemand überlebte eine so lange Zeit in einem Bordell der kolumbianischen Mafia und erst recht kein vierzehnjähriges Mädchen. Niemand überlebte die Drogen und das Elend dieser Knechtschaft. Sobald ich alt genug war, um zu verstehen, was mir und meiner Familie widerfahren war, machte ich mich auf die Suche nach ihr. In jedem Bordell Südamerikas war ich gewesen, doch nirgends gab es eine Spur von ihr. Irgendwann musste ich einsehen, dass ich so nicht weiterkam und Hass war es, der die Suche nach meiner Schwester ersetzte. Hass und der Wunsch nach Vergeltung. Jetzt war ich dem Ziel meiner ganzen Unternehmungen näher denn je, denn dieser Drago wusste ziemlich genau, wo ich den Mafioso und seine Bande finden konnte. Und somit vielleicht auch eine Spur zu meiner Schwester.

Ich starrte in den Spiegel und versuchte mir die erste Begegnung zwischen mir und der kleinen Amerikanerin noch einmal ins Gedächtnis zu rufen. Sie mochte die Spröde gespielt haben, aber ihre Augen hatten etwas anderes gesagt. In den jadegrünen Iriden hatte ein Feuer gelegen, wie ich es bisher selten gesehen hatte. Zunächst war es Ablehnung, die ich erkannte, dann Neugier und schließlich, ... ja, die Kleine reagierte auf mich. Das war für meine Pläne garantiert nicht das Schlechteste. So würde es mir nicht schwerfallen, sie auf dem Fest abzuschleppen. Schreie und massive Gegenwehr konnte ich nicht brauchen. Erst dann, wenn wir weit genug vom Hotelgarten entfernt waren und es niemanden mehr interessierte, dass eine amerikanische Touristin in ein Auto gezerrt wurde, durfte sie schreien. Das war in Kolumbien schon fast an der Tagesordnung. Die wenigsten Frauen tauchten jemals wieder auf und auch das war nichts Neues.

Ich band meine Krawatte, legte den Kragen um und zog das schwarze Sakko über. Der Stoff knisterte leise und das schürte plötzlich eine ganz andere Vorstellung in meinem Kopf. Die, dass ich der Rothaarigen die Strümpfe von den langen schlanken Beinen schob, mit meinen Fingern ihren Slip an die Seite zog und sie feucht und ...

Ich schüttelte energisch den Kopf. Ärger machte sich in mir breit. Diese Noelle war zwar ein niedliches Geschöpf, aber ich konnte es mir nicht leisten, bei ihr mit dem Schwanz zu denken. In den letzten Monaten hatte ich alles über Dragos Verlobte zusammengetragen, was ich finden konnte und was mir fehlte, besorgten mir Schnüffler, die ich teuer bezahlte. Die Süße hatte eine beste Freundin, eine kranke Mutter und eine Schwester, die das nicht vorhandene Geld ihres Padres mit vollen Händen zum Fenster rauswarf. Genügend Menschen, die sich als Druckmittel einsetzen ließen, falls diese Noelle nicht so spurte, wie ich es mir vorstellte. Ärger würde ich von ihrer Seite nicht tolerieren. Den tolerierte ich von keiner Frau. Sie hatte zu tun, was ich sagte oder ansonsten die Konsequenzen zu tragen – so einfach war das.

Ein letztes Mal blickte ich in den Spiegel und fuhr mir mit den Fingern durch die Haare. Locker fielen zwei Strähnen in meine Stirn – jetzt war ich zufrieden. Heute Abend kam es darauf an, dass ich mein Opfer von der Party locken konnte und für ein Ablenkungsmanöver bei Drago Leonov hatte ich auch bereits gesorgt. Eine Nutte vom Straßenstrich war so reizend, sich zur Verfügung zu stellen und hocherfreut über die neuen Designerfummel, die ich ihr für diese Show kaufte. Ganz zu schweigen von der nicht unerheblichen Geldsumme, die ich ihr bot. Alles in allem ein zufriedenstellender Handel, wenn er denn funktionierte. Und davon ging ich ganz schwer aus.

Keine fünf Minuten später betrat ich den festlich geschmückten Garten. Es war noch immer viel zu warm und die zahlreichen, offenen Feuerstellen taten ihr Übriges, um die Hitze noch zu steigern. Die Wege waren voller Menschen und es brauchte einen kurzen Moment, bis ich das Ziel meiner Begierde ausmachte. Sie stand am Rande eines Pavillons und mein Blick glitt wie von selber über ihre Gestalt in dem engen, schwarzen Kleid, das bis auf den Boden fiel. Es überließ nichts der Phantasie und, ... Hölle: Die Kleine trug keine Unterwäsche. Das wäre bei diesem Rückenausschnitt, der fast zu viel entblößte auch gar nicht möglich gewesen. Die langen, roten Haare waren zu einem lockeren Knoten geschlungen, aus dem sich ein paar Strähnen gelöst hatten und sich verführerisch über ihren Rücken ringelten. Nein, man konnte nicht behaupten, dass Noelle Forrester eine unauffällige Frau war – das war sie ganz und gar nicht. Und sie passte verdammt gut in mein Beuteschema. Viel zu gut, wie mir meine plötzlich immer enger werdende Anzughose verriet. Ich hatte die Kleine bisher nicht berührt, mich nur auf einen Augenfick mit ihr eingelassen und sie bescherte mir gerade die herrlichste Latte seit Monaten. Die Aussicht darauf, sie bald in meiner Gewalt zu haben, trieb auf einmal seltsame Blüten und plötzlich hatte der Gedanke an ihre Entführung etwas durchaus Verlockendes. Erst recht, wenn ich an die feurigen Blicke dachte, die sie mir im Straßencafé zugeworfen hatte. Sie war alles, nur keine unschuldige chica.

Natürlich hatte ich nicht geplant, sie zu verführen, doch jetzt ... Ich war mir nicht sicher, ob ich meine Finger von ihr lassen konnte. Sie war eine Versuchung – eine höllische Versuchung.

Vom Tablett eines vorbeieilenden Kellners nahm ich ein Glas Champagner entgegen und schlenderte dann langsam auf mein Opfer zu. Von links näherte sich bereits mein Lockvogel und die kleine Nutte machte ihre Sache so gut, dass Drago gleich einen verdammt langen Hals bekam. So ein Penner. Er hatte die schönste Frau des Abends an seiner Seite und bekam Stielaugen bei einer Professionellen. Es war nicht zu glauben.

Lange musste er auch nicht warten und die angeheuerte Schlampe stand so dicht bei ihm, dass er ihr billiges Parfüm riechen konnte und dann ...

Gekonnt stolperte meine Verbündete und das Glas Rotwein ergoss sich über Dragos weißem Hemd – ganz wie geplant. Das würde ihn erst einmal beschäftigen und mir den Weg zu Noelle ebnen. Sie gehörte mir und war in diesem Moment noch vollkommen ahnungslos.

Ich hörte, wie der Russe wütend auf die Hure einsprach, sah, wie sie ihn beschwichtigend anhimmelte und keine zwei Minuten später liefen die beiden einträchtig nebeneinander her in Richtung der Waschräume. Wahrscheinlich würden sie dort weitaus mehr regeln, als nur sein Hemd zu säubern. Wie überaus praktisch für mich, denn das gab mir ausreichend Zeit, mich mit seiner Verlobten zu beschäftigen.

Im gleichen Moment drehte Noelle sich um und schaute in meine Richtung. Für den Bruchteil einer Sekunde schien sie regelrecht zu erstarren, doch dann besann sie sich, setzte eilig ein Lächeln auf und hob ihr Glas zu einem stillen Toast. Dabei konnte ich genau erkennen, dass sie alles andere als erfreut war, mich zu sehen. Ich lächelte zurück und bewegte mich dabei weiter auf sie zu. Am liebsten wäre die Süße getürmt, doch die Wahl hatte sie nicht – sie hatte gar keine Wahl, aber auch das wusste sie noch nicht. Meine Männer hatten bereits Dragos Wachhunde aus dem Verkehr gezogen, sodass die kleine chica vollkommen alleine und schutzlos war. Zwei Straßenzüge weiter wartete bereits der Rover, der uns zu einem Privatflughafen bringen würde. Wenn Noelle erwachte, würde nichts mehr so sein wie zuvor und sie selber sich weit weg von Barranquilla befinden. Außerhalb der Reichweite von Drago Leonov und seinen Spießgesellen.

„Guten Abend!“ Eine Gänsehaut lief über ihre nackte Haut, als meine Stimme dicht an ihrem Ohr erklang. „Ich glaube, wir beide hatten bereits das Vergnügen.“ Dann lachte ich und beobachtete dabei ihr Gesicht sehr genau. Es zeigte eine Mischung aus Faszination und Abwehr. Eine Art von Gegenwehr, die ich zu durchbrechen gedachte. Ich hob meine Hand und sie zuckte zurück, als würde sich ihr eine Schlange nähern. Und in gewissem Sinne war ich das auch. Die Schlange, die sie umgarnen würde, bis nichts mehr in ihrem Leben wichtig war – bis sie mir gehörte. Dieser Gedanke war mir in dem Augenblick gekommen, als ich dicht vor ihr stand. Ich würde sie dem Russen wegnehmen, denn auch wenn er damals nicht selbst unter den Mördern meiner Familie gewesen war – in gewissem Sinn gehörte auch er zu diesen Killern.

Der Gedanke, sie zu besitzen, sie hörig zu machen, war überaus verlockend. Wie viel mehr würde Drago leiden, wenn er erfuhr, dass ich es war, dem seine kleine Braut gehörte? Um wie viel mehr würde er sich anstrengen, um sie mir wieder zu entreißen? Das war der einzige Grund, aus dem ich das tat – der einzige ... Der, ... und das heiße Feuer, das ich sofort wieder in den Tiefen der unglaublich grünen Augen erkannte.

„Wir hatten einen schlechten Start. Vielleicht sollte ich mich erst einmal vorstellen.“ Ich griff nach ihren schlanken Fingern und dieses Mal ließ ich es nicht zu, dass sie mir auswich. „Mein Name ist Alejandro Torres und ...“

„Waffen, ... oder Drogen, Mister Torres? In welchen dunklen Machenschaften haben Sie Ihre dreckigen Finger? Und nein, ... ich lege keinen Wert auf Small Talk. Das dürfte selbst Ihnen in der Zwischenzeit klargeworden sein.“

„Aber nicht doch. Weder das eine, noch das andere.“ Ich hatte zwar schon mit dem Dreckspack zu tun, allerdings auf der vollkommen anderen Seite. Aber das brauchte sie nicht zu interessieren. „Ich bin der Inhaber von Torres Enterprises und ...“

„Aha! Eine der vielen Scheinfirmen, in denen Sie Ihr dreckiges Drogengeld waschen? Halten Sie mich nicht für dumm oder naiv, Mister Torres. Und jetzt wäre ich ...“

Gut, das reichte jetzt. Noelle Forrester schien sich nicht so leicht umgarnen oder täuschen zu lassen. Umso faszinierender war die Tatsache, dass sie nicht einmal im Entferntesten zu ahnen schien, in was für krummen Geschäften ihr Verlobter seine Griffel hatte.

„Ich halte Sie nicht für dumm. Sie sind eine hübsche, junge Frau und Südamerikaner mit spanischen Wurzeln lassen sich von Schönheit leicht hinreißen. Entschuldigen Sie mein Auftreten.“ Ich erstickte fast an den schmierigen Worten. Viel lieber hätte ich der Kleinen das Kleid vom Körper gerissen und nachgesehen, ob der Inhalt hielt, was die Verpackung versprach.

Trotz ihrer Beleidigungen hielt ich ihr galant den Arm hin und sie starrte mich im Gegenzug an, als ob sie eine Kakerlake berühren sollte. Doch dann siegte ihre anerzogene Höflichkeit. Statt mich jedoch zu berühren, so wie es von mir geplant war, trat sie ein Stück an die Seite und lächelte mich unverbindlich an.

„Es gibt nichts zu entschuldigen, Mister Torres. Es war ein langer Tag und ich bin müde. Vielleicht waren meine Worte …“ Ich ließ sie nicht ausreden, denn mir brannte die Zeit unter den Nägeln.

„Lassen Sie uns etwas trinken gehen, … an der Bar! Vielleicht kann ich den schlechten Eindruck, den ich bei Ihnen hinterlassen habe, wiedergutmachen.“ Ich hatte keinesfalls vor, sie an die Bar zu bringen. Auf dem Weg durch den Garten würde sie verschwinden. Und wenn ich dazu Gewalt anwenden musste, dann sollte es eben so sein. Nicht mehr lange und der Russe würde zurückkommen – befriedigt und mit sauberem Hemd, doch dann würde Noelle bereits nicht mehr da sein. Ich fasste bestimmend nach der Hand der jungen Frau und lief los. Ihren Widerstand bemerkte ich sehr wohl, doch der törnte mich mehr an, als ich sagen konnte …

Kapitel 3

Noelle

Als ich erwachte, war mir gleich klar, dass etwas nicht stimmte. Gelinde gesagt fühlte ich mich, als ob mich ein Panzer überrollt hätte und die Geräusche, die Gerüche – sie hatten allesamt recht wenig mit dem Straßenlärm von Barranquilla zu tun. Die typischen Laute des Hotels, der geschäftige Krach der Dienstboten fehlte ebenso, wie Dragos leises Schnarchen. Irritiert öffnete ich meine Lider, richtete mich auf, nur um im gleichen Moment vor Schreck zu erstarren. Ich war keinesfalls mehr im Hotel, denn dort hatte es keine riesige Glasfront gegeben, die mir ungehinderten Ausblick gewährte. Ich war noch nicht einmal mehr in der City, sondern irgendwo an einem gottverflucht einsamen Strand. So weit das Auge reichte, sah ich nur Sand, einzelne Felsen und Palmen, die sich im Wind wiegten. Das blaue Wasser des Meeres spülte in seichten Wellen ans Ufer. Der Lärm, der aus dem angrenzenden Wald kam, die hunderten Tierstimmen, vereinten sich zu einem lauten Gekreische, das mich glauben ließ, ich hätte den Verstand verloren.

Stöhnend griff ich mir an den Schädel. Dieser pochte und klopfte, als hätte ich literweise Alkohol im Blut. Dazu fühlte sich mein Körper an, als wäre er in einem zähen

Nebel gefangen – und auch das war nicht normal. Ich konnte mich nur an eine einzige Gelegenheit erinnern, in der es mir so elend gewesen war – als ich auf dem Abschlussball der High-School tatsächlich einen Drink zu viel erwischt hatte. Seit dem Tag machte ich einen großen Bogen um hochprozentige Getränke.

Krampfhaft versuchte ich mich daran zu erinnern, was geschehen war. Hatten Drago und ich vielleicht tatsächlich Barranquilla noch in der Nacht verlassen? War ich vielleicht zwischenzeitlich krank geworden und konnte mich nur nicht mehr daran erinnern? Mein siebter Sinn sagte mir, dass irgendetwas nicht richtig war – ich kam nur nicht dahinter, an welcher Stelle mein Gedächtnis beschlossen hatte, mich im Stich zu lassen.

Dann mogelten sich auf einmal dunkelblaue Augen in meine Gedanken und nur wenig später der Typ aus dem Café. Ihn hatte ich auf der Gartenparty des Hotels wiedergesehen. Ich erinnerte mich nur noch vage an den Abend und daran, dass Drago auf einmal nicht mehr an meiner Seite war – dafür aber der gutaussehende Fremde, der mich plötzlich ansprach. An den genauen Wortlaut konnte ich mich nicht mehr erinnern, dafür aber an die Tatsache, dass wir beide einen Drink an der Bar nehmen wollten. Alles andere verlor sich in dem düsteren Nebel, der meinen Kopf im Griff hatte. Je mehr ich darüber nachgrübelte, umso schlimmer wurde der Schmerz und plötzlich spürte ich, dass mir außerdem mein Ellbogen höllisch wehtat. Ein großes Hämatom machte sich dort breit und verwirrt schüttelte ich den Kopf. Was zur Hölle war in den letzten Stunden passiert? Wenn es mir doch nur wieder einfallen würde ...

Vorsichtig setzte ich mich auf und schlug die leichte Decke an die Seite. Misstrauisch sah ich mich um, immer auf der

Suche nach etwas, das meiner Erinnerung auf die Sprünge helfen konnte. Doch da war nichts und mein Kopf machte dicht. Ich hatte einen Filmriss allererster Güte.

Ich stand auf und versuchte den Schwindel zu ignorieren, der mich sogleich erfasste. Plötzlich streifte ein kühler Luftzug meine nackte Haut und erst jetzt stellte ich fest, dass ich nur ein dünnes Negligé trug – ein Hauch von einem Nichts, das keinesfalls etwas verbarg. Das Schlimme war, dass ich in meinem ganzen Leben noch kein so aufreizendes Teil besessen hatte. Meine Nachtwäsche war eher bequem und nicht so ... nicht so sexy und verrucht. Im gleichen Moment machte sich ein dicker Klumpen in meinem Magen bemerkbar. Diesen Fetzen hatte ich mir garantiert nicht selbst angezogen, aber wenn ich es nicht war – wer war es dann? Drago hätte mich mitsamt meinem Kleid und meinen Schuhen ins Bett verfrachtet und keinesfalls fürsorglich darauf geachtet, dass ich es bequem hatte. Das war so gar nicht seine Art.

„Sieht so aus, als ob du beschlossen hättest, endlich die Augen zu öffnen, princesa. Langsam begann ich mir Sorgen zu machen.“ Die kühle Stimme traf mich ohne Vorwarnung und mit einem erschrockenen Schrei auf den Lippen flog ich herum. Ich erstarrte, als ich erkannte, wer keine fünf Meter von mir entfernt in einem Sessel saß und mich mit kalten Blicken abtaxierte. Es war der Mann aus dem Café. Derjenige, der mich an die Bar bringen und mit mir einen Drink nehmen wollte. Dieses Mal verdeckte allerdings kein Sakko die breiten Schultern – nur ein weißes Hemd, das fast bis zum Bauchnabel offenstand. Meine Arme flogen in die Höhe und ich versuchte krampfhaft meine Brüste zu bedecken, denn die feine Spitze verbarg rein gar nichts vor seinen Augen.

„Ah, mi hermosa! Du musst dir nicht die Mühe machen, etwas vor mir zu verstecken, was ich bereits in voller Pracht bewundern durfte.“ Übelkeit rollte über mich hinweg und irgendetwas schien in meinem Hals zu stecken, denn plötzlich bekam ich kaum noch Luft. Wo war Drago? Wo war ich? Hektisch sah ich mich um, doch meinen Verlobten konnte ich nirgends entdecken. Das hier war, ... das konnte einfach nicht ... Verzweifelt versuchte ich, die fehlenden Puzzleteile ineinander zu schieben, doch nichts wollte passen. Auch nicht das wölfische Lächeln des Mannes, der sich jetzt erhob und sich mir mit langsamen, fast schon schleichenden Schritten näherte. Er wirkte auf mich wie ein Raubtier – ein schönes, aber sehr gefährliches Raubtier – und automatisch trat ich den Rückzug an. Angst lief in heißen Wellen durch mich hindurch. Was machte ich an diesem unbekannten Ort? Wo war ich hier nur reingeraten und wer war dieser Kerl, der mich anscheinend hierhergebracht und ausgezogen hatte?

Ich stieß mit dem Rücken gegen eines der großen Fenster und ... dann war er plötzlich direkt vor mir. Groß ragte der Mann über mir auf und ich musste den Kopf in den Nacken legen, um ihm ins Gesicht zu schauen. Die blauen Augen funkelten mich unergründlich an und ich schluckte mühsam. Irgendwo in den Tiefen meines Körpers kratzte ich all meinen noch vorhandenen Mut zusammen und straffte die Schultern. Irgendwie schien es mir keine gute Idee zu sein, wie ein hilfloses Opfer zu wirken.

„Ich will jetzt sofort wissen, wo ich bin und was ich hier mache? Wo ist mein Verlobter? Was soll der Scheiß?“ Am liebsten hätte ich noch ganz andere Dinge gesagt, doch ich bremste mich. Bevor ich nicht wusste, mit wem ich es zu tun hatte und was hier gespielt wurde, war es wohl besser, den Unbekannten nicht zu verärgern.

Die Augen meines Gegenübers wurden eine Spur dunkler, das Glitzern seiner Iriden gefährlicher. Ohne ein Wort zu sagen, hob er eine Hand und strich zart über meine Wange. Ich zuckte zurück. So unschuldig die Berührung auch wirkte – sie war alles andere als das. Sie hatte etwas Besitzergreifendes an sich – etwas Endgültiges. So, als würde ich ihm bereits gehören ...

„Als erstes wirst du lernen, dein Temperament zu zügeln, mi querida. In meinem Bett schätze ich zuweilen ein gewisses Feuer, ... hier und jetzt ist es gerade nicht angebracht." In seinem Bett? Hatte er gerade tatsächlich die Andeutung gemacht, ich würde mit ihm im Bett landen? In diesem Moment brannte irgendeine Sicherung bei mir durch.

„Es ist mir verdammt egal, was Sie wollen, Mister ...?" Ich wusste nicht einmal, wie der Scheißkerl hieß, der mich so sehr in die Enge drängte.

„Alejandro", warf er hilfreich ein, doch das überhörte ich.

„Noch einmal! Es ist mir scheißegal, was Sie wollen. Sie riskieren massiven Ärger, wenn Sie mich nicht sofort mit meinem Verlobten sprechen lassen. Drago wird kaum amüsiert reagieren, wenn ich ihm erzähle, dass Sie mich hier gegen meinen Willen ..."

Die Hand des Mannes bewegte sich ruckartig nach oben und ich konnte nicht mehr ausweichen. Seine Finger legten sich bedrohlich auf meine Kehle – eine stumme Warnung, den Mund zu halten. Die andere Faust landete direkt neben meinem Kopf auf der Fensterscheibe – so hart, dass ich die Vibrationen fühlen konnte. Ich war gefangen. Dabei wurde sein Blick so finster, dass ich jetzt tatsächlich Panik verspürte. Hatte mich nach dem Aufwachen zunächst nur ein Anflug von Schock und Entsetzen gepackt, gesellte sich jetzt eine tiefsitzende Furcht dazu. Der Typ schien nicht normal zu sein und plötzlich ahnte ich, dass Drago sich keinesfalls in der Nähe aufhielt. Was auch immer in der Zwischenzeit passiert war – ich befand mich anscheinend in der Hand eines Wahnsinnigen. Dieser Kerl – dieser Alejandro würde sich mir gegenüber kaum so aufführen, wenn mein Verlobter ebenfalls vor Ort wäre. Das Wissen, alleine zu sein, nichts machen zu können, um meine Lage zu ändern, ließ eine Welle von Übelkeit durch meinen Körper rasen. Ich begann zu zittern ...

Alejandros Daumen rieb zart über meine Kehle und ich schluckte ein weiteres Mal. Ich hatte das Gefühl, als würde er mich markieren, mich brandmarken und ... Nein! Das durfte ich auf keinen Fall zulassen. Meine Hände flogen in die Höhe und ich zerrte verzweifelt an seinem Arm, doch der bewegte sich nicht einen verflixten Millimeter. Dieser Mann musste sich nicht einmal anstrengen, um mich mit einer Hand an der Glasscheibe festzupinnen, wie einen Schmetterling in einem Schaukasten. Ich zog und zerrte, doch ebenso gut hätte ich versuchen können, die Rocky Mountains zu bewegen. Ich hatte null Chance. Und während ich mich verzweifelt bemühte, seine Hand von meinem Hals zu entfernen, beobachtete er meine fruchtlosen Bemühungen – allerdings mit einem sehr dunklen Lächeln auf seinen vollen Lippen. Irgendwann rutschten meine Finger kraftlos von seinem Arm und ich hing schweratmend in seinem Griff. Er nahm mir keinesfalls die Luft, aber die Drohung, die Andeutung, dass er es tun könnte, lag greifbar zwischen uns und ließ mein Herz schmerzvoll gegen die Rippen hämmern.

„Bitte ...“, wisperte ich erstickt. „Ich möchte doch nur wissen, wo ich bin. Was mache ich hier?“ Ich war mir in der Zwischenzeit gar nicht mehr so sicher, ob ich es wirklich wissen wollte. Mein Kopf begann die wildesten Spekulationen anzustellen und eine war schlimmer als die andere. War ich vielleicht in die Finger irgendeiner Drogenschieberbande geraten? Hatten Dragos seltsame Geschäfte hiermit etwas zu tun?

„In erster Linie bist du Gast meines Hauses, Noelle!“ Er kannte meinen Namen. Woher, um Himmels willen, kannte dieser Typ meinen Namen? „Und als Gast erwarte ich ein gewisses Benehmen von dir. Vor allem Respekt!“ Ich schwankte zwischen Angst und einer plötzlich auftauchenden, lodernden Wut. Er hatte kein Recht dazu, mich festzuhalten. Er hatte kein Recht, seinen Körper so aufreizend gegen meinen zu drücken und erst recht sollte er nicht so teuflisch gutaussehend sein. Der letzte Gedanke entsetzte mich am meisten, denn irgendwie hatte er sich unter all die anderen gemogelt, ohne dass ich darauf Einfluss gehabt hätte. Er war einfach da ...

Wieder strich sein Daumen langsam und sanft über meine Kehle. Er musste genau spüren, wie heftig mein Herz klopfte, wie viel Angst ich hatte, doch anscheinend war es ihm gleichgültig. Bisher hatte er mir noch nichts getan. Bisher verhielt er sich eher abwartend, doch immer wieder drängte sich mir die Frage auf, wie lange das wohl so bleiben mochte. Plötzlich trat er einen Schritt zurück und ließ mich los – vollkommen unerwartet.

„Zieh dir etwas über und folge mir!“ Er deutete mit dem Kopf in Richtung Bett. Gleich daneben, fein säuberlich über einem geblümten Sessel drapiert, lag ein leichter Morgenrock. Und auch der Stoff dieses

Kleidungsstücks war so fein, dass es mehr enthüllte als verbarg. Trotzdem stolperte ich, so schnell ich konnte, zum Bett hinüber – nur weg aus der unmittelbaren Nähe dieses Mannes. Ich zog das hauchdünne Teil über und wankte dann in Richtung Verandatür. Dort war Alejandro nämlich gerade verschwunden. Er schien sich ziemlich sicher zu sein, dass ich ihm folgen würde und damit lag er vollkommen richtig. Auf eine weitere Konfrontation legte ich gerade keinen Wert ...

Kapitel 4

Noelle

Ich musste unbedingt herausfinden, was geschehen war und der Einzige, der mir das sagen konnte, war ein dreckiger Verbrecher, der mich irgendwo am Arsch der Welt festhielt. Vorsichtig schob ich die Moskitonetze an die Seite. Eine breite, hölzerne Veranda zog sich um das Haus, und direkt daran anschließend konnte ich eine wundervolle Gartenanlage ausmachen. Von dort gelangte man über mehrere schmale Wege an den Strand. Riesige Brecher rollten auf das Ufer zu und das Rauschen der Brandung, das Kreischen der Vögel, das alles wäre wundervoll gewesen, wenn nicht diese kalte Angst mich beherrschen würde. Diese wurde immer größer, denn ich wusste noch immer nicht, was dieser Hüne von einem Mann mit mir vorhatte. Dass ich körperlich gegen ihn keine Chance hatte, war mir mittlerweile klar geworden. Und er machte auf mich auch nicht den Eindruck, als würde er mit sich verhandeln lassen. Was auch immer er wollte – er würde es bekommen und ich betete, dass er ... Was, ... wenn er mich wollte?

Ich war kaum in der Lage, einen Fuß vor den anderen zu setzen. Das Blut rauschte in meinen Ohren und ich ballte die Hände zu Fäusten. Alleine die Arroganz, mit der dieser Alejandro mir befohlen hatte, ihm zu folgen, war kaum zu ertragen. Wut, Angst und Verwirrung schufen in meinem Inneren ein unglaubliches Chaos. Als ich um die nächste Ecke bog, war ich bereits so weit, dass ich am liebsten laut geschrien hätte.

Da saß er. Keine fünf Meter von mir entfernt hockte er an einem reichhaltig gedeckten Frühstückstisch. Jetzt allerdings mit nacktem Oberkörper. Das Hemd hing ordentlich über der Lehne seines Stuhls. Dabei sah er so gottverflucht zufrieden aus, dass ich erneut die Fäuste ballte und meine Zähne knirschend aufeinandertrafen. Erst recht, nachdem ich gerade einen phantastischen Ausblick auf seinen entblößten Oberkörper bekam. Einen, der mich absolut nicht kalt ließ. Stahlharte Muskeln und kühle Überheblichkeit – das war alles, was ich an ihm entdecken konnte. Er war ebenso makellos, wie ich es mir vorgestellt hatte.

Der Kerl schaute mich an, als wäre es das Natürlichste auf der Welt, dass ich mich mit ihm an diesem Ort befand. Und wieder blickte er so anzüglich an mir auf und ab, dass ich mich vollkommen nackt fühlte. Die Angst, die ich gerade noch verspürt hatte, wich nach und nach einer irrationalen Wut. Und plötzlich setzte auch die fehlende Erinnerung wieder ein. Die Bilder, die mir die ganze Zeit über gefehlt hatten, drängten gerade alle gleichzeitig in meinen Kopf.

Wir beide auf dem Gartenweg. Wie er mich einfach hinter sich herzog. Zunächst in Richtung der Hotelbar, doch dann war er plötzlich abgebogen in einen schmalen, nur wenig beleuchteten Pfad. Das war der Moment, in dem ich begriff, dass er keinesfalls ehrliche Absichten verfolgte. Es war genau der Augenblick, in dem mir klar wurde, dass ich mit dem Fremden ganz alleine war und die Partygäste mich nicht hören würden, falls ich um Hilfe schrie. Ich erinnerte mich plötzlich auch wieder daran, dass ich dem Kerl meine Hand entriss und weglaufen wollte, doch er erwischte mich am Arm und zog mich zu sich heran. Dumm für ihn, dass ich nicht ganz so wehrlos war, wie er es gerne gehabt hätte, denn jetzt wusste ich auf einmal auch, woher die Prellung an meinem Ellbogen stammte. Diesen hatte ich ihm gegen die Schulter geschmettert – und zwar mit aller Härte, zu der ich fähig war. Das Resultat war ein bläuliches Schimmern an seinem Oberarm – ein Anblick, der mich mit einer gewissen Genugtuung erfüllte. Als Alejandro bemerkte, wohin mein Blick fiel, runzelte er die Stirn und dabei wanderten die Augenbrauen gefährlich in die Höhe. Jetzt sah er aus wie der Teufel höchstpersönlich – allerdings wie ein verdammt gutaussehender Teufel. Und obwohl ich noch immer nicht wusste, warum ich hier war, konnte ich nicht anders, als ihn anzustarren. Das war absolut verrückt. Ich war verrückt ...

Der Nebel, der mich direkt nach meinem Erwachen keinen klaren Gedanken fassen ließ, lichtete sich langsam und körperlich ging es mir von Sekunde zu Sekunde besser. Ich vermutete, dass der Bastard mich betäubt hatte. Deshalb auch die mehr oder weniger großen Erinnerungslücken. Trotz meiner mehr als bescheidenen Situation und der Ungewissheit konnte ich mich kaum noch beherrschen. Ich musste mir tatsächlich von innen auf die Wangen beißen, um nicht doch noch etwas Unbedachtes und Dämliches zu äußern. Da lag mir nämlich so einiges auf der Zunge und bisher hatten das Wort Beherrschung und ich ständig auf Kriegsfuß gestanden. Ich verlor den Kampf auch dieses Mal. Haushoch.

„Was mache ich hier und wie kommst du dazu, mich einfach hierher zu bringen?“ Höflichkeit war bei diesem Scheißkerl fehl am Platze. Er sollte mir endlich die Antworten liefern, die ich brauchte. „Ich verlange, dass du mich sofort nach Barranquilla bringst. Mein Verlobter wird mich bereits vermissen und garantiert die Behörden …“

„Die Behörden interessieren mich nicht und dein Russe noch viel weniger. Setz dich hin, iss etwas und dann können wir reden.“ Seine Stimme enthielt milden Spott, gleichzeitig aber auch eine Warnung, es nicht auf die Spitze zu treiben – doch ich konnte mich einfach nicht mehr bremsen. Ich ließ mir nicht den Mund verbieten und von einem dreckigen Entführer schon mal gar nicht. Woher ich den Mut nahm, war mir allerdings ein Rätsel. Ich hatte bereits erleben dürfen, wie der Mann reagierte, wenn man ihn reizte. Trotzdem verschränkte ich störrisch die Arme vor der Brust, warf meinem Entführer einen bösen Blick zu und tat so, als ob mich sein Befehl kalt ließ. Das Bild, wie er mir einen Lappen vor die Nase drückte und das Gefühl, in seine Arme zu sinken, tauchte plötzlich aus den Tiefen meines Gedächtnisses auf, ebenso wie sein Familienname, den er mir im Laufe des verhängnisvollen Abends genannt hatte.

„Ich werde mich nicht mit dir an einen Tisch setzen. Ich verlange, dass du mich …“

„So, so! Du verlangst!“ Sein Lächeln bekam etwas Kaltes und seine Augen wurden gleichzeitig zu zwei gefühllosen Kieseln, die mich durchbohrten. Ein Schauder rann mir über den Rücken. Wieso hatte ich meine vorlaute Klappe nicht einfach halten können? Eigentlich hätte mir klar sein müssen, dass ich mich nicht in der Position befand, Forderungen zu stellen und dieser Alejandro machte auf mich auch nicht den Eindruck, als wäre er ein Mann, der sich von einer Frau etwas sagen ließ. Seine Miene drückte wilde Entschlossenheit aus und plötzlich war ich mir sicher: Dieser Bastard bekam immer, was er wollte. Die Frage war nur: Was wollte er von mir?

Bei dem Gedanken, dass ich mich in seiner Gewalt befand, er mit mir machen konnte, was ihm gefiel, pochte mein Herz schneller und heftiger. Ich sollte nachgeben, das wusste ich, ... doch ich konnte einfach nicht.

Als ich mich nicht bewegte, seinem Befehl nicht nachkam, stand er schließlich auf – jeder Zentimeter seines Körpers angespannt. Instinktiv wich ich wieder einmal einen Schritt zurück und dann noch einen. Doch er folgte mir, wurde dabei allerdings nicht schneller und das ließ ihn umso gefährlicher wirken. Er schien zu wissen, dass ich ihm nicht entkommen konnte. Immer weiter trieb er mich vor sich her und mein Herz begann erneut zu rasen.

„Merke dir, Noelle! Im Umkreis von einhundert Meilen gibt es niemanden, der dir helfen würde. Keine Menschen, bei denen du dich sicher fühlen könntest. Da draußen ist nur der Dschungel, in dem du keinen einzigen Tag überlebst. Es wäre also besser, wenn du dich mit dem Gedanken anfreundest, in der nächsten Zeit mein Gast zu sein."

„Gäste kommen freiwillig und können wieder gehen, wenn sie es wollen. Ich bin ja wohl weit davon entfernt, dein Gast zu sein", spie ich ihm wütend entgegen. „Was willst du von mir?" Der Blick, mit dem er mich bedachte, ging mir durch und durch. Ich wandte mich um, wollte die Treppen der Veranda herunterstürmen, um möglichst viel Abstand zwischen mich und diesen Mann zu bringen, doch im gleichen Moment legte sich eine warme Hand in meinen Nacken und packte zu. Nicht hart genug, um mir Schmerzen zuzufügen, aber doch so fest, dass ich nicht fortkam. Mit einem Ruck drehte er mich zu sich herum und meine Hände landeten auf seiner nackten Brust – ausgerechnet dort, wo ich sie keinesfalls haben wollte. Noch immer lagen seine Finger in meinem Nacken, hielten mich an Ort und Stelle.

„Was ich mit dir vorhabe, Chica ... wirst du noch früh genug erfahren. Fürs erste würde es mir reichen, wenn du dich hinsetzt und aufhörst, die Heldin zu spielen. Diese Rolle steht dir nicht." Sein Gesicht kam meinem immer näher und jetzt sah ich auch, wie unglaublich blau seine Augen waren – so blau, wie das Wasser der Karibik. Sein Mund näherte sich meinem Hals und die feinen Härchen in meinem Nacken stellten sich alarmiert auf. Dabei überlief mich eine Gänsehaut. „Wenn du aufhörst, das spröde, kleine Mädchen zu spielen, das du keinesfalls bist, werde ich dir Dinge zeigen, von denen du bisher noch nicht einmal geträumt hast." Aus der Gänsehaut wurde ein warnendes Kribbeln und ein sehr merkwürdiges Flattern in meinem Bauch. Eine seltsame Mischung aus Furcht und Aufregung ließ mein Herz in der Brust stolpern und die Nähe zu meinem Entführer wurde plötzlich so bedrückend, dass ich keuchte – so laut, dass er es hören musste. Ein siegessicheres Lächeln breitete sich auf seinem Gesicht aus. Eines, das ich ihm am liebsten ...

„Wag es nicht, mich anzufassen! Wenn du mich, ... wenn du mich gegen meinen Willen ..." Ich wagte nicht, es auszusprechen, denn ich wollte diesen Alejandro keinesfalls auch noch auf dumme Ideen bringen. Die schien er ohnehin schon zu hegen. War das etwa der Grund, warum ich hier war? Weil er mich ...

Seine Finger griffen in meine offenen Haare und dann zog er meinen Kopf nach hinten. Langsam, genussvoll und gnadenlos. So lange, bis ich ihm in die Augen schauen musste.

„Wenn ich *was* gegen deinen Willen mache, Kleines? Du meinst, wenn ich dich gegen deinen Willen ficke?“ Seine Worte wirkten sanft und doch war der Ton so bedrohlich, dass ich einen Moment lang keine Luft bekam. Er sprach unverblümt aus, was ich dachte, aber als er den Bruchteil einer Sekunde später seine Lippen so nah an meinen Mund brachte, dass ich seinen Atem förmlich schmecken konnte, wusste ich, dass es nicht einfach so daher gesagt war. Sollte er mich wollen, würde er mich nehmen und es gab nichts, was ich dagegen tun konnte. Doch statt grenzenlosem Grauen machte sich plötzlich ein ganz anderes Gefühl in meinem Inneren breit. Erst recht, nachdem er mit seinen Lippen meine streifte. Nur mit Mühe hatte ich meine Reaktion verbergen können, denn die hätte in einem leisen Seufzen bestanden. Verflucht! Ich war einfach nicht normal. Das hier war nicht normal.

Langsam wurde der Griff in meinen Haaren weicher und ich bildete mir sogar ein, ein sanftes Streicheln an meinem Hinterkopf zu spüren.

„Darüber, mi querida ... werden wir sprechen, wenn es so weit ist und ich verspreche dir bereits jetzt: Ich werde dich nicht vergewaltigen müssen. Du wirst sehr eifrig die Beine für mich spreizen und für mich schreien ...“ Er trat einen Schritt zurück. „Und jetzt komm! Der Kaffee wird kalt.“

Kapitel 5

Noelle

Er zog mir den Stuhl zurecht und schenkte mir Kaffee ein. Die Normalität dieser Handlung hatte etwas absolut Surreales und dabei war er mir so nahe, dass meine Gänsehaut gar nicht mehr weichen wollte. Angezogen war seine Nähe schon kaum zu ertragen, aber so wie jetzt, halbnackt, war seine Anwesenheit für mich nicht auszuhalten. Die Drohung, mich zu verführen, stand zwischen uns und in meinem Inneren brodelte es – leider nicht nur, weil ich zornig war oder mich fürchtete, ... wie ich mir selber eingestehen musste.

Alejandro hatte etwas an sich, das mich gleichermaßen Angst, aber auch eine gewisse Erregung verspüren ließ. So verrückt es auch klang: In seiner Gegenwart fühlte ich mich wie die Motte, die vom Licht angezogen wurde und dabei doch wusste, dass sie schlussendlich daran verbrennen würde.

Vielleicht würde ich nicht so empfinden – so krank und widersprüchlich – wenn ich nicht seit einem Jahr auf Sparflamme leben würde. Drago hatte nicht mit sich reden lassen und mich bisher noch nicht angefasst. Selbst als ich versuchte, ihn zu verführen, hatte er abgeblockt und mich bis zur Hochzeitsnacht vertröstet.

Ich wusste noch genau, wie wenig begehrenswert ich mich in diesem Moment fühlte und wie verletzt ich damals war. Jetzt beruhigte ich mich mit dem Gedanken, dass mein fehlendes Liebesleben mich so extrem auf meinen Kidnapper reagieren ließ. Etwas anderes konnte es ja wohl hoffentlich nicht sein.

Trotz des zuvorkommenden, fast schon zivilisierten Benehmens, das Alejandro gerade an den Tag legte, gab ich mich keinerlei Illusionen hin. Der Typ hatte mich entführt, er hielt mich gefangen und falls er es für richtig hielt, würde er mich ficken – genau, wie er es bereits angedroht hatte.

Ich ging nicht davon aus, dass er hier draußen alleine lebte, aber die Leute, die sich in dieser Villa befanden, standen garantiert alle in seinen Diensten und würden seine Befehle befolgen. Von dieser Seite hatte ich keinerlei Hilfe zu erwarten. Die Aussicht darauf, mich hunderte Meilen durch den Dschungel zu schlagen, war ebenfalls nichts, was ich in Betracht zog. Alejandro hatte recht. Keinen Tag würde ich in der grünen Hölle überleben. Aber es musste einfach einen Weg geben, diesem miesen Verbrecher zu entkommen. Ich überlegte fieberhaft und meine Gedanken fuhren Achterbahn.

Mit der Einschätzung, dass er entweder ein Drogenbaron oder ein Waffenschieber war, hatte ich wohl voll ins Schwarze getroffen. Kein gesetzestreuer Mann würde eine Frau entführen. Wieso nur, ... wieso hatte ich mich darauf eingelassen, mit ihm an die Bar zu gehen? Wie konnte ich nur so blöd sein, die Party mit ihm zu verlassen?

Weil ich ihn heiß fand, gab ich mir die ernüchternde Antwort selbst. Er war mir bereits in diesem Straßencafé aufgefallen und auf der Party – Oh Gott! Wenn ich an seine Augen dachte, an das, was ich in ihnen zu lesen glaubte, spürte ich ein seltsam warmes Prickeln in meinem Unterleib. Ein Gefühl, das ich nicht haben wollte und auf keinen Fall haben sollte. Er war ein mieser Verbrecher. Jemand, der sich wahrscheinlich am Unglück anderer bereicherte und das war etwas, das ihn in meinen Augen zu einer widerlichen Kakerlake machte. Zu jemandem, den man unter den Absätzen zerquetschen sollte. Unwillkürlich presste ich die Kiefer so fest aufeinander, dass es knirschte.

„Wenn du so weitermachst, wirst du am Ende der Woche keine Zähne mehr haben. Und ich kann dir versichern, dass Ärzte hier draußen Seltenheitswert haben.“ Er lachte. Der Bastard lachte mich tatsächlich aus. Er fand das Ganze vielleicht lustig – ich hingegen nicht.

„Ich habe nicht vor, so lange hierzubleiben“, stieß ich zwischen zusammengebissenen Zähnen hervor und gleichzeitig ließ ich das Messer auf den Teller fallen, sodass es klirrte. „Und ich will jetzt endlich wissen, was das soll. Warum bin ich hier, idiota?“ Ich konnte zwar kaum Spanisch, aber einige Brocken hatte ich während der Reise aufgeschnappt. Für ein paar Schimpfworte reichte es. Statt jedoch wütend zu werden, lachte dieser miese Schwanz noch viel lauter. Am liebsten hätte ich ihm die Eier abgerissen und sie über einem offenen Feuer geröstet. Dieser Anfall von Mut hielt allerdings nicht lange an.

Mein Entführer, der noch immer in meiner unmittelbaren Nähe stand, überbrückte die wenigen Schritte, die uns trennten, in Rekordgeschwindigkeit. Sein rechter Arm landete auf der Lehne des Sessels und ich rutschte weiter nach vorne, wobei das eine ganz falsche Entscheidung war. Auf der Tischplatte befand sich nämlich seine zweite Hand und jetzt war ich seinem

Gesicht mit den sinnlichen Lippen näher, als es mir lieb sein konnte. Schlagartig ging mein Puls in die Höhe. Ob vor Angst oder ob etwas anderes die Ursache war, konnte ich nicht sagen. Unangenehm war es in jedem Fall. Erst recht, weil die nackte Haut seines Oberkörpers über meine Schulter streifte und an der Stelle sofort einen Flächenbrand auslöste.

„So ein böses Wort, chica?“ Dabei fasste er mit einer Hand mein Kinn und zwang meinen Kopf in die Höhe. So hoch, dass ich ihm schon wieder in die Augen schauen musste. Sein Daumen fuhr langsam und genüsslich über meine Unterlippe. Das Blau seiner Augen hielt mich fest und im gleichen Moment spürte ich zu meinem wachsenden Entsetzen, dass ein Kribbeln meine tieferen Regionen heimsuchte. Dieser Teufel wusste ganz genau, was er anrichtete. Das erkannte ich am Funkeln seiner Augen und an der Art, wie er mich berührte.

Er beobachtete mich genau und plötzlich ging seine zweite Hand auf Wanderschaft. Bisher hatte sie hinter meinem Rücken auf der Sessellehne gelegen und mich daran erinnert, dass ich in diese Richtung ebenfalls nicht ausweichen konnte. Er fuhr mit den Fingerspitzen über die nackte Haut meines Halses. Schmetterlingssanft strich er über mein Schlüsselbein, wieder zurück zu meinem Hals und ließ dann seine Hand in den weiten Ausschnitt des Negligés gleiten – ebenso trügerisch zart, wie er zuvor meine Schultern streichelte. Ich erstarrte und konnte den Blick nicht von seinen Augen abwenden. Sie versprachen mir Gnadenlosigkeit und Härte, aber da war auch noch etwas anderes. Etwas, dass tiefer ging und das ich nicht sehen wollte. Genauso wenig wollte ich ... Ich holte erschrocken Luft, als sein Daumen wie unabsichtlich meinen Nippel berührte und Feuerzungen durch meinen Körper jagten. Aus dem Kribbeln in meinem Schoß wurde ein heftiges Pulsieren – aber so durfte, ... so sollte ich auf keinen Fall empfinden. Das hier war falsch und wieder versuchte ich, Wut in meinem Inneren zu schüren. Mich darauf zu konzentrieren, dass ich nicht freiwillig hier war. Im gleichen Moment legte sich seine Hand um meinen Busen. Er fuhr mit dem Daumen über meine Brustwarze – fordernd und deutlich spürbar – bis diese zu einer harten Beere unter seinem streichelnden Finger wurde. Ich schnappte hektisch nach Luft.

„So weiche Haut, mi querida! Wie geschaffen für die Liebe." Ich spürte den heißen Atem an meinem Hals und ... Das hier durfte auf keinen Fall geschehen.

„Nimm die Hände von mir, Wichser!" Meine Worte hatten kalt geklungen und den Wichser hatte er sich mehr als verdient. Das Wort war gelinde gesagt noch zu milde. Ich atmete flach und Alejandro dürfte auch das nicht verborgen geblieben sein. Statt jedoch meiner wütenden Aufforderung nachzukommen, statt mich von seiner Gegenwart zu befreien, fuhr seine Hand blitzschnell in mein Haar und packte zu. Dieses Mal so hart, dass ich einen leichten Schmerz verspürte. Er hätte mir in diesem Moment richtig wehtun können, doch anscheinend war er bisher damit zufrieden, mir zu zeigen, dass er es war, der hier das Sagen hatte. Er zog meinen Kopf so weit nach hinten, dass ich mich nicht mehr bewegen konnte.

„Nein, mi hermosa!" Seine Stimme klang rauchig und tief. Wieso fiel mir das erst jetzt auf und warum reagierte mein Körper auf die dominante Weise, mit der er mich hielt? Es war verführerisch, sinnlich und gehörte verboten. Dieser Bastard gehörte verboten. „Ich werde nicht auf Handbetrieb gehen müssen. Noch bevor sieben

Tage vergangen sind, wirst du es sein, die mit Freuden an meinem Schwanz lutscht. Die vor mir auf die Knie geht und ihrem Herrn mit dem allergrößten Vergnügen dient." Seine heißen Lippen streiften mein Ohr und ich konnte ein weiteres Zittern nicht verhindern. Die Überzeugung, mit der er diese Worte zum Besten gab, ließ Kälte in meinem Inneren entstehen und Hitze zwischen meinen Schenkeln. Zu meinem allergrößten Entsetzen stellte ich fest, dass ich ... Unruhig rutschte ich auf dem weichen Kissen herum.

„Aaah, ... mi hermosa! Wenn ich dir jetzt deinen Slip nehmen würde, meine Hand zwischen deine milchweißen Schenkel schiebe – was würde mich dort wohl erwarten? Wäre es Ablehnung?" Seine Stimme wurde immer dunkler und ich immer nervöser. Er konnte einfach nicht wissen, dass mich sein Handeln erregte, ... doch dann sprach er weiter. „Wir wissen doch beide, dass du klatschnass und bereit bist. Wieso nicht zugeben, was so offensichtlich ist?"

Einen Moment saß ich wie festgefroren auf meinem Stuhl und starrte die sinnlichen Lippen an, die meinen so nahe waren. Ich wusste, dass dieser Mann die pure Gefahr war und das nicht nur in einer Hinsicht. Trotzdem schien meinen Körper das kalt zu lassen. Mich aber nicht. Das hier durfte einfach nicht passieren – egal, wie sehr ich seine Berührungen genoss. Es war pervers und ich musste schleunigst an etwas anderes denken. Nein! Ich musste weg aus seiner unmittelbaren Nähe.

Ich schoss in die Höhe und es war mir verflucht egal, ob ich mir dabei wehtat – ob er mir wehtat. Vielleicht sollte er es tun, damit ich endlich dieser verfluchten Faszination entkommen konnte, die er in den letzten Minuten auf mich ausübte.

Der Sessel fiel polternd um und ich riss mich los. Ich rannte so schnell ich konnte, gefolgt von seinem Gelächter. Nur weg von ihm und seiner verfluchten Anziehungskraft – das war alles, was ich wollte.

In meinem Zimmer angekommen – ich vermutete zumindest, dass es für die Dauer meines Aufenthaltes meins sein sollte – schob ich die Glastür so heftig hinter mir zu, dass es knallte. Sollte das verfluchte Ding doch zerspringen. Ich wollte Alejandro und sein heiseres Lachen aussperren – jenen Ton, der ein fatales Bündnis mit meinem Körper eingegangen war. Jeder Laut aus seinem Mund fuhr mir direkt zwischen die Beine und ich ertappte mich bei dem Gedanken, wie es wohl gewesen wäre, wenn er mich dort gestreichelt hätte. So, ... wie er es angedroht hatte.

Ich lief unruhig in meinem Zimmer auf und ab, versuchte mich wieder in den Griff zu bekommen, doch das wollte mir einfach nicht gelingen. Ich konnte nicht verstehen, warum ich so heftig auf meinen Entführer reagierte. Normal war das nicht – es hatte etwas Perverses, denn eigentlich sollte ich Ekel und Angst empfinden und zwar ausschließlich. Davon war ich aber, sehr zu meinem Entsetzen, meilenweit entfernt. Auf Drago hatte ich noch nicht ein einziges Mal mit Leidenschaft reagiert. Sicherlich! Ich genoss seine zarten Küsse und auch die wenigen Berührungen, die er mir schenkte, aber das hier war etwas völlig anderes. Dieses Kribbeln im Bauch, als ob dort tausende Schmetterlinge wild umherflatterten – es war einfach nur verrückt. Die leichte Furcht, die ich in Alejandros Nähe verspürte, war eher erregend als abstoßend. Himmel! Was auch immer der Kerl benutzt hatte, um mich zu betäuben, es hatte mich nicht nur schlafengelegt, sondern mich am Ende auch noch meinen Verstand gekostet. Und bei diesem Gedanken wurde ich immer wütender.

Suchend schaute ich mich in meinem Kerker um. Das Zimmer war groß und erlesen eingerichtet, doch nichts konnte darüber hinwegtäuschen, dass es ein Gefängnis war – mein Gefängnis. Ich schnappte mir den nächstbesten Gegenstand – eine teuer aussehende Porzellanfigur – und warf diese mit Wucht an die Wand. Das Scheppern war Musik in meinen Ohren und der Scherbenregen, der auf den glatten Marmorboden niederging, ebenso. Ich hoffte, dass Alejandro richtig viel Kohle für dieses Teil bezahlt hatte. Obwohl der Gedanke absolut kindisch war, schenkte er mir eine gewisse Befriedigung. Allerdings nur bis zu dem Augenblick, in dem ich Schritte draußen vor meinem Zimmer vernahm. Automatisch flog mein Blick in Richtung Tür und die wurde auch prompt aufgerissen.

Ich rechnete damit, einem wutentbrannten Alejandro gegenüber zu stehen, doch es war eine ältere, mürrisch dreinblickende Frau, die den Raum betrat. Sie würdigte mich keines Blickes, sah sich allerdings suchend im Zimmer um. Als sie den Scherbenhaufen entdeckte, marschierte sie los und machte sich daran, die Reste der kleinen Statue zu beseitigen. Und noch immer tat sie so, als wäre ich gar nicht da. Sie wirkte abweisend und schien keine gute Laune zu haben. Andererseits war sie der erste Mensch, den ich an diesem Ort neben Alejandro zu Gesicht bekam. Vielleicht konnte sie mir helfen. Vielleicht wusste sie ja, wie ich von hier entkommen konnte.

„Bitte“, flüsterte ich leise. „Sie müssen mir helfen. Ich wurde entführt.“ Dass meine Worte vollkommen naiv waren, ging mir erst in dem Moment auf, als die ältere

Frau sich umdrehte und ich ihr in die dunkelbraunen, fast schon schwarz wirkenden Augen starrte. Sie wusste ganz genau, dass ich nicht freiwillig hier war und zu meinem grenzenlosen Schrecken erkannte ich, dass sie es tolerierte. Als sie antwortete, wusste ich bereits, dass sie mir auf gar keinen Fall helfen würde.

„Der Herr lässt ausrichten, dass Sie sich frei bewegen können – im Haus, auf dem Grundstück und am Strand. Allerdings mit der ausdrücklichen Warnung versehen, dass Sie auf keinen Fall versuchen sollen zu fliehen, denn dann wären die Konsequenzen weniger schön.“ Sie warf die Scherben in den mitgebrachten Eimer, drehte sich um und wollte das Zimmer bereits wieder verlassen, doch dann blieb sie stehen und warf mir einen bösen Blick zu. „Passende Kleidung finden Sie im Ankleidezimmer – anständige, neue Kleidung.“ Dann marschierte sie aus dem Raum und warf die Tür hinter sich zu. Ließ mich vollkommen ratlos und verwirrt zurück ...

Kapitel 6

Noelle

Natürlich warf ich einen Blick in das Ankleidezimmer und was ich dort fand, verschlug mir gelinde gesagt die Sprache. Dutzende Sommerkleider hingen fein säuberlich an einer langen Kleiderstange. Unterwäsche, wie ich sie im Normalfall noch nicht einmal mit spitzen Fingern angefasst hätte und die wahrscheinlich auch noch sündhaft teuer war, lag sauber sortiert in zahlreichen Schubladen. Hosen und Hotpants, Shirts und Nachtwäsche – und alles in meiner Größe. Anscheinend hatte dieses Arschloch meine Entführung bereits von langer Hand geplant. Das hier sah nicht so aus, als ob es sich um eine Spontantat handelte. Und das ließ mich erneut darüber nachdenken, was das alles sollte. Ich war keinesfalls so dumm, daran zu glauben, dass meinen Entführer die Leidenschaft dazu hingerissen hatte, mich zu verschleppen. Auch dann nicht, wenn er augenscheinlich ein widerliches Vergnügen dabei empfand, mich anzufassen um mich so in die Schranken zu weisen. Da steckte etwas anderes dahinter und ich musste herausfinden, was es war. Dringend! Denn wenn ich noch lange hierblieb, war ich verloren. Mir war klar, dass Alejandro recht hatte. In einer Woche – ach was –

in weniger als zwei Tagen, würde er mich besiegt haben, wenn ich meine verflixten Bauchgefühle nicht in den Griff bekam. Und danach sah es leider mal so gar nicht aus. Diesen Cocktail aus Angst und dem abartigen Verlangen, … nicht zu vergessen den wilden Drang, ihm das Herz aus der Brust zu schneiden – den bekam ich einfach nicht unter Kontrolle. Sobald der Kerl mir zu nahekam, spielten die Schmetterlinge in meinem Bauch verrückt – ob ich das nun wollte oder nicht. Und zu nahe kommen würde er mir, denn das hatte er bereits unter Beweis gestellt.

Ich hatte mir immer eingebildet, eine moderne, selbstbewusste Frau zu sein, doch hier versagte mein Verstand. Das durfte einfach nicht passieren, denn wenn das hier weiter so lief, würde ich am Ende der Woche nicht nur seinen Schwanz lutschen – wie er es so rüde ausgedrückt hatte – sondern auf allen Vieren kriechen. Ich musste verschwinden und das ganz schnell.

Die mürrische Hausbedienstete hatte mir mitgeteilt, dass ich mich frei bewegen durfte und genau das würde ich machen. Wenn ich abhauen wollte – und das wollte ich mehr als alles andere – sollte ich mir wohl erst einmal einen Überblick verschaffen. Ich musste dringend in Erfahrung bringen, wo zum Henker ich mich eigentlich befand. Und ein Spaziergang am Strand eignete sich dazu ganz hervorragend.

Ich entschied mich für eine Dreiviertel-Jeans – eine, die meiner Meinung nach am meisten Haut bedeckte. Dazu entnahm ich dem Regal eine weite, weiße Bauernbluse, deren Stoff sich herrlich glatt und kühl anfühlte. Mit spitzen Fingern holte ich einen Slip aus der Schublade, der diesen Namen keinesfalls verdiente. Im Grunde genommen bestand er nur aus ein paar dünnen Schnüren und durchsichtiger, schwarzer Spitze. Schnell streifte ich das

Ding über meine Beine und überlegte im gleichen Moment, ob ich nicht besser einen der Bikinis nehmen sollte – doch die sahen auch nicht sehr viel besser aus. Hier war sehr an Stoff gespart worden. Niemals würde ich mich mit so einem winzigen Ding an den Strand legen, geschweige denn ...

Der Gedanke, dass Alejandro mich in einem dieser Teile zu sehen bekam, ließ prompt Hitze in meine Wangen steigen. Ich konnte mir lebhaft vorstellen, dass ihm tatsächlich der Sinn danach stand, mich so leicht bekleidet vor sich zu sehen, doch diese seine Pläne würde ich durchkreuzen. Es mochte sein, dass ich hier nicht wegkam – wobei das noch abzuwarten blieb – aber ich würde auf keinen Fall zu seinem Spielzeug werden. Das konnte dieser Arsch vergessen, ... beruhigte ich mich selbst. Allerdings wirkte dieser Gedanke schon sehr danach, als müsse ich nur einen Menschen davon überzeugen – nämlich mich.

Bereits als ich auf die Veranda trat, merkte ich, dass eines der luftigen Kleidchen die bessere Wahl gewesen wäre. Es war drückend warm und auch der Wind, der vom Meer kam, konnte die Hitze nicht vertreiben.

Vorsichtig sah ich mich um. Der Tisch, an dem wir vor wenigen Minuten noch gesessen hatten, war abgeräumt und jetzt bedauerte ich natürlich, dass ich nichts gegessen hatte. Bei dem Gedanken an das verführerische Frühstück zog sich mein Magen schmerzhaft zusammen. Auch etwas, das mein Entführer zu verantworten hatte. Doch von dem war breit und breit nichts zu sehen. Zumindest das war ein positiver Umstand.

Ich atmete auf und lief dann eilig über den gepflegten Rasen, der die Hazienda umgab. Sie war riesig groß, im spanischen Stil gebaut und ich wunderte mich darüber, dass ein solch feines Gebäude an einem so abgelegenen

Ort errichtet worden war. Normal war das sicherlich nicht. Wahrscheinlich hatte der Besitzer etwas zu verbergen – genau so musste es sein. Auch die Größe erstaunte mich. Es gab Anbauten und Lagerräume und im Hintergrund, ganz dicht am Rande des Dschungels, erkannte ich mehrere kleine Häuser. Garantiert lebten dort Alejandros Angestellte. Bisher war mir zwar nur die ältere Frau über den Weg gelaufen, doch das hieß ja nicht, dass sie die einzige war. Es musste weitere Menschen hier geben.

Erst als ich unbehelligt den Strand erreichte, atmete ich auf. Der warme Sand unter meinen Füßen verlockte dazu, die Schuhe auszuziehen und ein paar Minuten später lief ich am Wasserrand entlang. Wellen spülten um meine Füße und kühlten wunderbar meine erhitzte Haut. Auch der Wind war so nah am Ufer weitaus stärker, als am Haus. Suchend sah ich mich um. Ich konnte keine Menschenseele entdecken und trotzdem war ich mir sicher, dass ich beobachtet wurde. Es war einfach ein Gefühl. Nichts, für das ich Gewissheit gehabt hätte. Dann jedoch erkannte ich den Grund. Keine zwanzig Meter von mir entfernt stieg Alejandro Torres aus dem Wasser – nackt wie Gott ihn schuf und nicht minder verführerisch wie die Schlange im Paradies. Ich stand wie festgefroren an meinem Platz und beobachtete, wie er mir immer näher kam. Dabei war seine Miene so unergründlich, dass ich ihn einfach anstarren musste. Allerdings nicht nur wegen dieser phantastischen Augen. In den letzten Sekunden war mein Blick einmal gründlich an seinem Körper entlanggewandert und was ich dabei zu sehen bekommen hatte, ... war ... Nun ja, es war außerordentlich. Sozusagen XXL-Format. Sofort regten sich wieder die Schmetterlinge in meinem Unterleib.

Hatten sie bisher eher einen langsamen Walzer getanzt, legten sie gerade einen Tango aufs Parkett. Heiß, sinnlich und absolut nicht das, was ich in Alejandros Gegenwart fühlen wollte.

Dieser schien zu ahnen, was ich dachte, denn sein Lächeln bekam etwas Diabolisches. Er machte keinesfalls den Eindruck, als würde es ihm etwas ausmachen, sich nackt zu präsentieren und ich verfluchte den Höllenchef und all seine Untergebenen dafür, dass er mich dieser Versuchung aussetzte – dieser Heimsuchung von einem Mann.

Ich durfte auf keinen Fall meinen Blick nach unten wandern lassen, versuchte mich an seinen Augen festzuhalten, doch das war ... es war verflucht schwer. Meine Beine juckten und zitterten und ich spürte, dass ich nicht mehr lange standhalten würde – es einfach nicht konnte. Ich verwandelte mich gerade in etwas, das die Konsistenz von Wackelpudding hatte und damit konnte ich einfach nicht leben. Auf dem Absatz drehte ich mich um und rannte. Das schien mir in diesem Moment die beste Lösung für mein Problem zu sein.

Ich raste über den warmen Sand und natürlich hörte ich prompt sein schallendes Gelächter. Wieder einmal amüsierte er sich darüber, dass ich flüchtete. Ich hätte ihm am liebsten meinen Ellbogen in die viel zu perfekte Visage gerammt, doch dabei wäre ich ihm gefährlich nahegekommen – zu nahe. Also rannte ich weiter zurück in Richtung Hazienda und blieb erst stehen, nachdem mir die Puste ausging. Keuchend fand ich mich im Garten wieder und schaute mich verstohlen um. Von Alejandro war nichts mehr zu sehen und ich versuchte mal wieder, mich zu beruhigen. Zum gefühlt hundertsten Mal an diesem Tag und ich hasste es. Ich hasste mich selbst für diese Schwäche.

Solange dieser Mensch am Strand war, solange die Gefahr bestand, dass ich ihm dort über den Weg lief, konnte ich meine Erkundungstour vergessen. Still fluchte ich in mich hinein und betrat das kühle Haus. Die Haushälterin hatte mir mitgeteilt, dass ich mich frei bewegen durfte und wenn ich schon draußen nicht weiterkam, dann vielleicht im Haus. Ich hoffte, dass ich irgendwo einen Hinweis auf meinen Aufenthaltsort finden konnte. Vielleicht war ich ja gar nicht so weit entfernt von einer menschlichen Ansiedlung, wie dieser Alejandro behauptete. Die Wahrscheinlichkeit war recht groß, dass er log, um mich auf diese Weise ans Haus zu ketten. Ein perfider Trick, der mich in seiner Nähe halten sollte.

Gleich neben dem Tisch, an dem wir vorhin noch gesessen hatten, betrat ich die Villa. Drinnen war es herrlich kühl und irgendwo rechts von mir hörte ich die Stimme der älteren Frau. Sie summte ein fröhlich klingendes Liedchen. Ich hielt mich links, denn auf eine weitere Begegnung mit der Alten legte ich keinen Wert. Warum auch immer, sie schien keine allzu hohe Meinung von mir zu haben. Statt in mir das Opfer zu sehen, machte sie eher den Eindruck, als würde sie mich für einen Eindringling halten. Kopfschüttelnd folgte ich dem breiten Flur, von dem mehrere Türen abgingen. Ein ums andere Mal schaute ich in einen dahinterliegenden Raum, doch ich fand dort lediglich Schlafzimmer, die meinem eigenen recht ähnlich sahen. Zwei der Türen waren verschlossen und ich wünschte dem Hausbesitzer die Pest an den Hals. Wahrscheinlich hob Alejandro dort Dinge auf, die für meine Augen nicht gedacht waren. Karten der Umgebung, einen Computer – Dinge, die ich für meine Flucht nutzen konnte. Doch es half nichts – die Türen waren zugesperrt und ich hatte keinen Schlüssel.

Am Ende des Flurs befand sich eine Schwingtür, ähnlich der in einem texanischen Saloon. Ich drückte sie auf und befand mich Sekunden später in einer riesigen Küche. Hier hätte man eine Kleinarmee verpflegen können und auch der riesige Holztisch mit den vielen Sitzgelegenheiten sagte mir, dass hier eine Menge Leute ein- und ausgingen. Männer und Frauen, die für meinen Kidnapper arbeiteten. Doch das war es nicht, was mich in diesem Moment beschäftigte.

Mein Blick war auf die große Arbeitsfläche neben dem Herd gefallen und dort stand ein Messerblock – einer, der das Herz eines jeden Kochs in Wallung gebracht hätte. Und meins auch. Ich sah mich um, lauschte einen kurzen Moment und bewegte mich dann vorwärts. Dort war sie. Die Antwort auf meine Frage und meine Versicherung, dass ich mir notfalls diesen Alejandro vom Hals halten konnte. Er würde es ja hoffentlich nicht riskieren, sich mir aufzudrängen, wenn ich eine Waffe in der Hand hielt. So verrückt war nicht mal er.

Sekundenlang stand ich vor den Messern und betrachtete sie nachdenklich. Würde ich im Notfall tatsächlich kaltblütig genug sein, eine Waffe gegen Alejandro einzusetzen? Konnte ich mir diesen unverschämten Bastard so wirklich vom Leib halten? Der Messerblock verschwamm vor meinen Augen. Nein! Das würde ich nicht über mich bringen. Alleine beim Gedanken daran, ihm die scharfe Klinge in den Leib zu stoßen, wurde mir schlecht. Aber vielleicht reichte ja allein die Drohung aus.

Auch diese Hoffnung zerfaserte. Ich wusste, ich würde meinen Entführer damit nur provozieren. Seufzend drehte ich mich um und …

Kapitel 7

Alejandro

Nach dem Zusammenstoß mit Noelle hatte mich tatsächlich abkühlen müssen und ein Sprung in die kühlen Fluten des Pazifiks schien mir dazu hervorragend geeignet zu sein.

Gleich nachdem sie in ihrem Zimmer verschwunden war, nachdem ich ihr zeigte, was ich wollte, ... ich hätte für nichts mehr garantieren können. Bereits in Barranquilla war meine Hose verdammt eng geworden, doch jetzt spannte sie dermaßen, dass es schmerzte. Am liebsten hätte ich meinen *Gast* in mein Bett gezerrt und ihr gezeigt, dass nicht nur ich es wollte. Sie konnte ihrer Großmutter erzählen, dass sie mich verabscheute, dass ich sie nicht erregte – mir allerdings nicht. Die Anzeichen waren zu deutlich. Die schnellere Atmung, sobald ich ihr zu nahe kam, das leichte Beben ihres schönen Körpers und das kaum hörbare Seufzen, als ich ihren Nippel berührte und dieser sich mir sogleich entgegenreckte – dass alles sagte mir, dass ich sie antörnte. Dass die Aussicht, von mir genommen zu werden, sie keinesfalls entsetzte. Ihr Kopf mochte eine vollkommen andere Meinung zu dem Thema haben, ihr Körper allerdings sagte sehr deutlich, was sie wirklich wollte.

Der laute Schrei aus ihrem Zimmer, das Scheppern von zerbrechendem Porzellan, ich hörte sehr wohl, dass die Kleine zornig war. Nun, einmal würde ich diesen Wutausbruch tolerieren, allerdings nur dieses eine Mal. Lachend lief ich an ihrem Zimmer vorbei, runter zum Strand und dort angekommen riss ich mir die Hose vom Leib. Das kühle Wasser linderte den schlimmsten Druck, konnte aber nicht das Bild meiner schönen Gefangenen aus meinem Kopf vertreiben. Dort hatte sie sich hartnäckig eingenistet – auch das Gefühl ihrer seidenweichen Haut unter meinen Fingerspitzen. Krampfhaft versuchte ich an etwas anderes zu denken, doch so recht wollte es nicht gelingen. Immer wieder mogelten sich die katzenhaft grünen Augen in meinen Geist und auch der wohlproportionierte Körper, den ich ... Caramba! Wenn das weiter so ging, würde ich keine zwei Tage mit der princesa unter einem Dach aushalten, ohne sie zu vögeln.

Ich schwamm so lange, bis ich mich einigermaßen beruhigt hatte und erst nachdem mein bester Freund endlich Ruhe gab, ließ ich mich in Richtung Ufer treiben und stieg aus dem Wasser. Eigentlich wollte ich mich nach dem Bad in mein Büro verziehen. Schnöde Zahlen und Abrechnungen schienen mir eine gute Maßnahme zu sein, nicht ständig an Noelle denken zu müssen – doch es kam anders.

Plötzlich stand sie keine zwanzig Meter von mir entfernt am Strand und starrte mich an, als wäre ich der Leibhaftige höchstpersönlich. Ein zu Fleisch gewordener Alptraum, der sie quälte. Ihr Gesicht verlor sämtliche Farbe, als ich unbewusst auf sie zulief, dann drehte sie sich um und rannte davon – zurück zur Hazienda. Auch wenn es mich zum Teil amüsierte – dieses Weglaufen musste ein Ende haben. Entkommen würde sie mir auf keinen Fall und es war an der Zeit, dass sie diese Tatsache endlich schluckte.

Eilig schlüpfte ich in die Jeans und machte mich an die Verfolgung. Beeilen musste ich mich nicht, denn ich hatte von weitem gesehen, durch welche Tür die Kleine das Haus betreten hatte. Dort gab es nur einen langen Korridor und der endete in der Küche. Mein Zimmer und das Büro gingen ebenfalls von dort ab, aber beide Türen waren fest verschlossen – dort hatte niemand etwas verloren und meine süße Gefangene am allerwenigsten. Sollte sie mein Schlafzimmer jemals betreten, würde sie binnen weniger Minuten mit gespreizten Schenkeln auf dem Rücken liegen und für mich schreien.

In diesem Moment war ich nicht einmal mehr sicher, ob ich Noelle gehenlassen würde, falls ihr Verlobter die gewünschten Informationen lieferte. Ich wollte diese Frau – mehr als alles andere. Irgendwie ging sie mir seltsam unter die Haut – mehr, als ich es jemals für möglich gehalten hätte.

Ich näherte mich leise der Schwingtür. Meine nackten Füße machten keinerlei Geräusche auf dem kühlen Marmor und vorsichtig spähte ich um die Ecke.

Gedankenverloren stand meine Gefangene vor der Anrichte und starrte verlangend auf den Messerblock. Ich konnte mir lebhaft vorstellen, was sie gerade dachte und an wem sie im Geiste bereits eines der Messer wetzte. Ein Lächeln legte sich um meine Lippen. Noelle war alles andere, nur nicht dumm oder feige. Mi princesa hatte mehr Schneid, als gut für sie war und ich war mir ziemlich sicher, dass sie sich garantiert nicht an die von mir aufgestellten Spielregeln halten würde. Das würde nicht zu ihr passen.

Leise trat ich näher heran und noch immer merkte sie nicht, dass ich bereits ganz dicht hinter ihr war – so dicht, dass ich sie hätte berühren können. Stattdessen beobachtete ich ihren innerlichen Kampf mit sich selbst. Ihre Hände zuckten, ballten sich zu Fäusten und öffneten sich dann wieder. Und die ganze Zeit ließ sie die scharfen Messer nicht ein einziges Mal aus den Augen. Ich erkannte den Moment, in dem sie aufgab. Ihre schmalen Schultern sackten nach vorne und sie stieß die angehaltene Luft geräuschvoll aus. Dann wandte sie sich um und rannte prompt in mich hinein. Ihr überraschter Schrei war Musik in meinen Ohren. Sagte er mir doch sehr deutlich, dass sie mit mir keinesfalls gerechnet hatte.

Nur ein schneller Griff meinerseits bewahrte sie davor, auf dem Boden zu landen. Wobei ich mir ziemlich sicher war, dass sie sich dort lieber wiedergefunden hätte. Noelle gab ein schnaubendes Geräusch von sich und drückte sogleich ihre Fäuste gegen meine Brust – versuchte so, den Abstand zu mir zu vergrößern. Dumm nur, dass ich das nicht zuließ. Ich hatte nicht vor, sie so leicht davonkommen zu lassen. Alleine dafür, dass sie eine Sekunde darüber nachdachte, ein Messer zu entwenden, gehörte ihr Arsch mir – sie gehörte mir, solange ich es für richtig hielt.

„Wie gut, dass du dem Drang nicht nachgegeben hast, mi querida! Dafür hätte ich dich über mein Knie gelegt und dich spüren lassen, welchen Fehler du begangen hast." Ich starrte auf Noelle hinab und sie erwiderte mit funkelnden Augen meinen kalten Blick. Im Moment schien sie vergessen zu haben, wer hier den Ton angab und dass ich sie in der Hand hatte.

„Lass mich gehen!", fauchte sie wütend. „Ich will nach Hause – zu meiner Familie, zu meinem Verlobten, zu ..."

„Du hast nichts zu wollen, Noelle! Du hast deinen niedlichen Mund nur für eine Sache einzusetzen und die habe ich dir bereits in Aussicht gestellt." Sie sog hörbar Luft in ihre Lungen, doch bevor sie sich weiter um Kopf und Kragen reden konnte, umfasste ich ihr Gesicht mit beiden Händen und näherte mich den verheißungsvoll glänzenden Lippen.

„Es wäre doch zu schade, wenn unsere erste Begegnung damit endet, dass meine Hand dir einen glühenden Arsch verpasst. Ich würde dich zu gerne schreien hören, allerdings aus einem anderen Grund, princesa. Aus einem völlig anderen Grund." Ich konnte meine Finger einfach nicht von ihr lassen und mit den Bildern, die ich ihr gerade in den Kopf pflanzte, folterte ich mich selbst. Erst recht, als ich jetzt auch noch mit meinen Lippen ihren Mundwinkel streifte und sie erneut dieses ganz leise Seufzen hören ließ. Sie zitterte unter meinen Händen und das ließ meinen Schwanz hart werden – so verrückt nach einer Frau war ich schon ewig nicht mehr. Nicht die allerbesten Voraussetzungen, die Finger von meiner Gefangenen zu lassen.

„Sag mir, princesa: Würde es dir gefallen, wenn ich dich auf die Anrichte hebe, deinen Körper auf die kühle Platte drücke und meinen Kopf zwischen deinen Schenkeln vergrabe? Was würdest du tun, wenn ich deinen Slip mit einem Ruck zerreiße und meine Zunge deine nassen Falten erkundet? Wie wäre deine Reaktion, wenn ich deine zuckende Perle zwischen meine Zähne sauge, sie mit meinem Mund verwöhne, während ich mit den Fingern deine feuchte Öffnung erkunde? Wenn ich sie langsam in deine heiße Pussy schiebe und dich an Stellen verwöhne, von denen du bisher nicht einmal gehört hast. Was würdest du wohl machen, wenn ich dich so lange ficke – tief und hart – bis du unter meinen Händen kommst? So lange, bis du vor Lust meinen Namen schreist." Mein Mund war jetzt nah an ihrem Ohr und das Beben, das durch ihren Körper lief, ließ mich fast die Beherrschung verlieren. Mein Handrücken strich über ihren Nippel, der sich mir sofort verlangend entgegenreckte.

„Fass mich nicht an, du ... du mieser Schwanzlurch." Ich war leider viel zu abgelenkt, um ihre rasche Bewegung wahrzunehmen. Es klatschte und dann brannte plötzlich meine Wange. Die Kleine hatte mir eine schallende Ohrfeige verpasst und sich gleichzeitig losgerissen. Hektisch atmend und mit hochroten Wangen stand sie vor mir und ihre Augen schossen Blitze – allerdings war auch ich jetzt nicht mehr die Ruhe in Person. Ich schoss vorwärts und ehe sie reagieren konnte, hatte ich mir die Kleine geschnappt und sie gegen die Tür des großen Kühlschranks gedrückt. Ich fasste ihre Handgelenke, riss sie über ihren Kopf und pinnte sie dort mit einer Hand fest. Indem ich meinen Körper fest gegen ihren presste, verhinderte ich, dass Noelle ihre Knie wirkungsvoll zum Einsatz bringen konnte – versucht hätte sie es nämlich.

„Das, ... mi princesa, ... solltest du nicht noch einmal versuchen. Schlag mich nie wieder, verstanden?" Meine Stimme überrollte sie geradezu und eigentlich hätte ich härter reagieren müssen – konnte ich aber nicht, denn ansonsten ... „Solltest du noch einmal versuchen, handgreiflich gegen mich zu werden, wird es deine süße, aber leider verschwendungssüchtige Schwester sein, die dafür bezahlt." Meine zweite Hand glitt über ihre zarte Wange, fuhr über ihren Hals und ich konnte spüren, wie Noelle die Luft anhielt – wie alles an ihr sich anspannte. Die Kleine hatte nicht damit gerechnet, dass ich ihre Familie ins Boot holen würde. Sie hatte nicht die geringste Ahnung, zu was ich alles in der Lage sein würde, um zu bekommen, was ich wollte. „Und wir wollen doch deine kranke Mutter nicht aufregen – nicht wahr?“ Noelles Augen wurden dunkel – jetzt erkannte ich zum ersten Mal echte Furcht in den grünen Iriden und am liebsten hätte ich mir im gleichen Moment auf die Zunge gebissen. Dieses Mädchen weckte alle niederen Instinkte in mir, doch das hier war gerade unnötig grausam gewesen und nicht einmal meiner würdig. Es passte zu einem Menschen, der keine Ehre mehr besaß – nicht zu mir. Es passte zu einem Drago Leonov und seinen Bekanntschaften.

„Ab jetzt wirst du ein braves Mädchen sein, Noelle, denn ansonsten sehe ich mich gezwungen, andere Seiten aufzuziehen. Das wäre äußerst schade und für dich garantiert nicht angenehm.“ Für eine Frau wie Noelle konnte das hier nicht gut ausgehen. Nicht, wenn ich nicht verhinderte, dass sie zu diesem Drago zurückkehrte. Sie wusste nicht einmal, mit wem sie sich da eingelassen hatte und mit wem dieses Arschloch verkehrte. Sie hatte keine Ahnung, wie gefährlich die Welt war, in der sie sich bewegte. Ich sah die Tränen in ihren Augenwinkeln und wusste, dass ich sie tief getroffen hatte. Ich wusste, dass sie ihre Familie schützen und aus diesem Grund gehorchen würde, doch der Sieg hatte einen faden Beigeschmack – bitter wie abgestandener Kaffee. Abrupt ließ ich sie los und trat einen Schritt zurück.

Noelle ließ die Arme sinken, presste sich aber so fest vor den Kühlschrank, als wollte sie mit diesem verschmelzen. Als wartete sie nur auf einen weiteren Angriff meinerseits.

Hatten ihre Augen vor wenigen Sekunden noch voller Zorn und Kampfeswillen gefunkelt, so waren sie jetzt dunkel vor Schmerz – ein Schmerz, den ich zu verantworten hatte. Gut so! Vielleicht würde sie jetzt endlich einsehen, dass ihre Gegenwehr nichts brachte.

„Geh auf dein Zimmer, Noelle! Um achtzehn Uhr wird das Abendessen auf der Veranda serviert und du wirst pünktlich dort sein. Lass es nicht darauf ankommen, dass ich dich holen komme!“ Ich trat einen weiteren Schritt zur Seite und Noelle floh regelrecht vor mir. Ohne einen Blick zurück, ohne ein böses Wort rannte sie aus dem Raum und ließ mich alleine und sehr nachdenklich zurück.

Kapitel 8

Noelle

Natürlich ging ich nicht zu dem befohlenen Abendessen. Nachdem ich wieder einmal davongelaufen und in meinem Zimmer angekommen war, hatte ich mich aufs Bett geworfen und stundenlang geweint. Dieser Bastard hatte mich nicht nur entführt, sondern wusste ganz genau über mich und meine Familie Bescheid. Und er machte noch nicht einmal davor halt, meine Mutter gegen mich einzusetzen – meine Mutter, die schwer krank war und nicht mehr lange zu leben hatte. Allein der Gedanke an das ihr bevorstehende Schicksal ließ alle Dämme brechen und die Tränen liefen mir übers Gesicht. So lange, bis ich nur noch hicksen und schluchzen konnte. Ich war leer, müde und so erschöpft, dass sich alles zu drehen begann. Das Zimmer, die erlesenen Möbel, die Fenster mit dem phantastischen Ausblick auf den weißen Sandstrand – das alles verschwamm vor meinen Augen. Irgendwann schlief ich einfach ein – in meinen Klamotten und mitsamt den Schuhen an den Füßen. Niemand kam, um mich zu holen, doch am nächsten Morgen wurde ich wach, war seltsamerweise zugedeckt und die Schuhe nicht mehr da. Irgendwer war in meinem Zimmer gewesen und ich konnte mir auch lebhaft vorstellen, wer das war. Ich wollte nur nicht darüber nachdenken.

Auch das Frühstück ließ ich ausfallen und wieder ließ sich niemand blicken. Ich hatte felsenfest damit gerechnet, dass Alejandro Torres seine Drohung wahrmachen würde. Dass er mir zeigen würde, zu was er imstande war, wenn man ihm den Gehorsam verweigerte. Ich wünschte mir verzweifelt, dass er es endlich tun würde, denn ich hoffte, dass ich dann endlich die gefährliche Faszination für diesen Mann abschütteln konnte. Er beherrschte mich, er beherrschte meine Gedanken und selbst in meinen Träumen fand ich keine Ruhe. Die blauen Augen und ihr Besitzer verfolgten mich – überall, jederzeit und mit einer Intensität, die mich erschreckte. Ich wusste, ich musste fort, ansonsten war ich verloren.

In der Küche hatte ich Alejandro nur mit Mühe von mir stoßen können und je länger ich an diesem Ort blieb, desto weniger würde ich widerstehen können. Mit jeder Sekunde in seiner Nähe wuchs die Gefahr, dass ich am Ende schwach werden würde.

Gegen Mittag war ich so hungrig, dass ich es nicht mehr aushielt und erneut den Weg in Richtung Küche antrat. Dort musste es einfach etwas Essbares geben. Wenn ich nicht bei Kräften blieb, würde ich niemals von hier entkommen können und das war alles, was ich wollte. Alles, an das ich jetzt noch denken konnte.

Ich hatte Glück. Anscheinend hatte die mürrische Haushälterin die Anweisung erhalten, etwas für mich bereitzustellen. Ich konnte mir beim besten Willen nicht vorstellen, dass sie von alleine auf diese Idee gekommen war. Ich war alleine in der Küche und machte mich mit Heißhunger über die beiden Croissants her. Dazu gab es frisch geschnittenes Obst und ein schmackhaftes Müsli. Erst als ich gesättigt war, verkroch ich mich wieder in mein Zimmer und lief dort auf und ab wie ein Tier, das man in einen Käfig gesperrt hatte. Der Tag schritt immer weiter fort und Alejandro hatte bisher seine Drohung nicht wahrgemacht – er war nicht gekommen, um mir zu zeigen, wie gnadenlos er sein konnte. Ich wartete förmlich darauf, dass er den Mistkerl raushängen ließ, der sich unter der schönen Schale verbarg. Das Monstrum, das in ihm schlummerte.

Den ganzen Tag hatte ich auf seine Schritte gelauscht, mich vor dem Moment gefürchtet, in dem er in mein Zimmer kam, um all die schrecklichen Dinge in die Tat umzusetzen, die er mir angedroht hatte – doch er kam nicht und dafür hasste ich ihn fast noch mehr. Ich war hin- und hergerissen zwischen dem Wunsch, meinem Entführer aus dem Weg zu gehen und meinem Bedürfnis, nicht länger alleine sein zu müssen. Die Einsamkeit, die erzwungene Untätigkeit – beides zerrte so sehr an meinen Nerven, dass ich am liebsten Nonstop geschrien hätte. Ich lief eine weitere Runde durch mein Zimmer und sah mich nach einem Gegenstand um, den ich an die Wand werfen konnte. Irgendetwas, an dem ich meinen Frust auslassen konnte – doch da war nichts. Anscheinend hatte der Giftzahn von einer Haushälterin alle zerbrechlichen Sachen aus dem Raum entfernt. Wen sie wohl damit schützen wollte? Mich mit Sicherheit nicht …

Ich hatte das Gefühl, ersticken zu müssen, wenn ich noch einen einzigen Moment in diesem Zimmer zubrachte und so raste ich in das Ankleidezimmer, zog mir eine frische Hose und eine weitfallende Bluse an. Dann fuhr ich mir einmal mit den Fingern durch die langen, offenen Haare. Wenn ich nicht wahnsinnig werden wollte, musste ich raus – hier drinnen hielt ich es keine Sekunde länger aus. Ich stürmte nach draußen und atmete erst auf, als ich mehrere Meter zwischen mich und das Haus gebracht hatte. Kein Mensch war zu sehen und so lief ich so schnell ich konnte am Strand entlang. Ich musste mich einfach bewegen, um all die aufgestauten Emotionen loszuwerden – die Angst, das Entsetzen, aber auch die seltsamen Gefühle, die mein Entführer in mir weckte.

Aaaaargh – es war zum Haare raufen. Selbst hier draußen konnte ich meine Gedanken nicht von ihm lösen. Sie kreisten beständig um diesen Mann und ich blieb stehen. Wem wollte ich eigentlich noch etwas vormachen? Ihm? Mir?

Er hatte mich entführt, ich wusste weder, wo ich mich befand, noch was der Grund für meinen Aufenthalt an diesem Ort war und trotzdem ging mir dieser Kerl nicht aus dem Kopf. Ich war wahnsinnig, ... oder aber komplett untervögelt. Tropenkoller, Stockholm-Syndrom – irgendetwas musste es sein.

Ich warf den Kopf in den Nacken und brüllte drauflos und es war mir verdammt egal, wer es mitbekam. Von mir aus hielten mich Alejandros Angestellte für eine komplette Idiotin, aber sie mussten auch nicht in dieser Hölle ausharren, ohne zu wissen, was mit ihnen geschah. Ich schrie immer weiter und immer weiter, bis ich heiser war und dabei ballte ich meine Hände zu Fäusten – so lange, bis ich mir mit den Fingernägeln selbst Schmerzen zufügte. Erst als ich nicht mehr konnte, als diese blauen Augen aus meinem Sinn verschwanden, hörte ich auf und sah mich um.

Das hier war wohl der einsamste Ort auf dieser Welt. Außer ein paar Vögeln hatte niemand von meinem

Ausbruch Notiz genommen. Die Wellen spülten weiter an den Strand, als wäre nichts Aufregendes geschehen und die Wolken zogen am Himmel träge ihre Bahn. Weit und breit war niemand zu sehen. Es war einfach nur frustrierend.

Erst jetzt stellte ich fest, wie weit ich mich vom Haus entfernt hatte. Es war nur noch als winziger Fleck in der Ferne zu erkennen. Ich war weiter gelaufen, als ich es für möglich gehalten hätte und niemand hielt mich auf – kein Alejandro und kein Wachpersonal. Das fand ich nun doch äußerst seltsam. Ich war eine Gefangene, die man einfach unbeaufsichtigt Spazierengehen ließ, ohne zu kontrollieren, ob sie ...

Während ich mich umsah, entdeckte ich plötzlich eine Öffnung im dichten Laub der Bäume. Keine hundert Meter von mir entfernt, dort wo der Dschungel begann, schien ein Weg oder eine Straße zu sein und vor Aufregung begann mein Herz zu pochen.

Eine Straße würde irgendwo hinführen. In einen Ort, eine Stadt – irgendwohin, wo man mir vielleicht helfen würde. Ich musste es zumindest versuchen, denn der Zusammenstoß mit meinem Entführer hatte mir eins sehr deutlich gezeigt: Er würde bekommen, was er wollte. Schneller, als er es mir prophezeit hatte und ich mich gegen ihn zur Wehr setzen konnte.

Noch einmal sah ich mich um und noch immer konnte ich niemanden entdecken – weder meinen skrupellosen Kidnapper, noch irgendeinen anderen Mann. Fühlte dieser Alejandro sich so sicher, dass er seinen Besitz nicht bewachen ließ? Und glaubte er tatsächlich, dass ich nicht versuchen würde, zu fliehen?

Bevor ich mir Gedanken über die angedrohten Konsequenzen machen konnte, lief ich bereits auf die verlockende Öffnung im wilden Laubdickicht zu. Es war tatsächlich ein Weg – nicht breit, aber breit genug für einen Jeep oder für ein Transportfahrzeug. Je näher ich allerdings kam, desto unheimlicher wurden die dunklen Schatten zwischen den Bäumen. Sie schienen Augen zu haben und auch die zahlreichen Tierstimmen waren nicht unbedingt beruhigend. Ich wusste, dass ich im Dschungel auf einen Jaguar treffen konnte, oder auf Schlangen. Es gab eine Menge Tiere, die mir dort gefährlich werden konnten, aber vielleicht war ich sicher, wenn ich mich auf dem Weg hielt – zumindest so lange, bis ich weit genug von diesem Anwesen entfernt war.

Ich blieb stehen und warf einen Blick zurück. Auf den hellen Sandstrand und auf das weit entfernt liegende Wohnhaus. Noch immer war alles verdächtig ruhig. War das vielleicht eine Falle?

Doch dann klinkte sich mein Verstand einfach aus. Dieser dreckige Kidnapper würde meine Familie gegen mich verwenden, um zu bekommen, was er wollte und im Moment sah es so aus, als wäre ich der Preis. Vielleicht wollte er mich zur Sexsklavin ausbilden, um mich anschließend in irgendeinem Bordell verschwinden zu lassen. Vielleicht würde er sich vergessen und mir noch weitaus Schlimmeres antun ... Ein eisiger Schauder nach dem anderen jagte über meine Wirbelsäule und selbst das verhinderte nicht, dass ich gleichzeitig Erregung empfand. Das entsetzte mich noch viel mehr, als die Tatsache, dass ich noch immer keine Ahnung hatte, was mein Entführer eigentlich von mir wollte.

Ich hatte kein Trinkwasser, keinen Proviant, aber die Aussicht darauf, noch eine einzige Stunde an diesem Ort verbringen zu müssen, ließ meine Entschlossenheit wachsen. Erst recht, als mir Alejandros Berührungen und meine Reaktionen darauf in den Sinn kamen. Hier konnte ich auf keinen Fall bleiben, denn ich war mir ziemlich sicher, dass mein Entführer keinerlei Skrupel hatte. Das hatte er mir in der Zwischenzeit mehr als einmal bewiesen.

Ich rannte los. Es war wichtig, dass ich so viel Entfernung wie eben möglich zwischen mich und diesen Ort brachte und zwar bevor irgendjemand bemerkte, dass ich fort war. Garantiert würden sie hier als erstes suchen, doch ich konnte mich ja noch immer seitwärts in den Dschungel schlagen – auch wenn die Aussicht darauf eine schlimmere Gänsehaut in mir auslöste, als der Gedanke an Alejandros Berührungen. Die unbekannte, grüne Hölle versetzte mich in Angst und Schrecken, doch viel mehr Furcht hatte ich vor mir selbst. Vor dem, was ich fühlte, wenn dieser Mann mich berührte. Ich wusste, dass ich ihm nicht lange standhalten konnte und befürchtete zu Recht, dass ich am Ende genau das sein würde, was er in mir sah: Eine läufige und gefügige Hündin. Und genau das wollte ich nicht sein. Wenn ich blieb, würde er mich am Ende besitzen – und zwar ohne Gewalt anwenden zu müssen.

Ich rannte und rannte. Der Schweiß lief mir bereits nach wenigen Metern über den Rücken und die feuchtheiße Luft machte das Atmen zur Qual. Lange würde ich dieses Tempo nicht durchhalten und trotzdem gab ich alles. Ich musste es einfach schaffen – ich musste.

Ich folgte dem Pfad aus festgestampftem Lehm und je tiefer ich in den Urwald eindrang, desto lauter wurde es um mich herum. Immer weniger Sonnenlicht drang bis auf den Boden durch und die Bäume schienen näher an mich heranzurücken. Unheimlich und bedrohlich war die Dunkelheit, die sich rechts und links des Weges breitmachte und immer öfter zuckte ich zusammen, wenn in meiner Nähe ein Ast knackte oder ich das Rascheln der Blätter überdeutlich hören konnte. Ich gehörte hier nicht hin. Das hier war nicht meine Welt – hier war ich der Eindringling und erst in diesem Augenblick wurde mir klar, wie dumm diese Aktion war. Unüberlegt und absolut verrückt. Ich hätte meine Flucht besser planen müssen, statt einfach kopflos davonzurennen. Das hier war so ziemlich das Dümmste, was ich jemals angestellt hatte. Doch jetzt war es zu spät und ich mittendrin in diesem Horror aus Bäumen, gefährlichen Tieren und einem Mann, der meine Gedanken beherrschte ...

Ich hatte nicht die geringste Ahnung, wo genau ich mich befand, noch wusste ich, wohin dieser Weg mich führte. Ich konnte tagelang durch den Dschungel irren, ohne dabei auf eine menschliche Ansiedlung zu treffen.

Schwer atmend lehnte ich mich an den Stamm eines riesigen Baumes, allerdings nicht ohne vorher genau hinzuschauen, ob nicht eine Schlange oder irgendein ekliger Krabbler in meiner unmittelbaren Nähe war. Dann wischte ich mir den Schweiß aus dem Gesicht und versuchte normal zu atmen. Das war gar nicht so einfach, denn mein Herz raste und meine Beine zitterten von der ungewohnten Anstrengung. Ich war erst eine gute halbe Stunde unterwegs und bereits vollkommen ausgepumpt. Die schwere Luft, der matschige Weg – das alles führte dazu, dass ich schon jetzt nicht mehr konnte und dabei wusste ich, dass ich auf keinen Fall lange rasten durfte. Ich rechnete damit, dass in der Zwischenzeit jemandem aufgefallen sein musste, dass ich die Biege gemacht hatte. Lange konnte es nicht mehr dauern, bis Alejandro Jagd auf mich machte. Und nicht nur der hatte es auf mich abgesehen. In der Zwischenzeit hatten sich auch Moskitos am reich gedeckten Tisch niedergelassen. Überall dort, wo meine Haut unbedeckt war, konnte ich das ekelerregende

Jucken spüren. Wenn ich noch lange stehenblieb, würden die Biester mich bis auf den letzten Tropfen meines Blutes aussaugen – keine angenehme Vorstellung.

Gerade, als ich mich aufrichtete und weiterwollte, hörte ich es – das tiefe satte Brummen eines Motors. Jemand kam über den Weg gefahren. Nein, korrigierte ich mich selbst. Nicht jemand, sondern derjenige, der mich verschleppt hatte und jetzt kam mir Alejandros Drohung wieder in den Sinn: Dass ich es bereuen würde, wenn ich einen Fluchtversuch startete. Das verlieh meinen Beinen buchstäblich Flügel. Ich hastete los und bahnte mir geradewegs einen Weg in das dichte Unterholz hinein …

Kapitel 9

Alejandro

Ich war ein burro – ein dummer Esel. So weit hatte ich es gar nicht kommen lassen wollen. Bereits als ich sie das erste Mal sah, hatte ich mir vorgestellt, ihren biegsamen, schlanken Leib unter mir zu haben. Wie ich die unglaublichsten Dinge mit ihr anstellte, bis sie am Ende vor Lust schrie. Ihr Widerstand reizte mich, genauso wie die Blicke aus den smaragdgrünen Augen, die Leidenschaft und Hingabe demjenigen versprachen, der die kleine Wilde zu zähmen wusste. Ich sollte so nicht denken, aber ... madre de dios, ... sie war eine Versuchung. Eine süße Frucht, die ich pflücken wollte.

Eigentlich hatte ich ihr bei unserem ersten Aufeinandertreffen in meinem Haus sagen wollen, warum sie mein hochgeschätzter Gast war, doch die Dinge entwickelten sich leider nicht so, wie ich es geplant hatte. Dieser Drago war ein viel größeres Schwein, als ich anfänglich dachte. Obwohl er bereits meine Forderungen erhalten hatte, kümmerte er sich eher um die Nutten in Barranquilla, als darum, seine Verlobte aus meinen Klauen zu befreien. Die Männer meines Onkels hatten ihn im Visier, doch bisher schien er sich noch nicht gerührt zu haben. Sehr zu meinem Unwillen. Entweder war ihm Noelle Forrester vollkommen gleichgültig oder er war nicht der Mann, den ich brauchte. Letzteres hielt ich für unwahrscheinlich, denn zu vieles sprach dafür, dass der Russe seine Finger in einem Spiel hatte, das mich meinen Feinden näherbrachte.

Und Noelle war auch nicht das, was ich zunächst in ihr vermutete. Sie war mutig und obwohl ich ihr Angst machte, gab sie keinen Millimeter nach. Das gefiel mir. Als ich sie berührte, als meine Hand in ihren Ausschnitt glitt, verfestigte sich der Gedanke, dass sie mir gehören würde – mir allein. Ich würde ihr die Wahl abnehmen, denn sie besaß keine. Nicht bei mir.

Diensteifrig, wie Maria nun einmal war, hatte sie mir gestern sofort den Verlust der kleinen Porzellanstatue gemeldet und es sich auch nicht nehmen lassen, mir mitzuteilen, dass meine princesa das Teil mit voller Absicht an die Wand geworfen hatte. Dafür würde sie zahlen – allerdings in meiner Währung. Auch dafür, dass sie nicht zum Abendessen erschien und ich sie holen wollte, würde ihr niedlicher Arsch mir gehören und erst recht für die Ohrfeige. Die hatte ich keinesfalls vergessen.

Dann jedoch hatte ich ihren Mut gebrochen. In viele tausend Scherben. Ich hatte ihr die Hoffnung genommen und sie mehr verängstigt, als ich es sollte. Dabei gefiel mir gerade ihr Schneid besonders gut. Ich konnte nur hoffen, dass ich diesen nicht zerstört hatte.

Der Blick, mit dem sie mich bis zu diesem Moment betrachtete, war irgendwo zwischen Lust und Abwehr angesiedelt und es war an mir, dafür zu sorgen, dass sie Letzteres vergaß. Doch dann hatte ich mich vergessen und sie das Fürchten gelehrt, indem ich sie mit ihrer Familie erpresste. Daran musste ich denken, während ich in meinem Büro saß und versuchte, mich auf die Geschäfte zu konzentrieren.

Raoul hatte mich informiert, dass eine Lieferung überfällig war – ein Ärgernis, das mich beschäftigte. Bisher war auf meine Zulieferer Verlass gewesen, doch in der letzten Zeit häuften sich die Zwischenfälle. Das konnte ich nicht dulden, denn dann würde ich mein Gesicht verlieren. Zeit, etwas dagegen zu unternehmen. Dem Gesindel musste gezeigt werden, dass der Name Torres noch immer Macht hatte. Vor allem den Kartellen musste klar sein, dass ich mir nicht auf der Nase herumtanzen lassen würde – selbst dann nicht, wenn sie Gewalt anwendeten.

Heute Abend würde Raoul mein Gast sein. Dann konnten wir unser weiteres Vorgehen besprechen. Und Gesellschaft würde uns meine Gefangene leisten, denn für diese hatte ich etwas Besonderes geplant. Ich hatte ihr Konsequenzen angedroht, falls sie einen Fluchtversuch unternahm und ich wusste bereits in diesem Augenblick, dass sie es tatsächlich gewagt hatte.

Vor wenigen Minuten hatte mir ein Außenposten die Nachricht übermittelt, dass Noelle wie eine Verrückte an ihm vorbeigerannt wäre. Dass sie meinen Mann nicht gesehen hatte, sprach für ihn und die Art, wie ich mein Grundstück sicherte.

Langsam stand ich auf, warf mir ein Hemd über und verließ das Haus mit gemessenen Schritten. Weit war Noelle noch nicht gekommen und ihre Flucht würde ein schnelles Ende finden. Sie war sich nicht darüber im Klaren, aber seit sie entdeckt wurde, folgten ihr zwei meiner zuverlässigsten Männer, die ich gleich in ihre Richtung losgeschickt hatte. Die dumme chica hatte ja keine Ahnung, auf was sie sich eingelassen hatte. Der Urwald war kein Ort für eine Frau und für sie schon mal gar nicht. Es gab dort viele Gefahren, von denen sie nicht das Geringste wusste und die wilden Tiere waren das kleinste Problem.

Ich stieg in den Jeep und brauste los. Zehn Minuten später erreichte ich die Position, an der sie ins Unterholz eingedrungen war. Ich stellte den Wagen ab, griff mir das bereitliegende Halsband und jagte los. Lautlos bewegte ich mich zwischen den Bäumen und es fiel mir nicht schwer, ihr zu folgen. Nur jemand, der sich im Wald nicht auskannte, hinterließ solch eindeutige Spuren – hier niedergetretene Pflanzen, dort ein abgeknickter Zweig. Ich konnte sie sogar hören und lachte in mich hinein. Schneller als ihr lieb sein konnte, würde ich sie ihrer Bestrafung zuführen und wie die aussah, da hatte ich bereits ganz konkrete Vorstellungen. Ja, ... sie würde schreien, aber am Ende würde sie wimmern, stöhnen und um mehr betteln. Jetzt würde sie nichts mehr davor bewahren können.

Ich schlug einen Bogen, bewegte mich schnell und unsichtbar durchs Unterholz und schon bald befand ich mich vor ihr. Sie konnte einem fast schon leidtun, denn in wenigen Sekunden würde sie mich erblicken und wissen, dass ihr Weg hier endete. Ich löste mich aus den Schatten des Baumes, hinter dem ich gewartet hatte, und sie rannte auch prompt in mich hinein, weil sie viel zu sehr mit dem beschäftigt war, was hinter ihr geschah. Ich musste sie auffangen, denn ansonsten wäre sie mir vor die Füße gefallen. Nicht, dass der Gedanke mir nicht gefiel, aber die spitzen Hölzer und der morastige Boden konnten dazu führen, dass sie sich verletzte und das war so gar nicht in meinem Sinn.

„Wohin denn so eilig?“ Sie stieß einen spitzen Schrei aus, als meine Stimme sie so unverhofft daran erinnerte, dass sie nicht mehr alleine war. „Eigentlich glaube ich mich daran zu erinnern, dass ich dir Konsequenzen angedroht habe, falls du einen Fluchtversuch unternimmst. Das Kommende hast du dir selbst zuzuschreiben.“ Ich hob sie ohne ein weiteres Wort auf meine Arme und beachtete dabei weder ihr Strampeln, noch ihren wirklich miesen Sprachgebrauch. Das Wort Bastard schien ihr Liebstes zu sein. Ich würde ihr noch zeigen, zu was dieser Bastard in der Lage war und ihr Kreischen würde bald eine Oktave tiefer stattfinden. Auch dafür würde ich sorgen. Hatte ich vor wenigen Minuten noch befürchtet, ihren Kampfgeist gebrochen zu haben, erkannte ich jetzt, dass ich mir ganz umsonst Sorgen gemacht hatte. Das Mädchen war weder am Ende, noch würde sie so schnell aufgeben.

Binnen weniger Minuten waren wir am Wagen. Ich stellte Noelle auf die Füße und natürlich unternahm sie gleich den nächsten Versuch, mir zu entwischen – dass sie keine Chance hatte, sollte ihr eigentlich schon aufgegangen sein, doch anscheinend musste ich überzeugendere Argumente finden, um sie zum Bleiben zu überreden. Warum sie vor mir floh, war mir nur allzu klar. Sie hatte Angst vor sich selber und vor dem, was ich in ihr hervorrief. Das würde sich schon bald ändern.

Ich griff in meine Hosentasche und zog das breite lederne Halsband hervor, das ich für sie eingesteckt hatte. Die daran befestigte Kette klirrte unheilvoll. Als Noelle aufging, was ich vorhatte, trat sie um sich.

„Lass mich sofort los, du hirnloser, spanischer Steaklieferant“, tobte sie los. „Fass mich nicht an mit deinen schmierigen Verbrecherhänden.“ Ohne auf ihr Schreien einzugehen, packte ich sie und presste sie mit dem Rücken gegen meinen Körper. Dabei umfasste ich ihre Arme so, dass sie sie nicht gegen mich zum Einsatz bringen konnte. Wie das aussah, hatte ich ja bereits in

Barranquilla erfahren und das war nichts, was ich noch einmal erleben wollte.

Das Halsband klickte und bevor Noelle sich versah, hatte ich sie wie ein Hündchen an der Kette. Brav wurde sie dadurch allerdings trotzdem nicht. Das hatte ich auch nicht von ihr erwartet. Immer wieder versuchte sie, mich mit ihren kleinen Fäusten zu treffen, oder ihre vor Moder starrenden Schuhe an meiner Hose abzuwischen. Lachend ließ ich sie gewähren, hielt dabei die Kette in der Hand und wartete auf den Moment, wo ihr unweigerlich die Puste ausgehen musste. Der ließ dann auch nicht lange auf sich warten. Ihre Bewegungen erlahmten und wenig später lehnte sie schwer atmend am Kotflügel des Jeeps – dreckig, müde und absolut fertig. Nicht gerade die besten Voraussetzungen für das, was mir vorschwebte.

An der Kette zog ich sie zu mir heran. So nah, dass meine Lippen ihre Stirn berührten.

„Nun, ... mi querida. Sag mir, was ich jetzt mit dir anfangen soll!"

„Mich laufenlassen ...", wisperte sie erschöpft.

„Aber nicht doch. Wo bliebe denn da das Vergnügen?" Ich lachte dunkel.

„Dein Vergnügen ...", stieß sie giftig hervor. „... ist mir egal." Ihre Augen funkelten stürmisch und in diesem Moment hätte ich am liebsten ihre vollen Lippen mit meinen verschlossen, nur um nachzusehen, ob ihr Mund hielt, was die sinnlichen Lippen versprachen.

„Ich habe dir gesagt, dass du in spätestens sieben Tagen die Meine sein würdest. Ich denke, dass du noch heute meinen Namen seufzen wirst." Sie zuckte zurück und ihr Gesicht bekam einen angewiderten Ausdruck.

„Dann wirst du mich vergewaltigen müssen, denn es wird gegen meinen Willen geschehen."

„Oh nein, ... mi hermosa! Nicht gegen deinen Willen. Niemals gegen deinen Willen. Du wirst es sein, die bettelt und fleht. Verlass dich darauf.“ Ich öffnete die Tür zum Fond, stieß sie auf den Rücksitz und befestigte die Kette an einer Spezialvorrichtung. Das Halsband würde sie nicht öffnen können, ebenso wenig wie das Spezialschloss. So konnte ich sicher sein, dass sie auf der relativ kurzen Fahrt keine Dummheiten anstellte. Versuchen würde sie es garantiert, nur nutzen würde es ihr nichts. Kurz bevor ich die Tür schloss, traf mich ihr feuriger Blick, doch erkannte ich auch die Furcht, die darunter lauerte wie ein wildes Tier – jederzeit bereit, über sie herzufallen. Irgendetwas in meinem Inneren wurde plötzlich weich und ich legte meine Hand an ihre verschmutzte Wange. Dann beugte ich mich nach vorne, strich mit meinen Lippen an ihrem feuchten Haar vorbei.

„Noelle ...“ Ihr Name passte hervorragend zu ihr. Noelle – die Schöne oder mi hermosa. Sie zog mich immer mehr in ihren Bann und wenn ich nicht aufpasste, war ich am Ende derjenige, der in Ketten hing. Da sei der Schöpfer vor, doch ich konnte nicht anders, als ihren Mut zu bewundern und ihre stolze Haltung mit der spanischer Frauen zu vergleichen. Sie konnte nicht nur mithalten, sie stellte die stolzesten Signoras in den Schatten. Wieder zuckte sie zurück und dieses Mal ließ ich sie gewähren. Schon recht bald würde sie zucken – allerdings unter meinen Händen und dann würde es nicht mehr Ablehnung sein, die sie beherrschte, sondern etwas ganz anderes ...

Kapitel 10

Noelle

Es war ein Kinderspiel für ihn gewesen, mich einzufangen. Von Anfang an standen meine Sterne mehr als schlecht. Ich hatte es gewusst, doch versuchen musste ich es einfach. Ansonsten hätte ich mich niemals mehr im Spiegel anschauen können. Jede seiner Berührungen ließ Hitze durch meinen Körper jagen und immer, wenn er mich ansah, wusste ich, dass er recht hatte: Ich würde ihm gehören und dafür hasste ich mich selbst am meisten. Ich verabscheute mich dafür, dass ich so schwach war. Dafür, dass dieser Mann Gefühle in meinem Leib weckte, die ich nicht haben wollte. Er war der Teufel in Person – el Diavolo.

Auf der kurzen Rückfahrt zur Hazienda blieb ich ruhig, denn ich ahnte bereits, dass ich die Halsfessel nicht öffnen konnte. Nichts hätte ich lieber getan, denn es war furchtbar demütigend, wie ein wildes Tier an einer Leine zu hängen. Ich war mir ziemlich sicher, dass er mich auch so ins Haus führen würde. Und genauso kam es dann auch.

Er zerrte mich nicht grob hinter sich her und dafür hasste ich ihn fast noch mehr. Ich wollte etwas an ihm finden, dass ich widerwärtig finden konnte. Ich wollte ihn abstoßend finden, nur damit ich der gefährlichen Faszination nicht erlag, die er auf mich ausübte.

Viel zu schnell waren wir in meinem Zimmer angekommen und noch schneller hatte er mich ins Badezimmer geführt. Dort ließ er die Kette los und schaute mich an. Mit vor der Brust verschränkten Armen und so, dass ich keinesfalls an ihm vorbei ins Schlafzimmer entkommen konnte.

„Zieh dich aus, chica!“ Im ersten Moment glaubte ich, mich verhört zu haben. Das konnte er nicht ernst meinen. Dachte er wirklich, dass ich mich ausziehen würde, solange er im Raum war? Auf gar keinen Fall würde ich. „Noelle ...“ Seine Stimme klang sanft, doch der stahlharte Unterton blieb mir nicht verborgen. „Solltest du nicht freiwillig deine Kleidung ablegen und unter die Dusche gehen, werde ich dafür sorgen, dass du es tust. Und merke dir: Ich bin es gewohnt, dass meine Befehle befolgt werden.“

„Dann wird es Zeit, dass dir mal jemand die Stirn bietet, Machoarsch!“ Ich verschränkte meine Arme ebenfalls, aber das war meine allerschlechteste Idee. Alejandro bewegte sich so schnell, dass ich ihn nicht einmal kommen sah, geschweige denn etwas tun konnte. Mit einer Hand griff er nach der Kette, mit der anderen in den Ausschnitt meiner Bluse. Es ratschte kurz und das Kleidungsstück bestand nur noch aus Fetzen, die lose an mir herabhingen. Keine Sekunde später war der BH dran und dabei schaute Alejandro mir unentwegt in die Augen. Keine Sekunde ließ er von mir ab, während die Reste der Kleidung langsam zu Boden glitten. Fahrig versuchte ich meine Blöße zu verbergen, doch da spürte ich seine Hand bereits am Bund meiner Hose. Wie er zuerst den Knopf und dann den Reißverschluss öffnete.

Ich hieb meine Fäuste gegen seine Brust, in der Hoffnung, ihn aufhalten zu können, doch er machte unbeirrt weiter. Mit einem Griff hatte er Hose und Slip so weit nach unten gezogen, dass ich jetzt vollkommen nackt war. Dann war seine Hand plötzlich in meinem Rücken und er drückte mich so eng an sich, dass ich jeden einzelnen Muskel seines Körpers in voller Härte zu spüren bekam.

„Mach mich nicht wütend, kleine chica. Wir wollen doch beide, dass deine *Strafe* angenehm für dich ausfällt." So sanft er auch klang, ich wusste, dass er durchgreifen würde. Notfalls mit Gewalt und dieses Wissen stellte etwas mit mir an. Seine Strenge, seine Dominanz – sie fuhren mir wie ein Blitzstrahl durch den Körper und ich konnte spüren, dass mich die Unwissenheit, die leichte Furcht vor dem Unbekannten – sie erregte mich. Scham und Aufregung mischten sich zu einem Gefühlschaos, wie ich es bisher noch nicht erlebt hatte. Ich wollte weg und wollte es doch nicht. Ich wollte ihm die Augen auskratzen und ihn küssen und das alles zur gleichen Zeit. „Und jetzt bist du ein braves Mädchen und steigst aus deiner Hose." Seine Hand fuhr tiefer und berührte die Rundung meines Pos und ich konnte mich gerade noch davon abhalten, zu stöhnen. Ich war einfach nur verabscheuungswürdig.

Ich wusste, dass ich ihn nicht weiter reizen sollte, ich wusste, dass das ein verflucht gefährliches Spiel war und trotzdem musste ich mich zusammenreißen, um zu tun, was er verlangte. Es war ein Spiel mit dem Unbekannten und ich genoss es mehr, als ich sagen konnte. Trotz, oder gerade wegen der Furcht, die ich verspürte.

Seine Blicke verhießen mir allerdings nichts Gutes, falls ich mich weiterhin widersetzte, also trat ich die Schuhe von den Füßen und stieg langsam aus der Hose.

„Viel, viel besser, mi querida. Und jetzt kommen wir zum angenehmen Teil.“ Seine Stimme wurde immer dunkler, immer rauer und ein Schauder rann über meinen Rücken. Würde er wirklich ...

Seine Hand glitt über meinen Rücken nach oben und ich spürte nichts anderes mehr, als diese sehr zarte Berührung. Wieder musste ich mir einen Laut verbeißen und das schaffte ich nur, indem ich mir fest auf die Unterlippe biss. Dann umfasste er meinen Nacken mit so viel Härte, dass ich nicht entkommen konnte. Ich wollte etwas sagen, wollte ihm zu verstehen geben, dass ich das hier nicht wollte – doch kein Ton drang über meine Lippen. Stattdessen drängte ich mich noch näher an ihn. Er hielt mich sehr sicher und dann trafen seine Lippen meinen Mund. Erschrocken riss ich die Augen auf, sah für den Bruchteil einer Sekunde nur noch das irrsinnige Blau seiner Iriden, doch dann sanken meine Lider herab. Er nahm meinen Mund nicht sanft in Besitz, sondern mit einer wilden, animalischen Gier. Hart, unnachgiebig und dominant, wie der ganze Kerl es war. Er ließ mir keine Wahl – aber wollte ich die tatsächlich haben?

Seine Zunge stieß in meinen Mund und ganz kurz kam mir der Gedanke, dass ich meine Zähne einsetzen könnte, um ihn davon abzuhalten, sich zu nehmen, was er wollte. Doch diese kurze Anwandlung verging recht schnell, als seine andere Hand meine Taille umfasste und er mich geschickt auf den Boden gleiten ließ – auf den warmen, weichen Teppich, der unweit der Badewanne ausgelegt war. Und die ganze Zeit über küsste er mich um den Verstand, umspielte seine Zunge meine und lockte mich mit einem sehr dunklen Versprechen. Erst als er sich breitbeinig über meinen Bauch schwang und mich auf diese Weise unten hielt, wurde mir klar, was ich tat. Was er im Begriff stand, zu tun. Ich wollte meine wachsende Lust ignorieren, auch die Tatsache, dass ich die Nässe zwischen meinen Beinen nicht verleugnen konnte. Stattdessen versuchte ich ihn von mir zu drücken, auch wenn ich das gar nicht wirklich wollte. Da erst löste er seinen Mund von meinem und fasste erneut nach der kurzen Kette, die noch immer an dem entwürdigenden Halsband hing. Langsam zog er mich daran in die Höhe und mein Kopf sank nach hinten.

„Spreiz deine Schenkel, meine Schöne. Lass uns herausfinden, ob dein Körper nicht sehr viel bereiter ist, als du es dir selbst eingestehen willst."

„Nein!", stieß ich keuchend hervor, wusste aber bereits in diesem Moment, dass auch das mir nicht viel nutzen würde. Alejandro würde meinen Leib besiegen, denn der schien vergessen zu haben, dass ich anderer Meinung war.

„Soll ich wirklich Gewalt anwenden, um dir zu zeigen, wie sehr dich dieses Spiel erregt, mi querida? Willst du es darauf ankommen lassen?" Jedes seiner Worte jagte weitere Flammenzungen durch meinen Unterleib und jetzt gelang es mir auch nicht mehr, das Stöhnen zu unterdrücken. Meine Haut prickelte und meine Klit pochte so heftig, dass ich mir nichts sehnlicher wünschte, als dass mich mein Entführer genau an dieser Stelle berührte. Ich war eine verkommene Schlampe – aber Gott, dieser Mann, ... er wusste ganz genau, was er tat. Er zog meinen Kopf noch ein Stück weit in die Höhe, brachte seinen Mund nah an meinen Hals. „Öffne dich mir, bevor ich dir die Wahl abnehme, Kleines."

Meine Beine zitterten vor Anstrengung. Erst recht, als er mit der zweiten Hand hinter sich griff und ich die Wärme seiner Finger auf meinem Bauch spürte – wie sie langsam immer tiefer glitten und dann meinen

Venushügel berührten. Ich keuchte laut und meine Beine fielen von alleine auseinander. Ich hatte keine Kraft mehr, zu widerstehen. Keine Chance, Alejandros Berührungen zu entgehen.

„Brave chica! Ich wusste doch, dass du vernünftig sein kannst, wenn du willst."

Die erste Berührung an meiner Scham war behutsam und sanft, doch ich verglühte bereits. Dann spreizte er meine Schamlippen mit den Fingern und mein Kopf fiel vollends in das Halsband. Glühend heiße Ströme wanden sich durch meinen Unterleib, als er mit den Fingern durch meine nasse Spalte fuhr. Da half kein Leugnen. Ich war ...

„So nass, mi querida? Obwohl du doch eigentlich nicht willst?" Seine Stimme war es, die mir den Rest gab und die mich endgültig vergessen ließ, in welcher Situation ich mich befand. „Sag mir, meine rothaarige Hexe, ... bist du sicher, dass ich aufhören soll?" Er schob zwei Finger in mich – tief, fordernd und so geschickt, dass er mir ein lautes Stöhnen entlockte. Ich drückte meinen Rücken durch, trieb ihn dadurch noch tiefer in meine heiße Muschi. Sein Daumen legte sich auf meine Klit und rieb sie langsam, fast schon zu sanft für das wilde Gefühl, das sich in meinem Inneren aufbaute. Er ließ seine Finger in mir kreisen, fickte mich mal hart und tief, dann wieder so verführerisch und zart, dass ich mich kaum noch kontrollieren konnte. Meine Muskeln legten sich so eng um die beiden Eindringlinge, dass ich jede Berührung doppelt intensiv spürte. Ich fühlte, wie der erlösende Orgasmus immer näher kam – wie sich alles in mir anspannte. Ich konnte ihm in diesem Moment keine Antwort auf seine Frage geben – ich konnte einfach nicht, doch natürlich ließ Alejandro nicht locker. „Sag es mir, Noelle! Soll ich aufhören? Soll ich deinem Kopf geben, was er verlangt, wo dein Körper sich doch so sehr nach dem hier sehnt?" Dabei stieß er jetzt unendlich langsam und sanft in mein Inneres, reizte eine Stelle, die es fast unmöglich machte, nicht zu reagieren. Ich wand mich unter ihm, doch auch das half mir nicht.

„Nein!", stieß ich keuchend hervor und ich wusste in diesem Moment, dass ich verloren war. „Nein, ... bitte ... Ich will ..." Mehr konnte ich nicht sagen, doch anscheinend reichte ihm meine Antwort.

Für den Bruchteil einer Sekunde hielt er still und ich hätte am liebsten geweint, gebettelt und gefleht, ganz so, wie er es wollte. Ich hob den Kopf an und unsere Augen trafen sich. Er lächelte, doch da war kein Spott in seinem Blick, kein Triumph, als er mich weiter streichelte und mich in Brand steckte.

„Lass dich fallen, Kleines, ... lass es geschehen. Du hast keine andere Wahl", raunte er leise und das brach meinen Widerstand endgültig. Ich bestand nur noch aus Lust – aus Nehmen und Fühlen. Alejandro trieb mich immer weiter vor sich her, kontrollierte mich und nahm auch noch den Rest meines Widerstandes mit sich. Der Geruch meiner Erregung füllte das Badezimmer. Das leise Schmatzen meiner nassen Spalte, wenn er seine Finger tief in mich rammte, erregte mich noch mehr und dann krampfte mein Körper unter seiner geschickten Penetration. Der Orgasmus raste durch mich hindurch – Feuer und Eis, Sturm und sanfter Sommerregen – so fühlte es sich an. Und während der ganzen Zeit hatten wir nicht eine Sekunde lang den Blickkontakt unterbrochen. Ich bäumte mich auf, als eine letzte Welle durch meinen Körper lief und dann sank ich ermattet auf den Boden zurück. Erlöst, befriedigt und ... unendlich traurig ...

Kapitel 11

Noelle

Überdeutlich spürte ich den Flor des weichen Teppichs auf meiner sensiblen Haut und noch deutlicher nahm ich seine Nähe wahr. Das sanfte Streicheln seiner Finger, die mir das Nachglühen ließen und mich vorsichtig zurück in die Wirklichkeit holten – doch ich wollte noch nicht aufwachen und mich der Realität stellen müssen. Ich wollte noch ein paar Sekunden an dem Ort bleiben, an den Alejandro mich geschickt hatte. Ein paar Momente träumen dürfen, dass ich keine Gefangene war. Doch die Wirklichkeit holte mich schneller ein, als mir lieb war. Die Ernüchterung traf mich mit voller Kraft.

Scham überrollte mich und das Gefühl, versagt zu haben. Ich hatte nicht nur Drago betrogen, sondern mich auch ungeniert meinem Entführer hingegeben. Das berühmte Stockholm-Syndrom konnte ich beim besten Willen nicht für mich in Anspruch nehmen. Ich liebte meinen Entführer nicht – ich hasste ihn. Und trotzdem konnte ich ihm nicht widerstehen. Ich hatte mich wie eine rollige Straßenkatze aufgeführt. Am liebsten wäre ich im Erdboden versunken, doch der tat sich leider nicht auf und ließ mich verschwinden.

Mein Schoß pochte noch immer und ich spürte, wie allein Alejandros Nähe die Lust in meinem Inneren ein weiteres Mal anfachte. Statt meinen Peiniger zu bekämpfen, war genau das geschehen, was er vorausgesagt hatte: Ich hatte gebettelt und ihn angefleht, mir den Orgasmus zu schenken. Wie konnte ich nur?

Eine einzelne Träne rann aus meinen Augenwinkeln. Ich konnte fühlen, wie sie über meine Wange lief, doch noch immer hielt ich meine Lider eisern geschlossen. Noch war ich nicht bereit, Alejandro in die Augen zu schauen. Ich hatte seine Erwartungen erfüllt. Was würde als Nächstes geschehen?

„Öffne die Augen, mi querida." Ich kniff sie noch fester zu. „Das war keine Bitte, ... es war ein Befehl und in der Zwischenzeit solltest du begriffen haben, dass ich bekomme, was ich will."

Hastig riss ich die Lider auf, denn einen weiteren Kampf gegen mich selber konnte ich ebenso wenig gewinnen, wie den ersten. Statt auf einen spöttischen Blick traf ich auf Verständnis und auf einen Finger, der die nasse Tränenspur von meinen Wangen wischte. Mit vielem hatte ich gerechnet – damit allerdings nicht.

„So großes Bedauern? Nun, Noelle – das werde ich dir nehmen." Seine Stimme hüllte mich ein und obwohl sie tröstlich klang, hatte ich die Drohung sehr wohl aus seinen Worten heraushören können. Er würde mich nicht freigeben – so viel stand fest. Und er würde weitermachen – warum auch immer. Ein Mann wie Alejandro konnte an jedem Finger zehn Frauen haben. Ich war nicht so naiv zu glauben, dass er ausgerechnet mich wollte. Warum sollte er? Es musste einen Grund geben, dass er mich festhielt und mich ... Ich musste es wissen ... jetzt ...

„Warum tust du das? Warum kannst du mich nicht einfach gehenlassen?“ Jetzt sah ich ihm mitten in die Augen und scheiße, ... das war die schlechteste Idee, die ich jemals hatte. Das Blau seiner Iriden wurde eine Nuance dunkler und ich versank in seinem Blick – schaffte es einfach nicht, mich zu lösen.

„Das wirst du noch früh genug erfahren, kleine chica. Jetzt allerdings werden wir erst einmal duschen ...“

Unheilschwanger hingen die Worte zwischen uns. Duschen? Mit ihm? Auf gar keinen Fall. Doch ehe ich auch nur einen Laut des Protestes äußern konnte, hatte Alejandro sich bereits erhoben, mich auf die Arme genommen und ein paar Sekunden später in der luxuriösen Duschkabine wieder abgestellt. Wieder baute er sich so vor mir auf, dass ich nicht entwischen konnte, ohne von ihm geschnappt zu werden. Und ich trug noch immer das verfluchte Halsband. Ich traute Alejandro durchaus zu, dass er mich in der Dusche ankettete, nur um seinen Willen zu bekommen.

Meine Beine begannen zu zucken, als ich mitansehen musste, wie er sich das offene Hemd von den Schultern streifte. Der Fluchtreflex setzte mit voller Wucht ein, als er begann, seine Hose zu öffnen. Zu genau hatte ich noch das Bild vor Augen, wie er aus dem Wasser kam. Mit dem Wissen, was mich erwartete und dem Körper, den Alejandro besaß – ich konnte nicht länger stehenbleiben. Nicht noch einmal durfte ich schwach werden.

Ich sprang nach vorne und warf mich mit meinem ganzen Gewicht gegen meinen Kidnapper, doch der kam nicht einmal ansatzweise aus dem Gleichgewicht. Lachend fing er mich auf und schob mich wieder zurück.

„Du bist viel zu leicht zu durchschauen, mi hermosa. Deine Augen verraten dich. Und jetzt sei ein liebes Mädchen, dann werde ich auch nett zu dir sein.“ Seine Stimme vibrierte so tief, dass ich eine Gänsehaut bekam und schützend die Arme vor die Brust schlang. Als ob mir das etwas nutzen würde. Weder mental, noch kräftemäßig konnte ich Alejandro das Wasser reichen. Ich hatte tatsächlich das Gefühl, mit einem Raubtier auf engstem Raum eingesperrt zu sein – mit einem hungrigen Raubtier. Es wollte mich fressen, ... die Frage war nur: Was wollte ich?

Als er zu mir trat, zuckte ich zusammen. Die Nähe zu seinem nackten Körper, zu seinem großen erigierten Schwanz, ließ mich zurückweichen. Würde er mich jetzt nehmen? Hier? Gegen meinen Willen? Ich fühlte die leichte Panik und trat einen Schritt nach hinten, während Alejandro in Seelenruhe die Hand hob und einen Hebel umlegte. Kaltes Wasser prasselte ohne Vorwarnung auf mich herab und ich schrie erschrocken auf. Meine Brustwarzen zogen sich zusammen und wurden so hart wie zwei kleine Kieselsteine. Der unbedachte Satz nach vorne bewahrte mich nicht vor dem kalten Wasser, dafür kollidierte ich allerdings mit Haut, die heißer war als das Höllenfeuer. Und mit Händen, die meine Taille umfingen und mich dem Fegefeuer noch näher brachten.

„Irgendwie scheinst du immer auf der Flucht zu sein, Noelle. Daran werden wir arbeiten müssen und wir fangen jetzt damit an.“ Sein Lächeln war hintergründig und versprach mir nichts Gutes. Er drückte mir das Duschgel in die Hand und dabei vertiefte sich das teuflische Lächeln. „Wasch mich, mi querida. Machst du deine Sache ordentlich, lasse ich dich in Ruhe – heute. Versagst du, werden wir beide sehen, was dann geschieht.“

Zitternd nahm ich die Flasche aus seinen Händen, während das Wasser, das auf uns beide niederprasselte, immer wärmer wurde – fast schon zu warm. Wie schwer konnte es schon sein, ihn zu waschen? Das würde ich schaffen – ich musste es schaffen. Ich verteilte die Seife in meinen Händen und begann bei seinen Schultern – die schienen mir am ungefährlichsten zu sein. Ich ließ die Finger vorsichtig über die harte Muskulatur gleiten und ja – es ging. Zu spüren, wie er sich unter meinen Händen anspannte, machte sogar Spaß. Er schien sich nämlich ganz und gar nicht sicher zu sein, ob ich nicht doch etwas Schmerzvolles für ihn plante. Jetzt war ich es, die lächelte. Allerdings nur solange, bis ...

„Ich habe auch noch andere Körperteile als die Schultern, Kleines." Blanker Spott schlug mir entgegen und als ich ihm in die Augen schaute, erkannte ich, dass er mich ganz genau beobachtete. Ich konnte es nicht lassen ...

„Und was machst du, wenn ich nicht schnell genug deine anderen Körperregionen wasche? Legst du mich dann übers Knie?"

„Vielleicht!" Die Antwort kam prompt und er verzog dabei keine Miene. Meinte er das Ernst? Das konnte doch nur ein ... Ich schaute auf und wieder traf ich auf den unergründlichen Blick. Seine Iriden waren wieder sehr viel dunkler geworden – nicht, dass ich besonders viel über diesen Mann wusste, aber ich hatte schon bemerkt, dass seine Augenfarbe sich seinem Gemütszustand anpasste. Eigentlich hätte mich sein Blick warnen sollen – eigentlich ...

Der Duschgel Behälter fiel mir stumpf aus den Fingern und das Poltern klang sehr unheilverkündend.

„Wasch dir dein Pimmelchen selbst, du Held. Du hast sie doch nicht mehr alle!" Ich wusste nicht, was mich wütender machte. Seine Gegenwart, seine hohlen Sprüche oder die

Tatsache, dass mir bei der Aussicht, über seinen Knien zu landen, pure Lust in den Unterleib schoss. Das Bild, wie ich ihm wehrlos ausgeliefert war, wie seine großen starken Hände sich um die Wölbung meines Pos legten, war so plötzlich über mich gekommen, dass ich schlucken musste.

Er sagte kein Wort, bückte sich und hob die Shampooflasche auf. Dann drehte er mich einfach um, verteilte die Seife in meinen Haaren und begann mich zu waschen. So unglaublich sanft, dass ich ihn in diesem Moment kaum noch mit dem Mann in Einklang bringen konnte, der mich gnadenlos verschleppt hatte. Plötzlich war sein Mund dicht an meinem Ohr, seine Lippen streiften meinen Hals.

„Ich denke, wir werden es auf die harte Tour herausfinden müssen, mi hermosa. Es sieht so aus, als ob du die Erfahrung gerne machen würdest und ich werde sie dir noch viel lieber schenken.“ Immer wieder berührten seine Lippen meine Haut. Erst den Hals, dann die Halsbeuge und schließlich meine Schultern. Und bei jedem Wort, jeder kleinen Berührung, loderten die Flammen in meinem Unterleib heftiger.

„Ich werde mich wehren“, stieß ich keuchend hervor.

„Und ich werde es genießen“, konterte er trügerisch sanft. „Jeden Schrei, jedes Wimmern und jedes Flehen.“ Er spülte meine Haare aus, verteilte mehr von dem duftenden Duschgel zwischen den Händen und begann damit mich abzuseifen. Meinen Hals, meine Schultern – dann glitten seine Finger auf meinen Rücken und bis hinab zu meinem Po – dort ließ er die Hand kreisen und verschaffte mir einen wahren Alptraum aus Feuchtigkeit. Selbst unter dem Strahl der Dusche konnte ich spüren, dass ich noch immer nass und bereit für ihn war.

„Und die zarte Haut deines entzückenden Pos wird anschließend herrlich rot und heiß sein – fast so heiß, wie dein glühendes Gesicht.“ Er wusch einfach weiter, ohne darauf zu achten, dass ich seine Hände immer wieder zur Seite schob. Erst als er bei meinen Brüsten ankam und seine Finger ... Er spielte mit meinen Nippeln, nahm sie zwischen die Finger und rollte sie leicht. Dabei fuhr er mit der anderen Hand in meinen Nacken und bevor ich reagieren konnte, küsste er mich brutal und mit einer Leidenschaft, die mich keuchen ließ. Er war hart, unerbittlich und ließ mir keinen Ausweg, ihm zu entkommen. Sein brennender Kuss war wie er – kompromisslos und verlangend. Er bat nicht, er forderte ...

„Du wirst nicht entkommen, mi querida. Mir nicht und deiner Strafe auch nicht“, flüsterte er heiser und ich spürte, dass ich fiel. Immer schneller und immer tiefer geriet ich in seinen Bann. Er war der Jäger – ich war die Beute. Immer wieder rieb er mit dem Daumen über meine harten Brustwarzen und in der Zwischenzeit wimmerte ich leise seinen Namen, ... ohne mir wirklich bewusst darüber zu sein.

Erst als er mich losließ, erst als die lustvolle Pein endete, erwachte ich wie aus einer Trance und als ich Alejandro atemlos anstarrte, hatte ich das Gefühl, ich würde in einen Abgrund schauen. Nur für den Bruchteil einer Sekunde, doch was ich dort fand, machte mir mehr Angst, als das Gefühl, ihm ausgeliefert zu sein.

Kapitel 12

Alejandro

Raoul ließ auf sich warten, aber das kannte ich bereits von ihm. Dass mein niedlicher Gast allerdings ebenfalls nicht pünktlich zum Abendessen auf der Terrasse erschien, war reine Provokation. Der rothaarige Tornado würde es noch lernen – schneller als sie es für möglich hielt.

Als ich an ihre Hingabe dachte, daran, wie leidenschaftlich sie auf meine Berührungen reagierte, wurde meine Hose schon wieder eng. Noch enger wurde sie in dem Moment, als ich an ihre Reaktion auf die in Aussicht gestellte Bestrafung dachte. An die großen, neugierigen Augen, die voller verstecktem Verlangen waren. Noelle mochte es sich nicht eingestehen, aber ihr Körper gehörte schon längst mir. Ich hatte sie genau beobachtet – jede einzelne Geste, jeden Blick – einfach alles. Die Kleine war devot und auch das war ihr nicht klar. Unter meiner Hand würde sie aufblühen – zu einer Frau werden, nach der jeder Mann sich umdrehen würde. Und sie gehörte mir.

In der Zwischenzeit war mir klargeworden, dass ich sie keinesfalls gehen lassen würde. Solange ich es wollte, blieb sie an meiner Seite – danach konnte man weitersehen und ich wusste bereits in diesem Moment, dass ich ihrer nicht so schnell überdrüssig werden würde.

Ich war noch immer alleine, starrte leicht ungehalten auf die Uhr und ahnte, dass der Abend garantiert noch so manche Überraschung barg. Die Nacht, die gehörte allerdings mir – sie gehörte mir.

Mir wollte einfach nicht in den Sinn, warum der Russe sich nicht rührte. Wir hatten ihm gegen Mittag die zweite Botschaft zukommen lassen und dabei den Druck deutlich erhöht. Unverblümt hatte ich Drago Leonov zu verstehen gegeben, dass Noelle mit ihrem Körper bezahlen würde, falls er nicht die gewünschten Informationen lieferte. Es schien ihm schlicht egal zu sein, denn vor einer Viertelstunde ließen meine Männer mich wissen, dass der Kerl ausgegangen war – in das bekannteste Bordell von Barranquilla. Außerdem teilte man mir mit, dass seine Crew die Yacht zum Ablegen bereitmachte. Es sah fast so aus, als ob er einfach weiterreisen wollte, ohne sich um seine Verlobte zu scheren. Ich wollte es nicht begreifen. Noelle war die schönste und begehrenswerteste Frau, die ich seit langem in den Armen gehalten hatte und diesem miesen Mafiosi-Wicht war sie vollkommen gleichgültig. Nichts anderes bedeutete sein Handeln. Ihr Wohlergehen, ihre Sicherheit – er trat sie mit Füßen und nahm eiskalt in Kauf, dass sie misshandelt und vergewaltigt wurde. Ich würde ihm noch zwei Tage Zeit geben, bevor ich Plan B umsetzte. Dann musste er etwas unternehmen – so viel stand fest.

Ich hob mein Weinglas an die Lippen und starrte auf das Meer. Der Mond spiegelte sich silbern in den dunklen Fluten und vermittelte einen trügerischen Frieden. Ich wusste jedoch, dass ich erst dann zur Ruhe kommen würde, wenn die Mörder meiner Familie ihre gerechte Strafe erhalten hatten. Wenn ich endlich herausfand, was mit meiner älteren Schwester geschehen war. Ein normales Leben, wie ich es mir wünschte, war nicht möglich – nicht bevor ich nicht alles geregelt hatte.

Ich hörte das leise Öffnen der Schiebetür und ihre nicht minder leisen, verhaltenen Schritte, lange bevor sie den Tisch erreichte. Erst als sie im Begriff stand, sich zu setzen, ohne darauf zu warten, dass ich ihr den Stuhl zurechtrückte, drehte ich mich um. Ihre Nähe konnte ich in der Zwischenzeit so deutlich spüren, als ob wir uns bereits viel länger kennen würden.

Wortlos griff ich die Lehne des Stuhls und zog diesen nach hinten. Sie schaute mich an und jetzt glaubte ich plötzlich ein wütendes Blitzen in ihren Augen zu erkennen. Oha, ... gerade spielte sie mit dem Feuer.

„Ich sehe einen gewissen Ärger in deinen Augen, mi hermosa. Was ..."

„Nimm mir das verfluchte Halsband ab. Ich bin nicht dein Schoßhündchen", zischte sie mir entgegen und ich bekam einen Vorgeschmack auf das Feuer, das in ihr loderte.

Ich fuhr mit einem Finger unter das weiche, recht locker sitzende Leder und strich an ihrem Hals entlang, ... wenig später bereits über ihr Schlüsselbein. Sie blieb stocksteif sitzen, als rechnete sie mit dem Angriff einer Viper. Dann beugte ich mich vor, doch noch immer zeigte sie keine Regung.

„Ich denke, wir lassen es dort, wo es ist. Mir gefällt der Gedanke, dass ich dich jederzeit an die Kette legen kann." Sie atmete schneller und ihr Pulsschlag beschleunigte sich. „Vor allem im Hinblick auf die kommende Nacht ..." Mit meinen Lippen streifte ich ihre Schläfe und jetzt zuckte sie doch zurück.

„Du hättest mir vielleicht sagen sollen, dass du vorhast zu spielen, Alejandro. Dann hätte ich mir etwas Legereres angezogen.“ Raoul kam genau in dem Moment um die Ecke der Veranda geschlendert, als ich mich wieder aufrichtete. „Darf ich fragen, wer dein entzückender Gast ist?“

„Ich bin nicht sein Gast – ich wurde entführt und werde gegen meinen Willen hier festgehalten“, fauchte Noelle wütend, doch Raoul ging in keiner Weise auf das kleine Biest und ihren Vorwurf ein. Stattdessen lächelte er charmant, hob die Finger meines verblüfften Gastes an und hauchte einen Kuss auf ihren Handrücken.

„Das, meine Liebe, ist mir bekannt. Ich freue mich trotzdem auf die angenehme Gesellschaft. Alejandro ist zwar ein aufmerksamer Gastgeber, aber manchmal geht ihm eine gewisse Netiquette einfach ab. Daran muss er dringend arbeiten.“ Raoul konnte ein verdammter Mistkerl sein, aber er war der beste Freund, den ein Mann nur haben konnte. Loyal, immer zur Stelle und für die Menschen, die er liebte, würde er sterben. Mit ihm teilte ich alles. Meine Vergangenheit, meinen Schmerz, meine Freude und ... Ja, ab und an teilten wir uns auch die Frauen. Er war ein Dom, allerdings auf eine ganz andere Art und Weise als ich es war. Interessiert beobachtete ich Noelles wechselndes Mienenspiel und ihre Reaktionen auf meinen Freund. Das versprach ein heiterer Abend zu werden, denn die princesa schien instinktiv zu ahnen, was unter Raouls zivilisierter Hülle schlummerte.

Wir setzten uns ebenfalls und Maria trug eine leichte Suppe auf. Zunächst plätscherte die Unterhaltung verhalten, doch davon hatte ich bereits nach ein paar Minuten genug. Ich wollte wissen, warum es auf einmal mit unseren Lieferungen Schwierigkeiten gab.

„Sag mir eins, Raoul! Müssen wir uns andere Lieferanten suchen? Ich habe bereits vor Monaten die neuen Schnellfeuergewehre bestellt und sie bis jetzt nicht erhalten. Wo ist das verfickte Problem? Der Händler, die Schleuser – wo ist es?“

„Es sind die Händler, die uns hängenlassen, Alejandro. Ich bekomme überall die gleichen Aussagen: Jemand war schneller und die Waffen sind ausverkauft. Keiner unserer Lieferanten hat angeblich die angeforderten Waren.“ Raoul legte seinen Löffel in den Teller, verschränkte seine Hände ineinander und schaute mich an. „Wenn du mich fragst, ist das eine Lüge. Es macht auf mich den Eindruck, als wollten die Bastarde nicht mehr mit Torres-Enterprises zusammenarbeiten. Als ob sie an anderer Stelle mehr für ihre Waren bekommen könnten. Ich frage mich nur, wer ihnen mehr Kohle bieten könnte?“

„Die Kartelle? Ein ausländischer Investor, oder ...“ In meinem Kopf formte sich plötzlich ein ungutes Bild. Was wäre, wenn dieser Drago dahintersteckte? Ich wusste bereits, dass er zur Russenmafia gehörte. In der Hierarchie mochte er zwar nur ein kleiner Fisch unter der Fuchtel seines mächtigen Onkels sein, das hieß aber nicht, dass er keine guten Kontakte besaß. Auch dass er sich so augenscheinlich nicht um Noelle kümmerte, ließ für mich nur den einen Schluss zu: Er war gerade mit wichtigeren Dingen beschäftigt und betrachtete die Frau als Kollateralschaden. Ich hatte nicht die geringste Ahnung, ob meine Befürchtungen in die richtige Richtung liefen, aber zumindest ergaben meine Überlegungen Sinn. Die konnte ich jetzt allerdings nicht zum Besten geben. Nicht in Noelles Anwesenheit.

„Lass mich an deinen Gedanken teilhaben, Alejandro. Ich sehe doch, dass du bereits einen Verdacht hast.“

„Nicht jetzt, amigo! Ich muss noch darüber nachdenken und ein paar Erkundigungen einholen. Sollte sich aber herausstellen, dass meine Befürchtungen richtig sind, ist der Fisch größer, als wir es zunächst angenommen haben."

„Dreckige Geschäfte, meine Herren? Störe ich den regen Austausch über den florierenden oder nicht mehr ganz so florierenden Waffenhandel?" In der Zwischenzeit hatte Maria den Hauptgang aufgetragen und ich konnte sehen, dass Noelle mit ihrer Portion fast fertig war. Das erinnerte mich daran, dass sie seit ihrer Ankunft auf der Hazienda nicht das allermeiste gegessen hatte. Dabei verspürte ich den Anflug eines schlechten Gewissens – allerdings nur kurz.

„Wir sind keine Waf …" Ich legte meine Hand auf Raouls Arm und stoppte so seinen Redefluss. Sollte die Kleine ruhig noch ein bisschen länger glauben, wir stünden auf der falschen Seite des Gesetzes. Sie durfte nicht alles wissen, denn das konnte uns gefährden.

„Ah, mi hermosa! Du hast also deine Sprache wiedergefunden. Ich hatte schon fast befürchtet, dass sie dir bei so viel Männlichkeit abhanden gekommen wäre." Sie lächelte mich böse an und ihre Augen funkelten wie die lupenreinsten Smaragde.

„Männlichkeit? Wo? Zwei spanische Gockel mit gespreizten Federn sehe ich. Die würden sich allerdings besser auf dem Teller machen, als auf den Stühlen." Das kleine Biest glaubte tatsächlich, sie wäre sicher, weil Raoul anwesend war. Dass sie sich täuschte, würde sie umgehend erfahren. Ich starrte sie bezwingend an.

„Spreiz deine Beine, Noelle. Sofort!" Meine Stimme ließ keinen Zweifel daran zu, dass ich ihren Gehorsam nötigenfalls erzwingen würde. Sie wurde umgehend blass und schnappte nach Luft.

„Ich werde nicht, … Das wagst du nicht", stieß sie hervor, aber ohne rechte Zuversicht. Sie wusste sehr wohl, dass ich es wagen würde und noch so viel mehr.

„Ich sagte es bereits: Ich wiederhole mich nicht gerne. Öffne deine Beine oder ich werfe dich auf den Tisch und erledige die kleine Sache für dich.“

Ich hörte Raoul leise lachen und ob es das war, oder die Tatsache, dass ich sie vor diesem ihr fremden Mann entblößen wollte, doch in diesem Moment reagierte Noelle anders als erwartet. Ihre Augen wurden finster wie eine mondlose Nacht und füllten sich mit rasendem Zorn, sodass ich nicht in der Lage war wegzuschauen. Sie hob das Glas mit dem Rotwein so schnell, dass ich nicht mehr reagieren konnte und der Inhalt traf mich mitten im Gesicht. Der Wein lief aus meinen Haaren, befleckte mein Hemd und mein helles Sakko. Noelle starrte mich eine Sekunde vollkommen erstarrt an, doch dann schoss sie von ihrem Stuhl und wollte an mir vorbei in Richtung ihres Zimmers türmen. Raoul war schneller als ich und erwischte sie am Arm. Eisern hielt er die Kleine fest, während ich mir mit einer Serviette das Gesicht säuberte.

„Falls du Hilfe bei der Zähmung der Süßen brauchst – sag einfach Bescheid. Ich bin jederzeit zur Stelle. Ich denke, sie kann es problemlos mit uns beiden aufnehmen.“ Ein Blick in ihre Augen reichte, um mir zu sagen, dass Noelle in diesem Moment echte Panik spürte. Nein, mit uns beiden nicht – noch nicht. Vielleicht bald, aber für den Moment auf keinen Fall. Ihre angsterfüllten Augen waren es, die mich dazu brachten, diesen zunächst gefassten Plan wieder zu verwerfen. Ich wusste: Vor mir alleine hatte sie keine Angst. Raoul, der sie auf ihren Stuhl gezwungen hatte und sich nun ebenfalls wieder hinsetzte, schien Noelle echte Probleme zu bereiten …

Kapitel 13

Noelle

Das Abendessen endete abrupt und die Stille, die sich zwischen uns ausbreitete, hatte etwas Gefährliches. Die Sekunden wurden zu Stunden und ich hielt den Atem an. Die Drohung, mich hier vor seinem Freund auf den Tisch zu werfen, um mich zu ... Alles in mir war in Aufruhr. Hatte ich bei unserem kurzen Schlagabtausch noch so etwas wie eine winzige Genugtuung verspürt, so war ich in diesem Moment davon meilenweit entfernt. Alleine die Vorstellung, es mit beiden Männern aufnehmen zu müssen, intime Momente mit diesem Raoul zu teilen, überforderte mich so sehr, dass mich wilde Panik überfiel. Ein übler Geschmack machte sich in meinem Mund breit und ich konnte nichts anderes machen, als Alejandro anzustarren, während mein Herz mir bis zum Hals schlug.

Aus den Augenwinkeln erkannte ich, wie Alejandros Freund sich zurücklehnte und uns interessiert musterte. Hastig schlug ich die Augen nieder. Ich wusste, ich sollte etwas sagen, aber ich brachte keinen Ton über meine Lippen. Ich ahnte, dass eine Entschuldigung meine Situation verbessern würde, aber meine Stimmbänder versagten mir den Dienst. Ich nahm nur noch den lauten

Schlag meines Herzens wahr und das Rauschen meines eigenen Blutes.

„Steh auf! Sofort!“ Obwohl Alejandro nicht laut geworden war, hatte seine Stimme die Macht, mich auf die Füße zu zwingen. Ich fuhr so hastig in die Höhe, dass der Stuhl, auf dem ich gesessen hatte, nach hinten kippte und auf dem Boden aufschlug. „Du wirst mir jetzt folgen und zwar ohne ein weiteres Wort zu sagen. Solltest du versuchen, zu entkommen, solltest du ein Wort sprechen, wirst du die Konsequenzen dafür auf dich nehmen. Und die werden für mich erfreulicher sein, als du es dir vorstellen kannst.“ Ich blickte noch immer auf die Spitzen meiner Schuhe und wagte es nicht, meinen Kopf zu heben. Was sollte ich nur tun, falls er mich wirklich auf diesen Tisch hob und ... Erst in diesem Moment wurde mir so richtig bewusst, dass Alejandro Torres mit mir machen konnte, was er wollte. Dass ich schreien und toben konnte, so viel ich wollte – es würde mir nichts nutzen. Erst jetzt begriff ich, dass mir nichts und niemand helfen konnte, bis dieser Mann bekam, was er wollte – was immer das auch sein mochte.

„Raoul! Maria hat dein Zimmer für dich vorbereitet. Ich hoffe, du wirst eine angenehme Nacht haben. Du entschuldigst mich sicherlich.“ Er setzte sich in Bewegung und ich schaffte es kaum, einen Fuß vor den anderen zu setzen, um ihm zu folgen. Meine Zehen schienen eine unselige Allianz mit dem Marmor unter meinen Füßen eingegangen zu sein.

Alejandro lief gelassen vor mir her, so als ginge ihn das alles gar nichts an und ich hatte trotz des langsamen Tempos Mühe, ihm zu folgen. Als er an meinem Zimmer vorbeilief und um die Ecke des Hauses bog, vertiefte sich meine Furcht. Wo brachte er mich hin? Was würde er dort mit mir machen? Waren wir nicht in mein Zimmer gegangen, damit Maria und Raoul meine Schreie nicht hörten? Die Angst wuchs mit jeder Sekunde und mein Atem war in der Zwischenzeit hektisch und flach geworden.

Plötzlich blieb mein Peiniger stehen. Ich atmete erleichtert auf, denn meine Beine standen kurz davor, mir den Dienst zu verweigern. Ich hätte nicht einmal mehr weglaufen können, denn ich zitterte gerade so sehr, dass ich nicht sonderlich weit gekommen wäre.

Alejandro öffnete die Schiebetür und betrat den dahinterliegenden Raum. Er schaute sich nicht einmal nach mir um – so sicher war er sich, dass ich ihm gehorchte und folgte. Hatte ich eine andere Wahl? Nein, gab ich mir die Antwort selber. Die hatte ich nicht ...

Vorsichtig betrat ich hinter ihm den Raum, der im Halbdunkeln lag, doch als ich begriff, dass ich wohl dieses Mal in seinem Schlafzimmer stand, begann ich noch heftiger zu zittern. Erst recht, als ich erkennen musste, dass es alles andere als *normal* war.

Das Bett war breit und mit edlen Stoffen bezogen, aber das war es nicht, was mein Herz dazu veranlasste, einen Schlag auszusetzen. Es war die Stahlkonstruktion, die wie bei einem Himmelbett ohne Vorhänge das Bett umgab. Ösen und Gitter waren so angebracht, dass man ... Oh Gott! Überall waren Vorrichtungen, um jemanden zu fesseln – und dieser Jemand ... Ich wagte es nicht, den Gedanken weiter zu führen.

Dann fiel mein Blick auf ein Wandgestell und in dem Moment knickten mir die Beine weg. Ich wäre gefallen, wenn nicht Alejandros harter Griff mich vor diesem Schicksal bewahrt hätte. Trotzdem konnte ich meine Augen nicht von der Wand abwenden. Dort hingen, fein säuberlich aufgereiht, die verschiedensten Utensilien.

Dinge, die wie Schlaginstrumente aussahen und die ich nicht kannte. Handfesseln, Augenbinden und ... Knebel. Gleich daneben stand eine Vitrine, in der unzählige Dildos verschiedener Formen und Größen ausgestellt waren. Ich schluckte mühsam und wagte es immer noch nicht, Alejandro in die Augen zu schauen. Ich wollte nicht wissen, was ich in seinen Iriden erkennen würde. Das hier war kein Schlafzimmer – das hier war das Spielzimmer eines dominanten Mannes. Auch wenn ich in meinem bisherigen Leben nicht die allermeisten Erfahrungen sammeln konnte, war ich keinesfalls dumm oder naiv. Ich wusste sehr genau, was das hier bedeutete.

In der Zwischenzeit hatte Alejandro mich losgelassen und war an die Seite getreten, während ich noch immer den Blick eisern auf den Boden richtete. Mit Schrecken erinnerte ich mich an meine Frage: Ob er vorhätte, mich übers Knie zu legen. Und noch mehr Angst machte sich in mir breit, als ich an seine Antwort dachte.

Ich konnte hören, wie Alejandro sein Sakko auszog. Das leise Flüstern des Stoffes dröhnte überlaut in meinen Ohren. Ich riskierte einen vorsichtigen Blick in seine Richtung und dabei raste mein Herz bereits davon. Sein Hemd stand offen und gerade krempelte er bedächtig die Ärmel nach oben. Jede seiner Bewegungen war ruhig und bedächtig, doch das ließ seine Handlung noch gefährlicher erscheinen. Ich beobachtete, wie er sich auf dem großen Sofa niederließ, eine Hand an sein Kinn legte und mir einen Blick zuwarf, der mir wie ein Pfeil durch den Körper jagte. Doch es war seltsam. Obwohl ich Angst hatte und obwohl ich nicht wusste, was jetzt passieren würde, verspürte ich ein seltsames Ziehen zwischen meinen Schenkeln. Ein Prickeln, das ich mir nicht erklären konnte.

„Zieh dich aus!“ Ich zuckte zusammen, als mich seine Stimme mit voller Härte und Kälte traf. Da war kein warmer Unterton, kein bisschen verführerisch hatten seine Worte geklungen.

Hastig fuhr meine Hand nach oben und ich öffnete den kurzen Reißverschluss des schwarzen Kleides. Ich zog es mir über den Kopf und kurze Zeit später folgte auch der BH. Ich konnte, ich wollte meinen Slip nicht ausziehen, wusste aber gleichzeitig: Wenn ich mich widersetzte, würde seine Strafe noch härter ausfallen. Was auch immer er vorhatte, ... ich konnte ihn nur milde stimmen, indem ich tat, was er verlangte und so stieg ich langsam aus dem Spitzenpanty. Ich konnte nicht verhindern, dass ein schluchzender Laut über meine Lippen drang.

„Bitte, ... Alejandro. Es, ... es tut mir leid.“ Die Erkenntnis, dass ich gegen ihn nicht bestehen konnte, hätte mir bereits früher kommen sollen, doch ich hoffte inständig, dass es noch nicht zu spät war. „Du, ... du musst das nicht tun ...“ Er reagierte nicht einmal und das Rumoren in meinem Bauch wurde immer schlimmer.

„Komm her!“ Wieder ein Befehl. Wieder in einem Ton, der mir kalte Schauder über den Rücken trieb, die in diesem Moment allerdings einen Pakt mit meiner Klit einzugehen schienen. Zu meinem unglaublichen Entsetzen spürte ich Feuchtigkeit, die meine Scham tränkte und das wilde Pulsieren der steigenden Erregung.

Langsam schlich ich zu ihm rüber und jeder Schritt kostete mich unglaublich viel Kraft – mehr als ich glaubte, aufbringen zu können. Mit hängendem Kopf blieb ich vor ihm stehen. Ich brachte es schon wieder nicht über mich, ihn anzuschauen. Ich wollte nicht sehen müssen, was er vorhatte und dabei Grausamkeit in den unglaublich blauen Augen finden.

„Du wirst dich jetzt über meinen Schoß legen – freiwillig. Dabei wirst du mir deinen reifen Po präsentieren und nichts zurückhalten, mi querida. Solltest du nicht ganz schnell dieser Aufforderung nachkommen, werde ich sehr viel Schlimmeres mit dir anstellen, als deinen niedlichen Arsch zum Glühen zu bringen." Er wirkte in diesem Moment so dominant, so herrisch, dass ich ihm alles zutraute und wieder benetzte ein Schwall Nässe die Innenseiten meiner Schenkel. Das machte mir weitaus mehr zu schaffen, als die Angst vor der zu erwartenden Strafe.

Mit wackelnden Knien krabbelte ich auf das Sofa und kletterte unbeholfen über Alejandros Schoß. Weder half er mir, noch hielt er mich fest und in der Zwischenzeit tropften Tränen aus meinen Augen. Ich wollte das hier nicht, aber ich wurde nicht gefragt – ich hatte keine Wahl, als zu tun, was er verlangte.

Seine Hand fuhr sanft über meinen Po und trotzdem zuckte ich zusammen, als hätte er mich bereits geschlagen. Jedes Geräusch, jede Bewegung von Alejandro nahm ich überdeutlich wahr, während ich das Gefühl hatte, keine Luft mehr zu bekommen.

„So weiche, weiße Haut, mi hermosa. So wunderbar glatt und zart." Wieder streichelte er sanft über die Rundungen, doch ich spannte mich immer mehr an. Egal, was jetzt kam – ich wollte es einfach nur noch hinter mich bringen. „Öffne deine Schenkel. So, wie ich es dir bereits bei Tisch befohlen habe. Und enttäusche mich nicht wieder." Seine Stimme wurde immer dunkler und rauer. Es erregte ihn. Meine Hilflosigkeit, meine Angst – es erregte diesen Bastard.

Ich spreizte meine Beine und jeder einzelne Millimeter kostete mich alles. Seine Finger strichen aufreizend über meine Haut, glitten langsam tiefer und schoben sich dann zwischen die nassen Falten meines Geschlechtes.

„Wie ich es mir gedacht habe, kleines Luder. Du bist klatschnass und weitaus weniger verängstigt, als du es sein solltest.“ Dabei öffnete er meine Scham und schob zwei Finger in meine pulsierende Pussy. Lust schwappte in heißen Wellen durch meinen Unterleib. Verwirrung, Scham, Entsetzen und Erregung vermischten sich und ich begann mich auf Alejandros Schoß zu räkeln. Immer tiefer drang er in mein heißes Loch vor und immer größer wurde die Begierde, die ich dabei spürte.

Mit der anderen Hand fixierte Alejandro mich so auf seinem Schoß, dass ich nicht ausweichen konnte, während er mich weiter fingerte – hart und gnadenlos. Dabei strich sein Daumen gefährlich nahe an meinem Anus entlang und alleine die Drohung, mich an dieser verbotenen Stelle ebenfalls zu berühren, ließ mich immer heftiger reagieren. Ich musste mir auf die Unterlippe beißen, um nicht laut zu stöhnen.

„Oh, princesa, ... auch dort werde ich dich berühren und du wirst schreien vor Lust, wenn es soweit ist. Genauso, wie du gleich betteln wirst, dass ich dir mehr gebe. Wenn meine Hand erst deinen Hintern langsam erwärmt, wirst du dir wünschen, mehr zu bekommen. Wenn du begriffen hast, dass du nichts gegen mich ausrichten kannst, dass dein Körper, deine Lust – dass du mir gehörst, dann werde ich es sein, der darüber entscheidet, ob ich dich belohne. Und glaube mir – du wirst dir wünschen, dass ich es tue.“

Der Orgasmus baute sich so schnell auf, dass es mich schwindelte, doch dann waren seine Finger auf einmal fort. Stattdessen rieb er jetzt sehr viel kräftiger über meine Pobacken, knetete und massierte das weiche, nachgiebige Fleisch. Ich drängte mich ihm entgegen, so gut fühlte es sich an. Dann jedoch traf mich der erste Schlag und ich schrie auf – mehr vor Schreck und Demütigung, als vor Schmerz …

Kapitel 14

Alejandro

Als meine Hand zwischen ihre Schenkel glitt, wusste ich, dass ich richtig lag. Noelle war devot. Wie weit diese Neigung ging, würde ich herausfinden.

Sie so offen und gespreizt über meinem Schoß liegen zu haben, die cremige Nässe ihrer mehr als bereiten Pussy zu fühlen – das alles führte dazu, dass ich mein eigenes Verlangen kaum noch zügeln konnte. Am liebsten hätte ich mir selber die Hose von den Hüften gestreift und mich mit einem harten Stoß in ihrer engen Spalte versenkt. Doch im Moment war sie dran und nur sie. Ich würde noch zu meinem Vergnügen kommen und dann würde es ein wirkliches Vergnügen werden – für uns beide.

Die ersten Schläge setzte ich leicht, sodass sie sich in das Brennen hineinfühlen konnte. Sie zuckte leicht und ihr erster Schrei war Musik in meinen Ohren. Ihr wütendes Aufbegehren würde gleich ein Ende haben. Drei Schläge setzte ich in schneller Folge und hielt sie dabei fest auf meinen Schoß gedrückt. Ausweichen konnte sie nicht, doch sie hatte ihre Hände frei und die ballte sie gerade zu zwei kleinen harten Fäusten.

„Solltest du nicht stillhalten, mi querida, solltest du ausführen, was dein rebellischer Verstand dir gerade einredet, werde ich deine Strafe erhöhen", flüsterte ich leise und erkannte sogleich die Gänsehaut, die sich auf ihrem Rücken bildete. „Du hältst jetzt deinen Mund, bleibst liegen und wirst hinnehmen, was du dir selber eingehandelt hast." Wieder ließ ich meine Hand auf ihren Po klatschen und ein zweites Mal auf die Unterseite ihres herrlichen Hinterns. Dann jedoch streichelte ich über die brennende Haut und schob meine Hand erneut zwischen ihre Beine. Sie war noch feuchter als zuvor, als ich meine Finger in sie hineinschob und sie langsam fickte. Ihr Stöhnen war tief und rau, während sie sich meinen suchenden Fingern entgegendrückte. Ganz eindeutig genoss Noelle, was ich ihr schenkte.

„Ich sagte, du sollst stillhalten, oder möchtest du herausfinden, wie sehr dein armer Po brennen kann, wenn ich es darauf anlege?" Ich hatte meine tiefste und dominanteste Stimme an den Tag gelegt und jetzt lief ein Schauer durch Noelles Körper. Ihre Reaktionen waren rein, unverfälscht und absolut anbetungswürdig. Dabei konnte ich fühlen, wie ihre nasse Pussy sich immer enger um meine Finger schloss, wie sehr ihre Klit pulsierte. Nicht mehr lange und sie würde kommen – aber das hatte ich noch nicht für sie vorgesehen.

Als ich ihr meine Finger ein zweites Mal entzog, wimmerte sie leise und räkelte sich erneut auf meinem Schoß. Hölle! Wenn sie das noch ein weiteres Mal machte, würde ich abspritzen wie ein Anfänger. Die Anzughose spannte über meinem geschwollenen Schwanz, dass es wehtat. Ich platzierte einen weiteren Schlag und ihre Pobacke nahm bereits ein herrliches Rot an. Ich merkte, dass sie sich zum ersten Mal einen Schrei verbeißen musste und setzte gleich darauf den nächsten kurz unterhalb des ersten Hiebs.

„Das war für das *Pimmelchen,* princesa ... und der nächste ist für den Wein und das versaute Hemd." Wieder nahm ich die empfindliche Stelle knapp unter ihrer prallen Rundung – dort wo sich der Ansatz ihrer Schenkel befand. Sie wimmerte leise, als ich so hart mit ihr sprach und jetzt einen festen Hieb auf ihre andere Pobacke platzierte. In der Zwischenzeit hatte sie ihre Finger fest in die Polster des Sofas gekrallt und ich bemerkte, dass ihre Knöchel weiß hervortraten. Sie hatte genug. Mehr durfte ich ihr einfach nicht zumuten. Ich wollte sie nicht brechen, denn ihr Mut war kostbar – ich wollte die Frau in ihr wecken, die unter all den Schichten von Verboten und Geboten schlummerte. Diese Frau wollte ich besitzen. Sie sollte mir gehören ...

Ich umfasste ihre Taille mit beiden Händen und drehte sie mit einem Ruck herum. Die klaren, grünen Augen standen voller Tränen und eine einzelne rann über ihre Wange. Meine Hand legte sich warm in ihren Nacken und dann riss ich sie an mich heran, verschloss die bebenden Lippen mit einem hitzigen Kuss. Ihr Zittern ließ mich noch härter werden. Für den Bruchteil einer Sekunde spielte ich mit dem Gedanken, sie zum Bett zu tragen, doch dort hätte sie nichts mehr davor bewahren können, noch in dieser Nacht von mir gefickt zu werden. Sanft biss ich in ihre Unterlippe, saugte leicht an ihr und wischte mit dem Daumen die einzelne Träne aus ihrem Gesicht.

„Sag es, Noelle." Mein Mund wanderte über ihren Hals abwärts. „Ich will hören, was du haben willst. Sag es laut und deutlich und vielleicht ..." Ich konnte spüren, wie ihre Kiefer aufeinandertrafen. Noch immer wollte ihr Verstand die Oberhand behalten, doch nicht jetzt und nicht hier – das würde ich nicht zulassen.

Meine Lippen wanderten an ihrem Hals abwärts, ihr Kopf fiel in meine Hand, während ihr Körper sich mir entgegendrückte. Ihre Nippel präsentierten sich hart und rosig – ich konnte nicht widerstehen. Mit der Zunge umkreiste ich die erste köstliche Beere, sog sie in meinen Mund und als ihr Stöhnen mir verriet, dass es genau das war, was sie jetzt brauchte, biss ich leicht zu – spielerisch und nicht zu hart. Aber hart genug, dass sie den leichten Schmerz bis in ihre Klit hinein spüren musste. Ihre Finger gruben sich in meine Schenkel und sie zischte leise, während ich weiter ihre Brustwarze verwöhnte. Dann jedoch ...

Ich ließ eine Hand abwärts gleiten – über ihren flachen Bauch, der sich sogleich anspannte, bis hinunter zu dem perfekten Schamhügel. Dort ließ ich sie still verharren.

„Sag es, mi querida, ... ansonsten wirst du nicht bekommen, wonach dein Körper so schmerzlich verlangt ...“ Sie rieb ihre Scham an meiner Hand, ließ ihr Becken kreisen, doch dabei würde sie nur noch heißer werden, ohne den Gipfel zu erreichen. Ich erkannte, dass sie sich auf die Unterlippe biss, um ihren Mund nur ja nicht zu öffnen. Um mir auf gar keinen Fall zu geben, was ich hören wollte – das würde ihr nichts nutzen. Noch immer kämpfte sie gegen mich an ...

Meine Finger glitten wieder tiefer, öffneten die glitschigen Falten, die ihren erigierten Lustknoten vor meinen Augen verbargen. Rosig präsentierte sich ihr Fleisch und ihre Klit pochte fühlbar unter meinem streichelnden Finger. Sanft ließ ich meinen Daumen um das geschwollene Fleisch kreisen und jetzt schrie sie leise auf. Ihr Kopf fiel nach hinten und sie gab sich endlich hin.

„Sag es, Noelle! Gib nach ...“, flüsterte ich leise an ihrem Hals und platzierte dort kleine Bisse, die sie allesamt erschaudern ließen. Sie wand sich unter meinen streichelnden Fingern, wollte mich so animieren, ihr zu geben, was sie brauchte, doch solange sie weiter gegen mich ankämpfte, würde ich sie nicht belohnen. Stattdessen ließ ich meine Hand durch ihr heißes Fleisch wandern, drang nur leicht in sie ein und ließ meinen Finger dort wieder kreisen. Das trieb die Kleine immer höher, ließ sie aber den Gipfel nicht erklimmen.

Schweiß bedeckte ihre Haut und sie keuchte so laut, dass jeder im Haus es unweigerlich hören musste. Doch das war mir egal – nur die Frau in meinen Armen war jetzt von Interesse für mich. Sie war es, die ich bezwingen wollte.

„Ich, ... ich, ... bitte Alejandro!“, schluchzte sie plötzlich und ich konnte spüren, wie sie nachgab. Plötzlich wurde ihr Körper weich und anschmiegsam. „Bitte ... ich kann nicht mehr.“

„Das ist mir nicht genug, mi hermosa. Sag mir genau, was ich tun soll. Ich will es hören!“ Ich war ein Schuft, wusste ich doch bereits in diesem Moment, wie schwer es ihr fallen würde.

„Lass mich kommen ... ich muss, ... ich will dich!“, keuchte sie wild.

„Brave chica – genau so soll es sein ...“ Ich beugte mich erneut vor, nahm ihren Nippel zwischen meine Zähne und rollte die pralle Knospe vorsichtig zwischen meinen Zähnen. Ihr Wimmern war göttlich und fuhr mir geradewegs in meinen zuckenden Schwanz. Ich hätte ein Vermögen darum gegeben, mich jetzt zwischen ihren milchweißen Schenkeln zu vergraben, um sie zu ficken – hart und tief. Doch es war noch zu früh. Das leise Schmatzen ihrer überaus nassen Pussy lockte mich. Sie war zwar eng, was mich ehrlich gesagt wunderte, aber so feucht, dass ich mühelos drei Finger in sie hineinschieben konnte. Sie bäumte sich auf und stieß einen heiseren

Schrei aus. In ihrem Gesicht, mit den geschlossenen Augen, erkannte ich nur noch eines – pure, sinnliche Lust. Mein Daumen drückte auf ihre Klit, während meine Finger immer wieder in ihr enges Loch stießen. An meiner Eroberung war jetzt nichts zartes mehr – hart und unerbittlich eroberte ich ihren Körper und ihre Sinne – und madre de dios, ich würde in dieser Nacht noch eine kalte Dusche brauchen. Noch einmal drückte Noelle ihren Rücken durch und ich konnte die Lustsäfte fühlen, die meine Hand benetzten. Sie stöhnte und dann umschlossen ihre Muskeln meine Finger so fest, dass ich wusste: Sie würde meinem Schwanz den Himmel auf Erden bereiten, wenn ich sie erst einmal eroberte.

Ihr Orgasmus wollte kein Ende nehmen, während ich meine Finger weiter und tiefer in sie schob. Sie krallte ihre Finger so fest in meinen Schenkel, dass dort Abdrücke zurückbleiben würden. Doch das war es mir wert. Der Anblick ihrer Sinnlichkeit war den leichten Schmerz mehr als wert.

Sie atmete noch immer heftig und stoßweise, als ich meine Hand zwischen ihren Beinen hervorzog und dabei hielt sie ihre Augen eisern geschlossen, so als wollte sie mich nicht ansehen. Doch das zog bei mir nicht. Ihre Scham war nicht angebracht – nicht bei mir.

„Öffne die Augen. Sieh mich an!“, befahl ich barsch und wusste, dass es genau dieser Tonfall war, den sie jetzt gar nicht von mir hören wollte. Wieder einmal ließ ich ihr keine Wahl. Ein giftgrüner Blick bohrte sich in meinen – noch verhangen vor Lust, aber schon wieder mit unterschwelliger Rebellion durchsetzt. Noelle hatte noch nicht aufgegeben und wie ich sie kannte, würde sie mir noch recht lang die Stirn bieten – egal, was ich mit ihr anstellen würde.

Ihre Arme flogen in die Höhe und sie bedeckte mit den Händen ihre bebenden Brüste. Glaubte sie wirklich, das würde ihr etwas nutzen? Ein teuflisches Lächeln erschien auf meinen Lippen und einen kurzen Moment geriet ich erneut in Versuchung, mir bereits in dieser Nacht zu holen, was mein war. Während ich darüber nachdachte, welche Töne ich ihrem allzu willigen Leib entlocken würde, nahmen ihre Iriden eine immer dunklere Farbe an. Sie erholte sich recht schnell, stellte ich fest.

„Willst du etwas sagen, mi hermosa? Mir vielleicht eine Nettigkeit mit auf den Weg geben, weil ich dich so wunderbar in den Himmel gefickt habe?“ Ich erkannte, dass ihr Kopf schon wieder die Oberhand gewonnen hatte. Sehr viel schneller, als ich es erwartet hätte.

„Du bist ein widerlicher Bastard, Alejandro Torres, ... ein Pimmelchen!“, zischte es mir entgegen. „Mach mit meinem Körper, was du willst, aber mein Herz und meine Seele wirst du niemals besitzen.“

„Mi hermosa, ... du bist köstlich“, lachte ich spöttisch, obwohl ihre Worte mich seltsam getroffen hatten. „Wer will denn schon deine Seele, wenn er deinen Körper haben kann? Dein Herz darfst du gerne behalten. Mir gehört dieses Haus, dieses Land und noch sehr viel mehr – und du, meine Schöne – dich besitze ich auch. Gewöhn dich an den Gedanken, denn egal, wie dein Verlobter sich schlussendlich entscheidet: Du bleibst hier, bis ich dich satthabe.“

Kapitel 15

Noelle

In der kommenden Nacht schlief ich schlecht. Alejandro hatte mich in mein Zimmer gebracht und keinen Zweifel daran aufkommen lassen, dass ich nicht entkommen würde – so sehr ich es auch versuchen mochte. Dann hatte er mich stehenlassen und war gegangen. Hatte mich zurückgelassen mit den widerstreitenden Gefühlen und einem furchtbaren Brennen in meinem Herzen. Er war ein selbstverliebter, ein widerlicher Bastard, versuchte ich mir vorzubeten und versagte selbst dabei auf ganzer Linie. Und auch als ich unter der Dusche versuchte, mir seinen Geruch von der Haut zu waschen, gelang es mir nicht. Ich hatte das Gefühl, dass er regelrecht an mir haftete und ich ihn selbst nach all dem Shampoo und der Seife noch immer riechen konnte.

Im Bett warf ich mich unruhig von einer Seite auf die andere und fand keine Ruhe. Alejandro hatte Drago mit ins Spiel gebracht. Worauf sollte mein zukünftiger Mann eingehen und dann fragte ich mich, warum er es nicht schon lange getan hatte. Alejandros Satz konnte nämlich nur eines bedeuten: Er hatte an meinen Verlobten eine Forderung gestellt, die dieser bisher noch nicht erfüllt hatte. Warum nicht? Warum unternahm Drago nicht alles, um mich aus dieser Hölle zu holen? Für ihn und seinen ganzen, verdammten Reichtum hätte es ein Kinderspiel sein müssen, mich hier rauszuholen.

Geld! Alejandro wollte sicherlich Lösegeld – etwas anderes konnte es wohl nicht sein. Er war ein Verbrecher – einer der hiesigen Drogenbarone, oder schlimmeres. Ich sollte ihm eigentlich alles zutrauen, schaffte es aber nicht. Alejandro übte eine gefährliche Faszination auf mich aus, der ich mich einfach nicht entziehen konnte. Er hatte mich entführt, er hatte mich gedemütigt – und mir dabei die besten Orgasmen meines Lebens beschert. Ich war ein verkommenes Miststück und in diesem Moment überrollte mich eine Welle aus Scham und Elend. Ich sollte ihm widerstehen können und durfte einfach nicht so empfinden, wie ich es tat. Ich konnte einfach nicht verstehen, warum mein Körper in seiner Nähe so reagierte, warum mein Herz schneller schlug und ich seine Berührungen so sehr genoss. Ich ertappte mich sogar dabei, dass ich mir seine Nähe gerade in diesem Augenblick schmerzlich herbeisehnte. Ich wollte mich an ihn schmiegen und für einen Moment der furchtbaren Realität entfliehen.

Erneut warf ich mich auf dem weichen Bett herum und erste Tränen liefen mir über die Wangen. Krampfhaft unterdrückte ich das Schluchzen, denn ich wusste, er würde es hören.

Nach seinem verletzenden Satz, nachdem er mir unumwunden mitgeteilt hatte, was ich für ihn war, hatte er mich auf die Arme gehoben, war zu einer Verbindungstüre gegangen und ich musste entsetzt feststellen, dass diese geradewegs in meine Räume führte. Nicht einmal in meinem Kerker konnte ich mich sicher fühlen. Alejandro konnte jederzeit mein Zimmer betreten und niemand würde es mitbekommen. Ich war nicht nur sein Eigentum, sondern auch noch in seiner unmittelbaren Nähe untergebracht. So hatte er ständig Zugriff und ich konnte nicht ausweichen.

Ich presste meinen Kopf in das blütenweiße Kissen und schluchzte leise. Eigentlich wollte ich nur eins: Diesen schrecklichen Ort verlassen. Aber da gab es diese winzig kleine Stimme in meinem Kopf, die mich ständig fragte: Willst du das wirklich? Sofort mogelten sich Alejandros unglaublich blaue Augen in meinen Kopf – stahlhart, unerbittlich und streng konnten sie sein. Aber ich hatte auch schon einen anderen Ausdruck in ihnen gesehen. Weich, traurig und verständnisvoll. Ich konnte nicht sagen, wie das zusammenpasste, aber Alejandro schien nicht der Typ Mann zu sein, der eine Frau umbringen würde, wenn sie nicht tat …

Nein! Umbringen würde er sie nicht. Aber ihr ein lustvolles Spanking verpassen. Das leichte Brennen meines Pos erinnerte mich sehr nachdrücklich daran, was er getan hatte und wie meine Reaktion ausgefallen war. Ich war ihm willenlos verfallen, während er auf meinem Körper gespielt hatte, wie auf einer Harfe. Er wusste genau, welche Stellen er berühren musste – wie stark oder wie zart, um mir größtmögliches Vergnügen zu schenken. Alleine der Gedanke an die letzten Stunden reichte und ein sinnliches Prickeln ergriff mich. Es überrollte mich mit der Kraft eines Tsunami und ließ sich auch nicht leugnen. So würde das nie etwas werden – so konnte ich auf keinen Fall einschlafen.

Ich schlug die leichte Decke zurück und stieg aus meinem Bett. Meine Füße versanken im weichen weißen Teppich, doch bereits nach ein paar Schritten konnte ich nur noch kühlen Marmor spüren. Das Mondlicht spendete ausreichend Helligkeit, sodass ich mich problemlos im Raum bewegen konnte. Leise und vorsichtig, damit Alejandro nicht mitbekam, dass ich nicht schlief. Er hatte zwar nichts davon gesagt, dass ich in meinem Zimmer zu bleiben hatte, ich konnte mir andererseits aber auch nicht vorstellen, dass er von einem nächtlichen Streifzug besonders begeistert gewesen wäre. Ich wollte um jeden Preis eine weitere Konfrontation mit ihm vermeiden – zumindest in dieser Nacht. Ich war emotional einfach zu aufgewühlt, zu verwirrt, um ihm weiter die Stirn zu bieten. Noch einen Angriff auf meine Sinne in dieser Nacht würde ich nicht überstehen – das wusste ich genau.

Leise öffnete ich die Tür und betrat die Veranda. Obwohl wir uns in Äquatornähe befanden, war die Nacht kühl. Die Luft war feucht und mir lief ein Frösteln über den Rücken. Ich wusste eigentlich gar nicht so recht, was ich hier draußen machte, aber irgendwie musste ich meine innerliche Unruhe loswerden. Einen Moment klammerte ich mich an der Balustrade der Terrasse fest und schaute hinauf in den Himmel. Es herrschte gerade Regenzeit und trotzdem konnte ich keine Wolke ausmachen. Mondlicht beleuchtete das Wasser des Pazifiks und ließ es geheimnisvoll glitzern. Die weißen Schaumkronen der Wellen traten deutlich hervor, während sie auf den Strand zurollten und schließlich dort ausliefen. Ich selber fühlte mich gerade wie eine dieser Wogen. Zum Spielball einer Naturgewalt degradiert, trieb ich haltlos in einem Meer aus Gefühlen und konnte dem Ende nicht entkommen. Ich war darauf angewiesen, dass man mir half – dass irgendjemand mich rettete. Und wieder war es Drago, der sich in meinen Kopf mogelte. Seine komischen Bekanntschaften, sein wenig leidenschaftliches Verhalten und seine ständige

Abwesenheit während unserer gemeinsamen Kreuzfahrt. Immer öfter war mir in den letzten beiden Wochen der Gedanke gekommen, dass Drago mich eigentlich gar nicht wollte und jetzt schien sich diese Befürchtung zu bestätigen. Alejandros Worte hatten meine Befürchtungen befeuert. Aber warum hatte mein Jugendfreund mich dann so unbedingt heiraten wollen? Was war der Grund?

Auch wenn ich noch so sehr grübelte, ich kam nicht dahinter und so lief ich schließlich planlos in Richtung der Essecke. Bereits als ich mich umdrehte, erkannte ich das helle Licht, das aus dem dahinterliegenden Zimmer auf die Sitzgruppe fiel. Irgendjemand hielt sich dort auf und ich befürchtete ...

Leise schlich ich näher heran und warf einen vorsichtigen Blick in den hell erleuchteten Raum mit den Panoramascheiben. Über Tag hatten die leichten Vorhänge verhindert, dass ich dort etwas erkennen konnte – mit dem hellen Licht sah das anders aus.

Es handelte sich um einen großen Wohnraum. Wie alles im Haus war der erlesen eingerichtet und an der Stirnseite befand sich ein offener Kamin. Mit dem Rücken zu mir stand dort der Mann, der mein ganzes Denken ausfüllte – obwohl er es nicht sollte. Die Jeans saß locker auf seinen Hüften, betonte den muskulösen Po. Die Rückenmuskeln waren deutlich definiert und ich konnte sogar erkennen, dass sie leicht zuckten. Fast so, als wäre er angespannt. Erst dann wurde mir bewusst, was er betrachtete und in diesem Moment erfasste mich ein so großer Schreck, dass ich beinahe geschrien hätte. Ich presste mir die Faust gegen den Mund, um nur ja keinen Laut von mir zu geben. Was ich sah, zog mir buchstäblich den Boden unter den Füßen weg.

Über dem Kamin hing ein riesiges Portrait – eine Fotografie, die ein blutjunges Mädchen zeigte und er betrachtete dieses halbe Kind mit einer so großen Sehnsucht in den Augen, dass mir übel wurde. Das lange leicht gelockte Haar war dunkler als mein eigenes und enthielt nur eine Spur von Rot. Das schmale Gesicht ließ sie fast ein bisschen ätherisch wirken und ihr Lächeln war das Schönste, das ich jemals gesehen hatte. Fröhlich, ansteckend und frei. Ihre Augen waren ebenso grün, wie meine eigenen und leicht katzenhaft geschnitten. War das die Frau, die mein Entführer liebte? Aber warum schaute er sie mit einer solchen Wehmut an? Hatte er sie verloren? Immer mehr Fragen drängten sich in meinen Kopf und keine war besonders angenehm.

Das Foto zeigte ein junges Mädchen – ein sehr junges Mädchen. Was hatte Alejandro mit ihr zu schaffen?

Plötzlich hieb mein Entführer mit den Fäusten gegen den Kaminsims – unbeherrscht, heftig und voller Wut. Vielleicht aber auch vor Schmerz, das konnte ich nicht genau erkennen, doch am liebsten hätte ich es ihm gleichgetan. Jeder Zoll seines Körpers strahlte einen unbändigen Zorn aus – einen Hass, den ich bisher noch nicht an ihm gesehen hatte. In diesem Moment war ich so verwirrt, so verängstigt, dass ich am liebsten ein zweites Mal in den Dschungel geflohen wäre. Dieses Mal barfuß und nur bekleidet mit dem dünnen Negligé, das ich trug. Die Tiere des Dschungels wirkten plötzlich nur noch halb so gefährlich und lieber hätte ich es mit sämtlichen Kokabauern der näheren Umgebung, lieber mit einem hungrigen Jaguar aufgenommen, als Alejandro in diesem Moment zu nahe zu kommen. Er stemmte sich jetzt mit beiden Händen am Kamin ab, dabei strömte über die Knöchel der einen Hand Blut und tropfte zu Boden. Er schien es nicht einmal zu bemerken. Seine Schultern zuckten jetzt so heftig, dass meine Furcht wuchs – der Knoten in meinem Magen verdoppelte sich schlagartig. Wer auch immer das junge Mädchen auf dem Foto sein mochte – sie hatte Alejandro viel bedeutet und aus seinem Verhalten schloss ich, dass sie nicht mehr da war. Ob ihr etwas zugestoßen war, ob sie gegangen war – ich wusste es nicht, ahnte nur, dass es in Alejandro rumorte.

Ich sollte verschwinden – so schnell wie eben möglich, doch meine Füße wollten sich einfach nicht bewegen. Sie klebten regelrecht am Stein und schienen mit ihm verwachsen zu sein. Wenn Alejandro sich umdrehte, würde er mich sehen können und das war der Gedanke, der endlich meine Starre löste. Ich flog herum und rannte davon, ... wieder einmal. Dabei war alles in mir in Aufruhr. Das Bild, Alejandros Verhalten und meine Entführung – das alles prasselte in diesem Moment mit einer Heftigkeit auf mich ein, die mein Herz rasen ließ. Ich wusste nur eines: Lange würde ich es hier nicht aushalten, denn dann würde ich meinen Verstand oder Schlimmeres verlieren.

Wieder in meinem Zimmer angekommen, warf ich mich quer über mein Bett und vergrub das Gesicht in den Kissen. Ich wollte nichts mehr sehen und erst recht nichts mehr hören und trotzdem konnte ich noch lange nicht einschlafen. Immer wieder lauschte ich auf die zahlreichen Geräusche des Hauses und hoffte darauf, Alejandros Schritte zu hören. Schritte, die mir sagten, dass er wieder in seinem Zimmer war. Irgendwann im Morgengrauen, der Himmel zeigte bereits ein rötliches Glühen, schlief ich endlich ein, doch meine Träume waren so schrecklich, dass ich auch dort keine Ruhe fand ...

Kapitel 16

Alejandro

Die Nacht war scheußlich gewesen und ich verfluchte mich selber – immer und immer wieder. Ich hatte mich aufgeführt wie ein Wilder – wie ein cabrón, ... ein Dreckschwein. Eigentlich hätte ich Noelle nach der Einführung in meine Welt auffangen, ihr Geborgenheit und Wärme geben müssen. Stattdessen hatte ich mich von ihr provozieren lassen wie ein blutiger Anfänger. Ihre Worte verpassten mir einen gewaltigen Dämpfer, aber da hätte ich drüberstehen müssen. Das wäre meine verdammte Pflicht gewesen. Stattdessen stieß ich sie mit groben Worten von mir, hatte sie in ihr Zimmer gebracht und sie mit all den widersprüchlichen Gefühlen alleine gelassen. Und auch die Anspielung darauf, dass ihr Verlobter bisher nichts unternommen hatte, um sie zu retten, war unnötig grausam gewesen. Für diese Tat verfluchte ich mich am meisten.

Natürlich hatte ich die leisen Schluchzer gehört und war nahe dran gewesen, zu ihr zu gehen, um sie tröstend in den Arm zu nehmen. Doch dann hatte ich mich stattdessen in den Wohnraum geflüchtet. Dort, so hoffte ich, würde ich das gedämpfte Weinen nicht hören. Doch eine gute Idee war auch das nicht, denn dort überfiel mich sogleich die

Vergangenheit. Die Bilder meiner Eltern und meiner Schwester – die verfluchte Nacht ihres Todes. Der Zorn, die Wut, noch immer nichts in Händen zu halten und die Verwunderung über diesen Drago Leonov entluden sich in sinnloser Raserei, die dazu führte, dass meine Rechte an diesem Morgen höllisch schmerzte.

Ich war auf dem Weg zur Sitzgruppe, um mich mit Raoul auf ein frühes Frühstück zu treffen. Maria hatte von mir Anweisung erhalten, Noelle schlafen zu lassen, denn ich hatte auch mitbekommen, dass in ihrem Zimmer erst am frühen Morgen Ruhe eingekehrt war. Sie brauchte den Schlaf, um sich zu erholen. Unter meiner Obhut sollte sie auf keinen Fall krank werden, denn es war mir nur zu klar, dass sie eigentlich gar nichts mit dem Tod meiner Eltern zu tun hatte. Sie war ebenfalls ein Opfer, ... ein Opfer meiner Rachepläne. Und das bereitete mir gerade ein höllisch schlechtes Gewissen – auch wenn es das nicht sollte.

Mir war von Anfang an klargewesen, dass ich die unschuldige Noelle zu einem Spielball machen musste und hatte es in Kauf genommen, um endlich an die Hintermänner zu gelangen. Womit ich nicht gerechnet hatte, war die Wirkung, die sie auf mich ausübte. Das schon fast krankhafte Verlangen, sie zu besitzen und zu der Meinen zu machen.

Als ich über die Veranda ging, fiel mir plötzlich ein weißes Gebilde auf, das gleich vor mir auf dem blankpolierten Marmor lag. Mehr aus Reflex bückte ich mich und hob die zarte Spitze auf. Ganz unverkennbar: Noelle war in der Nacht noch draußen gewesen, sehr nahe an dem hell erleuchteten Wohnraum, in dem ich mich aufgehalten hatte. Es war ein gewisses Unwohlsein, das mich bei diesem Gedanken erfasste. Was hatte sie gesehen? Meinen Ausraster? Und wie mochte der auf sie gewirkt haben?

Por dios! Das durfte nicht geschehen sein, denn sie konnte nicht verstehen, was mich in diesem Moment bewegt hatte. Sie durfte keinesfalls mitbekommen haben, dass ich voller Wut auf den Kaminsims einschlug, denn dann wäre sie jetzt vor Angst halb wahnsinnig. Ich war bereits kurz davor, mich umzudrehen, um ihr einen Besuch abzustatten, als Raouls Stimme mich bremste.

„Hola, Freund! Du siehst aus, als ob du einen Geist gesehen hättest. Was ist los?“ Er schlug mir so fest auf die Schulter, dass ich einen ächzenden Ton ausstieß. „Bist du etwa nicht auf deine Kosten gekommen, amigo? Für mich hörte sich das an, als hättest du endlich eine Frau gefunden, die dein Blut in Wallung bringt?“

Ich steckte den Seidenfetzen in meine Hosentasche und setzte mich auf meinen Platz – ohne auf die anzüglichen Bemerkungen meines Freundes einzugehen.

„Wo ist das Goldstück eigentlich? Ehrlich gesagt hatte ich mich bereits darauf gefreut, sie vor meiner Abreise noch einmal zu sehen. Sie ist ein weitaus erfreulicherer Anblick, als du es bist.“

„Kann ich mir vorstellen“, knurrte ich leise und war gerade in Gedanken dabei, Raoul in seine Bestandteile zu zerlegen. Insgeheim schwor ich mir, dass er Noelle nicht noch einmal zu Gesicht bekam – zumindest vorläufig nicht und ich war froh, dass er in einer Stunde die Kurve kratzte. Der Idiot schüttete sich gerade seelenruhig einen Kaffee ein und langte beherzt bei Eiern und Speck zu. Mir fehlte der rechte Appetit und so beließ ich es bei einem schwarzen Kaffee.

„So! Und jetzt halt mich mal auf dem Laufenden. Was hat denn dieser Leonov bereits unternommen, um das Prachtstück von einer Frau zurückzubekommen?“

„Nichts!“, fauchte ich aufgebracht. „Das ist es ja gerade – er unternimmt nichts. Meine Männer haben ihm bereits zwei Forderungen übermittelt und er rührt sich nicht. Statt alles in der Welt zu tun, um Noelle meinen Klauen zu entreißen, verbringt er jede Nacht in einem Edelbordell. Er rührt sich nicht, doch meine Spitzel haben mir heute Morgen bereits die Nachricht überbracht, dass das Schwein Barranquilla wohl verlässt. Die Yacht wird anscheinend klargemacht zum Auslaufen.“ Voller Zorn knallte ich meinen Löffel auf den Glastisch und es hätte mich nicht gewundert, wenn sich dort ein Sprung abgezeichnet hätte. „Dieser miese Pisser verlässt den Ort, obwohl er nicht weiß, was mit seiner Verlobten ist. Ob sie noch lebt und seine Hilfe braucht. Selten ist mir so ein Schwein untergekommen und ich frage mich …“ Gerade noch rechtzeitig konnte ich mich bremsen, aber ich fragte mich tatsächlich, was eine Frau wie Noelle mit einem solch miesen Penner wollte?

„Tja, mi amigo! Vielleicht hat er die gewünschten Informationen einfach nicht. Bist du sicher, dass er der richtige Mann ist?“

„Kannst du dich noch daran erinnern, dass wir im letzten Jahr diese Saubande von Esteban ausgeräuchert haben? Die Kakerlaken, die ein ganzes Dorf zur Arbeit auf den Koka-Feldern gezwungen haben? Es war Manolo, Estebans rechte Hand, die mir den Tipp gab, dass dieser Leonov mehr wissen könnte. Er war es, der mir steckte, dass Noelles Verlobter sich damit gebrüstet habe, dass er eng mit den Leuten zusammenarbeiten würde, die den alten Torres beseitigt haben. Und da meinst du, dieser

Scheißkerl wüsste nichts? Alleine, dass er den Namen meiner Familie genannt hat, ist für mich Beweis genug. Woher sollte er ihn kennen, wenn nicht aus dem Mund der Mörder? Du vergisst, wer mit diesem Schwein verwandt ist."

„Ja, und genau das bereitet mir Kopfzerbrechen! Was hatte dein Vater mit der Russenmafia zu schaffen? Soweit ich weiß, hat deine Familie nur die einheimischen Kartelle bekämpft, nicht aber die Russen. Wenn die dahinterstecken, solltest du dir vielleicht überlegen, ob es nicht besser wäre, wenn du dir ..."

„Silencio!", stieß ich zwischen zusammengebissenen Zähnen hervor. „Ich werde nicht aufgeben! Ich werde weiter nach meiner Schwester suchen und nicht eher ruhen, als bis ich sie lebend oder tot gefunden habe. Und keinesfalls werde ich die Mörder meiner Eltern ungeschoren davonkommen lassen. Basta!" Wütend starrte ich Raoul an. Der Kerl wusste ganz genau, dass mich in den langen Jahren nach der Ermordung meiner Eltern nur die Rache aufrecht gehalten hatte. Ich würde niemals vergessen, was man meiner Madre angetan hatte und auch nicht den gebrochenen Blick meines Padre, als dieser niedergeschossen wurde.

„Bei all deinem Hass und deiner Suche nach Luciana solltest du allerdings eines niemals vergessen: Deinen *Gast* trifft keine Schuld an dem Unglück, das deine Familie heimgesucht hat. Und ..." An der Stelle unterbrach er sich.

„Und was, ... Raoul? Sprich dich aus." Ich spürte genau, dass ich heute sehr viel unbeherrschter reagierte als gewöhnlich. Und den Grund kannte ich ziemlich genau ...

„Glaub ja nicht, dass ich deine Blicke nicht gesehen hätte, Alejandro. Ich kenne dich viel zu lange und zu gut, um dich nicht lesen zu können. Das Mädchen geht dir unter die Haut, mehr als du es willst. Der Blick, mit dem du sie betrachtest, gleicht einem Verhungernden, dem man ein saftiges Steak unter die Nase hält. Um es kurz zu machen: Du bist dabei, mehr von deinem Herzen zu verlieren, als du es solltest." Raoul stand auf, stützte seine Hände auf der Tischplatte ab und starrte mich finster an. „Aber du bist es nicht, der mir Sorgen bereitet. Es ist die Kleine." Raoul beugte sich nach vorne und jetzt bekam sein Gesicht etwas Beängstigendes. Ich konnte sehen, dass mein Freund zwischen Zorn und Sorge hin- und herschwankte. „In ihrem offenen Gesicht kann man jedes Gefühl erkennen und auch wenn sie dagegen ankämpft – Noelle ist auf dem besten Weg, sich in dich zu verlieben. Bei all deinen sauber ausgedachten Plänen solltest du diese Information mit Respekt behandeln, denn ich glaube kaum, dass du ein gebrochenes Herz zurücklassen willst. Eines, das nicht so schnell heilen wird, wie das einer Elena, die sich mit ein paar Designerfummeln trösten ließ. Deine princesa ist ein seltenes Juwel. Eine der wenigen Frauen, die Feuer im Leib und Liebe in ihrem Herzen tragen. Für den Mann, der es versteht, sie zu erwecken, wird sie ins Feuer gehen. Solltest du ihr wehtun – verlass dich drauf: Dann poliere ich dir deine Fresse, bis deine eigene Schwester dich nicht mehr erkennen würde." Jetzt sprang ich ebenfalls auf die Füße und ich musste mich sehr beherrschen, um nicht auf Raoul loszugehen.

„Que demonios … bist du vollkommen verrückt geworden? Was stimmt eigentlich nicht mit dir? Zuerst kommst du mir damit, dass ich meine Rachepläne vergessen soll – ausgerechnet du. Und dann willst du mir sagen, wie ich mit meiner kleinen Gefangenen umzugehen habe. Es ist gut, dass du heute wieder abreist, denn ich weiß nicht, ob ich dich und deine Anwesenheit noch eine Stunde länger ertrage. Halt dich aus meinen Angelegenheiten raus, Raoul … und vor allem: Leg deine Hände nicht an Noelle, ansonsten müsste ich dir deine kleinen Eier abreißen." Für den Bruchteil einer Sekunde erschien auf Raouls Stirn eine steile Falte, doch dann begannen seine Mundwinkel plötzlich zu zucken. Schallend lachte er auf.

„Ah, Alejandro! Das war mehr als deutlich und beantwortet meine Frage – du glaubst gar nicht, wie sehr." Er griff sich ein Stück Ananas, schob es in seinen Mund und lief dann fröhlich kauend die Treppe zum Garten hinunter. Er hatte bereits ein gutes Stück in Richtung Vordereingang zurückgelegt, als er sich noch einmal umdrehte.

„Bis in drei Tagen, Alejandro! Ich hoffe, dass du dann bessere Laune hast als heute." Ich starrte meinem Freund hinterher und konnte noch immer nicht fassen, was dieser mir unterstellte. Dass ich Gefühle für meine Gefangene entwickelte, war absolut lächerlich. Keine Frau kam mir zu nahe. Zumindest nicht so nahe, dass ich mein Herz verschenkte. So ein Idiot …

Kapitel 17

Noelle

Ich hörte die aufgebrachten Männerstimmen bereits, als ich die Schiebetür zur Veranda öffnete. Den Wortlaut konnte ich zwar nicht verstehen, aber dass es sich nicht um einen freundlichen Plausch handelte, erkannte ich an den wütenden Stimmen. Ich hatte keine Lust, auch nur einem der beiden Kerle über den Weg zu laufen. Sobald ich an diesen Raoul dachte, überlief es mich eiskalt. Er hatte mir nichts getan und trotzdem hatte ich in seiner Nähe das Gefühl, er könne mir bis auf den Grund meiner Seele blicken – als durchschaue er mich ganz und gar. Und seine Augen, ... diese dunkelbraunen, fast schwarzen Iriden versprachen mir zudem einen Ritt auf einer Rasierklinge. Er wirkte gefährlich und in seiner unmittelbaren Nähe fühlte ich mich absolut unwohl. Auf eine weitere Begegnung mit diesem Mann legte ich absolut keinen Wert. Und Alejandro wollte ich genauso wenig über den Weg laufen. Seine Aggressivität in der Nacht, sein unnachgiebiges Verhalten, ... ich konnte diesen Mann absolut nicht einschätzen. Mich dafür umso besser und wenn ich das hier heil überstehen wollte, musste ich mich von ihm fernhalten. Ich durfte ihm keinesfalls Macht über mich geben, denn Alejandro würde mich am Ende brechen, wie einen trockenen

Zweig. Und dazu musste er sich nicht einmal anstrengen. So verlockend der Geruch des Kaffees und des Specks auch war, ich schlich in die andere Richtung davon. Am Strand wollte ich mich ein bisschen sammeln. Vielleicht konnte ich mir nachher in der Küche etwas Essbares organisieren. Mein Magen schmerzte bereits, so hungrig war ich, aber das hielt mich nicht davon ab, in die entgegengesetzte Richtung zu laufen.

Ich spazierte unbehelligt über den Rasen, erreichte bald darauf den Sandstrand und trat mir die Sandalen von den Füßen. Der Wind, der merklich auffrischte, zerrte an meinen Haaren und das leichte Sommerkleidchen war alles andere, nur nicht geeignet für diesen Sturm. Es wurde in die Höhe geweht und erinnerte mich daran, dass mein Slip äußerst knapp bemessen war – so wie die gesamte Unterwäsche, die in den Schubladen zu finden war. Weit würde ich nicht laufen können, denn obwohl es warm war – der Wind war es nicht. Der ließ mir gelinde gesagt eine Gänsehaut nach der anderen über den Körper jagen.

Ein paar Schritte weiter hielt ich es einfach nicht mehr aus. Mit war kalt, ich war todmüde und übernächtigt und ließ mich einfach in den von der Sonne aufgewärmten Sand fallen. Hier erwischte mich der Wind so gut wie gar nicht mehr und mir wurde langsam wieder wärmer.

Ich starrte nach oben und beobachtete die vereinzelten Wolken am Himmel. Sie zogen so rasch dahin, dass ich wusste: Dort oben wütete der Wind noch weitaus heftiger, als hier am Boden. Wahrscheinlich würden wir heute noch einen heftigen Orkan erleben, doch auch das interessierte mich nicht. Selbst wenn der Sturm mich in diesem Moment packen und davonpusten würde – es war mir egal. Ich konnte an nichts anderes mehr denken, als daran, dass Drago mich allem Anschein nach im Stich ließ und ich Alejandro ausgeliefert war. Seine Drohung, mich nicht einmal dann in mein Leben zurückkehren zu lassen, wenn Drago seine Forderungen erfüllte, hatte einerseits Angst, andererseits aber auch ein komisches Flattern in meinem Bauch ausgelöst.

Die Wolken rasten immer schneller am Himmel entlang und mittlerweile verdunkelten sie auch immer öfter die Sonne. Vielleicht sollte ich zum Haus zurückkehren, doch hier war es so wunderbar friedlich und außer dem Rauschen der Brandung störte nichts die himmlische Ruhe. Ich setzte mich auf, schlang meine Arme um die angezogenen Knie und beobachtete die Wellen, die immer höher und mächtiger wurden.

„Sehnst du dich nach der Freiheit, mi querida? Nach dem, was außerhalb deiner Reichweite liegt?“ Ohne dass ich es gehört hätte, war Alejandro dicht an mich herangetreten und ich zuckte vor Schreck zusammen. Bevor ich jedoch aufspringen konnte, ging er hinter mir in die Hocke und seine warmen Hände legten sich auf meine Schultern. Eine seltsam beschützende Geste, die so gar nicht zu dem Alejandro passen wollte, den ich kannte.

„Ja!“, antwortete ich leise und schaute dabei weiter auf das Meer hinaus. „Ja, ich sehne mich nach meiner Freiheit, aber du hast ja keinen Zweifel daran gelassen, dass ich sie erst dann bekomme, wenn du, ... wenn du mich satthast.“ Ich konnte selber hören, dass meine Stimme resigniert und traurig klang.

Seine Hand fuhr in meinen Nacken. Die Berührung hatte etwas Besitzergreifendes, gleichzeitig aber auch etwas Beschützendes. Ich sollte nicht so denken. Nicht von ihm – von dem Mann, der mich entführt hatte, doch ich konnte nicht anders. Das sanfte Streicheln seiner Finger an meinem

Hals passte ebenso wenig zu dem, was ich in der vergangenen Nacht von ihm gesehen hatte, wie das gnadenlose Vorgehen, das er bei mir normalerweise an den Tag legte. Der Alejandro, der gerade hinter mir im Sand hockte, wäre ein Mann, der mir gefährlich werden könnte.

„Du hast nichts gegessen heute Morgen. Wieder einmal nicht."

„Ich habe keinen Hunger", log ich und wusste sogleich, dass ich damit nicht durchkommen würde. Alejandro hatte das seltene Talent, stets zu wissen, was in mir vorzugehen schien und dass ich ihn belog, gefiel ihm überhaupt nicht. Das bekam ich sogleich zu spüren, denn seine Finger wurden hart, der Griff um meinen Nacken gleich weniger angenehm.

„Lüg mich niemals an, Noelle! Ich kann dir einiges nachsehen, aber keine Lügen. Ich hoffe, wir haben uns da verstanden." Jetzt klang seine Stimme so bedrohlich, dass mir ein Schauder über den Rücken rann – dieses Mal war es allerdings nicht der Wind, der mir das unangenehme Kältegefühl bescherte. „Du warst in der letzten Nacht auf der Terrasse, mi hermosa." Das war keine Frage, sondern eine Feststellung. Er wusste es. „Was hast du gesehen?" Als ich mich daran erinnerte, was ich beobachtet hatte, wurde mir eiskalt und jetzt war es Furcht, die ich spürte. Angst vor dem, was Alejandro machen könnte, wenn ich ehrlich sagte, was ich beobachtet hatte. Doch noch mehr Furcht verspürte ich bei dem Gedanken, er könnte mich bei einer weiteren Lüge ertappen.

„Ich, ... ich habe das Bild gesehen", stotterte ich leise. „Und dann, wie du ..." Jetzt straffte ich mich und kratzte meinen ganzen Mut zusammen. Alejandro sollte auf keinen Fall denken, dass ich mich fürchtete. „Ich habe gesehen, wie du ausgerastet bist.“ Dieses Mal klang meine Stimme fest.

„Und was hattest du in der Nacht draußen zu suchen?“ Seine Lippen waren jetzt dicht an meinem Ohr. So nahe, dass ich seinen warmen Atem kitzelnd an meinem Hals spüren konnte. Das jagte heiße Wellen durch mich hindurch und wieder begann es in meinem Magen zu flattern. Diese verfluchte Mischung aus Angst und Wut schuf einen gefährlichen Cocktail.

„Glaubst du ernsthaft, dass ich schlafen konnte? Nach allem, was ich erlebt, ... was du getan hast? Dann bist du noch stumpfsinniger, als ich dachte.“ Die Worte schlüpften über meine Lippen, bevor ich darüber nachdenken konnte. „Außerdem hat man mir ausgerichtet, dass ich mich frei bewegen darf – innerhalb gewisser Grenzen.“ Ich spürte Verbitterung und die entlud sich gnadenlos. „Aber vielleicht hast du auch das bereits widerrufen. Nur solltest du es mich dann auch wissen lassen.“ Die letzten Worte waren voller Groll und meine Stimme klang immer dumpfer. Eigentlich rechnete ich damit, dass Alejandro mich mit Härte und Gnadenlosigkeit in meine Schranken weisen würde, doch seltsamerweise geschah nichts dergleichen. Im Gegenteil! Die Finger in meinem Nacken wurden weicher und bewegten sich streichelnd über meine Haut. Trotzdem schaffte ich es nicht, mich zu entspannen. In jeder Sekunde rechnete ich damit, dass Alejandro etwas tat, um mich in Angst – oder eben in Erregung zu versetzen. Umso erstaunter war ich, dass er ...

„Die Frau auf dem Bild ist ... war meine Schwester Luciana. Sie war ein fröhliches Mädchen, das jeder gernhaben musste. Die Fotografie stammt von einem ganz besonderen Tag – ihrem Geburtstag. Vierzehn Jahre alt ist sie an dem Tag geworden.“ Ich stellte verwirrt fest, dass Alejandros Stimme immer leiser wurde und schluckte mühsam. Seinen Worten hatte ich bereits entnehmen können, dass seine Schwester gestorben war. Das erklärte auch seine wütende, seine verzweifelte Reaktion. Ich hielt den Atem an. Hier bot sich mir gerade die Gelegenheit, etwas über die Vergangenheit meines Entführers zu erfahren und obwohl es mich drängte, Fragen zu stellen, hielt ich meinen Mund. Ich wollte nicht, dass Alejandro weiterhin schwieg.

„Es geschah zwei Nächte später. Vermummte Männer stürmten in unser Haus. Sie töteten meine Eltern und nahmen Luciana mit sich. Ich war viel zu klein, ... zu jung, um ihr zu helfen, doch seit ich denken kann, bin ich auf der Suche nach ihr. Jeder versichert mir, dass Luciana keine Chance hatte, dass sie nicht überlebt haben kann – nicht dreiundzwanzig Jahre lang. Und auf keinen Fall bei dem Schicksal, das Frauen droht, die in die Finger eines Kartells fallen. Doch ich habe die Hoffnung nie aufgegeben.“ Er sprach leise. Mehr zu sich selber als zu mir. Dabei fuhren seine Hände selbstvergessen über meine Schultern, meinen Nacken und die empfindliche Halsbeuge. „Vielleicht sollte ich Luciana loslassen, vielleicht endlich beginnen, mich mit der harten Realität abzufinden, doch das kann ich nicht. Ich habe ihr in der verhängnisvollen Nacht nicht helfen können. Im Gegenteil! Sie war es, die mich rettete und mich aus dem Haus schaffte, bevor die Killer mich finden konnten.“ Ganz kurz stockte er und ich hielt den Atem an. „Ich habe mir geschworen, Luciana zu finden – sie nach Hause zu bringen. Lebend oder tot. Sollte sie gestorben sein, hat sie ein Recht darauf, neben unseren Eltern zu liegen. Auf unserem Land, in meiner Nähe. Der Gedanke, dass sie irgendwo in der Fremde in einem kalten, anonymen Grab liegt, ist unerträglich für mich. Nicht zu wissen, was mit ihr geschehen ist, ebenso. Mein ganzes Leben habe ich dieser einen Aufgabe gewidmet und was ich auch dafür opfern muss, ich werde es tun.“ Die letzten Worte waren von Kälte, aber auch von einer gewissen Wehmut gefärbt und plötzlich verstand ich. Die Puzzleteilchen schoben sich so schnell an ihren Platz, dass mein Herz zu rasen begann.

„Und du glaubst, dass ich ..., dass ich etwas wüsste?“, wisperte ich erschrocken.

„Nicht du, mi querida! Du niemals, aber dein Verlobter.“ Er hatte es ausgesprochen und aus dem Knoten in meinem Magen wurde schlagartig ein ganzes Felsmassiv. Schwer zog es an meinen Eingeweiden und verursachte mir fürchterliche Übelkeit.

„Aber er ist doch viel zu jung. Als es passierte, war er nur ein Kind – genau wie du.“ Ich wollte es noch immer nicht begreifen. Alejandro konnte doch nicht ernsthaft glauben, dass Drago etwas mit der Entführung seiner Schwester zu tun hatte.

„Nein, Noelle! Persönlich hat die feige Ratte nichts mit der Entführung meiner Schwester zu schaffen, doch er kennt die Leute, die es getan haben und ich will die Namen. Jeden einzelnen von ihnen.“ Jetzt umfasste er meine Schultern mit beiden Händen und drückte leicht zu. Es hatte eher etwas Beschützendes und ängstigte mich komischerweise kein bisschen. Und dann wurde mir bewusst, was Alejandro mir gerade verraten hatte. Drago sollte ihm nur die Namen derjenigen geben, die seine Eltern ermordet und seine Schwester entführt hatten. Und bisher war mein *Verlobter* noch nicht auf die Forderungen meines Kidnappers eingegangen. Nur Namen – nichts weiter. Nicht einmal das war ich Drago wert und in diesem Moment brach die ganze Welt über mir herein, denn ich ahnte, dass ich verloren war ...

Kapitel 18

Noelle

Kurz nach Alejandros Erklärung verließen wir den Strand. Mit den Worten, dass ein Sturm aufkomme, hatte er mich auf die Füße gezogen und zurück zum Haus gebracht. Dort saß ich jetzt auf der Terrasse und sah dabei zu, wie die Wellen immer höher wurden, die Brandung immer heftiger an den Strand spülte. Das Donnern der Wellen übertönte sogar das Brausen des Windes. Ich weiß nicht, wie ich die erste Gabel des verspäteten Frühstücks über meine Lippen brachte und der Bissen wollte mir auch tatsächlich im Halse steckenbleiben. Tapfer würgte ich mein Rührei runter und dazu einen Streifen des krossen Specks. Es schmeckte alles wie Pappe und statt der Süße des gezuckerten Espresso, nahm ich nur Bitterkeit wahr. Das war alles, was ich noch spüren konnte. Irgendwann ließ ich die Gabel sinken und obwohl ich Alejandros missbilligende Blicke sah – ich konnte einfach nicht essen. Es ging nicht. Obwohl ich Drago nie geliebt hatte, obwohl ich eher den großen Bruder in ihm sah – sein Verrat verletzte mich unglaublich. Er wusste nicht, wer mich in seiner Gewalt hatte, konnte nicht einmal im Entferntesten ahnen, wie man mich behandelte, oder was man mir antat – und er rührte sich nicht. War nicht bereit, die Namen von Killern zu nennen, um mich zu befreien. Obwohl Alejandro bereits ausgesprochen hatte, dass er mich nicht gehenlassen würde – alleine die Tatsache, dass Drago anscheinend keinen Versuch unternahm, mich zu finden, oder auf die Forderungen einzugehen, war für mich mehr als ein Schlag ins Gesicht. Immer wieder kamen mir die Männer in den Sinn, mit denen Drago sich rumtrieb. Vielleicht waren darunter die Mörder von Alejandros Eltern zu finden. Vielleicht waren sie allesamt Killer, Drogenhändler und noch weitaus Schlimmeres. Ich dachte an das kalte Grausen, das mich bei dem Anblick von Dragos Geschäftspartnern erfasst hatte und sofort hatte ich das Bild von Luciana im Kopf. Mir vorzustellen, dass dieses zarte Mädchen solchen Schweinen ausgeliefert gewesen war, trieb mir kalten Schweiß auf die Stirn und meine Kehle war wie zugeschnürt. Es fühlte sich an, als ob kalte Klauen mir den Hals zudrückten. Ich atmete hektisch und hatte das Gefühl, ersticken zu müssen.

Alejandros Gesichtsausdruck änderte sich. Als ich die Gabel fallenließ, runzelte er zunächst die Stirn und bedachte mich mit einem finsteren Blick, doch als er erkannte, wie es mir ging, glätteten sich seine Gesichtszüge und er fasste über den Tisch nach meiner Hand.

„Denk nicht darüber nach, princesa. Es führt zu nichts!“ Das konnte er nicht ernst meinen.

„Ich soll nicht darüber nachdenken?“, entfuhr es mir unbeherrscht. „Du entführst mich, meinen Verlobten interessiert es nicht und dann muss ich auch noch erfahren, dass er Killer und ...“ Ich konnte es nicht aussprechen. Die Wahrheit schmerzte einfach zu sehr. Natürlich wusste ich, dass überall auf der Welt Mädchen und Frauen verschwanden. Entweder endeten sie als Leichen oder in einem Bordell, wo sie zur Prostitution gezwungen wurden. Unter Drogen gesetzt, betäubt und geschunden. Die Vorstellung, dass mein Verlobter mit solchen Menschen gemeinsame Sache machte, war unerträglich. Hatte ich Drago eigentlich jemals richtig gekannt? Was wusste ich noch so alles nicht? „Hast du eigentlich eine Ahnung, wie es gerade in mir aussieht?“ Ich merkte, dass mein Ton immer schriller wurde und ich hasste mich dafür. „Nicht zu wissen, was mit mir geschieht, einem vollkommen fremden Menschen hilflos ausgeliefert zu sein, führt nicht unbedingt dazu, dass es mir gutgeht. Aber das kannst du wahrscheinlich nicht verstehen. In deiner Welt aus Verbrechen und Mord scheint es ja Normalität zu sein.“ Im gleichen Moment trafen die ersten Regentropfen das Dach der Veranda. Zuerst vereinzelt, doch dann immer schneller und immer lauter. Der Himmel war dunkelgrau geworden und der Wind zerrte an meinen Haaren – selbst hier, so nah am Haus. Mein letzter Satz schwebte unheilvoll in der Luft und dabei konnte ich meine Augen nicht von seinen lösen. Das Blau hatte jetzt fast die Farbe des stürmischen Himmels angenommen und trotzdem hatte ich keine Angst. Das kurze Zusammensein am Strand, Alejandros Geständnis, warum er das alles tat – ich wusste nicht genau warum, aber in diesem Moment war mir klargeworden, dass er mich nicht töten würde, ... und er würde mich auch nicht verkaufen an irgendein Bordell. Es passte nicht zu dem Mann, der seine Schwester so verzweifelt suchte.

Bevor ich noch etwas sagen, bevor ich ihn noch weiter aus der Reserve locken konnte, stand mein Peiniger auf und schaute auf mich herab. Dann zog er mich an den

Schultern nach oben, umfasste mein Gesicht mit beiden Händen und hob meinen Kopf so weit an, dass ich ihm in die Augen schauen musste. Er sagte kein Wort und ich merkte, dass ich zitterte. Dann kam sein Gesicht langsam näher – so furchtbar langsam. Ganz kurz nur sah ich so etwas wie Überraschung in seinen Augen aufblitzen, doch dann schloss ich die Lider. Seine Lippen fuhren sanft über meine. Sie eroberten nicht, sie baten – zum ersten Mal. Seine Zunge fuhr sanft über meine Unterlippe, während einer seiner Daumen streichelnd über meine Wange glitt. So widersinnig das auch sein mochte – in diesem Augenblick fühlte ich mich geborgen, beschützt und ... Dieser Mann war in der Lage, mich in das tiefste Höllenloch zu stoßen, aber auch, mich in den Himmel zu heben wie gerade jetzt.

Ich öffnete meinen Mund und versank in dem sinnlichen Kuss, der keinen Zweifel daran aufkommen ließ, was Alejandro von mir wollte. Und mein Körper reagierte bereits. Ich presste mich an ihn, verlangte mehr von seiner Nähe, seiner Wärme und dem Genuss, den nur er mir verschaffen konnte. Ich wollte spüren, dass ich lebte – jetzt mehr denn je. Vergessen war es, dass ich suchte ...

„Mi querida!" Das Kosewort ließ mich erschauern, denn zum ersten Mal hatte er es nicht spöttisch, nicht kalt und lieblos daher gesagt, sondern voller Wärme und mit einer Stimme, deren Vibration mir auch noch den letzten Willen raubte. Er legte seine Stirn an meine, ließ mein Gesicht dabei allerdings nicht los. „Ich bin kein netter Mann", stieß er rau hervor.

„Ich weiß", flüsterte ich leise. Ich wusste es tatsächlich, doch gerade war mir diese Tatsache ziemlich egal.

„Ich werde mehr von dir einfordern, als ein paar keusche Küsse. Mehr von dir verlangen, als du es dir in deinen wildesten Träumen ausmalen kannst.“ Seine Worte wurden sinnlicher, sein Griff energischer. Der Sturm umtoste uns beide, zerrte an meinem dünnen Sommerkleidchen und erste Regentropfen benetzten meine nackten Arme. Doch selbst die Kälte von außen schaffte es nicht, dass Feuer zu löschen, das Alejandro entzündet hatte. Es brannte lichterloh.

„Ich weiß auch das ...“, keuchte ich zu meinem eigenen Entsetzen, denn damit hatte ich zugegeben, dass ich es wollte. Ich hatte mir selber eingestanden, dass es mir egal war, wo das hier hinführte. Und obwohl ich nicht wusste, wie weit dieser Mann gehen würde, obwohl ich nicht mal den Hauch einer Ahnung hatte, was mich unter seinen Händen erwartete – ich vertraute ihm plötzlich mehr, als jedem anderen Menschen, den ich kannte. Auch das war verrückt, denn ich begriff ganz genau, dass hieraus nichts Gutes entstehen konnte. Irgendwann würde er mich zwangsläufig satthaben und mich gehenlassen. Irgendwann würde ich in mein altes Leben zurückkehren und obwohl ich erst seit drei Tagen bei ihm war, erschien mir das hinter mir Liegende sehr weit weg zu sein. Wie aus einem Traum, der gegen die Wirklichkeit nicht bestehen konnte.

Alejandro sagte nichts, schaute mich nur an, als ob er in meinem Gesicht nach etwas suchte. Dann hob er mich plötzlich hoch und ich stieß einen erschrockenen Schrei aus.

„Mi hermosa, ... du hast deine Wahl getroffen. Jetzt ist es an mir, dir zu zeigen, welches Feuer in dir schlummert. Dir meine Welt zu zeigen. Sie ist schön und schrecklich zugleich. Aufregend, sinnlich und doch wirst du sie nur erfahren, wenn du alles von dir hergibst und nichts zurückhältst.“ Seine Worte jagten mir wie ein Blitzstrahl durch den Körper. Mein Herz begann zu rasen, meine Klit pulsierte und heiße Lust ließ mich brennen, bevor Alejandro mich überhaupt berührte. Der Gedanke an das Kommende, die Ungewissheit und die leise Angst waren es, die mich brennen ließen.

Alejandro trug mich über die Veranda und dabei ließ er den Blickkontakt nicht ein einziges Mal abreißen. Er schien mich genau zu beobachten und ein sehr dunkles, ein sehr männliches Lächeln zeichnete sich auf seinem Gesicht ab. Kurz bevor wir sein Zimmer erreichten, blieb er stehen und jetzt wirkten seine Augen ebenso stürmisch wie der Himmel, an dem in der Zwischenzeit Blitze zuckten und lauter Donner rollte.

„Hast du Angst, mi hermosa?" Ich sah ihn an und fühlte nur wilde Leidenschaft. Begierde, die nur er stillen konnte und so schüttelte ich vorsichtig den Kopf. Das Lächeln vertiefte sich und die grellen Blitze ließen ihn dämonisch wirken. „Vielleicht wird sie kommen – die Angst." Behutsam stellte er mich auf die Füße, fasste erneut mein Gesicht zwischen seine großen Hände, doch jetzt hatte sein Blick etwas Wildes. „Bist du sicher, dass du es willst?" Wieder nickte ich und überraschte mich damit selber.

„Gut! Dann soll es so sein!" Bei diesen Worten stieß Alejandro die Tür zu seinen Räumen auf und schob mich über die Schwelle. Obschon ich wusste, was mich erwartete, lief mir eine erregende Gänsehaut über den Körper, als ich die ganzen Spielsachen betrachtete – dieses Mal schon bedeutend ruhiger, als in der letzten Nacht. Das Schließen der Tür klang dumpf und ich wusste: Jetzt gab es kein Zurück mehr. Gleich würde ich Alejandro gehören – ganz. Genauso, wie er es vorhergesagt hatte. Es würde genau das geschehen, was ich zu Beginn nicht gewollt hatte und jetzt so schmerzlich herbeisehnte.

Er stand hinter mir und ich spürte, wie er den Reißverschluss des Kleides öffnete. Wie er vorsichtig die dünnen Spaghettiträger von meinen Schultern streifte und der seidige Stoff flüsternd zu Boden glitt. Ebenso vorsichtig schob Alejandro die Träger meines BHs nach unten und entblößte so die harten Nippel. Aufregung und Lust führten dazu, dass sie noch härter und praller wurden, während der BH schließlich dem Kleid folgte und auf den Boden fiel. Seine Finger strichen über meine Seiten, fuhren nach oben und dann umfasste Alejandro von hinten meine Brüste. Stöhnend sank ich gegen ihn.

„So wundervolle Knospen, mi hermosa. Wie geschaffen für die Hand eines Mannes und noch besser dazu geeignet, Schmerz zu empfangen ..." Bei diesen Worten packte er meine heißen Nippel zwischen Daumen und Zeigefinger, zog leicht daran und rollte sie, bis ich einen Schmerz verspürte, der durch meinen Leib bis hinunter in meine Klit wanderte. Dort löste das Ziehen ein so wildes Zucken aus, dass ich glaubte, ich würde auf der Stelle kommen. Nässe benetzte nicht nur meine Schamlippen – ich konnte sie bereits an der Innenseite meiner Schenkel spüren und Alejandro hatte noch nicht einmal wirklich begonnen. Ich zuckte unter seinen erfahrenen Fingern, wand mich an seinem Körper und spürte die harte Beule, die sich gegen mein Steißbein drückte. Der Beweis seiner eigenen Erregung. Bald schon würde ich wissen, wie es sich anfühlte, ihm ganz zu gehören. Sehr bald schon ...

Kapitel 19

Alejandro

Als ich sie losließ, schwankte sie leicht und suchte ganz automatisch nach meiner Nähe. Die würde sie auch bekommen, doch jetzt öffnete ich erst einmal eine Schublade und entnahm eine schwarze Augenbinde. Die princesa sollte nichts sehen, sich ganz auf die Gefühle konzentrieren, die sie durch meine Hände erfahren würde – und das würden nicht wenige sein. Bevor sie sich umdrehen konnte, um zu schauen, was ich machte, legte ich ihr bereits den weichen Stoffstreifen um die Augen und nahm ihr so die Sicht. Hektisch flogen ihre Hände in die Höhe, ganz so, als wollte sie den Stoffstreifen herunterreißen.

„Lass die Hände unten und falls du dir die Augenbinde abnimmst, landest du wieder über meinen Knien – dieses Mal wird es allerdings kein lustvolles Spanking werden, sondern eins, an das du dich erinnern wirst.“ Ich hatte alles an Dominanz in meine Stimme gelegt, zu der ich fähig war und ich wusste, dass dieser Tonfall schon ganz andere, sehr viel erfahrenere Subs in die Knie gezwungen hatte. Noelle war nicht ausgebildet und ich war mir ziemlich sicher, dass sie zwar eine gewisse Neigung hatte, aber zutiefst unterwürfig war sie nicht. Sie würde eine ständige Herausforderung für einen dominanten Mann sein – ein

Wesenszug, den ich besonders an dieser Frau schätzte. Umso wichtiger war es, sie nicht zu überfordern, sondern sie zu wecken.

Ich griff nach ihren Handgelenken und legte weiche Manschetten an. Nicht zu fest, aber auch nicht zu locker. Heute würde ich sie vollkommen wehrlos machen. Ihr das Gefühl nehmen, sie hätte eine Wahl. Das war es, was sie brauchte, um sich fallenzulassen.

Ich führte sie zum Bett, ließ sie auf die weiche Decke gleiten und ehe sie auch nur einen Zentimeter an die Seite rutschen konnte, hatte ich bereits die erste Manschette mit einer Vorrichtung am Kopfende meines Bettes verbunden. Sie gab einen leisen Laut von sich, halb Schrecken, halb Protest, doch auch dem zweiten Arm erging es nicht besser. Es klickte, als der Karabiner einrastete.

„Höre ich da einen gewissen Unmut aus deiner Stimme heraus, princesa?“ Eine Antwort erwartete ich nicht wirklich. „Hast du denn noch immer nicht begriffen, dass du nichts machen kannst? Dass du mir ausgeliefert bist und ich darüber entscheide, was ich dir antue?“ Wieder erschien die Gänsehaut auf der makellos weißen Haut und die Brustwarzen zogen sich zu zwei herrlich roten Beeren zusammen.

„Spreiz deine Schenkel für mich. Ich will dich ansehen.“ Kühl und unbeteiligt wirkend hatte ich ihr einen Befehl erteilt. Unruhig rutschte sie auf dem seidenen Laken hin und her, stöhnte leise, hielt dabei aber die Beine eisern geschlossen und verwehrte mir so den Ausblick auf ihre nassen Schamlippen. Nun, für diesen Fall gab es ein ganz besonderes Hilfsmittel und Noelle würde noch lernen, dass es immer besser war, meinen Anweisungen zu folgen. Ich öffnete eine weitere Schublade, entnahm dieser eine Spreizstange und weitere Utensilien, die ich auf das Bett warf. Gleich würde sie absolut hilflos sein. An keiner Stelle würde sie mir den Zugriff verweigern können. Alleine bei diesem Gedanken schwoll mein Schwanz und drückte gegen das enge Gefängnis der tiefsitzenden Jeans.

Als ich nach ihrem Knöchel griff, zog sie diesen beinahe furchtsam zurück, doch ich packte zu und brachte auch hier eine Manschette an.

„Was tust du ... du?“ Sie hob den Kopf an und versuchte sich irgendwie zu orientieren, doch sehen konnte sie nichts. Und eine Antwort bekam sie von mir noch weniger. Stattdessen prüfte ich den Sitz der Manschette sorgfältig, bevor ich auch dem zweiten Fuß die gleiche Behandlung zukommen ließ.

„Jetzt, Kleines, ... gehörst du mir!“ Und bei diesen Worten zog ich die Spreizstange auseinander, öffnete ihre bebenden Schenkel und stellte sie auf. Ihr Schrei klang nicht ängstlich, nur überrascht.

„Alejandro“, keuchte sie und versuchte tatsächlich, ihre Beine wieder zu schließen, doch das war nicht möglich. Sie zerrte versuchsweise an den Manschetten und ich konnte erkennen, wie ein weiterer Schwall Feuchtigkeit ihr heißes Loch benetzte. Jede Falte, ihre pochende Klit – nichts blieb meinem Blick verborgen. All das gehörte mir – sie war mein und ich würde sie auf gar keinen Fall zu diesem Russen zurückschicken.

Ich beobachtete sie genau. Die Art, wie sie ihre Zähne in die Unterlippe bohrte, wie sie den Kopf leicht drehte, als ich mein Hemd auszog und es achtlos an die Seite warf. Auch ihr leicht bebendes Becken, die kreisenden Bewegungen – ich sah alles. Normalerweise ging ich anders vor, doch bei ihr – bei Noelle war nichts normal. Langsam schob ich mich auf das Bett, ließ sie fühlen, dass ich mich ihr näherte und bewegte mich dabei zwischen ihre weit geöffneten Beine. Wieder versuchte sie die Schenkel zu schließen und wieder musste sie scheitern. Ich schob mich über sie und ihr leichtes Zucken verriet mir, wie groß ihre Anspannung war.

„Ah, mi querida … du bist wunderschön. Erregt, nass und offen für mich.“ Ich ließ meinen Atem über ihren Bauch fächern und sah mit an, wie sie sich mir entgegenwölbte. Sie war mehr als bereit.

Ich küsste ihren Bauchnabel, zog mit meiner Zunge feste Kreise über ihre Haut und näherte mich dabei immer mehr ihrer Scham. Ihr Becken zuckte und jetzt drückte sie ihren herrlichen Po so fest in die Matratze, dass ich sofort wusste: Noch nie hatte ein Mann sie dort mit der Zunge verwöhnt. Ich würde der erste sein und das verschaffte mir ein vollkommen unerwartetes Hochgefühl.

„Alejandro … nein“, jammerte sie leise und versuchte, meinem Mund auszuweichen. Ich ließ die Stoppeln meines Dreitagebartes über die Innenseiten ihrer Schenkel streichen und wieder zuckte sie, doch dieses Mal wurde die Bewegung von einem tiefen Stöhnen begleitet. Mit dem Kinn glitt ich vorsichtig über ihren Venushügel und dieses Mal war das Keuchen so laut, dass selbst Maria in der Küche es gehört hätte. Mit den Fingern spreizte ich ihre Labien und presste meine Lippen auf die erigierte Perle. Noelle wimmerte leise und drückte den Rücken durch. Ihr Becken ruckte in die Höhe, als meine Zunge zum ersten Mal ihre heiße Klit traf. Der Geschmack ihrer Lust explodierte in meinem Mund und mein praller Schaft pochte verlangend, während ich sie leckte. Dabei ließ ich meinen Daumen durch ihre klatschnasse Pussy gleiten. Sie war so erregt, dass ich mich mit einem Stoß tief in ihr vergraben konnte, so nass, dass es fast schon unanständig war. Sie ruckte in den Handfesseln, wimmerte und stöhnte

Ich saugte den pulsierenden Lustknoten zwischen meine Zähne, ließ die Zunge um die winzige Spitze tanzen und Noelles Becken begann unter meiner lustvollen Folter zu kreisen. Sie presste sich meinem Mund entgegen. Sie versuchte, alles zu nehmen, was ich ihr gab. Wenn ich sie weiter leckte, würde sie kommen, doch das war nicht in meinem Sinn.

Küssend arbeitete ich mich über ihren Bauch nach oben, schob mich an ihrem Körper entlang und dabei empfand ich pure Begierde. Ich konnte es kaum noch erwarten, mich in ihr zu versenken. Eine solch wilde animalische Lust hatte ich lange Zeit nicht mehr empfunden.

Obwohl ich mich sehr zurücknehmen musste, küsste ich sie sanft, ließ sie die eigene Erregung schmecken. Immer wieder keuchte Noelle meinen Namen und ich glaubte, noch nie etwas Schöneres, etwas Geileres gehört zu haben.

„Princesa ...“, flüsterte ich heiser und folterte mich selber mit meinen eigenen Worten. „Jetzt gibt es kein Zurück mehr. Ich werde dich nehmen, dich ficken, dich zum Schreien bringen und noch so viel mehr.“ Ich ließ meine Zunge um eine der harten Warzen gleiten und dann biss ich zu – gerade an der Grenze zur Schmerzhaftigkeit. Bald würden Nippelklemmen diese wundervollen Kugeln zieren und ich wusste: Noelle würde den Schmerz lieben, den sie verursachten. Das brennende Ziehen, das sich mit ihrer Lustperle verband und sie alles noch sehr viel heftiger spüren ließ. „Ich werde in deiner Pussy sein und du wirst kommen – so oft und so heftig, wie ich es will.“ Meine Worte trieben einen Schauer nach dem anderen durch ihren Körper und sie spannte sich erneut an. Erst als ich sie küsste, wurde sie weicher, nachgiebiger. Ihr Mund – auch dort würde ich sein und allein diese Vorstellung trieb mich dazu, mich aufzurichten. Ich musste sie haben – jetzt.

Langsam zog ich mich zurück, stand auf und streifte die enge Jeans von meinen Beinen. Mein pochender Schwanz war so hart und groß, dass es schmerzte und ich befürchtete, es würde mir alles abverlangen, sie genussvoll und langsam zu ficken.

Ich schob mich über sie. Zwischen ihre gespreizten Schenkel, die sie nicht schließen konnte. Sie war offen und ich sog noch einmal den Anblick ihrer geschwollenen Schamlippen und der nassen Pussy in mich auf.

„Du weißt gar nicht, wie verrucht, wie wunderschön deine nassen Falten aussehen. Rosig, geschwollen und bereit, mich zu empfangen.“ Ich fasste meinen harten Schwanz, führte ihn an ihr zuckendes Loch und ließ ihn durch die glitschige Spalte gleiten. Ihr Becken hob sich leicht an und ich glitt etwas tiefer in ihre Enge, als ich das eigentlich wollte. Hölle! Ihre Muskeln schienen mich bereits jetzt zu umklammern – mich nicht mehr loslassen zu wollen. Sie war so eng wie eine Jungfrau – so verflucht eng und so verdammt geil. Ich musste sie besitzen und zwar auf der Stelle.

Langsam glitt ich in ihre Muschi und das zarte Gewebe machte mir bereitwillig Platz. Noelle keuchte ein weiteres Mal meinen Namen und das war einfach zu viel. Die süße Stimme, das weiche Vibrieren meines Namens, ließ mich alle Vorsicht vergessen und mit einem einzigen Stoß versenkte ich mich in ihr. Sie schrie auf – voller Lust, voller Verlangen und Überraschung. Dabei ruckte sie in die Fesseln hinein, bog ihren Rücken durch und mein Name hallte durch den Raum. Ich hielt still, bewegte mich keinen Millimeter – nur umgeben von ihrem heißen Fleisch und dem gierigen Pulsieren ihrer heißen Weiblichkeit.

„Bitte, ... Alejandro ...“, hauchte sie atemlos. „Ich ... will ... ich ... muss ...“

„Was, ... princesa?“ Ich stützte mich über ihr auf, spannte meine Pobacken an und trieb meinen Schwanz so noch ein bisschen tiefer in sie hinein. „Was willst du? Sag es mir ...“ Sie biss sich auf die Unterlippe, nagte kurz darauf herum, doch dann ...

„Ich will dich, Alejandro! Jetzt! Hart!“ Ein kleiner Seufzer drang über die vollen Lippen. „Lass mich alles vergessen ...“

„Ich werde dich nehmen, princesa, ... und du wirst das hier niemals vergessen.“ Meine Stimme wurde noch eine Spur tiefer. „Und bevor ich dich gehen lasse, werde ich jede deiner Körperöffnungen besessen haben. Du wirst dich unterwerfen ... Bevor du in deine Welt zurückkehrst, habe ich alles von dir gesehen und dich auf so viele Arten genommen, dass du dir etwas anderes nicht mehr vorstellen kannst.“

Der Schauder, der sie nach meinen Worten ergriff, war der stärkste, den ich jemals an einer Frau wahrgenommen hatte und dann begann ich mich zu bewegen. Nicht langsam, sondern mit einer animalischen Härte, die sie stöhnen ließ.

Kapitel 20

Noelle

Ich war ihm ausgeliefert. Hilflos, wehrlos und ohne die Möglichkeit ihm auszuweichen, doch genau das war es, das mir den Kick verschaffte. Die kaum wahrnehmbare Furcht, mich nicht wehren zu können, ... das Gefühl, keine Wahl zu haben, alles erdulden zu müssen, führte dazu, dass ich mich vollkommen hingab.

Als ich seine pralle Eichel an meinem bebenden Loch spürte, als er Millimeter für Millimeter in mich eindrang und mich ausfüllte, glaubte ich, die Spannung nicht eine Sekunde länger ertragen zu können. Als er innehielt, hätte ich am liebsten vor lauter Frust geschrien. Sollte Alejandro jetzt aufhören – es sich anders überlegt haben, ich würde sterben.

Plötzlich stieß er in mich und ich konnte den überraschten Schrei nicht zurückhalten. Ich konnte nichts sehen, war auf meine anderen Sinne angewiesen und jede Empfindung traf mich heftiger und erregender, als ich es jemals erwartet hätte. Jedes Vordringen seines großen, heißen Schaftes, jeder Stoß ließ mich in die Fesselung rucken. Ihn nicht berühren zu können, keinen Halt bei ihm zu finden, reduziert auf meine eigenen Gefühle und die Gier, die in meinem Körper tobte, lieferte mich meiner Lust vollkommen aus. Ich spürte, wie die Spannung in meinem Körper wuchs. Wie sie sich immer schneller aufbaute.

„Alejandro ...“ Ich flüsterte seinen Namen, ich stöhnte und wand mich unter ihm, während das Pulsieren in meinem Schoß immer heftiger wurde. Er legte einen Finger auf meine Klit, rieb sie im Takt seiner Stöße und ich klammerte mich an den Ketten der Manschetten fest. Alejandro ließ sein Becken kreisen, berührte dabei immer wieder eine Stelle in meinem Inneren, die mich vor Erregung keuchen ließ. Noch nie hatte ich so intensive Gefühle gehabt, nicht ein einziges Mal eine solche Begierde verspürt. Es war, als würde mein Körper erwachen, als würde etwas Neues entstehen. Unter Alejandros animalischer Männlichkeit war ich zum ersten Mal ganz Frau – konnte mich gehenlassen, weil er nichts anderes duldete.

Plötzlich hielt er still, verharrte regungslos in meinem Inneren. Nur sein Atem drang an mein Ohr und das leise Klirren der Ketten. Ich fühlte, wie er sein Gewicht verlagerte, wie seine Hand in die Höhe ging und rieb mein Becken verlangend an seinem – er sollte ...

„Halt still!“ Er klang kühl und so dominant, dass mir seine Worte wie ein Blitzstrahl zwischen die Beine fuhren. Ich konnte nicht länger warten, auch dann nicht, wenn Alejandro mich für meine Zügellosigkeit bestrafen würde. Ich grub meine Zehen in die weiche Matratze, hob meinen Po leicht an und drängte mich seinem prallen Schwanz entgegen.

„Dass du dir gerade eine Strafe eingehandelt hast, ist dir klar, mi hermosa?“, knurrte er gefährlich leise und alleine das Wort *Strafe* führte dazu, dass meine Lustperle noch heftiger zuckte. Plötzlich riss Alejandro mir die

Augenbinde herunter und ich blinzelte verwirrt. Der Raum lag im Dämmerlicht des späten Nachmittags und sofort nahmen mich die blauen Augen gefangen. Alejandro starrte mit einer finsteren Intensität auf mich herab und gleich darauf bedeckte eine Gänsehaut meinen ganzen Körper. Schauer liefen über meinen Rücken, als er sich mit langsamen, genussvollen Bewegungen tief in mein Inneres bohrte. Mein Kopf flog nach hinten, ich schloss die Augen und dabei flüsterte ich seinen Namen – immer nur seinen Namen.

„Sieh mich an! Und wage es nicht, die Augen zu schließen, mi querida. Nicht für eine Sekunde wirst du wegschauen, denn ansonsten ...“ Er ließ die Drohung unausgesprochen, doch sie bescherte mir prickelnde Lust.

Seine Blicke schienen mich festzuhalten, während er mich fickte und seinen Finger wieder auf meine Klit presste – dieses Mal viel kräftiger und fordernder. Das würde ich nicht lange aushalten, denn die Spannung in meinem Unterleib wurde immer stärker. Alejandro änderte ganz leicht seine Position und plötzlich hatte ich das Gefühl, ich müsse verbrennen.

„Jetzt, princesa ...“ Sinnlich, verrucht und bezwingend waren seine Worte. „Wirst du für mich schreien.“ Und damit trieb er seinen Schwanz so tief in meine Muschi, dass ich glaubte, ihn nicht aufnehmen zu können. So unglaublich hart, dass ich meinte, er würde mich pfählen. Wellen rasten durch meinen Körper, als die Spannung sich in einem wilden Orgasmus entlud. Er wollte kein Ende nehmen und meine feuchte Pussy umklammerte Alejandros Schaft so heftig, dass er ebenfalls stöhnte. Dabei stieß er jetzt wieder härter und schneller in mich und schließlich kam auch er. Tief in mir vergraben und so unglaublich heiß, dass der Sturm, der draußen tobte, an

Bedeutung verlor. Der Sturm, der uns beide hinwegriss, war alles, was zählte.

Die ganze Zeit hatte keiner von uns beiden den Blickkontakt unterbrochen, doch erst, als mein Körper langsam zur Ruhe kam, erst nachdem die letzte Welle meines Orgasmus' abgeklungen war, erkannte ich, wie dunkel und verschleiert seine Augen waren. Wie sehr die Begierde auch ihn mitgenommen hatte.

Sein Schwanz zuckte noch immer und ich spürte unsere vereinten Lustsäfte, die an meinen Schenkeln entlangrannen. Heiß, brennend und göttlich verboten. Keiner von uns beiden sprach ein Wort, doch eine Sekunde später zog Alejandro sich zurück. Sein Schaft glitt aus meiner Spalte und hinterließ ein plötzliches Kältegefühl, das mich leise wimmern ließ. Er öffnete mit einer Hand die Manschetten der Spreizstange. Dabei fuhren seine Finger liebevoll und sanft über die Innenseiten meiner Schenkel – und so verrückt es auch klingen mochte: Ich konnte fühlen, dass die Lust erneut von mir Besitz ergriff.

Alejandro stützte sich noch immer mit einem Arm über mir ab, mit dem Handrücken der anderen fuhr er streichelnd über meinen Bauch, streifte leicht meine Brüste mit den empfindlichen Spitzen und dann legte er seine Hand an meine Wange.

„Du wirst noch lauter betteln, princesa. Der Tag ist noch nicht vorbei und die Nacht auch nicht ..." Er sprach nicht laut, doch seine Worte klangen bedrohlicher als das Heulen des Sturms. Doch statt seinen Berührungen ängstlich auszuweichen, schmiegte ich mein Gesicht in seine warme Hand. Statt zu schreien und an den Ketten zu zerren, um mich zu befreien, wollte ich nur von den Manschetten befreit werden, um meine Arme um

Alejandros Hals zu schlingen. Er schien meine Gedanken zu erraten, denn mit einem kurzen Druck öffnete er zuerst die eine, dann die andere Halterung. Zitternd fielen meine Arme auf das Kissen – mein ganzer Körper bebte, während auf Alejandros Gesicht ein sehr männliches Lächeln erschien.

„Du bist erschöpft, Kleines!" Es war keine Frage, sondern eine Feststellung.

Ein Blitz tauchte das Zimmer in grelles Licht und der gleich darauffolgende Donner war so laut, dass das Grollen spürbar war. Doch der Sturm, der draußen den Ozean aufwühlte, war nichts, gemessen an demjenigen in meinem Inneren. Noch immer konnte ich den Blick nicht von seinen Augen lösen. Noch immer war ich vollkommen gefangen von dem, was gerade zwischen uns beiden geschehen war. Was eigentlich nicht hätte passieren dürfen.

„Du denkst noch immer zu viel nach, mi querida. Nicht mehr lange, das verspreche ich dir." Alejandro stand langsam auf. Jede seiner Bewegungen fließend wie die eines Raubtieres. Sein herrlicher Körper war Kraft und Geschmeidigkeit und ich bedauerte nur eins: Dass ich ihn nicht hatte berühren dürfen. Unbewusst leckte ich über meine Lippen und nur sein leises Lachen machte mir klar, wie das auf ihn wirken musste. Sofort presste ich meine Zähne aufeinander. Doch damit erreichte ich nur, dass er noch mehr lachte.

Bevor ich etwas sagen konnte, bevor ich … Alejandro hob mich auf seine Arme und endlich konnte ich den warmen, harten Männerkörper spüren. Die starken Arme, die mich so sicher hielten. Seufzend ließ ich den Kopf an seine Schultern sinken. Ich fühlte mich bei ihm sicher und auch das sollte ich nicht. Nicht bei dem Mann, der mich entführt hatte und mich gegen meinen Willen hier festhielt. Doch das Schamgefühl, das mich beim ersten Mal angefallen hatte, blieb dieses Mal aus. Die Angst, nicht mehr von hier fortzukommen, ebenfalls. Eine winzige Stimme in meinem Inneren sagte mir nämlich, dass ich viel zu gerne hier bei ihm war. Mein Leben vor Alejandro hatte seltsame Sprünge bekommen – tiefe Risse, die mir immer schmerzhafter zu Bewusstsein kamen. War es wirklich ein Leben gewesen?

Alejandro trug mich in ein riesiges Badezimmer, das fast so groß wie sein Schlafzimmer war. Dort dominierte weißer und grauer Marmor und es war so luxuriös, dass ich automatisch die Luft anhielt. Am hinteren Ende befand sich eine Wanne, die im Boden eingelassen war und ich fragte mich ernsthaft, wieso sie voll mit dampfendem, wohlriechendem Wasser gefüllt war. Alejandro hatte das Zimmer nicht verlassen. Also wer ...

„Und schon wieder sehe ich es in deinem Kopf arbeiten, princesa.“ Dieses Mal hatte sein Lächeln etwas sehr Dunkles, das mir durch und durch ging. Er beobachtete mich die ganze Zeit und achtete auf jedes noch so kleine Detail. Einerseits war das ein sehr unangenehmes Gefühl, weil ich nichts vor ihm geheim halten konnte. Andererseits vermittelte es mir aber auch eine wunderbare Sicherheit.

Als er mich auf die Füße stellte, versanken meine Zehen in dem weichen, weißen Teppich, ähnlich demjenigen, der in meinem Bad zu finden war. Und sofort waren da wieder diese Bilder. Er und ich – auf dem Boden. Wie er mir den ersten Orgasmus schenkte und ich nichts hatte tun können, um mich gegen ihn zu wappnen. Ich seufzte leise.

„Willst du mich noch immer bekämpfen, Kleines?“ Er umfasste mein Gesicht, legte sein Kinn warm an meine

Stirn. „Willst du dir noch immer nicht eingestehen, dass du das hier genießt?“ Ich spürte die Nässe unserer Lust an den Innenseiten meiner Schenkel und wusste genau: Eine Lüge würde mir nicht helfen.

„Es war wunderschön“, flüsterte ich besiegt und spürte, wie Alejandro sich anspannte. Doch nicht lange. Dann fuhr er mit seinen starken Fingern an meinen Armen entlang nach unten, verschränkte eine Hand mit meiner und zog mich wortlos hinter sich her. Vor mir stieg er einen kleinen Absatz herunter und ich folgte ihm. Warmes Wasser umspülte erst meine Beine, doch dann umfasste er meine Taille und hob mich zu sich herunter. Statt mich loszulassen, platzierte er mich so, dass ich zwischen seinen Beinen saß und mein Kopf an seiner Brust ruhte. Mein Herz klopfte wie verrückt, denn diese unerwartete Sanftheit war mehr, als ich erwartet hatte. Vielmehr hatte ich geglaubt, dass er mich möglichst schnell wieder in mein Zimmer bringen und vergessen würde. So, wie beim letzten Mal. Doch das hier war anders – ganz anders.

„So wundervolles Haar – weich wie Fuchsfell.“ Er ließ die lockigen Strähnen durch seine Finger gleiten und mein Herz raste jetzt noch schneller. In meinem Bauch tummelte sich ein Schwarm Schmetterlinge, die alle gleichzeitig zu ihrem Hochzeitsflug aufbrachen.

Alejandro griff sich den bereitliegenden Schwamm und begann meine Haare zu waschen. Mit geschickten Fingern massierte er mir die Kopfhaut und das war fast zu gut, um wahr zu sein.

„So ist es gut, mi hermosa! Genieße es, denn ich werde nicht immer so sanft sein. Nicht immer deinen Körper zart verwöhnen.“ Zuckersüß, unterlegt mit einem Hauch von Stahl kamen seine Worte bei mir an und entzündeten weitere Hitze. Er wusch die Seife ab, ließ den Schwamm erst über meine Schultern, dann nach vorne über meine Brüste gleiten. Sehr zu meinem Entsetzen stellten sich meine Nippel unter seinen Fingern erneut auf.

„Entzückend ..." Alejandro ersetzte den Schwamm durch seinen Daumen und rieb erregend über die Spitzen. „Ich sagte es ja bereits: Der Tag ist noch nicht vorbei ..."

Kapitel 21

Noelle

Das Bad war prickelnd, sinnlich und ich erregt, als Alejandro mich in ein weiches Badetuch hüllte und zurück in sein Schlafzimmer brachte. Auf dem Bett lud er mich ab und streifte sich selber die Jeans über, während ich auf den Ellbogen aufgestützt auf der Tagesdecke lag und jede seiner Bewegungen beobachtete. Ich erkannte auch, dass er etwas in seine Hosentasche steckte – was es war, konnte ich nicht sehen.

„Worauf wartest du?“ Verwirrt schüttelte ich den Kopf. Was sollte ich? Was wollte er von mir? „Zieh dich an, princesa. Es wird Zeit, dass du etwas isst. Und Ausreden werde ich dieses Mal nicht gelten lassen, ... damit das klar ist.“ Der Zwang, den er ausübte, die männlich raue Stimme – beides führte dazu, dass ich eilig aus dem Bett sprang und mich anzog. Dabei beobachtete Alejandro jede meiner Bewegungen – genau wie ich es bei ihm getan hatte. Als ich fertig angezogen vor ihm stand und er kein Wort sagte, sondern nur auf mich herabsah, machte sich Unsicherheit in mir breit. Was sah er? Was ging in seinem Kopf vor? Hatte sich irgendetwas zwischen uns verändert?

Statt mir Antworten auf all die unausgesprochenen Fragen zu geben, griff Alejandro plötzlich in meine Haare, zog mich zu sich heran und sein Mund krachte auf meinen. Da war nichts Zärtliches, nichts Liebevolles – es war, als markiere Alejandro seinen Besitz. Sein Dreitagebart kratzte rau über meine weiche Haut und ich wusste: Das hier würde Spuren hinterlassen. Meine Lippen gaben nach, ließen den Eroberer ein, denn etwas anderes blieb mir gar nicht übrig. Alejandro umfasste mit der anderen Hand meine Taille und schob mich durch den Raum. Dabei unterbrach er nicht für eine Sekunde den leidenschaftlichen Kuss. Immer wieder trennten sich unsere Lippen, nur um im nächsten Moment voller Hitze zueinander zu finden. Ich stieß mit dem Rücken gegen den Schreibtisch, der in der Ecke gleich neben der Tür stand. Ich kam nicht weiter und schlagartig löste Alejandro sich von mir. Seine Hand glitt nach vorne, legte sich aufreizend um meine Kehle, doch er drückte nicht zu. Dabei fuhr sein Daumen sacht über mein Kinn. Trotzdem hatte diese Geste etwas sehr Bedrohliches. Er konnte jeden Moment zudrücken und ich machte mir auch nichts vor: Kräftemäßig war ich diesem Mann auf keinen Fall gewachsen …

„Dreh dich um, mi querida. Mit dem Bauch auf die Tischplatte.“ Er sprach leise, doch der Unterton verriet seine Entschlossenheit. Er würde auf keinen Fall Nachgiebigkeit zeigen, wenn ich nicht tat, was er verlangte. Seine Hand glitt an meiner Kehle abwärts, blieb auf meinem bebenden Herzen liegen. „Sofort, Noelle!“ Ich schluckte mühsam. Was hatte er vor?

Ich drehte mich langsam um und dabei machte sich in meinem Magen wieder das seltsame Gefühl breit, das ich in seiner Gegenwart ständig spürte. Eine Mischung aus

Lust und leiser Furcht vor dem Unbekannten. Vorsichtig legte ich meinen Oberkörper auf der Tischplatte ab. Das Holz war glattpoliert, glänzte und fühlte sich kühl an den Stellen meiner Haut an, die nicht von Stoff bedeckt waren. Alejandro schob mein Kleid nach oben, entblößte meinen Po und bevor ich auch nur Luft holen konnte, hatte er mir den String bis zu den Knien herabgezogen und meine Scham entblößt. Wieder fuhr er mit seinen Händen über meine glatte Haut und dabei erinnerte ich mich daran, dass er mir erneut Strafe angedroht hatte – für mein allzu zügelloses Verhalten. Mein Herz klopfte immer schneller, vor allem, weil er nichts tat, außer meine Haut zu streicheln. Das war auf furchtbare Art und Weise erregend.

„Leg deine Hände an deinen Arsch, Kleines, und dann ziehst du deine Pobacken schön weit auseinander." Im ersten Moment glaubte ich, mich verhört zu haben, doch die Dominanz in seiner Stimme, die Art, wie seine Hand plötzlich in meinen Rücken drückte, sagte mir, dass Alejandro keinesfalls zu Scherzen aufgelegt war. Er meinte, was er sagte. Das hatte ich in der Zwischenzeit begriffen. Zitternd griff ich mit meinen Händen nach hinten, umfasste das kühle, glatte Fleisch meines Pos, doch ich schaffte es einfach nicht, seinem Befehl zu folgen. Wogen von heißer Scham verbanden sich mit der leisen Furcht, was mich nun erwartete. Ich glaubte es zu wissen, aber das würde er doch nicht ...

„Worauf wartest du, princesa? Ich gab dir einen einfachen Befehl und sofort bist du ungehorsam. Ich fürchte, wenn du so weitermachst, wirst du morgen nicht mehr auf deinem niedlichen Hintern sitzen können." Ein leichter Schlag folgte und ich zuckte zusammen. Er diente nur meiner Erinnerung. Der Erinnerung daran, dass

Alejandro durchaus bereit war, seinen Worten Taten folgen zu lassen. Worauf ich nicht gefasst war, war die plötzliche Erregung, die mir in den Unterleib schoss. Ich hatte doch gerade erst und ... nein, ich konnte doch nicht schon wieder ...

Es kostete mich alles an Überwindung, meinen Po so vor Alejandro zu entblößen, wie er es verlangte und noch nie in meinem Leben hatte ich mich so offen und verletzlich gefühlt. Das Gefühl verstärkte sich noch, als im gleichen Moment etwas Kühles und Feuchtes zwischen meine Ritze tropfte und sich dort langsam verteilte. Mit einem Finger strich er langsam um meinen Anus und wieder war es brennende Scham, die ich verspürte. Scham und Angst, die dazu führten, dass ich feucht wurde. Es war verrückt – absolut krank, doch ich konnte nichts dagegen tun.

„Auch dort werde ich dich vögeln, mi querida. In diesen sträflich vernachlässigten und doch so lustvollen Ort. Ich werde deine Pforte überwinden, es wird brennen, doch du wirst feststellen, wie sehr dich auch das erregt, princesa. Doch noch ist es nicht so weit – noch nicht!“ Sein Finger drückte gegen den Schließmuskel und ich konnte spüren, wie ich mich anspannte. Es nutzte allerdings nichts. Er flutschte einfach in mein Inneres und sofort setzte ein leises Brennen ein – ganz wie Alejandro es prophezeit hatte.

„Nicht, ... bitte nicht ...“, wimmerte ich leise, doch darauf ging mein Peiniger nicht ein. Erst recht nicht, nachdem ich dabei auch noch zu stöhnen begann. Es war Schmerz und Lust zur gleichen Zeit und ich konnte mich einfach nicht entscheiden, ob ich mehr wollte, oder das Ende herbeisehnte. Das schien ihn nur noch weiter anzuspornen. Mit der anderen Hand griff er um mich herum, öffnete meine feuchten Falten und begann mit langsam kreisenden Bewegungen meine Klitoris zu stimulieren. Dabei dehnte er weiter meinen strammen Muskel und ließ dort den Finger langsam vor- und zurückgleiten. Die Lust, die er mir mit dem Reiben meiner Klit verschaffte, verband sich mit dem seltsamen Gefühl, an einem Ort gedehnt zu werden, der sich nicht gehörte. Ich konnte mir nicht vorstellen, wie es sein musste, seinen Schwanz dort aufzunehmen – das würde nicht funktionieren. Auf gar keinen Fall würde es das. Doch das hielt Alejandro nicht davon ab, meinen Anus weiter zu verwöhnen. Dann zog er den Finger hervor und der Druck ließ für einen Moment nach – das leichte Brennen blieb jedoch. Ich atmete auf, allerdings nur solange, bis ich etwas weitaus Größeres und Kaltes an dem verbotenen Ort spürte. Und den Druck, mit dem es sich in mein Inneres drängte. Ich versuchte gegenzuhalten, wollte nicht, dass das Toy mich eroberte, doch Alejandro ließ sich nicht beirren. Lange konnte ich dem Ansturm nicht standhalten – erst recht nicht, nachdem er nun auch den Druck auf meine Klit erhöhte. Er stimulierte sie so gekonnt, dass ich die Spannung in meinem Unterleib kaum noch aushielt. Ich spürte bereits die Wogen des nahenden Orgasmus. Das immer stärker werdende Brennen an meiner Hinterpforte verband sich mit dem Pulsieren meiner Klit und brachte mich um den Verstand. Das Spielzeug überwand meinen Widerstand und drang langsam in mich ein. Ich konnte fühlen, wie es Millimeter für Millimeter in mich hineinglitt. Alejandro drehte es leicht, zog es minimal zurück, um dann erneut Druck auszuüben. Das war einfach zu viel. Stöhnend gab ich nach und das Ding glitt vollends in mich hinein. Es rutschte an seinen Platz und hinterließ ein seltsames Völlegefühl in meinem Inneren und das an einer Stelle, die beängstigend und lustvoll zugleich war. Ich keuchte überrascht und erregt, als Alejandro seine Finger auf meine Lustperle presste und ich im gleichen Moment kam. Der Orgasmus war so heftig, dass ich aufschrie und in Alejandros Griff zuckte. Heiß zogen die Wellen durch meinen Unterleib und wurden verstärkt, durch den Fremdkörper in meinem Po. Meine Muskeln zogen sich um das Toy zusammen und eine Woge nach der anderen spülte über mich hinweg. Es nahm kein Ende ... Ich glaubte fast, dass ich es nicht aushalten würde. Wenn Alejandro mich nicht gehalten hätte, wäre ich seitlich vom Tisch geglitten. Dieser streichelte jedoch beruhigend meinen Rücken, ließ die Finger zart über meine Haut gleiten und ließ mir das Nachglühen – die letzten Nachbeben eines gigantisch verruchten Orgasmus', den ich so auf keinen Fall erwartet hatte.

„Zeit für dein Essen, princesa." Alejandro klapste mir spielerisch auf den Po und zog mir fast im gleichen Atemzug den Slip nach oben. Er hatte hoffentlich nicht vor, das Spielzeug dort zu lassen, doch dann zog er mich in die Höhe und in seine Arme. Ich öffnete den Mund, wollte etwas sagen, als bereits ein Finger an meinen Lippen lag. Ich konnte sehr deutlich den Geruch meiner eigenen Lust wahrnehmen – viel zu deutlich.

„Wolltest du etwas sagen, mi hermosa? Vielleicht einen Protest äußern?" Seine Stimme klang belustigt und das stand im krassen Gegensatz zu der Strenge, die ich in seinen Augen erkannte. Ich schüttelte den Kopf und hätte ihm gleichzeitig am liebsten einen Kübel Eiswasser über dem Kopf ausgeleert. Vorsichtig setzte ich einen Fuß nach vorne ... und dann noch einen. Bei jeder Bewegung, bei jedem Schritt bewegte sich das Ding in meinem Po und sandte Wellen purer Lust durch meinen

Unterleib. Es schien eine fatale Allianz mit meiner Klit eingegangen zu sein und ich wusste: Man konnte mir ansehen, dass etwas ganz und gar nicht mit mir stimmte.

„Oh, princesa! Wenn du wüsstest, wie geil du aussiehst. Die Haare zerzaust, der Blick verschleiert vor Lust und deine Nippel drücken sich gierig gegen den Stoff deines Kleides. Jeder, der dich ansieht, wird mich beneiden."

Hölzern machte ich einen weiteren Schritt und trat an die Seite – weg von ihm. Ich wollte nicht, dass man ihn beneidete. Im Moment wollte ich nur eines: Das komische Ding loswerden, das mich nicht zur Ruhe kommen ließ. Unwillkürlich flog meine Hand nach hinten zu meinem Po.

„Wag es nicht, Noelle. Ich würde sofort merken, wenn du den kleinen Plug entfernt hast. Glaub mir eines: Es gibt weitaus Größere und ich hätte keine Skrupel, dir einen davon zu verpassen – jetzt und hier, wenn du darauf bestehst." Sein Lächeln war teuflisch, erreichte allerdings die Augen nicht. Dabei hob er den Arm, hielt ihn mir hin und mir blieb nichts anderes übrig, als meine Hand bei ihm unterzuhaken. „Und jetzt werde ich dich füttern. Anscheinend schaffst du es nämlich nicht, ausreichend nach dir selbst zu sehen."

Er lief los und mir blieb nichts anderes übrig, als mich seinem Schritt anzupassen. Das teuflische Ding in meinem Hintern ließ mir keine Sekunde Ruhe und ich fragte mich, wie ich das hier, ... wie ich die kommenden Stunden überstehen sollte, ohne wahnsinnig zu werden.

Kapitel 22

Noelle

Dieses Mal saßen wir nicht auf der Terrasse. Das wäre auch gar nicht möglich gewesen, denn draußen wütete der Sturm. Der Regen fiel in dichten Schleiern und es blitzte fortwährend. Die großen Fensterscheiben des Speisezimmers ließen eine wunderbare Aussicht auf das kochende Meer und die schäumende Brandung zu, doch das interessierte mich weitaus weniger, als der Mann, der dicht neben mir saß und mich mit erlesenen Häppchen buchstäblich fütterte. Ich bemühte mich, stillzusitzen, denn jede Bewegung schoss mir wie ein Blitz in den Unterleib und ließ mich vergessen, dass ich kauen sollte. Das war eine so lustvolle Qual, dass ich mich sehr zusammenreißen musste, um zu essen. Jeder Bissen wurde so zu einer Herausforderung, die Alejandro lächelnd quittierte.

„Du bist so leicht zu durchschauen, princesa. Deine Augen, deine Atmung – all das verrät dich." Er schob mir eine Erdbeere in den Mund und verhinderte so, dass ich ihm eine Antwort gab. Das war auch gut so, denn die hätte mir garantiert eine weitere Strafe eingebracht. Mir lag alles auf der Zunge – nur nichts sonderlich Freundliches. „Und ja! Ich würde dich bestrafen, falls du dem Drang nachgeben solltest, mir ein Schimpfwort an den Kopf zu werfen. Allerdings anders, als du es dir vorstellst.“ Und dann lachte er, der Widerling. Finster und so hintergründig, dass ich unbewusst auf dem Stuhl hin und her rutschte. Eine verdammt miese Idee im Übrigen.

Er hob bereits seine Hand, wollte mir ein Stück Ananas hinhalten, als sein Handy klingelte. Der schrille Ton ließ uns beide gleichermaßen zusammenzucken. Alejandro wischte sich die Finger ab, nahm das Smartphone zur Hand und schaute mich im gleichen Moment entschuldigend an.

„Es tut mir leid, princesa!“ Dabei stand er auf und schaute auf mich runter. Wieder einmal. Wenn mir dabei doch nur nicht andauernd heiß und kalt werden würde. „Du bleibst brav hier sitzen und isst weiter, während ich telefoniere. Und enttäusche mich nicht!“ Immer diese unterschwelligen Drohungen. Die erregten mich zwar, aber an anderer Stelle trafen sie einen sehr empfindlichen Nerv. Nämlich den, dass ich einem Mann niemals hatte erlauben wollen, so sehr die Kontrolle über mich zu erlangen. Davon war ich gerade meilenweit entfernt ...

Ich beobachtete, wie Alejandro den Raum verließ und das Telefonat annahm. Er schloss die Tür nicht ganz und ich lehnte mich aufatmend zurück. Wieder war es der Plug in meinem Po, der mich auf subtile Weise daran erinnerte, was Alejandro und ich noch vor kurzer Zeit getrieben hatten. Ich wusste nicht, was überwog: Die Scham oder die lustvollen Erinnerungen an seine Eroberung.

Im gleichen Moment öffnete sich eine andere Tür und die ältere Frau, die mir schon einmal begegnet war, betrat das Speisezimmer. Sie wirkte, falls überhaupt möglich, noch mürrischer als bei unserer ersten Begegnung. Ihre Augen funkelten mich wütend an und ich fragte mich insgeheim, was ich der Haushälterin getan hatte. Ich war keinesfalls freiwillig hier und für die Mehrarbeit, die sie durch mich hatte, musste sie ihren Brötchengeber verantwortlich machen – nicht mich.

Sie knallte höchst unsanft eine Kanne mit frisch aufgebrühtem Kaffee auf den Tisch, während sie sich eine der leeren Platten nahm und dabei so dicht an mir vorbeilief, dass sie mich rammte. Das war reine Absicht gewesen und ich schaute erstaunt auf.

„Verkommene Schlampe! Puta sucia“, zischte sie mir leise, aber hörbar zu. „Er gehört einer anderen und zu ihr wird er auch zurückkehren. Das tut er immer ...“ Und mit diesen Worten rauschte sie an mir vorbei und zur Tür wieder hinaus. Ihre Worte waren ein Schock für mich – ein so verdammt großer, dass ich einen Moment das Atmen vergaß. Auf den wilden Schmerz, der sich plötzlich durch mein Inneres wühlte, war ich überhaupt nicht vorbereitet. Und auch nicht auf das Gefühl, verraten worden zu sein. Mir wurde schlagartig übel, als ich mir Alejandro mit einer anderen Frau vorstellte – wie er und sie ... Ich schüttelte den Kopf. Es war dumm von mir, zu glauben, dass ein Mann wie Alejandro keusch lebte und noch dümmer wäre es, wenn ich Gefühle für ihn entwickeln würde. Er war ein Verbrecher. Der Mann, der mich entführt hatte und meinen Ex-Verlobten erpresste. Die Tatsache, dass ich von Drago bereits als meinem Ex dachte, machte mir kein bisschen zu schaffen, dafür aber das Wissen, dass Alejandro eine andere hatte. Vielleicht war er sogar verheiratet. Rein gar nichts wusste ich über diesen Mann und das kam mir in diesem Moment schlagartig zu Bewusstsein. Ich hatte meinen Körper und meine Lust in seine Hand gelegt und nicht einmal gefragt, ob es eine andere Frau in seinem Leben gab. Klappernd fiel die Gabel aus meinen Fingern und landete auf dem erlesenen Porzellan. Dabei konnte ich fühlen, wie mir sämtliche Farbe aus dem Gesicht wich und Übelkeit in meinem Bauch rumorte. Es fühlte sich an, als hätte jemand einen Dolch in meine Eingeweide geschoben, um ihn dann genüsslich herumzudrehen. Ich wollte gerade aufspringen und auf dem schnellsten Weg in mein Zimmer flüchten, als Alejandro zur Tür hereinkam. Nach wenigen Metern blieb er allerdings stocksteif stehen und musterte mich angespannt. Eine steile Falte erschien auf seiner Stirn und die Augen nahmen eine düstere Färbung an. Er las in mir und was er sah, gefiel ihm überhaupt nicht – doch das war mir in diesem Moment egal. Mühsam stemmte ich mich in die Höhe, wollte mich gerade umdrehen und gehen, als mich seine Stimme an Ort und Stelle festnagelte.

„Was ist los, Noelle?“ Er klang besorgt. Mal nicht so dominant, wie gewöhnlich.

„Nichts. Es ist gar nichts los!“, antwortete ich und merkte selbst, dass meine Stimme bebte.

„Was habe ich dir zum Thema Lügen gesagt, princesa? Wolltest du wirklich herausfinden, wie ich auf so etwas reagiere, oder können wir wie zwei erwachsene Menschen über dein Problem reden?“ Er schaute mich so finster an, dass es mir eigentlich eine Warnung hätte sein sollen – war es aber nicht. Die Worte seiner Angestellten hatten mich zutiefst getroffen. Und am meisten entsetzte mich mein eigenes Verhalten. Dass ich meine Lust über meinen Verstand gestellt und alles andere verdrängt hatte. Das war nicht mehr ich. Ich begann mich selbst zu verlieren.

„Es ist mir egal, was du zu diesem Thema zu sagen hast. Ich würde jetzt gerne gehen, Alejandro. Du hattest deinen Spaß und ich brauche Luft zum Atmen, bevor ich ersticke.“ Ich drehte mich auf dem Absatz um, aber es war auch klar, dass ich nicht sonderlich weit kommen würde. Er erwischte mich an der Schulter, noch bevor ich die Glastür zur Veranda öffnen konnte. Er riss mich mit Schwung herum, sodass ich in seinen Armen und an seiner breiten Brust landete. Sofort fühlte ich mich beschützt und geborgen, doch das durfte ich nicht zulassen.

„Glaub ja nicht, dass du mir entkommen kannst, princesa. Ich will jetzt sofort von dir hören, was geschehen ist. Als ich ging, war alles in Ordnung und als ich zurückkam, warst du vollkommen verstört." Seine Lippen glitten über mein Haar und ich spürte seinen warmen Atem an meiner Wange. So verführerisch und bereits so vertraut, dass ich kaum dagegen ankämpfen konnte. „Sag mir, was dich so erschreckt hat." Das war ja mein Problem – ich konnte es nicht. Wie sollte ich ihm stecken, dass ich von der *Anderen* wusste, ohne ihm zu verraten, dass ich ... Diese Tatsache hatte ich mir ja selbst kaum eingestanden und verfluchte mich noch immer für meine Dummheit. Ich war dabei, mehr in Alejandro zu sehen, als meinen Entführer – als den Mann, der mich lediglich besitzen wollte. Ich war dabei, zu vergessen, dass er nur an meinem Körper interessiert war, nicht aber an mir als Person. Ich musste hier raus – auf dem schnellsten Weg und zwar bevor ich etwas von mir preisgab, dass ich später bereuen würde. Ich drehte den Kopf zur Seite, weigerte mich standhaft, ihn anzusehen und drückte auch gegen seine Hand an, die mein Gesicht anheben wollte.

„Wenn du auch nur einen Funken Ehre und Anstand im Leib hast, Alejandro Torres, ... dann lässt du mich jetzt bitte gehen. Ich muss einen Moment alleine sein. Mehr kann, mehr will ich dir dazu nicht sagen."

„Und wenn ich dich nicht gehen lasse? Was dann, Noelle? Was wirst du dann machen?“ Resigniert ließ ich meine Schultern hängen.

„Dann werde ich es über mich ergehen lassen – nicht weniger, aber auch nicht mehr. Eine andere Wahl habe ich ja wohl nicht. Das habe ich verstanden, Alejandro.“ Der fiese, übelkeitserregende Schmerz in meinem Inneren wurde immer größer und mittlerweile musste ich mich arg zusammennehmen, um nicht laut loszuschreien.

„Gut! Lassen wir das! Es würde zu nichts führen.“ Niemand hätte in dem Moment überraschter sein können, als ich es war. Alejandro hatte tatsächlich nachgegeben und ließ mich los. Ich drehte mich steif herum, wollte bereits zur Tür hinaus verschwinden, als mich seine Stimme ein weiteres Mal aufhielt.

„Wir bekommen Besuch, princesa. Mein Onkel und seine Privatsekretärin werden heute Abend hier eintreffen.“ Ich drehte mich ein weiteres Mal um und schaute ihn an. „Mach dir keine Hoffnungen, mi querida! Beide wissen, dass du mein *Gast* bist. Beide kennen den Grund deines Hierseins und keiner der beiden wird dir helfen. Du kannst es dir also sparen, sie mit deiner Geschichte zu langweilen.“ Seine Augen wurden noch eine Nuance dunkler. „Ich erwarte von dir, dass du dich benimmst, Kleines. Blamier mich nicht!“ Die Drohung schwang deutlich mit, doch bevor ich ihm antworten konnte, sprach er bereits weiter und die tödliche Wunde in meinem Inneren riss noch weiter auf. „Und wenn wir gerade beim Thema sind: Ich habe Neuigkeiten bezüglich deines Bräutigams. Er kreuzt mit seiner Yacht in der Karibik und lässt es sich gutgehen. Meine Männer haben mich darüber informiert, dass er zwei Professionelle an Bord hat. Vielleicht kannst du mit der Information etwas anfangen.“

„Das hast du jetzt gebraucht, nicht wahr?“ In diesem Moment lag kein Zittern mehr in meiner Stimme, dafür aber eine so tiefe Traurigkeit, dass ich sie selber nicht mehr erkannte. „Du musstest mir unbedingt zeigen, wie wenig ich ihm bedeute. Du bist und bleibst ein Bastard, Alejandro Torres ...“ Ich holte tief Luft, versuchte den Schmerz auszublenden – ihn tief in mir zu vergraben. „Komm mir ja nicht mehr zu nahe. Wenn du mich gegen meinen Willen anpackst, wenn du ...“

„Gegen deinen Willen, princesa? Was geschah gegen deinen Willen?“ Die dunklen Augen fixierten mich gnadenlos. „Du warst sehr willig, wenn ich dich daran erinnern darf und das wirst du auch sein, wenn ich mich dir erneut nähere ...“

Ich wusste, dass er recht hatte – ich wusste es einfach. Die Genugtuung, mich weinen zu sehen, würde ich ihm allerdings nicht geben und so drehte ich mich auf dem Absatz um und rannte hinaus auf die Terrasse – in den warmen Regen hinein, der die Tränen auf meinem Gesicht unkenntlich machte und sie fortwusch.

Kapitel 23

Alejandro

Mit einem wütenden Knurren auf den Lippen fegte ich das wertvolle Porzellan vom Tisch und erfreute mich am Klang des zerbrechenden Geschirrs.

Beim Betreten des Speisezimmers hatte ich sofort erkannt, dass etwas ganz und gar nicht in Ordnung war. Noelle war so blass und in sich gekehrt, wie ich sie nicht einmal kurz nach ihrer Entführung erlebt hatte. Sie sah aus, als ob sie einen Geist gesehen hätte und genauso verhielt sie sich auch. Sie starrte mich mit großen, misstrauischen Augen an und ich fragte mich, was in den fünf Minuten meiner Abwesenheit geschehen war. Ihr Blick war mir unter die Haut gegangen. Noch viel mehr allerdings ihre Weigerung, mir zu sagen, was ihr fehlte. Zum ersten Mal in meinem Leben fühlte ich eine ähnliche Hilflosigkeit wie in der Nacht, als meine Eltern starben und das war kein schönes Gefühl. Es war mehr als nur ...

Am liebsten hätte ich Noelle geschüttelt, ihr die Wahrheit regelrecht entrissen, doch das würde mir nicht gelingen. Die zusammengebissenen Zähne, das Funkeln ihrer Augen, all das sagte mir, dass sie dieses Mal nicht nachgeben würde. Und dann hatte ich ihr unglaublich wehgetan – weil ich es wollte. Unverblümt warf ich ihr an den Kopf, dass sich ihr sauberer Verlobter mit Huren vergnügte, während sie meine Gefangene war. Dass ihn ihr Schicksal herzlich wenig interessierte. In diesem Moment hatte sie so verletzlich ausgesehen, so verloren, dass ich meine harten Worte auf der Stelle bereute. Doch sie waren ausgesprochen und ich konnte sie auch nicht zurücknehmen. Eine Sache, die mir mehr zu schaffen machte, als der außerplanmäßige Besuch meines Onkels Dario und von Elena, seiner rechten Hand.

Ich fuhr mit den Fingern durch meine Haare. Alles schien gerade aus dem Ruder zu laufen und ich fragte mich, ob ich mit meinen Racheplänen nicht zu weit ging. Noelle zu entführen, sie hier gegen ihren Willen festzuhalten, schien mir die einzige Möglichkeit zu sein, zu bekommen, was ich so sehr begehrte. Die Namen all derjenigen, die an dem feigen Anschlag beteiligt waren. Doch das schien plötzlich in einem anderen Leben wichtig gewesen zu sein – nicht mehr in diesem hier. Etwas hatte sich verändert. Ich wusste nicht, woran es lag, doch plötzlich fühlte sich alles falsch an. Ich war nicht der Verbrecher, für den Noelle mich hielt, doch bisher hatte ich sie in dem Glauben gelassen. Warum? War das meine Versicherung, sie auf Abstand zu halten?

Im Grunde genommen hatte ich mit den Kartellen und all dem nichts zu schaffen, wenn man mal von der Tatsache absah, dass ich sie bis aufs Blut bekämpfte und dafür sogar mein eigenes Vermögen einsetzte. Sehr zum Leidwesen meines Onkels, der nach wie vor Torres-Enterprises verwaltete. Er hielt mich für einen Träumer – einen Mann, der eher mit als gegen die Drogenbarone arbeiten sollte. Keine Gelegenheit ließ er aus, um mir zu sagen, dass keine Chance bestand, Luciana lebend wiederzusehen. Doch von dieser fixen Idee konnte ich nicht lassen. Was blieb mir auch ansonsten?

Und genau dieser Mann würde mich heute Abend mit seinem Besuch beehren – ausgerechnet jetzt, wo ich ihn gar nicht gebrauchen konnte. Und Elena wollte ich noch viel weniger hier sehen. Sie war die Tochter unserer Haushälterin und ihre Familie stand bereits seit Jahren in unseren Diensten. Ihr Vater gehörte zu den bedauernswerten Kokabauern, die mein Padre aus ihrer Knechtschaft erlöste und sich dabei mit der Familie Escobar angelegt hatte. Wahrscheinlich der Auslöser für jene verhängnisvolle Nacht. Doch das war es nicht, was mich an Marias Tochter so sehr störte. Elena und mich verband eine kurze, recht heftige Liaison und seither hatte sie sich zum Ziel gesetzt, mich zu erobern. Dabei würde ich ihr in sexueller Hinsicht niemals reichen. Elena stand auf echten Schmerz – einen tieferen, als ich ihn zu geben bereit war. Raoul wäre ihre Kragenweite, denn der war ein Sadist – ich war es nicht und würde es auch niemals sein. Trotzdem hielt sie beharrlich an mir fest und ließ sich nicht davon überzeugen, dass ich nicht zur Verfügung stand. Selbst dann nicht, wenn ich mal wieder mehr als nur grausam zu ihr war und Dinge sagte, die ich besser für mich behalten hätte.

Wieder verirrte sich meine Hand in die Haare. Ich war nichts weiter als ein dummer Steaklieferant. Hatte Noelle mich nicht gleich zu Beginn ihrer Gefangenschaft so genannt? Sie hatte recht! Ich hätte erkennen müssen, wie aufgelöst sie vorhin war, doch statt ihr mit Verständnis zu begegnen, hatte sie mich mit ihrer Weigerung, die Wahrheit zu sagen, so sehr verärgert, dass ich sie am liebsten geschüttelt hätte. Jetzt allerdings, wo der Raum leer und verwaist war, wo ihre Abwesenheit sich bedrückend auf meine Schultern legte, merkte ich, wie dumm ich gewesen war. Wie unbeherrscht. Eigentlich hätte ich es besser wissen müssen, doch Noelle rührte an eine Seite in meinem Inneren, die ich nicht kannte und mit der ich bisher noch keine Erfahrungen sammeln konnte. Hatte Raoul recht? War Noelle mir bereits nach den wenigen Tagen unserer Bekanntschaft so wichtig geworden, dass sie mich bereits veränderte? Und wollte ich das überhaupt? Das waren Fragen, auf die ich keine Antwort fand. Viel wichtiger war für mich allerdings, was Noelle so sehr aufgeregt hatte. Von einer Minute auf die andere hatte ich sie vollkommen verändert angetroffen. Sie war plötzlich ein anderer Mensch, als die Frau, die ich kurz zuvor noch in meinen Armen gehalten und die sich mir vollkommen hingegeben hatte.

Mein Blick huschte über den Tisch und wahrscheinlich wäre mir das winzige Detail nicht einmal aufgefallen, wenn ich nicht danach gesucht hätte. Zwei Platten fehlten und ein frischer Kaffee stand auf dem Tisch. Ich zog meine Stirn in Falten und ein ungutes Gefühl beschlich mich. Maria war während meiner Abwesenheit im Zimmer gewesen. Hatte sie etwas damit zu tun, dass Noelle so blass war, als ich zurückkehrte?

„Maria!“ Mein Ruf bellte durch den Raum und gleich noch einmal: „Maria!“

Ich hörte ihre kurzen, abgehackten Schritte und dann öffnete sich die Tür. Meine Haushälterin erschien mit einem diensteifrigen Lächeln auf dem Gesicht, doch ich hatte sehr wohl mitbekommen, dass ihr Blick erst den Raum gescannt hatte, bevor er mit triumphierendem Ausdruck zu mir geglitten war. Sie hatte definitiv etwas mit Noelles Verhalten zu tun und gewaltiger Ärger machte sich in mir breit.

„Was hast du zu meinem Gast gesagt? Wieso war sie so verstört, als ich zurückkam?“ Ein kurzes Aufflackern ihrer Augen und ich war mir sicher. Ich war auf der richtigen Spur.

„Ich habe nichts gesagt, Señor! Wieso sollte ich auch? Ich habe den Kaffee gebracht und die Platten abgeräumt, ... ganz wie der Señor es befohlen hat.“

„Lüg mich nicht an, Maria! Du dienst meiner Familie lange genug, um zu wissen, was ich von Lügen halte und wie ich mit denjenigen verfahre, die mich zum Narren halten wollen. Das Mädchen war nicht mehr sie selber, nachdem du hier warst. Also! Was hast du zu ihr gesagt?“ Ich konnte die Unsicherheit fast schon riechen und wahrscheinlich war mir mein Ärger anzusehen. Ich konnte mir lebhaft vorstellen, was Maria Noelle gesagt hatte, doch ich musste es aus ihrem eigenen Mund hören. „Ich warte!“

„Ich habe ihr, ... ihr gesagt, dass sie eine widerliche Schlampe ist und dass Sie bereits vergeben sind. Dass Sie zu einer Frau gehören, zu der Sie immer wieder zurückkehren, Señor!“ Maria war während des Sprechens immer leiser geworden und ich stand langsam auf. In meinem ganzen Leben hatte ich noch nicht eine solche Wut verspürt und ich musste mich tatsächlich an der Tischkante festhalten, um nicht ausfallend zu werden. Mein Vater lehrte mich, dass ein Mann von Ehre niemals seine Stimme erhob und zu Untergebenen immer gerecht und freundlich war. Doch gerade wollte ich das am liebsten vergessen. Gerade wäre ich am liebsten ...

„Sei so gut und geh rüber in dein Haus. Auf dem Weg dorthin klopfst du bei Thereza und richtest ihr meine Grüße aus. Sie wird heute Abend in der Küche stehen und uns bedienen. Dich will ich nicht mehr hier im Haus sehen. Solange nicht, bis mein Gast abgereist ist.“

„Aber, ... aber ... Señor“, stammelte die alte Hausdame und dabei sah ich Tränen in ihren Augen schimmern. Das ließ mich alles andere als kalt. Trotzdem konnte ich es nicht dulden, dass Maria Unfrieden stiftete. Auch dann nicht, wenn die Frau sich nichts sehnlicher wünschte, als eine Verbindung zwischen mir und ihrer Tochter. Das war keine Entschuldigung für das, was sie getan hatte. „Meine Tochter kommt und ... Bitte, Señor.“ Sie rang ihre Hände vor der Brust. „Bitte! Es wird nicht wieder vorkommen. Bestimmt nicht.“

„Nein, das wird es nicht! Denn du wirst Noelle nicht mehr zu nahe kommen.“ Ich musste mit mir kämpfen, um hart zu der Frau zu bleiben, die mich gemeinsam mit meinem Onkel großgezogen hatte. „Du weißt sehr genau, dass aus Elena und mir niemals ein Paar wird. Dazu sind wir zu verschieden. Und trotzdem hast du der jungen Frau dieses Märchen erzählt. Es spielt keine Rolle, was ich mir dabei denke oder was ich empfinde – du hast einen Gast meines Hauses gekränkt und ...“

„Einen Gast des Hauses, Señor? Ein Gast oder doch eher eine Gefangene? Sie vergessen, warum das Mädchen hier ist. Ich bin vielleicht eine alte Frau, aber ich habe Augen im Kopf. Sie ist nicht gut für Sie, Señor. Nicht gut für uns alle.“

„Darüber steht dir kein Urteil zu, Maria. Es tut mir leid, aber es bleibt bei meiner Entscheidung. Du wirst auf der Stelle das Haus verlassen und Thereza schicken. Elena kann dich in eurer Wohnung besuchen, solange sie auf der Hazienda ist. Das bleibt ihr selbst überlassen.“ Ich machte eine barsche Handbewegung, die alles aussagte, was mich bewegte. „Und jetzt geh bitte! Für einen Tag hast du genug Unheil angerichtet.“

Ich wartete nicht, bis Maria das Zimmer verlassen hatte, sondern eilte durch eine der zahlreichen Türen hinaus auf den Korridor und dann in Richtung der Schlafzimmer.

Draußen heulte der Sturm mit unverminderter Härte. Es donnerte teilweise so laut, dass der Boden unter meinen Füßen zitterte. Ich erinnerte mich daran, dass Noelle bei dem Unwetter Anzeichen von Furcht gezeigt hatte, doch jetzt war sie lieber alleine in ihrem Zimmer, statt an meiner Seite. Und das alles nur, weil eine alte Frau einen Traum hatte, der nie in Erfüllung gehen würde.

Ein schmaler Streifen Licht sickerte unter der Tür zu Noelles Zimmer in den Korridor. Ich blieb stehen und klopfte an die Tür. Einmal, ... zweimal ... ich bekam keine Antwort. Langsam begann ich mir Sorgen zu machen, denn die princesa neigte zu übereilten Handlungen. Sie würde doch nicht etwa hinaus in den Sturm gerannt sein? Im gleichen Moment presste eine eisige Faust mein Herz zusammen. Ich war kurz davor, die Tür aufzureißen, um nach ihr zu sehen, doch dann hörte ich die leisen Schluchzer, die ebenso in mein Herz schnitten, wie zuvor die kalte Angst. Was war nur los mit mir? Solche Gefühle kannte ich normalerweise nicht.

„Noelle?“ Ich klopfte noch einmal und sofort verstummte das leise Weinen. Es war plötzlich mucksmäuschenstill. „Ich muss mit dir reden!“ Natürlich hätte ich einfach das Zimmer betreten können und vielleicht hätte ich es auch machen sollen, doch ihre Worte, dass sie erst einmal für sich sein musste, hallten in meinem Ohr wider und ließen mich innehalten. Auch etwas, das ich nicht an mir kannte. „Es ist nicht so, wie du denkst.“

„Geh weg, Alejandro! Geh einfach und lass mich in Ruhe!“ Ihre Stimme klang gefasst und trotzdem konnte ich den kleinen Schluchzer hören, der ihre Worte begleitete. Und dann machte ich den größten Fehler meines Lebens: Ich ging ohne das klärende Gespräch, das nötig gewesen wäre …

Kapitel 24

Noelle

Gleich nachdem ich Alejandro entkommen war, hatte ich mich in meine Räume geflüchtet. Es regnete so heftig, dass ich selbst auf der überdachten Veranda nass bis auf die Unterhose wurde. Doch das war mir egal. Ich spürte es nicht einmal.

Zuerst lief ich wie ein Tier im Käfig in meinem Schlafzimmer hin und her, doch irgendwann wollten meine Beine mich einfach nicht mehr tragen. Ich sank auf die Bettkante und ließ mich schließlich auf die weiche Matratze sinken. Sofort rollte ich mich zu einem winzigen Ball zusammen und dabei war es mir gleichgültig, ob ich die Laken ebenfalls durchnässte.

Ab wann war eigentlich alles in meinem Leben so furchtbar durcheinandergeraten? Ab welchem Moment hatte ich aufgehört, selbst über mein Leben zu entscheiden? Und warum rührte Drago sich nicht? Auch wenn ich ihn nicht liebte – nicht so, wie man seinen zukünftigen Mann lieben sollte – sein Verrat schmerzte mehr, als ich es sagen konnte. Alejandro suchte nach Jahren noch nach seiner Schwester, Drago schien mich bereits zu den Akten gelegt zu haben. Je mehr ich darüber nachdachte, desto elender fühlte ich mich. Drago wollte mich unbedingt zur Frau haben und jetzt musste ich mich einfach nach dem Grund fragen. Liebe war dabei wohl nicht im Spiel gewesen. Das wurde mir mit jeder Sekunde deutlicher bewusst. Aber wenn es keine Liebe war, was war es dann?

Mein Vater war ein bekannter Diamantenhändler, stand allerdings kurz vor der Pleite. Die Krankheit meiner Mutter, die Verschwendungssucht meiner älteren Schwester und die Spielsucht meines Dads hatten das Unternehmen an den Rand des Ruins gebracht. Drago wollte die Firma meines Vaters nur dann sanieren, wenn ich mich bereit erklärte, ihn zu heiraten. Ich mochte ihn, ich wollte meiner Familie helfen und so war es ein Leichtes, das Angebot anzunehmen. Alle waren glücklich – nur ich nicht. Aber das spielte in diesem Fall wohl keine allzu große Rolle.

Ich versuchte mich an den Tag zu erinnern, als mein Vater mir Dragos Angebot unterbreitete und mir zeitgleich sehr deutlich darlegte, dass er Mutters teure Therapien nicht mehr zahlen konnte, wenn die Firma den Bach runterging. Um Geld hatte ich mir bis zu diesem Zeitpunkt nie Gedanken machen müssen, doch plötzlich stand ich vor dem Problem, dass von mir der Rest der Familie abhing. Drago war mein Freund, der Spielkamerad meiner Jugend und er sah gut aus. Es würde gehen, dachte ich – bis zu dieser verhängnisvollen Kreuzfahrt. Bis zu dem Moment, in dem Drago sein wahres Gesicht offenbarte.

In den letzten Wochen hatte ich mich immer öfter gefragt, ob ich ihn überhaupt kannte. Was war das für ein Mensch, den ich heiraten wollte und warum hielt er mich so sehr auf Abstand?

Ein Blitz erhellte das Zimmer und der Donner explodierte im gleichen Moment mit einem lauten Knall. Ich schrie erschrocken auf und presste meine Hände auf die Ohren. Schon seit ich ein Kind war, hatte ich entsetzliche Angst vor Gewittern und in diesem Moment schwappte Panik über mich hinweg. Tränen liefen ungehindert über mein Gesicht und in meinem ganzen Leben hatte ich mich noch nicht so alleine gefühlt – so verlassen. Ich war an einem mir fremden Ort, hatte niemanden, dem ich vertrauen konnte und mein Entführer hatte es auch noch darauf abgesehen, mir zu zeigen, wie erbärmlich ich war. Sich bei Alejandro sicher zu fühlen, war eine Illusion – ein furchtbares Fehlurteil meinerseits und ich schämte mich noch immer. Wieso hatte mein Körper mich verraten? Wieso hatte ich ihm nicht widerstehen können? Ich schluchzte auf, als ein weiterer Blitz das Licht flackern ließ.

Dann hörte ich plötzlich seine Stimme. Er wollte rein und es wunderte mich, dass er überhaupt fragte. Normalerweise bat Alejandro nicht, sondern nahm sich, was er wollte. Und wie es aussah, wollte er mich, ungeachtet dessen, dass er anscheinend nicht frei war. Es war unglaublich dumm von mir, zu glauben, dass ein Mann wie er nicht vergeben war.

Ich versuchte meiner Stimme einen festen Klang zu verleihen und schickte Alejandro weg. Er war der letzte Mensch auf Erden, den ich gerade sehen wollte. Nicht nach der Eröffnung der boshaften Alten und erst recht nicht, nachdem ich erfahren musste, was Drago gerade trieb, anstatt nach mir zu suchen.

Alejandro versuchte es ein weiteres Mal, doch dann gab er auf und ich lauschte seinen Schritten bis zu dem Moment, wo ich sie nicht mehr hören konnte. Und damit war ich jetzt vollkommen alleine. Der nächste Donner war so heftig, dass ich spüren konnte, wie der Boden vibrierte. Ich riss das Kopfkissen an mich, presste es auf meine Ohren und vergrub das Gesicht so tief in der Matratze, dass ich die Blitze nicht mehr sehen konnte. Gar nichts mehr wollte ich sehen und mich am liebsten in Luft auflösen. Damit wären dann all meine Probleme auf einen Schlag gelöst.

Irgendwann schlief ich ein, doch Alejandro folgte mir bis in meine Träume – die blauen Augen, die so düster dreinschauen konnten, der heiße Body, der mich immer wieder vergessen ließ, dass er ein Verbrecher war. Durch und durch. Immer wieder schreckte ich hoch, um am Ende wieder in einen wenig erholsamen Halbschlaf zu sinken. Sogar das Donnern des Gewitters konnte ich hören. Dann sah ich plötzlich Drago. Die letzten Tage, die ich mit ihm auf der Yacht verbrachte und auch die Männer, die in Barranquilla an Bord kamen. Finstere Typen, vor denen ich mich fürchtete. An einen erinnerte ich mich ganz genau, obwohl ich ihn nicht einmal gesehen hatte. Es war sein Lachen, das sich in mein Gedächtnis gegraben hatte – kalt, höhnisch und äußerst brutal. Und ich konnte auch nicht vergessen, dass Drago mich an diesem Tag unter Deck schickte. Er nannte mir keinen Grund, aber ließ mich von einem seiner Bodyguards bewachen. Es wäre besser, hatte er gemeint.

Erneut schreckte ich hoch und dieses Mal war ich anscheinend fester eingeschlafen, als ich dachte. Einen kurzen Moment lang hatte ich tatsächlich Schwierigkeiten, mich daran zu erinnern, wo ich mich befand. Für den Bruchteil einer Sekunde spürte ich tatsächlich das leise Dümpeln der Yacht und glaubte, ich wäre in Sicherheit. Doch die fremden Stimmen, das laute Rumpeln draußen auf der Veranda und der Regen, den man bis ins Haus hören konnte, sagten mir – ich war noch immer auf einer

Hazienda mitten im kolumbianischen Dschungel. In der Villa, die Alejandro gehörte – meinem Entführer.

Eine melodische Frauenstimme ertönte direkt unter meinem Zimmerfenster und obschon es draußen bereits dunkel war, konnte ich problemlos die zarte, kurvenreiche Silhouette ausmachen, die gerade über die Veranda stöckelte. Das Klappern ihrer Absätze auf dem Marmor war es wohl, das mich weckte. Ein Mann begleitete sie, doch den konnte ich nicht hören – nur seinen Schatten erahnen. Das musste Alejandros Besuch sein und siedend heiß wurde mir bewusst, wie spät es war. Ein Blick auf die Uhr jagte mir Eiswasser durch die Adern, denn es war fast Zeit für das Abendessen. Alejandro hatte mir sehr deutlich zu verstehen gegeben, dass er es nicht dulden würde, wenn ich ihn blamierte und auffallen wollte ich auf gar keinen Fall. Jetzt noch weniger, als zuvor.

Ich sprang aus dem Bett, verhedderte mich dabei in dem leichten Seidenlaken und wäre fast gestürzt. Im letzten Moment fing ich mich und hastete ins Bad.

Ein Blick in den Spiegel verriet mir, dass ich machen konnte, was ich wollte. Nicht einmal ein Kilo Make-up hätte die Spuren der letzten Stunden tilgen können. Ich war blass, die Wangen wirkten hohl und tiefblaue Schatten lagen unter meinen Augen. Zudem konnte jeder sehen, dass ich geweint hatte. So konnte, so durfte ich meinem Peiniger nicht gegenübertreten. Er sollte nicht wissen, wie es in mir aussah – auf keinen Fall sollte er das.

Ich riss mir das Kleid vom Leib, aber für eine ausgiebige Dusche blieb keine Zeit mehr. Ein paar Spritzer kalten Wassers mussten es tun. Ich hüpfte auf einem Bein in den begehbaren Kleiderschrank und riss das erstbeste

Kleid vom Bügel, das mir in die Finger geriet – cremeweiß, aus hautenger Spitze und mit einem weiten U-Boot Ausschnitt. Doch daran verschwendete ich keinen Gedanken, während ich meine Füße in ein Paar farblich zum Kleid passende Pumps zwängte. Ich konnte Alejandro bereits im Flur hören. Seinen markanten und energischen Schritt hätte ich bereits nach der kurzen Zeit unter tausenden wiedererkannt. Er lief gerade an meiner Tür vorbei – war auf dem Weg zum Esszimmer.

Hastig eilte ich zurück ins Bad und riss die Bürste durch mein verstrubbeltes rotes Haar – es war hoffnungslos. Ich stand so unter Strom, dass meine Lockenmähne wie elektrisiert war. Sie stand buchstäblich zu Berge. Ein Zopf musste her – alles andere machte keinen Sinn. Ich fasste die Haare zu einem festen Pferdeschwanz zusammen, flocht diesen und befestigte das Gebilde mit einem Gummi. Die ersten Haare ringelten sich bereits an meinen Ohren entlang und kitzelten auf meiner nackten Schulter. Und obwohl es gar nicht geplant war, sah ich tatsächlich vorzeigbar aus.

Als ich auf den Gang trat, straffte ich die Schultern, setzte eine undurchdringliche Miene auf und machte mich auf den Weg. Die lauten Stimmen waren nicht zu überhören und ich konnte bereits lange vor Betreten des Raumes erkennen, wie angespannt und ärgerlich Alejandro war. Er sprach schnell, hart und unglaublich kalt – allerdings auf Spanisch. Ich zuckte zurück, denn im gleichen Moment konnte ich genau hören, dass eine Faust auf den Tisch knallte. Mit so viel Kraft, dass das Geschirr klirrte. Ich war hin- und hergerissen zwischen dem Wunsch, auf der Stelle umzudrehen, um in mein Zimmer zu fliehen und dem Drang, Alejandro keinen Vorwand zu liefern, mir zu nahe zu kommen. Ich wusste nur zu gut, dass er mich holen würde, wie er es angedroht hatte. Ich schüttelte den Kopf. Ich musste einfach stark bleiben.

Als ich die Tür öffnete und den Raum betrat, wandten sich drei Köpfe in meine Richtung. Drei Augenpaare, die mich mit Blicken durchbohrten – jedes auf eine vollkommen andere Art und Weise. Am schlimmsten war für mich die exotische Schönheit zu ertragen, die mich mit einem unschuldigen Aufschlag ihrer langen, schwarzen und garantiert künstlichen Wimpern bedachte. Die vollen Lippen kräuselten sich zu einem spöttischen Lächeln, während die dunkelbraunen Iriden Dolche in meine Richtung pfefferten. Und ein jeder war ein Volltreffer. Ich wusste sogleich: Das hier war die Frau, von der die alte Haushälterin gesprochen hatte. Sie war Alejandros Freundin und Geliebte. Die Frau, zu der er immer zurückkehren würde. Und genau das ließ sie mich in diesem Moment spüren.

Kapitel 25

Noelle

Das Abendessen wurde zu einem Spießrutenlauf und der einzig normale Mensch am Tisch schien Alejandros Onkel zu sein. Er wusste, was ich war, wusste, warum ich hier war und trotzdem behandelte er mich mit ausgesuchter Höflichkeit. Tatsächlich versuchte er sogar, mich in die Unterhaltung einzubinden. Doch nachdem ich nur einsilbig antwortete, zum Teil gar nicht, gab er schließlich auf. Danach widmete er sich ganz seiner Mahlzeit und seinem Neffen Alejandro. Ich hörte nur mit halbem Ohr hin, denn ich war viel zu sehr bemüht, mein Essen herunterzuwürgen. Mehr war es nicht. Wieder einmal wollte mir jeder Bissen im Hals steckenbleiben, erst recht, nachdem der Hausherr mir ein paar sehr finstere Blicke zuwarf. Alejandro war wütend und die Wahrscheinlichkeit recht groß, dass ich die Quelle seines Zorns war. Doch das war mir ausnahmsweise einmal vollkommen egal. Sollte er mich doch gehenlassen – dann war er mich los und musste sich nicht mit mir herumärgern.

„Sie ist niedlich, deine kleine Geisel. So süß und unschuldig.“ Im ersten Moment begriff ich gar nicht, dass ich mit den Worten der schwarzhaarigen Schönheit gemeint war, doch dann breitete sich Hitze in meinem Inneren aus. Sie raste durch meine Adern und nistete sich dummerweise in meinem Kopf ein. Aus Erfahrung wusste ich, dass ich jetzt mit der Farbe der gegrillten Tomaten auf meinem Teller mithalten konnte. „Du hast sie wahrscheinlich recht schnell gezähmt, Alejandro. So, wie auch mich." Schnell senkte ich den Kopf. Wenn das Miststück weiter so machte, konnte ich für nichts garantieren. Zuerst hatten mich ihre Blicke durchbohrt und jetzt ihre Worte.

„Lass sie, Elena!", knurrte Alejandro leise, doch die harsche Zurechtweisung war deutlich zu hören. „Sie ist ein Gast des Hauses und verdient deinen Respekt."

„Aber natürlich, Alejandro! Du hast recht!" Oh Gott! Dieses falsche Gesäusel war nicht zum Aushalten. Auch nicht, dass sie mir schon wieder ein spöttisches Lächeln zuwarf.

„Wie gefällt dir denn dein Aufenthalt auf Alejandros Hazienda? Ich liebe es ja, wenn ich hier sein kann. Das Essen ist hervorragend und was die Befriedigung aller körperlichen Bedürfnisse angeht, ist es hier sicherlich auch nicht schlecht." Hatte die schöne Elena das tatsächlich gesagt? Ich glaubte mich, verhört zu haben. Die verräterische Röte stieg erneut aus den Tiefen meines Körpers empor und jetzt glühten meine Wangen. Dabei musste ich auch noch mitansehen, wie sie ihre langen, schlanken Finger auf Alejandros Schenkel legte und langsam nach oben Richtung Schritt fuhr ... Und mein Entführer? Er saß da und beobachtete mich – wartete auf eine Reaktion von mir. Die würde nicht kommen – da konnte er von mir aus warten, bis er schwarz wurde. Sollte er doch mit seiner Lolita rummachen. Das war mir egal. Das musste mir egal sein ...

„Sie scheint nicht so unschuldig zu sein, wie sie sich gibt, Alejandro!" Das schwarzhaarige Gift warf einen lasziven Blick in meine Richtung. „Ich hätte nichts dagegen, wenn sie sich uns anschließen würde. Was meinst du?"

Anschließen? Wobei? Als mir klar wurde, was sie meinte, beherrschte nur noch eins meine Gedanken: Sollte Alejandro das versuchen, würde ich ihn umbringen. Ihn zerlegen ... in all seine Bestandteile.

„Elena! Ich habe es dir schon einmal gesagt: Sie ist mein Gast und ich möchte, dass du dich benimmst." Dann warf er mir allerdings einen so düsteren Blick zu, dass ich sofort wusste – er war noch nicht fertig mit mir. „Noelle!" Oh Gott! Für diese Stimme hätte ich ihn ebenfalls töten können, denn sie war Verführung und verruchte Verlockung in einem. „Falls du allerdings *Lust* verspüren solltest, weißt du ja, wo du mich findest." Ich war, ... ich wusste nicht, was ich in diesem Moment zuerst fühlte – seinen unglaublichen Verrat, den Zorn darüber, ihm ausgeliefert zu sein, oder heiße Scham. Der fiese, stechende Schmerz in meiner Brust wollte einfach nicht mehr verschwinden. Ich spürte, wie sich Feuchtigkeit hinter meinen Lidern bildete, fühlte das beißende Brennen meiner Augen und reagierte, ohne darüber nachzudenken. Ich fasste nach dem Teller mit der heißen Suppe und kippte sie aus – direkt in Alejandros Schoß. Für einen Moment saß mein Entführer wie erstarrt auf seinem Stuhl, doch dann sprang er auf.

„Caramba!", fluchte er laut und wollte nach mir greifen, doch ich schob ruckartig meinen Stuhl nach hinten und brachte mich schleunigst in Sicherheit. Dabei stand ich auf und stolzierte mit hocherhobenem Haupt aus dem Raum. Die Genugtuung, mich rennen zu sehen, würde ich den Menschen am Tisch nicht geben. Ich hörte Alejandro übel zischen. Er stieß weitere Flüche aus und ich machte mich darauf gefasst, dass er mir folgen würde. Ich bildete mir sogar ein, seinen heißen Atem in meinem Nacken zu spüren und in diesem Moment wäre ich am liebsten losgerannt. Meine Tat würde er auf keinen Fall hinnehmen. Dessen war ich mir ziemlich sicher.

Erst als ich den Flur erreichte und mich einigermaßen sicher fühlte, beschleunigte ich meine Schritte. Doch plötzlich stutzte ich, blieb stehen und horchte in die Dunkelheit des Korridors. Ich hörte ein Lachen – ein mir seltsam vertrautes Lachen. Eines, das einen gruseligen Schauder bei mir auslöste. Ich war mir ziemlich sicher, dass ich diesen Laut schon einmal gehört hatte – doch wo?

Angespannt lauschte ich weiter, doch der seltsame Laut wiederholte sich nicht und auch Alejandro schien keine Lust darauf zu verspüren, mich für mein Verhalten zu maßregeln. Trotzdem schlug mir das Herz bis zum Hals, als ich in meinem Zimmer ankam und die Tür hinter mir schloss.

Aufatmend lehnte ich mich gegen das schwarze Holz mit den goldenen Beschlägen. Es blieb ruhig auf der anderen Seite und anscheinend würde ich mit einem blauen Auge davonkommen. Alejandro war mit seinem Besuch beschäftigt und würde es auch hoffentlich bleiben. Wahrscheinlich waren seine Gäste meine Rettung, denn ansonsten wäre er mir garantiert gefolgt.

Sobald sich mein Herzschlag wieder normalisiert hatte, kam mir erneut das Lachen in den Sinn. Und wieder schien es mir, als ob ich es bereits gehört hätte. Aber das konnte nicht sein. Ich kannte Alejandros Onkel doch gar nicht. Er war mir zuvor noch nie begegnet, denn daran würde ich mich erinnern können. Er war groß. Für sein Alter sehr gutaussehend und dabei verbreitete er das Flair eines spanischen Edelmannes. Stolz, aufrecht und ... Eben ein ganzer Mann. Die Verwandtschaft zu Alejandro war unverkennbar – alleine durch die stahlblauen Augen, die so wach und intelligent waren und die alles zu sehen schienen. Wieder drängte sich das Lachen in meinen Kopf. Tief, vibrierend – allerdings mit einem Hauch von Eissplittern.

Ich lief durch den Raum, zog die Vorhänge zurück und starrte nach draußen. In der Zwischenzeit hatte der Regen aufgehört und erste Sterne blitzten zwischen den kaum sichtbaren Wolken auf. Auch der Sturm war nicht mehr so heftig und das Meer kam langsam wieder zur Ruhe. Dafür tobte der Tornado jetzt in meinem Inneren. Es nutzte auch nichts, dass ich meine glühenden Wangen an die kalte Scheibe presste und hoffte, dass das Gefühlschaos nachließ. Meine Gedanken kamen immer wieder zurück zu diesem markanten Lachen und auf einmal kam mir die Erkenntnis. Das Wissen kam so schnell und hart über mich, dass ich keuchte. Das, ... das war unmöglich. Das Lachen, der Ton – er war identisch mit dem unbekannten Mann auf Dragos Yacht. Demjenigen, der mir alleine mit seiner Stimme eine so große Furcht eingejagt hatte.

Nein! Nein und nochmal nein! Wie sollte Alejandros Onkel auch auf Dragos Yacht kommen? Ich drehte durch – das war alles. Ich bildete mir bereits Dinge ein, die es gar nicht gab. Und schuld daran war der Bastard, der mich hier festhielt und meine Gedanken nicht in Ruhe ließ.

Trotzdem hatte ich das ungute Gefühl, mich nicht zu irren. Ich starrte in die Dunkelheit und versuchte mich an den Tag auf der Yacht zu erinnern. Ich wusste noch, dass ich mich zum Sonnen auf das Vorderdeck zurückgezogen hatte. Mit einem Buch in der Hand, das mich nur wenig fesselte. Als die große Limousine am Dock auftauchte, hatte sie sofort meine gesamte Aufmerksamkeit, denn bereits in den Tagen zuvor hatte Drago die seltsamsten

Besucher auf dem Schiff empfangen. Ich war neugierig auf das, was jetzt kommen würde, doch ich wurde enttäuscht. Von meiner Position aus konnte ich nichts erkennen und erst als Dragos Leibwächter mich zu meiner Kabine eskortierte, konnte ich ganz kurz die Männer unter dem Sonnensegel am Heck sitzen sehen. Einer war darunter gewesen mit grauen, kurzen Haaren – genau wie die von Alejandros Onkel. Sollte er es tatsächlich gewesen sein?

Die eisige Faust, die sich um mein Herz geschlossen hatte, drückte immer fester zu. Was, wenn es tatsächlich Dario Torres war, den ich auf Dragos Yacht gesehen hatte? Was, wenn ich mich nicht irrte? Was für ein Spiel wurde hier gespielt und welche Rolle sollte ich dabei eigentlich übernehmen? Bisher wusste ich nur, dass Alejandro Informationen von meinem Verlobten haben wollte. Informationen im Austausch gegen mein Leben und meine Freiheit. Und ich wusste, dass Drago sich nicht sonderlich anstrengte, um diese Forderungen zu erfüllen. Das glaubte ich Alejandro nämlich aufs Wort. Ich konnte nicht einmal sagen, warum.

Aber wenn Dario Torres und Drago sich kannten, Alejandros Onkel wusste, warum ich hier war ... Das ergab überhaupt keinen Sinn für mich und genau das machte mir Angst. Ich versuchte die Tatsachen hin und her zu drehen, doch ich kam nicht weiter. Nicht solange ich nicht sicher sein konnte, dass ich mir nicht irgendeinen Mist einbildete. Ob es wohl Sinn machte, mit Alejandro zu reden? Wusste er vielleicht etwas über den Besuch seines Onkels auf Dragos Yacht?

Je länger ich grübelte, desto unsicherer wurde ich. Mein Blick glitt zur Tür und wieder zurück nach draußen. In der Zwischenzeit musste das Essen vorbei sein und falls ich mit Alejandro reden wollte, war jetzt wohl die beste Gelegenheit – aber da war noch die brüllend heiße Suppe. Und die war in seinem Schoß gelandet. Ich konnte schlecht behaupten, es wäre ein Versehen gewesen, denn das war es nicht und das wusste mein Entführer garantiert auch.

Wieder hörte ich im Geist das kehlige, grausame Lachen und jetzt hielt mich nichts mehr. Ich riss die Tür zur Terrasse auf, streifte die verräterischen Pumps von den Füßen und huschte barfuß über die regennassen Steine. Es war nicht weit bis zum Zimmer des Hausherren und ... ich wurde rot, nur wenn ich daran dachte, was ich vor wenigen Stunden dort noch getan hatte. Den Plug hatte ich mir selbst entfernt, nachdem ich am Nachmittag geflohen war. Er lag als unschöne Erinnerung im Bad und am liebsten hätte ich ihn in tausend Teile zerbrochen.

Nein! Daran sollte ich jetzt auf gar keinen Fall denken. Viel wichtiger war es, Klarheit zu erlangen und dieses Mal musste Alejandro mir die Wahrheit sagen, denn wenn er es nicht tat, würde ich durchdrehen.

Helles Licht flutete aus seinem Raum auf die Terrasse. Ich hatte also recht. Das Essen war vorbei und er in seinem Zimmer. Anscheinend hatte er die Vorhänge noch nicht zugezogen, denn ich konnte die leichten Moskitonetze jetzt bereits erkennen. Sie wehten im Wind eines geöffneten Fensters.

Nichts hatte mich jedoch auf den Anblick vorbereitet, der sich mir bot. Nichts auf den grässlichen Schmerz einstimmen können, der mich erfasste, als ich durch die hell erleuchteten Fenster schaute. Alejandro stand direkt vor dem schwarzen Sofa und schaute nach unten. Direkt vor ihm kniete Elena und nestelte an seiner Hose rum. Sein Gesicht lag im Schatten, sodass ich es nicht erkennen konnte, doch seine ganze Haltung, sein nackter Oberkörper – das alles sagte mehr, als ich eigentlich sehen wollte. Ich schlug mir die Hand vor den Mund, erstickte so den trockenen Schluchzer und tat das einzig Richtige. Ich drehte mich um und lief langsam zurück zu meinem Zimmer …

Kapitel 26

Alejandro

Dafür würde die kleine chica über meinen Knien landen und singen. In den allerhöchsten Tönen. Meine Handflächen juckten und mein Schwanz brannte wie die Hölle. So sehr, dass ich mich gezwungen sah, das Abendessen den beiden Personen zu überlassen, die es anscheinend genießen konnten.

In meinem Zimmer angekommen, zerrte ich die verschmutzte Hose von den Beinen und stellte mich unter die Dusche. Eiskaltes Wasser linderte das Brennen, bis es schließlich nach und nach verschwand. Ein Glück für meine niedliche Gefangene, denn ansonsten hätte ich ihr garantiert noch in dieser Nacht gezeigt, wozu ich in der Lage war.

Sie hatte nicht besonders gut ausgesehen, als sie zum Essen erschien, aber nach ihrer Weigerung, mir die Wahrheit zu sagen, nach ihrem trotzigen Verhalten, das ganz und gar nicht angebracht war, würde ich dieses Mal auf keinen Fall weichwerden. Sie musste allein auf den Gedanken kommen, dass sie vollkommen idiotisch gehandelt hatte. Ein einziges Wort, eine Frage wäre ausreichend gewesen und sie hätte gewusst, dass an Marias Behauptungen nichts dran war. Nicht, dass es sie etwas anging, denn was ich tat, war meine Sache. So dachte ich zumindest, doch anscheinend waren ihre moralischen Skrupel größer, als ich angenommen hatte. Sie machte ein Drama, wo keines war und ich war keinesfalls amüsiert. Schon gar nicht über die heiße Suppe.

Allerdings musste ich fair bleiben, wobei mir das überhaupt nicht passte. Ich hatte sie gereizt. Hatte die eisige Fassade durchbrechen wollen, die sie den ganzen Abend über zeigte. Nun, das war mir gelungen. Es war heiß geworden – gefährlich heiß sogar.

Ich trocknete mich ab, schlüpfte in die bereitliegende Jeans und verließ das Bad. Dabei strich ich mir die nassen Haare aus dem Gesicht und erstarrte beinahe im gleichen Moment.

Auf dem Sofa, dort, wo ich Noelle vorgestern die erste Lektion erteilt hatte, räkelte sich Elena lasziv und sah mich mit einem Ausdruck in den Augen an, der dem eines hungrigen Pumaweibchens ähnelte. Ich seufzte lautlos in mich hinein, denn das hier war etwas, das ich heute nun wirklich nicht noch mit ihr durchkauen wollte. Sie kannte meine Einstellung bereits, gab allerdings nicht auf und so langsam nervte es.

„Was machst du hier?“, bellte ich sie aus diesem Grund wenig freundlich an.

„Auf dich warten. So, wie eigentlich immer.“ Das musste man ihr lassen. Elena wurde nicht laut. Das wurde sie nie, aber fordernd war sie und sie kapierte nicht, wann es besser war, mir aus der Sonne zu gehen. Genau jetzt war nämlich so ein Moment.

„Das ist unnötig und das weißt du auch. Das hier sind meine Räume und ich gehe mal nicht davon aus, dass du dich verirrt hast. Ich hätte jetzt gerne meine Ruhe.“

„Ach, Alejandro! Das hast du schon so oft gesagt und am Ende bist du doch schwach geworden. Wenn du mich beherrscht, mir deinen Willen aufgezwungen hast und ich deinen prallen Schwanz tief in meiner Kehle hatte. Willst du etwa leugnen, dass dich der Gedanke an unsere gemeinsamen Nächte erregt?“ Sie lachte auf und es klang so unecht wie immer.

„Ja, ... ich stehe hier und leugne es, Elena! Unsere gemeinsame Zeit, die war einmal. Sie ist vorbei und das bereits seit langem. Es wird Zeit, dass du das endlich kapierst, bevor ich deutlicher werden muss“, knurrte ich leise. „Glaub mir, das würde dir nicht gefallen!“ Ich trat näher an Elena heran, blieb vor ihr stehen und schaute drohend auf sie herab.

„Du scheinst dir ja sehr sicher zu sein, Alejandro? Kann es sein, dass das kleine, graue Mäuschen mehr für dich ist, als es sein sollte? Kann sie dir auch den besten Blowjob deines Lebens verpassen?“ Mit einem hingebungsvollen Lächeln, das nicht so recht zu ihren Worten passen wollte, ließ Elena sich von der Couch gleiten und kniete gleich darauf zu meinen Füßen. So demütig ihr Augenaufschlag auch sein mochte, ich wusste, er war nur gespielt. Elena stand auf die richtig harten Jungs, auf Dinge, die ein Raoul ihr geben konnte – sie nahm mich ebenso wenig ernst, wie ich sie. Das hatten wir beide sehr schnell in Erfahrung gebracht. Trotzdem hatte sie sich in den Kopf gesetzt, mich zu erobern. Dem würde ich jetzt allerdings ein Ende bereiten.

Sie nestelte bereits am Knopf meiner Hose herum, versuchte den Reißverschluss der Jeans zu öffnen, als mir der Kragen platzte. Ich griff in ihr volles Haar und zog ihren Kopf nach hinten – so weit, dass sie mich ansehen musste. Mir stand gerade nach allem der Sinn, nur nicht danach, mir von ihr einen blasen zu lassen. Das war einmal ...

„Was hast du eigentlich nicht verstanden, Elena? Muss ich wirklich so deutlich werden, dass es dich verletzt?“

Ich klang nicht nur kühl, sondern eiskalt und dieses Mal fiel es mir auch nicht sonderlich schwer, Marias Tochter in die Schranken zu weisen. Bisher hatte ich sie lächelnd gewähren lassen, weil ich mir ziemlich sicher war, dass sie irgendwann aufgeben würde. Doch das schien nicht der Fall zu sein. „Wir haben miteinander gespielt. Wir haben dabei festgestellt, dass ich dir nicht reiche. Dass es Raoul ist, den du brauchst – zusätzlich zu meiner gut gefüllten Kreditkarte. Um es dir klar und deutlich zu sagen: Du gibst mir genauso wenig, wie ich dir und ich werde jetzt auch nicht mehr bitten, Elena. Von jetzt ab hältst du dich von mir fern, oder ich werde ungemütlich. Denk darüber nach, denn ich bin durchaus in der Lage, dir den Besuch auf dieser Hazienda zu verweigern." Noch immer hielt ich ihre schwarze Mähne gepackt und in diesem Moment erkannte ich zum ersten Mal so etwas wie Furcht in den dunkelbraunen Iriden. „Haben wir uns jetzt verstanden, oder muss ich noch deutlicher werden?"

Im gleichen Moment glaubte ich, ein leises Geräusch zu hören. Es schien von der Veranda zu kommen, doch mittlerweile frischte der Wind wieder auf und der seltsame Ton entstand wahrscheinlich durch den aufziehenden Sturm. Ich blendete alles aus und konzentrierte mich stattdessen ganz auf Elena. Diese leckte sich nervös über die Lippen, während ich sie nicht eine Sekunde lang aus den Augen ließ. Ich konnte ihr Zittern spüren und schließlich den Moment, in dem sie nachgab. Ihre Schultern sackten nach vorne und sie schloss die Lider.

„Ich, ... ich ... Alejandro, bitte! Wir waren doch ..."

„Falsch!", gab ich kalt zurück. „Es hat nie ein *wir* gegeben. Das hast du nur nicht verstanden. Wir hatten Sex, Elena – nicht mehr, aber auch nicht weniger. Du bedeutest mir nichts und ich dir noch sehr viel weniger." Einen kurzen Moment starrte sie mich entsetzt an und ich ließ ihren Kopf los. Es war genug.

Umständlich und mit blitzenden Augen stand Elena auf und betrachtete mich mit einem Blick, den ich zum ersten Mal nicht deuten konnte. Irgendwo tief in ihrem Inneren schien sie Angst zu empfinden, die ich mir irgendwie nicht so recht erklären konnte. Aber da lauerte auch noch etwas anderes in ihren Iriden. Etwas, das ebenso unergründlich wie gefährlich auf mich wirkte und in diesem Moment nahm ich mir vor, sie genau im Auge zu behalten.

„Aber die Kleine, die gibt dir, was du brauchst?" Ihr Ton gefiel mir ganz und gar nicht. Er schwankte zwischen Resignation und einem sehr kalten Zorn. „Falls du glaubst, ich würde dich ihr überlassen, dann irrst du gewaltig, Alejandro. Ich habe immer nur dich geliebt und niemals einen anderen. Warum willst du das nicht verstehen?"

„Weil es eine Lüge ist, Elena. Ich mag selber vielleicht nicht in der Lage sein, tiefgehende Gefühle für einen anderen Menschen zuzulassen, aber ich kann sehr wohl erkennen, wenn man mir etwas vorspielt und das hier ist gerade ganz großes Theater – aber das muss ich dir wohl nicht sagen." Elena trat einen Schritt an die Seite und lief an mir vorbei in Richtung Tür. Dann blieb sie stehen und sah mich an.

„Du wirst schon noch dahinterkommen, dass ich es ernst meine, Alejandro. Und ich sage dir jetzt noch etwas: Du wirst dein neues Spielzeug bald satthaben und dann kommst du zu mir zurück – so war es doch schon immer und so wird es auch immer sein. Mach dir nichts vor. Du kannst vielleicht nicht mit mir, aber ohne mich noch viel weniger." Und mit diesen Worten stolzierte sie aus dem

Zimmer und warf die Tür so heftig hinter sich zu, dass es weit hallend durch das ganze Gebäude zu hören war.

Ich ließ mich auf das Sofa sinken, fuhr mir mit den Fingern durch die Haare und versuchte runterzukommen. Genau das hatte ich kommen sehen, als mein Onkel seinen Besuch ankündigte – auch, dass Elena Noelle provozieren würde. Sie duldete keine Rivalin in ihrem Revier und die sah sie in jeder Frau. Allerdings war dieses Gespräch bereits lange überfällig gewesen. Ich hätte Marias Tochter schon viel früher von der Tatsache in Kenntnis setzen müssen, dass nie mehr zwischen uns sein würde, als eine schnelle Nummer.

Meine Gedanken flogen zu Noelle und der echten Hingabe, die sie mir geschenkt hatte. Zu Noelle, die unverfälscht und pur ihre Lust in meinen Armen ausgelebt hatte. Ich fragte mich, ob meine kleine Geisel überhaupt in der Lage war, sich zu verstellen. Ihre Gefühle sah man ihr an – ganz leicht. Sie konnte sie nicht verstecken, oder hinter einer Mauer wegsperren – man konnte zu jeder Zeit erkennen, was sie dachte. Nur manchmal etwas zu spät, wie im Fall der heißen Suppe. Jetzt musste ich über die Nummer fast lachen, denn eines musste man Noelle lassen: Sie hatte Mut. Vielleicht war sie aber auch einfach nur leichtsinnig. Sie war ...

Plötzlich schrillte mein Smartphone und ich zuckte regelrecht zusammen. Ich war gerade meilenweit entfernt gewesen und der durchdringende Ton zwang mich zurück in die Realität. Es war der Klingelton, den ich Raoul zugeordnet hatte und so wusste ich, bevor ich das Handy zur Hand nahm, dass es irgendwo brannte. Nur dann würde mein Freund sich um die Uhrzeit noch bei mir melden.

„Was ist los?“ Mit Höflichkeiten hielt ich mich nicht lange auf – er allerdings auch nicht.

„Halt die Schnauze und hör gut zu!“, blaffte er mich an. „Ein Trupp Söldner ist auf dem Weg zur Hazienda und die haben nichts Gutes im Sinn. Trommel deine Männer zusammen und bereite dich vor. Ich bin bereits auf dem Weg zu euch.“ Erst jetzt hörte ich das Knattern der Helikopterrotoren.

„Was hat das zu bedeuten? Woher weißt du ...“

„Keine Zeit für Erklärungen! Tu, was ich dir sage. In weniger als einer Stunde werden sie euch erreicht haben und glaub mir: Sie sind bestens bewaffnet und in der Überzahl.“ Er legte einfach auf und ich starrte den Bruchteil einer Sekunde das schwarze Display an. Dann allerdings flogen meine Finger nur so darüber und ich löste den integrierten Alarm aus. In jedem Raum, in den Häusern meiner Mitarbeiter – überall auf der Hazienda schrillten im gleichen Augenblick die Handys in einem ganz bestimmten Ton und ich wusste, dass es keine zehn Minuten dauern würde, bis die Männer fertig waren und am Haus ankamen. Selbst die Wachen, die rund um mein Grundstück postiert waren, wurden so von dem drohenden Überfall in Kenntnis gesetzt.

Ich sprang auf, warf mir ein schwarzes Hemd über, riss aus einer Schublade meine Automatik hervor und raste zur Tür – zur Verbindungstür, die mich zu Noelle brachte. Sie war die einzige, die den Alarm nicht hören konnte. Selbst wenn, sie hätte nichts damit anfangen können.

Ich schoss in ihr Schlafzimmer, hämmerte die Faust auf den Lichtschalter und erstarrte im gleichen Moment. Das Bett war verwaist, der Raum leer und von Noelle keine Spur zu entdecken ...

Kapitel 27

Noelle

Nachdem ich Alejandro und Elena durch das Fenster beobachtet hatte, nachdem der fürchterliche Schmerz meine Brust in zwei Teile reißen wollte, war ich in mein Zimmer geschlichen und hatte mich im Dunkeln aufs Bett gesetzt. Meine Hände waren eiskalt und meine Finger zitterten so sehr, dass ich sie verzweifelt ineinanderschlang, um sie kontrollieren zu können. Die Haushälterin hatte also recht gehabt und ich dumme Gans war ahnungslos gewesen. Wie naiv war ich eigentlich? Es konnte ja gar nicht sein, dass Alejandro keine feste Partnerin hatte – ein Mann wie er ...

Ich sprang auf, lief rüber ins Ankleidezimmer und riss mir das Kleid vom Körper. Es gab so vieles, das ich verarbeiten musste – so vieles, über das ich nachdenken wollte. Ich schlüpfte in eine Jeans und in Turnschuhe, zog mir hastig einen warmen Kapuzensweater über den Kopf und raste hinaus in die Nacht. An Schlaf war nicht zu denken, dazu waren meine Gefühle zu verstörend.

Die Dunkelheit machte mir nicht viel und schon bald konnte ich genug sehen, um sicher bis zum Strand zu gelangen. Der Wind wehte wieder heftiger und in der Zwischenzeit waren neue Wolken am Himmel aufgezogen. Ich konnte weder den Mond, noch die Sterne erkennen und trotzdem lief ich immer weiter – fort von der Villa und den Häusern der Angestellten. In die Richtung, in der der Weg lag, auf dem ich versucht hatte, zu entkommen. Dieser Tag schien bereits unendlich weit weg zu sein – keinesfalls, als wäre es erst vorgestern passiert. Ich konnte immer noch nicht glauben, dass ich so dumm gewesen war – so begierig darauf, Alejandro zwischen meine Beine zu lassen. So blöde stellten sich sonst nur die idiotischen Heldinnen in kitschigen Büchern an, aber doch nicht ich.

Ich blieb stehen und starrte zurück zum hell erleuchteten Haus und wieder hatte ich das Gefühl, als müsse mein Herz zerreißen. Der Schmerz war so real, dass ich mir an die Brust griff und meine Faust auf das dumme Organ presste, das mich gerade nicht in Ruhe lassen wollte.

Eigentlich hatte ich Alejandro etwas über seinen Onkel sagen wollen, doch das schien plötzlich nicht mehr wichtig zu sein. Es war ebenso unwichtig wie alles andere. Wenn doch nur die betäubende Pein nicht gewesen wäre. Immer wieder fragte ich mich, an welcher Stelle ich begonnen hatte, mehr in Alejandro zu sehen, als den Mann, der mich entführte. Und der mir in gewisser Weise mehr die Unschuld raubte, als der Mann, der mich entjungferte.

Verdammt noch mal! Ich hätte doch wissen müssen, dass ich nur ein williges Spielzeug für ihn war. Die zarten Gesten, die sanften Worte – sie alle waren eine einzige Lüge gewesen, um mich leichter herumzukriegen. Und ich hatte willig mitgespielt. Wie Alejandro es voraussagte: Er musste mich nicht vergewaltigen. Gegen meinen Willen war nichts geschehen und dafür schämte ich mich am meisten.

Die Hazienda verschwamm vor meinen Augen und das helle Licht wurde zu einem undeutlichen Flecken in der Finsternis. Dunkle Schatten huschten über die Veranda – nicht einer, sondern viele. Wahrscheinlich suchten sie nach mir, doch das war mir gleichgültig. Ich drehte mich einfach um und lief weiter. Dabei hingen Bleigewichte an meinen Füßen, die mich zu Boden zwingen wollten. Jeder Schritt fiel mir unglaublich schwer und je weiter ich mich vom Haus entfernte, desto zäher wurde der Sand. Irgendwann gab ich einfach auf und sank zu Boden.

Der Wind blies in der Zwischenzeit wieder heftig, sodass sich ganze Haarsträhnen aus dem Zopf gelöst hatten und mir ins Gesicht peitschten. Es würde einen weiteren Sturm geben, doch seltsamerweise berührte mich auch das nicht. Ich schaute nur auf das dunkle Wasser und auf die Wellen, die langsam immer höher und gewaltiger wurden.

Alejandros Onkel! Ich wusste noch immer nicht, was ich davon halten sollte, aber in der Zwischenzeit war ich überzeugt davon, dass die Ähnlichkeit des Lachens nur in meinem Kopf existierte. Ebenso wie die warmen Blicke, die mein Entführer mir immer wieder schenkte. Wahrscheinlich schnappte ich einfach nur über und litt unter Paranoia.

Ich schüttelte den Kopf – nein, diese Stimme hatte ich mir nicht eingebildet, ebenso wenig wie den lauten Knall, der gerade ertönte – und dann hörte ich direkt noch einen. Ich blinzelte die Tränen weg und schaute mich um. Die plötzliche Stille um mich herum war fast noch gruseliger, als die beiden Schüsse. Doch kaum wollte ich aufatmen, da erschütterte eine Detonation die Nacht. Direkt beim Wohnhaus schoss eine Stichflamme empor und im gleichen Moment ertönte ein lauter Schrei – meiner.

Jemand griff Alejandro an und ich … konnte es sein, dass Drago endlich gekommen war, um mich zu holen? Dass sein Stillhalten nur dem Zweck diente, meinen Entführer in Sicherheit zu wiegen? Doch warum griff er mit schwerer Munition das Haus an? Er musste doch davon ausgehen, dass ich mich dort befand.

Ich sprang auf die Füße. Die Schatten, die ich vorhin auf der Veranda zu erkennen geglaubt hatte, waren nur undeutliche Schemen vor der Helligkeit eines mittlerweile hochauflodernden Feuers. Ich wusste nicht, was ich machen sollte. Ich hatte keine Ahnung, ob ich fliehen oder …

Eine leise Stimme sagte mir, dass es nicht gut für mich enden würde, falls ich mich jetzt der Hazienda näherte. Weitere Schüsse fielen und ich hörte die Schreie bis zu meinem Standort – trotz der rauschenden Brandung und dem aufziehenden Sturm. Auch ein anderer Laut mischte sich unter das Inferno: Das Geräusch eines sich nähernden Hubschraubers. Als ich nach oben in den dicht bewölkten Himmel schaute, sah ich bereits die Positionslichter aufleuchten. Mein Herz begann zu rasen, denn wenn ich weiter hier stehenblieb, geriet ich unweigerlich in die Scheinwerferkegel des sich rasch nähernden Helikopters.

Ich machte auf dem Absatz kehrt und raste über den Strand auf den nahen Urwald zu. Dort würde ich mich verstecken können. In der Nacht war es aussichtslos, dort nach mir zu suchen. Der dichte Wald, die tiefen Schatten würden mich verschwinden lassen. Ich musste es nur schaffen, den Rand des Dickichts zu erreichen, bevor die Scheinwerfer mich erfassten.

Im Zickzack hechtete ich über den Sand, stürzte und rappelte mich wieder auf. Und die ganze Zeit dröhnten die Schüsse in meinen Ohren und übertönten dabei selbst das Heulen des einsetzenden Sturms.

Ich erreichte die ersten Bäume, als der Regen in Sturzbächen vom Himmel fiel. Ein Blitz erhellte für den Bruchteil einer Sekunde das undurchdringliche Gewirr aus Blättern und lautes Donnergrollen sagte mir, dass das Gewitter bereits sehr nah war. Kurz bevor mich die Scheinwerfer erfassen konnten, tauchte ich in die finsteren Schatten des Waldes ein und war in Sicherheit.

Der Regen war hier im Wald weniger heftig zu spüren, dafür bogen sich die Bäume im Sturmwind und Äste fielen polternd zu Boden. Wenn ich getroffen wurde, brauchte ich mir keine Sorgen mehr zu machen. Direkt neben mir ging ein schwerer Ast zu Boden und ich machte einen Satz an die Seite. Ich konnte einfach nicht tiefer in den Wald eindringen, denn dort tobte ebenso die Hölle, wie draußen am Strand. Immer dann, wenn ich es wagte, in Richtung Wasser zu schauen, konnte ich erkennen, dass das Meer kochte. Die Wellen prallten mit einer solchen Wucht an den Strand, dass die Gischt meterhoch spritzte. Nicht mehr lange und die Wogen würden tatsächlich den Waldrand erreichen und mich tiefer ins Unterholz zwingen, wo ich die Hand vor Augen nicht mehr sehen könnte.

Im Schutz der Bäume hastete ich zurück in Richtung Hazienda und dabei konnte ich den Kampflärm immer deutlicher hören. Es war erschreckend. Schnellfeuergewehre wummerten ohne Unterbrechung und hier und da waren deutlich Explosionen zu vernehmen. Was war das für eine Welt, in die ich hineingeworfen wurde? Und wer griff Alejandro an?

Der Wind wehte immer heftiger und zwang mich tiefer in den Wald hinein. Mittlerweile war ich durchnässt und die Zähne schlugen mir klappernd aufeinander. Näher ans Haus wagte ich mich einfach nicht und tiefer in den Dschungel ebenso wenig. Wieder krachte gleich neben mir ein Ast zu Boden – so dick wie mein Oberschenkel und doppelt so groß wie ich. Im Schein des nächsten Blitzes erkannte ich die zuckende und sich windende Schlange, die es eilig hatte, den Ast zu verlassen. Wieder konnte ich einen leisen Schrei nicht verhindern. Der Donner grollte gefährlich und sagte mir, dass der Sturm jetzt direkt über mir war.

Im gleichen Moment krachte die erste Woge zwischen die Bäume. Meerwasser spritzte blubbernd in die Höhe und riss mich von den Füßen. Hart schlug ich auf dem Boden auf und versuchte irgendwo Halt zu finden, bevor mich die Welle mit sich reißen konnte. Gleich neben mir krachte ein riesiger Baum zu Boden und einige Äste streiften meine Seite. Ich spürte, wie das Holz meine Kleidung zerfetzte, dann einen scharfen Schmerz an der rechten Hüfte, doch im gleichen Moment bekam ich mehrere Äste zu fassen und klammerte mich daran fest. Eine weitere Welle spülte über den schmalen Strandabschnitt und krachte mitten zwischen die Bäume – dieses Mal allerdings nicht mehr ganz so heftig. Irgendetwas traf meinen Oberschenkel und wieder war es ein grässlicher Schmerz, der durch meinen Körper zuckte. Jetzt schrie ich gellend auf. Die Pein war so schrecklich, dass mir für Sekunden schwarz vor Augen wurde. Es rauschte in meinen Ohren und ich war kurz davor, das Bewusstsein zu verlieren. Ich wusste, sollte ich ohnmächtig werden, würde ich sterben.

Der Orkan schwoll an, die Bäume knarrten und schwankten bedrohlich, während immer wieder Blitze die Nacht zum Tag werden ließen. Auf allen Vieren kroch ich tiefer in den Busch hinein. Sollte noch eine Welle den Waldrand und somit auch mich treffen, war ich geliefert. Ich versuchte hochzukommen, doch immer wieder knickte das verletzte Bein unter mir ein. Ein ums andere Mal schlug ich auf dem nassen Waldboden auf und verletzte mir dabei die Hände, die Arme und Knie. Mein ganzer Körper schien in Flammen zu stehen – alles brannte und schmerzte höllisch und ich wusste: Lange würde ich nicht durchhalten.

Zentimeter für Zentimeter kroch ich tiefer in das undurchdringliche Dickicht hinein. Ganz kurz glaubte ich in weiter Ferne Stimmen zu hören, doch das Donnern und das Rauschen des Sturms in den Baumwipfeln übertönte alles andere. Selbst die Schüsse konnte ich in der Zwischenzeit nicht mehr hören. Ob der Kampf schon beendet war? Lebte Alejandro noch?

Endlich kam ich auf die Füße, musste mich jedoch an einem Baum festhalten. Die raue Rinde schmerzte an meinen wunden Fingern und ich spürte, wie warmes Blut über meine Haut rann. Ich musste zurück zum Haus. Hier im Wald würde ich umkommen. Falls der Sturm noch stärker wurde, würde ich unter irgendeinem umgestürzten Stamm enden oder von einem Ast erschlagen werden. Torkelnd bahnte ich mir einen Weg durch das Gestrüpp, während rund um mich herum das Unwetter tobte.

Plötzlich ertönte ein lauter Knall – so ohrenbetäubend und schrecklich, dass ich glaubte, mitten in eine Explosion hineingeraten zu sein. Der Boden vibrierte, meine Haut kribbelte und ich konnte das Ozon förmlich schmecken. Grellweiß und blendend war das Licht, das den Baum spaltete. Meine Ohren klingelten, meine Haut brannte und dann fiel ich …

Ich rollte einen Abhang hinunter – immer schneller und schneller. Altes Laub und Äste federten meinen Sturz ab. Trotzdem war der Aufprall hart und trieb mir die Luft aus der Lunge. Schwarze Schlieren tanzten vor meinen Augen und die Welt um mich herum wurde immer kleiner – immer dunkler. Ein letztes Mal hob ich meinen Kopf, konnte aber rein gar nichts mehr erkennen und dann wurde es finster. Die Erde schien sich aufzutun, um mich zu verschlingen und dabei fiel ich weiter …

Kapitel 28

Alejandro

Der Angriff war schnell erfolgt und ebenso schnell und effektiv von uns abgewehrt worden. Obwohl wir in der Minderzahl waren und unsere Waffen nicht unbedingt dem neuesten Standard entsprachen, schlugen wir die Feinde in die Flucht. Allerdings waren Raoul und der Helikopter die Retter in der Not. Immer wieder schlug er eine Bresche in die Angreifer und eliminierte die Feinde, wenn er freies Schussfeld hatte und keinen unserer Männer gefährdete. Doch das alles interessierte mich nicht.

Statt zu kämpfen, statt meinen Besitz zu verteidigen, wäre ich am liebsten losgerannt, um nach Noelle zu suchen. Und während ich einen weiteren Schatten eliminierte, einen, der dem Haus zu nahe gekommen war, stellte ich mir vor, wie sie draußen im Dunkeln umherirrte. Der Sturm des Nachmittags war zurückgekommen und wütete jetzt mit einer Heftigkeit, die ich hier selten erlebt hatte. Es blitzte und donnerte ohne Unterbrechung und der Wind zerrte an mir, als wollte er mir die Kleidung vom Leib reißen.

Ich konnte hier nicht weg und verfluchte diesen Umstand. Anscheinend hatte ich mich vorhin doch nicht getäuscht. Das leise Geräusch, als ich Elena an den

Haaren gepackt hielt – ich schüttelte mich. Was, wenn Noelle vor meinem Zimmer gewesen war? Wenn sie gesehen hatte, was sich dort abspielte und die vollkommen falschen Schlüsse gezogen hatte?

Während ich weitere Schüsse abfeuerte und die Nacht nur aus lauten Detonationen und Schüssen bestand, war mein Kopf nur bei dieser Frau. Ich konnte sie bereits so gut einschätzen, dass ich wusste: Falls sie etwas gesehen hatte, das nicht für ihre Augen bestimmt war, würde sie die Einsamkeit suchen. Sie würde zum Strand laufen, um nachzudenken – genau so hatte ich sie am Vormittag aufgefunden. Caramba! Es musste so sein, denn im Haus war sie nicht.

Wieder hob ich die Waffe und schoss in schneller Folge das Magazin leer. Ich hörte mehrere Schreie, sah einen Körper fallen und hechtete in Deckung, während ich ein Ersatzmagazin aus der Hosentasche riss. Dann wurden die Schüsse jedoch seltener, kein neuer Angreifer machte Anstalten, aufs Haus zuzurennen und schließlich erstarben die Kampfhandlungen völlig. Die einsetzende Ruhe wurde nur vom Prasseln des Regens, von lautem Donnern und der kochenden Brandung gestört. Wir hatten die Feinde in die Flucht geschlagen – und sie hatten Verluste erlitten – große Verluste. Doch statt nachzuschauen, zu welchem Clan die Angreifer gehörten, statt nach meinen Männern zu schauen, wollte ich nur eins: Noelle finden. Ich hatte es zu verantworten, wenn ihr etwas zugestoßen war und Hölle – das wollte ich mir nicht vorstellen müssen. Nicht einmal in meinen schlimmsten Alpträumen.

Zwischendurch sah es kurz so aus, als wollte der Helikopter abschmieren, denn der Wind war in der Zwischenzeit so heftig geworden, dass Raoul in Schwierigkeiten geriet. Doch dann landete er den Hubschrauber auf dem Rasen vor dem Haus und kaum hatten die Kufen den Boden berührt, hechtete er bereits aus der Maschine und rannte mir entgegen. Ich hatte bereits die halbe Strecke zum Strand zurückgelegt, denn dort hoffte ich Noelle zu finden. Sie musste einfach dort sein.

Raoul erwischte mich am Arm, als ich an ihm vorbeirennen wollte und ich wurde abrupt gestoppt. Durch den Lärm der Rotoren, das Donnern der Brandung, konnte ich ihn kaum verstehen, ahnte aber auch ohne Worte, dass er wissen wollte, warum ich mich vom Haus entfernte. Ich riss ihn einfach mit mir und brüllte ihm dabei zu, dass Noelle verschwunden war. Es brauchte tatsächlich einen Moment, bis er verstand und ich musste mich immer und immer wiederholen. Der Lärm war einfach ohrenbetäubend und ich hatte das Gefühl, dass der Sturm jetzt alles gab. Haushohe Brecher flogen auf den schmalen Sandstrand zu, es donnerte fast ohne Unterbrechung, doch irgendwann kapierte Raoul anscheinend, was los war und raste neben mir her. Dabei riss er sein Smartphone aus der Tasche und schrie irgendwelche Befehle in das Teil, die ich jedoch nicht verstand. Wir waren dem kochenden Meer zu nahe und ich bezweifelte, dass irgendwer seine Anweisungen verstehen würde. Und ich bezweifelte, dass wir Noelle bei Nacht finden konnten und das war für mich ein unerträglicher Gedanke. Ich hatte sie hierhergebracht, sie der Gefahr ausgesetzt, weil ich Rache wollte. Noelle war allerdings keineswegs die reiche Mafiaschlampe, die ich erwartet hatte, sondern … Mein Herz klopfte so heftig, als wollte es mir den Brustkorb sprengen und verdient hätte ich wohl einen noch viel größeren

Schmerz. Zum ersten Mal seit langer Zeit betete ich. Ich betete, dass ihr nichts geschehen war.

Instinktiv hatte ich mich in Richtung des Strandabschnitts begeben, an dem der Weg zu unserem geheimen Landeplatz lag. Auf diesem Pfad hatte Noelle schon einmal versucht zu entkommen und da er nicht an den Häusern der Angestellten vorbeiführte, war die Wahrscheinlichkeit sehr groß, dass sie diese Richtung eingeschlagen hatte. Nur, ... wie sollten wir sie finden? Es war stockdunkel. Sturm und Regen behinderten zusätzlich die Sicht und die Wellen rollten mit einer solchen Wucht an den Strand, dass Raoul und ich gezwungen waren, näher an den Waldrand auszuweichen. Es blitzte und gleich darauf ertönte ein ohrenbetäubender Knall. Der Boden vibrierte und im zuckenden Licht hatte ich ganz kurz eine Lücke in den Bäumen ausmachen können. Raoul hatte sie anscheinend auch gesehen, denn er blieb stehen und griff nach meinem Arm. Dann deutete er auf die Lücke in den Bäumen und zerrte mich hinter sich her. Im ersten Moment weigerte sich mein Verstand ihn zu verstehen, denn falls Noelle in den Wald eingedrungen war, standen die Chancen sehr gut, dass wir sie niemals fanden. Bei Tag würde es schon schwierig werden, doch in der Nacht, bei diesem Sturm und ohne Lampen war es unmöglich, einen Menschen dort zu finden. Trotzdem sagte eine innere Stimme mir plötzlich, dass sie den Schutz des Dschungels gesucht hatte. Sie musste den Angriff mitbekommen haben. Falls sie sofort losgelaufen war, als sie mich beobachtete, konnte sie nicht weit gekommen sein. Sie würde versucht haben, sich zu verstecken und das wahrscheinlich direkt am Rand des Waldes. Noelle wäre auf keinen Fall so dumm, tief in den Urwald einzudringen – das hatte sie einmal in ihrer ersten Panik getan – ein zweites Mal würde sie es nicht wagen.

Ich stemmte mich gegen den Wind an und folgte Raoul zu der Lücke in den Bäumen, doch dann setzte mein Herz einen Schlag aus. Umgeknickte Palmen, abgebrochene Äste und ein wildes Chaos erwarteten uns und wir mussten einige entwurzelte Bäume übersteigen, um in den Dschungel eindringen zu können. Ich überwand gerade mehrere Äste, als ich ... Etwas Weiches verirrte sich unter meine Hand – etwas, das ganz und gar nicht hierher passte. Automatisch griffen meine Finger zu und ich hielt ein Stück Stoff in der Hand. Shirtstoff! Ein Blitz ließ mir das Blut in den Adern gefrieren, denn für den Bruchteil einer Sekunde hatte ich die Blutspritzer auf dem weißen Fetzen erkennen können.

„NOELLE!“ Ich brüllte ihren Namen, wohl wissend, dass sie mich nicht hören würde. Dass der Sturm meine Rufe schluckte und sie mit sich fortnahm. „NOELLE!“ Im Schein des nächsten Wetterleuchtens sah ich Raoul winken. Er war ein gutes Stück weiter rechts von mir und schien etwas entdeckt zu haben. Ich kämpfte mich durch das Gewirr aus Ästen und nassen Blättern und erreichte ihn keine zehn Sekunden später. Er stand am Rande einer Senke und starrte in das tiefe, gähnende Loch, das keinen Boden zu haben schien. Ein weiterer Blitz zerriss den Himmel, doch jetzt war das Donnern bereits sehr viel leiser. Der Wind ließ ebenfalls ein bisschen nach und der Sturm zog anscheinend langsam ab. Doch das nahm ich nur am Rande wahr. Im Schein des aufflackernden Lichtes hatte ich am Boden der Senke etwas Weißes erkennen können. Meine Hand ballte sich um den blutigen Stofffetzen und ehe Raoul mich davon abhalten konnte, schlitterte ich über die Kante und rutschte auf dem Hosenboden den steilen Hang hinunter. Ich hörte ihn laut fluchen, doch es war zu spät und ich schon auf halbem Weg nach unten. Lehm und Blätter ließen mich schneller abrutschen, als ich es gedacht hatte. Hinter mir hörte ich das laute Knacken von Holz und wusste, dass Raoul ebenfalls auf dem Weg war.

Ich kannte diese Bodenvertiefung und wusste, dass wir nicht den gleichen Weg zurück nehmen mussten. Am hinteren Ende der Senke befand sich ein schmaler Trampelpfad, der bei den Häusern der Angestellten endete. Ich kippte kurz seitwärts weg, doch dann kam ich schließlich unten an. Dabei hastete ich bereits vorwärts. Vor wenigen Sekunden hatte ich Noelles rote Lockenmähne erkannt. Sie war es tatsächlich, aber sie bewegte sich nicht mehr. Wie tot und mit dem Gesicht nach unten lag sie am Fuß des Abhangs. Noch nie in meinem Leben war ich so schnell gewesen und hatte eine so erbärmliche Furcht verspürt.

„Mi princesa, ... mi corazón ...“, flüsterte ich die Kosenamen, während ich sie vorsichtig umdrehte und in das bleiche Gesicht mit den geschlossenen Augen starrte. Sie schien kaum noch zu atmen und ich wischte verzweifelt Laub und Schmutz von ihrer Haut. Sie fühlte sich kalt an – so furchtbar kalt, dass ich erschrak, doch noch hob und senkte sich ihr Brustkorb. Sie lebte – so gerade eben. Ich wusste nicht, ob etwas gebrochen war, konnte nicht einmal im Entferntesten abschätzen, wie schlimm sie verletzt war, aber eines wusste ich mit Bestimmtheit: Ich konnte sie hier auf keinen Fall liegenlassen. Sie musste ins Warme. Sie musste versorgt werden und ich konnte keinesfalls warten, bis wir eine Trage vor Ort hatten. Ich drückte Noelle vorsichtig an mich, lauschte einen Moment dem flatternden

Herzschlag und traf meine Entscheidung, bevor Raoul mich überhaupt erreichen konnte. Ich stand langsam auf und hob Noelle an – so vorsichtig es mir eben möglich war. Ihr Kopf sackte nach hinten und ich glaubte ein leises Wimmern zu vernehmen.

„Halt durch, princesa, ... halt um Gottes Willen durch", flüsterte ich leise, als Raoul mich erreichte.

„Was ist mit ihr?", keuchte er außer Puste.

„Ich weiß nicht ..." Ich wollte im Moment nicht weiter denken, als daran, dass Noelle noch lebte. „Sie ist bewusstlos und blutet. Wie stark ihre Verletzungen sind – ich weiß es einfach nicht." Vorsichtig setzte ich mich in Bewegung, versuchte alles, um ruckartige Bewegungen zu vermeiden und noch immer spulte sich in meinem Kopf nur der eine Satz ab: Sie musste leben, ... sie musste einfach ...

„Wir müssen sie ins Krankenhaus bringen!" Das hätte Raoul nicht erwähnen müssen. Mir war klar, dass ich sie so auf keinen Fall auf der Hazienda behalten konnte. Sie brauchte dringend ärztliche Fürsorge und ...

„Wir bringen sie nach Bogota – in mein Penthouse. Ich kann sie nicht einfach in irgendeinem Krankenhaus abliefern." Raoul machte mir den Weg frei, räumte Hindernisse an die Seite, sodass ich fast ungehindert mit meiner kostbaren Fracht laufen konnte. Trotzdem dauerte das alles viel zu lang. Ich konnte unter meinen Fingern das warme Blut spüren, das den dünnen Pulli tränkte.

Konnte oder wollte ich sie nicht gehen lassen? Ich wusste tief in meinem Inneren, dass es besser für Noelle wäre, wenn ich sie in einer Klinik unterbrachte. Sie würde gesund werden und nach Hause zurückkehren. Sie würde ein normales Leben führen und hoffentlich von diesem Arschloch Drago lassen – aber ich konnte sie einfach nicht gehenlassen. Es war genau dieser Moment, in dem ich um sie bangen musste, der mir sagte, dass Raoul recht hatte. Noelle hatte sich in mein Herz geschlichen. Wann es geschah, oder wie, dass spielte keine Rolle – es war geschehen und mit diesem Wissen konnte ich erst recht nicht von ihr lassen. Jetzt würde sie mir für immer gehören, falls sie diese Nacht überlebte ...

Kapitel 29

Noelle

Ich bekam nicht wirklich mit, wie die Tage an mir vorbeizogen. Minuten wurden zu Stunden, diese zu Tagen, während ich in einem endlos langen Fiebertraum gefangen war. Erschreckende Bilder waren es, die ich zu sehen bekam und ich konnte mich sogar daran erinnern, dass ich sehr oft schrie, tobte und um mich schlug. Dann wurde es meist warm und ich konnte selbst während der allerschlimmsten Alpträume spüren, dass ich nicht alleine war. Dass starke Arme mich hielten und nicht losließen.

Immer wieder glitt ich in das dunkle Reich und konnte mich nicht daraus befreien, doch ab und an konnte ich eine Stimme hören, die beruhigend auf mich einsprach, die versuchte, mich zurück an die Oberfläche zu locken. Sie war sanft, liebevoll und gehörte zu den starken Armen, die mich umfingen.

Am schlimmsten waren allerdings die Alpträume. Das grausame Lachen, das mich selbst im Schlaf nicht in Ruhe lassen wollte und es war dieser kalte und abstoßende Laut, der mich immer wieder in die Vergangenheit katapultierte.

Drago holte mich ab – so wie jeden Samstag. Ich hatte ihm einen Tag zuvor gesagt, dass ich ihn heiraten würde und ich wusste: Heute würden wir zum Juwelier gehen, um die Verlobungsringe auszusuchen. Ich wusste auch, dass ich mit einem dicken, protzigen Klunker das Geschäft verlassen würde – mit einem Ring, der mir auf keinen Fall gefiel. Aber Drago liebte es, mit seinem Reichtum anzugeben und so hatte ich mich bereits im Vorfeld in das Unvermeidliche gefügt. Allerdings zähneknirschend. Und natürlich landeten wir auch beim exklusivsten Juwelier von Miami.

Über eine Stunde lang hatte Drago sich sämtliche Ringe angesehen, die der Laden zu bieten hatte, aber er war noch immer nicht zufrieden und verlangte nach mehr. Das hier würde noch Stunden dauern, wenn er so weitermachte.

Irgendwann schob er mir einen klobigen Diamantring auf den Finger. Ich wollte gar nicht wissen, was das Teil kostete und überlegte im Geiste, wie viele Rechnungen mein Dad von diesem Geld bezahlen könnte. Ich wollte bereits protestieren, als ein leises, melodisches Klingeln ankündigte, dass weitere Kunden das Geschäft betraten. Ich warf einen Blick auf die Neuankömmlinge und gab einen überraschten Laut von mir. Es war Dragos Onkel, der gerade auf uns zusteuerte. Ich kannte ihn von Bildern – die meisten stammten aus der Zeitung, doch einige hatte ich auch in Dragos Villa bewundern können. Nikolai Sokorov war ein interessanter Mann Mitte vierzig. Die schwarzen, dichten Haare zeigten lediglich an den Schläfen einen grauen Schimmer und er wirkte auf mich wie ein schwarzer Panther, vor dem man auf der Hut sein musste. Die Aura, die diesen Mann umgab, war so einschüchternd, dass ich mich am liebsten hinter Drago geschoben hätte, um mich zu verstecken. Ich wusste allerdings, dass mir das nicht sehr viel nutzen würde.

Erst auf den zweiten Blick fiel mir die Frau ins Auge, die Dragos Onkel begleitete – seine Frau. Auch sie hatte ich bereits auf Fotografien gesehen, doch die wurden ihr keinesfalls gerecht. Noch nie hatte ich eine solche Schönheit gesehen – eine Frau, die von innen heraus regelrecht zu strahlen schien. Ich konnte meine Augen nicht von ihr abwenden. Ihre anmutigen Bewegungen, die strahlend blauen Iriden, die mir so wach und lebhaft entgegenblickten, fesselten mich regelrecht. Ihr Haar glänzte wie schwarzer Samt und wenn sie sich bewegte, leuchteten vereinzelt rötliche Reflexe auf …

Ich warf mich unruhig von einer Seite auf die andere. Mir war so heiß, so schrecklich heiß …

Dann wurde es auf einmal kalt und wieder waren es die starken Hände, die mich hielten. Die nicht zuließen, dass ich endgültig in die Dunkelheit sank. Die Schmerzen, das Brennen – es war unerträglich und am liebsten wäre ich gegangen, doch die Stimme ließ das nicht zu.

Bleib bei mir, flüsterte sie und ich blieb.

Ich stand auf der Veranda und schaute in das hell erleuchtete Zimmer. Da war ein Bild an der Wand – dass eines jungen Mädchens. Ihr Lachen war so wunderschön, es wärmte mich von innen. Ihre Augen schienen mich anzusehen – mit einem so fröhlichen Strahlen darin, dass ich nicht anders konnte – ich lächelte ebenfalls.

Dann wurde das Bild finster und ein Männergesicht schob sich vor das Foto. Augen, die ebenso blau und Haare, die dicht und schwarz waren – sie waren es, die mir den Blick auf das Bild verwehrten. Der Mann blickte streng und unnachgiebig auf mich herab, aber da war auch so etwas wie Zuneigung in seinem Blick, die ich nicht verstand. Er und die Frau auf dem Bild schienen eins zu sein. Sie gehörten zueinander.

Seine Faust krachte gegen den Kaminsims. Etwas fiel klirrend zu Boden und ich erschrak zutiefst. Furchtbare Trauer, ohnmächtiger Zorn, das war alles, was ich sehen konnte. Das Mädchen hatte ihm etwas bedeutet – sehr viel sogar und ich ahnte, dass sie nicht mehr da war.

Und dann hörte ich es: Das schreckliche Lachen. Das Geräusch, das mich bis in den Schlaf hinein verfolgte. Es schien den Mann und die Frau zu trennen. Sie regelrecht auseinanderzureißen. Ihre Bilder zerfaserten, wurden immer durchscheinender, bis sie sich schließlich im dunklen Nebel verloren. Sie waren ebenso wenig real gewesen, wie das Lachen …

Dann war da plötzlich wieder diese Stimme, die mich die ganze Zeit über am Licht gehalten hatte. Dieses Mal klang sie allerdings nicht sanft, … nicht liebevoll. Zornig war der Mann, zu dem die Stimme gehörte. Zornig und aufgeregt. Und eine weitere, eine fremde Stimme mischte sich darunter. War es ein Traum oder die Realität? Ich konnte es nicht mehr auseinanderhalten.

„Du hättest sie niemals entführen dürfen, Alejandro. Sie ist unschuldig. Das weißt du ebenso gut wie ich. Es war ein Fehler, sie der Gefahr auszusetzen und falls sie stirbt …“

„Ich lasse nicht zu, dass sie stirbt. Sie darf nicht … Ich kann sie nicht gehenlassen. Sie …“ Ich konnte hören, wie die Stimme brach. Wie rau und aufgewühlt sie klang. Sprachen die beiden über mich? Ging es mir so schlecht, dass sie meinten, ich würde sterben? Ich wollte ihnen zurufen, dass ich sie hörte, dass ich noch da war, doch ich brachte keinen Ton über meine Lippen.

„Sie bedeutet dir sehr viel, mi amigo! Habe ich recht?“ Der zweite Mann, ... ich kannte auch ihn. Aber woher? Seine Stimme war mir vertraut und doch ängstigte sie mich auf eine Weise, die ich nicht verstand.

„Si! Aber ...“

„Dann musst du sie gehenlassen. Wenn sie dir wirklich wichtig ist, ... wenn du Gefühle für sie hast, dann schick sie fort, Alejandro! Du weißt, wie gefährlich unser Leben ist. Du weißt, gegen wen wir ankämpfen. Falls irgendjemand dahinterkommt, dass du dein Herz einer Frau geschenkt hast, wird sie nicht mehr sicher sein. Nirgendwo auf dieser Welt. Und das weißt du ebenso gut wie ich!“ Die Worte – sie ergaben keinen Sinn für mich. Gefährlich? Und wer war die Frau, von der die beiden Männer sprachen?

Das Bild einer schwarzhaarigen Schönheit mit kaffeebraunen Augen mogelte sich in meinen Kopf. Und wie diese vor dem großen Mann auf dem Boden kniete und sich an seiner Hose zu schaffen machte. Nichts hatte mich auf den Schmerz vorbereitet, den ich bei diesem Anblick empfand. Nichts auf die Pein, die hinter meinen Rippen aufflammte. Am liebsten hätte ich den Traum beendet, doch das konnte ich nicht. Noch einmal musste ich erleben, wie mir die Tränen über das Gesicht rannen und wie ich im Dunkeln am Strand entlanglief – um zu vergessen.

„Ich kann sie nicht gehenlassen, Raoul! Wenn ich sie zu ihrem Verlobten schicke, ist sie ebenfalls nicht sicher. Dieses Arschloch gehört der Russenmafia an – das weißt du. Glaubst du ernsthaft, sie wäre an seiner Seite sicher? Und vielleicht solltest du dich mal fragen, warum dieser Scheißkerl noch immer nicht auf meine Forderungen reagiert hat! Warum unter den Toten auf der Hazienda mehrere Russen zu finden waren? Ich weiß nicht, was da läuft, aber du kannst sicher sein, dass ich es herausfinden werde.“

„Mach dir nichts vor, Alejandro! Du lässt Noelle nicht gehen, weil du sie liebst. Ich weiß, dass du glaubst, nicht mehr lieben zu können. Du wolltest niemals wieder einen Menschen in dein Herz lassen, aus Angst, er könnte dir ebenso genommen werden, wie deine Familie – wie Luciana." Ich hörte Schritte und die kamen mir langsam näher. Dann konnte ich eine federleichte Berührung an der Wange spüren. „Sie hat Ehrlichkeit verdient und wenn das zwischen euch jemals funktionieren soll, musst du sie entscheiden lassen, ob sie das Risiko eingehen will, an deiner Seite zu bleiben. Du kannst sie nicht im Ungewissen lassen."

„Noch nicht, Raoul! Es ist noch zu früh." Wieder die leichte Berührung – dieses Mal an meiner Schläfe. „Ich muss erst ..."

„Du wirst sie verlieren, wenn du sie weiterhin behandelst, als wäre sie nichts weiter als eine Geisel. Das sage ich dir als Freund und als Dom. Ich habe sie nur kurz gesehen, aber sie ist ein grundehrlicher Mensch, der nichts verbirgt. Ihre Augen sprechen eine so deutliche Sprache, dass ich sie mühelos lesen konnte und eigentlich hatte ich erwartet, dass du es auch kannst. Ich sehe, dass Gefühle dein Urteilsvermögen getrübt haben. Du solltest dir aber langsam darüber klarwerden, was du willst und wie du das hier weiter gestaltest."

Wieder einmal verwischten die Stimmen und ich sank zurück in die Dunkelheit, in der mich nichts erreichen konnte. Keine Träume, keine Stimmen und keine Schmerzen. Es war so angenehm dort, dass ich am liebsten gar nicht mehr aufgewacht wäre. Doch ich wusste, dass mich dort in der Finsternis das Lachen erwartete. Der Mann, der ...

Mit einem Schrei auf den Lippen riss ich die Augen auf und noch bevor der letzte Ton verklungen war, versuchte ich, mich aufzusetzen. Etwas hielt mich fest und der Schmerz, der mir sogleich durch den Brustkorb raste, zwang mich zurück auf die weiche Matratze. Mir war schwindelig. Kalter Schweiß sammelte sich auf meiner Stirn und das Licht stach unangenehm in meinen empfindlichen Augen. Nässe rann aus meinen Augenwinkeln, so sehr schmerzte jeder Zentimeter meines Körpers. Mein Kopf war vollkommen leer – ich konnte mich im ersten Moment an nichts mehr erinnern. Leise keuchend wand mich unter den Händen, die mich sanft anhoben und mir ein Glas an die Lippen hielten.

„Trink, princesa! Das wird dir guttun. Deine Schmerzen lassen dann nach ..." Alejandro? Ich war bei Alejandro, ... und dann setzten plötzlich die Erinnerungen ein. An ihn und Elena, an meine Verzweiflung und an den Angriff auf die Hazienda. Noch einmal sah ich mich über den Strand hetzen. Noch einmal erlebte ich den Schrecken des Sturms und wie ich mich durch das dichte Unterholz kämpfte.

Ich schluckte das kalte Wasser, bis zu dem Moment, wo mir klar wurde, in wessen Armen ich lag.

„Fass mich nie wieder an, Alejandro Torres! Ich werde dich töten, falls du mir noch einmal zu nahe kommst – das schwöre ich, bei allem, was mir heilig ist." Ich hatte keine Kraft, fühlte mich schwach wie ein Neugeborenes und trotzdem schaffte ich es, ihm das Glas aus der Hand zu schlagen. Es flog in hohem Bogen aus dem Bett und zerschellte auf dem Boden ... Es zerbrach, ebenso wie mein Herz ...

Kapitel 30

Alejandro

Fast eine Woche schwebte Noelle zwischen Leben und Tod. Sie hatte viel Blut verloren und hohes Fieber bekommen. Die Ärzte waren in meinem Penthouse ein- und ausgegangen. Ich selber hatte kaum geschlafen und war nicht von ihrer Seite gewichen. Drei Tage und Nächte sah es verdammt schlecht aus – so schlecht, dass ich oftmals glaubte, sie würde mir entgleiten und die Angst, die bei diesem Gedanken durch meine Eingeweide raste, war kaum zu ertragen. Falls ich sie auch noch verlor, dann …

Ich wachte über sie, hielt sie in meinen Armen und als sie von Träumen geplagt, wild um sich schlug, legte ich mich neben sie und hielt sie fest, bis die Krämpfe nachließen. Oftmals hatte Raoul mich ablösen wollen, doch ich konnte Noelle nicht alleine lassen. Ich ahnte, dass sie dann gehen würde, dass sie einfach dort blieb, wo sie keine Schmerzen mehr plagten.

In langen Nächten saß ich einfach nur an ihrem Bett, hielt ihre heiße Hand und erzählte ihr, was mir so durch den Kopf ging und mit jeder elend langen Stunde, die verging, spürte ich, wie wichtig sie mir war, … wie sehr sie mein Herz bereits in ihren Händen hielt.

Nach über einer Woche des Hoffens und des Bangens schlug sie die Lider auf und es dauerte keine Minute, da wurden ihre Augen beinahe schwarz vor Zorn. In ihren Iriden loderte ein so dunkles Feuer, dass es selbst mich erschrak. Ihre Worte waren so voller Elend und Wut, dass ich im ersten Moment tatsächlich zurückzuckte. Ich konnte spüren, dass es ihr absolut nicht gutging – ihren Worten merkte man das allerdings nicht an.

„Fass mich nie wieder an, Alejandro Torres! Ich werde dich töten, falls du mir noch einmal zu nahe kommst – das schwöre ich, bei allem was mir heilig ist.“ Statt sie jedoch loszulassen, wie sie es verlangte, ignorierte ich ihre Gegenwehr und zog sie fest an meine Brust. Das konnte Noelle vergessen. Falls sie glaubte, ich würde sie jetzt loslassen, hatte sie sich gründlich getäuscht.

„Vergiss es, mi querida!“ Was sie auch quälte, wir würden das Problem lösen. Davon war ich tatsächlich überzeugt. „Du gehörst genau hierhin – in meine Arme. Und falls du es vergessen hast: Ich werde dich nicht gehenlassen. Du gehörst mir, so lange, wie es mir gefällt.“ Normalerweise sprang sie auf den dominanten Tonfall an. Normalerweise hätte sie nicht gleich nach dem Aufwachen eine solche Kraft entwickeln sollen, doch anscheinend war es purer Zorn, der sie antrieb. Ich hatte mit vielem gerechnet, damit allerdings nicht. Nicht so schnell und nicht so heftig.

Sie schaute mich an und ihre Augen, die immer so viel Mut und Kampfgeist gezeigt hatten, wirkten in diesem Moment wie zwei leblose tote Glasmurmeln – so tiefgrün, dass sie bodenlos schienen. Dabei war sie blass, ihre Glieder zitterten und ich fragte mich, woher sie die Kraft nahm, mich so vehement von sich zu stoßen. Plötzlich erinnerte ich mich wieder an den

Zusammenstoß mit Elena – in meinem Schlafzimmer. Und an das leise Geräusch, das ich hörte, als sie sich an meiner Hose zu schaffen machte. War es bisher nur eine Vermutung gewesen, dass Noelle uns beobachtet hatte, wurde dies gerade zur Gewissheit. Sie hatte uns gesehen und vollkommen falsche Schlüsse gezogen. Mit dem, was Maria noch kurz zuvor zu ihr sagte, konnte sie gar nichts anderes glauben. Ein Lächeln stahl sich auf meine Lippen. Die princesa war eifersüchtig. Sehr sogar, und der Gedanke gefiel mir.

„Lass mich gehen, Alejandro!“ Jetzt klang ihre Stimme schon nicht mehr so kräftig – eher müde und schwach. „Du hast mich entführt, doch mein Verlobter hat dein Spielchen nicht mitgemacht. Du hast mich festgehalten und mir gezeigt, wie schwach ich bin. Zum guten Schluss hast du mich gefickt und dir bewiesen, was du doch für ein toller Hengst bist ... Und all das hat mich fast mein Leben gekostet. Ist es das, was du willst? Mich tot sehen?“

Caramba! Das konnte sie nicht wirklich glauben? Wie kam sie nur darauf, dass ich ...

Bestimmend, aber vorsichtig fasste ich in ihren Nacken und zog sie langsam höher. So nah zu mir, dass sie meinen Herzschlag hören musste – so nah, dass unsere Lippen sich fast berührten. Ich war kein geduldiger Mensch, ja, ich war nicht einmal ein netter Mensch, aber was Noelle mir gerade vorwarf – daran war kein Wort wahr. Ich hatte sie nicht gefickt, sondern verführt, weil sie mir vom ersten Moment an unter die Haut gegangen war. Es hatte nur bis hierher gebraucht, um mir das selber einzugestehen.

„Es ist nicht so, wie du denkst, princesa. Ganz sicher nicht. Da war nichts mit ...“

„Ach, nein?“, stieß sie keuchend hervor und wurde gleich darauf von einem furchtbaren Hustenanfall geschüttelt.

Nachwirkungen des Fiebers. Der Doc hatte mich bereits darauf aufmerksam gemacht, dass das passieren könnte. Ich hätte ihr liebend gerne etwas zu Trinken gegeben, doch das Glas lag in hundert Scherben am Boden. „Ich habe euch gesehen, Alejandro. Ich war dort", stieß sie traurig hervor und begann sich gegen meinen Griff zu wehren. Sie war erstaunlich kräftig, wenn man die Tatsache bedachte, dass sie eine Woche lang nur geschlafen hatte. Ich beschloss, das Drama zu vertagen, denn im Moment schien mit Noelle nicht zu reden zu sein. Sie musste erst einmal zu Kräften kommen und dafür würde ich sorgen. Immerhin trug ich die Verantwortung für sie – und die würde ich auch wahrnehmen. Notfalls auch gegen ihren Willen.

Ohne ein weiteres Wort zu sagen, ließ ich Noelle los und bettete sie vorsichtig auf dem weichen Kissen. Dann stand ich auf und schaute streng auf sie herab. Das verfehlte komplett die Wirkung. Mühsam stemmte sie sich in die Höhe und jetzt erkannte ich etwas von dem alten Feuer in ihren Augen.

„Verpiss dich, Alejandro. Du bist ein widerliches Arschloch und solltest du noch einmal auf die Idee kommen, mich ficken zu wollen, wirst du mich vergewaltigen müssen. Ich werde dir nicht mehr geben, was du willst. Einmal war ich so dumm und naiv – ein zweites Mal wird mir das nicht mehr passieren." Jedes ihrer Worte fuhr mir wie ein Blitz durch den Körper und ich spürte, wie sich Ärger in mir breitmachte. Ich konnte es nicht verhindern, obwohl ich es nicht wollte.

„Oh, chica! Willst du, dass ich dir gleich beweise, wie schnell ich dein Ergeben erzwingen könnte? Wie schnell deine heiseren Schreie das Penthouse füllen würden?" Ich beugte mich zu ihr herab, stemmte meine Arme rechts und links von ihr auf dem Kopfkissen ab und schaute ihr tief in die Augen. Sie war gefangen. Allerdings musste ich feststellen, dass sie zum ersten Mal keine Anstalten machte, meinem Blick ausweichen zu wollen. Sie starrte mich an und erwiderte trotzig meinen Blick.

„Du meinst wahrscheinlich meine Hilfeschreie! Glaub ja nicht, dass …“

„Ich glaube es nicht, princesa … ich weiß es!“ Meine Hand strich drohend über ihre Kehle und ich musste mich zwingen, daran zu denken, dass sie gerade erst aufgewacht war. Im Moment ließ sie mich allzu leicht vergessen, dass sie noch krank und schwach war.

„Ich werde jetzt etwas zu Essen für dich besorgen, danach wirst du ein Bad nehmen und dann können wir reden. Ich hoffe, dass du bis dahin zur Besinnung gekommen bist, denn ansonsten werde ich nachhelfen. Es liegt an dir, ob du das willst und du kannst mir eins glauben: Ich bin noch immer der gleiche skrupellose Bastard, den du in mir zu sehen glaubst. Es hat sich nichts geändert.“ Ich musste hier raus, bevor ich noch etwas sagte, was ich am Ende bereute. Insgeheim wusste ich, dass Noelle allen Grund hatte, mich zu hassen – ich wusste, dass sie im Recht war und trotzdem konnte ich nicht nachgeben. Sie machte mich so wütend – so unglaublich wütend. Sie hätte doch merken müssen, dass das zwischen uns etwas Besonderes war. Dass ich nicht nur Sex von ihr wollte …

Ich stürmte wie ein Stier aus dem Zimmer und rannte auch prompt in Raoul hinein.

„Sag mal? Was geht denn hier ab? Man hört Noelle durch die gesamte Etage, … und dich auch, mi amigo!“ Er grinste breit und mir juckte es in den Fäusten. Gesichtsneugestaltung schrien meine Finger – auf der Stelle. „Mir war gar nicht klar, dass dein Gast sich so schnell erholen würde. Das grenzt schon fast ein bisschen an eine Wunderheilung.“ Jetzt lachte dieser cabron und meine Finger ballten sich so fest, dass ich die Knöchel knacken hörte.

„Wenn du weißt, was gut für dich ist, geh mir aus dem Weg. Ich habe es eilig und kann dich gerade mal so gar nicht gebrauchen.“ Eigentlich schon! Allerdings nur, um meinen Frust an ihm auszutoben. Eine Runde im Fitnessraum wäre nicht das Verkehrteste – oder kalt duschen. Das wäre auch noch eine Option. In meiner derzeitigen Verfassung konnte ich keinesfalls zu Noelle zurück – das war unmöglich. Und sie musste dringend etwas essen. Seit ich sie nach Bogota brachte, hatte sie nur Infusionen bekommen und in den Tagen vorher auch nur spärlich Nahrung zu sich genommen. Sie war stark, aber nicht unbesiegbar.

Ich wollte mich an Raoul vorbeischieben, doch der stellte sich mir provokativ in den Weg.

„Wenn ich es nicht besser wüsste, würde ich behaupten, dass es dich ganz schön erwischt hat. Hast du über meine Worte nachgedacht? Wirst du Noelle gehen lassen?“ Dazu hatte ich ihm meine Meinung bereits ziemlich deutlich mitgeteilt. Ich drückte ihn an die Seite – und zwar mit Gewalt.

„Meine Antwort kennst du und an meiner Einstellung hat sich bisher auch nichts geändert. Noelle bleibt an meiner Seite. Ich lasse sie nicht gehen.“ Eigentlich hatte ich damit gerechnet, dass Raoul sauer reagieren würde, mir zumindest Vorhaltungen machte, doch nichts dergleichen geschah. Stattdessen lachte der miese Penner mich aus.

„Na, ... dann möchte ich gerade nicht in deiner Haut stecken. Das vorhin hörte sich für mich nicht so an, als wäre dein *Gast* begeistert bei der Aussicht, weiterhin mit dir unter einem Dach zu leben.“ Das Grinsen sollte diesem Arsch gleich aus dem Gesicht fallen. Wieder ballte ich die Fäuste.

„Ich weiß schon, wie ich mit Noelle umgehen muss. Du wirst sehen: In zwei Tagen frisst sie mir aus der Hand." Falls möglich, lachte Raoul gleich noch lauter.

„Ah, … mi amigo! Ich würde es dir gönnen, aber dabei hast du Elena vergessen."

„Elena?" Was bitte hatte Elena mit der Sache zu tun?

„Dir ist schon aufgegangen, wo du dich gerade befindest? Dein Penthouse liegt noch immer im Gebäude von Torres-Enterprises und wo hat dein Onkel noch mal seine Büros?" Raoul sagte nichts weiter, schob die Hände in die Hosentaschen und ging pfeifend den Korridor entlang, während ich wie festgefroren in der Küchentür stehenblieb – anscheinend hatte ich viele Dinge in den letzten Tagen nicht bedacht. Auch nicht die Tatsache, dass Elena in diesem Gebäude ein- und ausging. Doch eigentlich kümmerte mich das wenig. Morgen würde ich dem Programmierer mitteilen, dass er das Schloss zu meiner Etage neu aufsetzte – dann konnte die Chefsekretärin meines Onkels nicht mehr ungefragt das Penthouse betreten. Jetzt musste ich mich allerdings erst um Noelle kümmern und darum, dass sie wieder auf die Beine kam.

Kapitel 31

Noelle

Zwei Tage bekam ich Alejandro nicht mehr zu Gesicht. Nachdem ich aufwachte, brachte er mir noch etwas zu Essen und wachte darüber, dass ich auch wirklich etwas zu mir nahm. Dieses Mal tat ich ihm den Gefallen. Zum einen, weil ich keine Konfrontation riskieren konnte, zum anderen aber auch, weil ich möglichst schnell auf die Beine kommen wollte. Ich hatte sehr schnell begriffen, dass wir nicht mehr an der Küste waren, nicht mehr der undurchdringliche Urwald mich aufhalten würde. Ein einziger Blick aus dem Fenster und ich erkannte, dass wir in uns in irgendeiner Großstadt aufhielten. Folglich musste ich nur das Gebäude verlassen, ... dann war ich in Sicherheit.

Wobei das garantiert nicht einfach werden dürfte, denn ich befand mich ziemlich weit oben – um es genauer zu sagen, in einem Hochhaus. Das hatte mir die Aussicht bereits verraten. Um bis nach unten zu gelangen, brauchte ich schon eine Menge Glück, denn ich konnte mir nicht vorstellen, dass das Gebäude unbewacht war. Trotzdem musste ich es versuchen.

Mehr als alles andere wollte ich Alejandro entfliehen. Sehr zu meinem Entsetzen hatte ich festgestellt, dass er nach wie vor jene gefährliche Anziehung auf mich ausübte. Ich wusste, dass er ein Schwein war und trotzdem schlug mein Herz in seiner Nähe schneller, … trotzdem wünschte ich mir, dass er mich berühren, dass er mich küssen würde. Mir war einfach nicht zu helfen.

Zwei Tage brauchte ich, um wieder einigermaßen laufen zu können und während dieser Zeit betreute mich ein junges Dienstmädchen namens Estefania. Sie las mir jeden Wunsch von den Augen ab, aber sobald ich danach fragte, wo wir uns befanden, machte sie dicht und verließ mein Zimmer. Anscheinend hatte sie Anweisungen von Alejandro, mir nichts zu verraten, was mir bei meinen Fluchtplänen helfen konnte.

Gerade stand ich im Bad und betrachtete mich im Spiegel. Ich war blass und dunkle Schatten zeichneten sich unter meinen Augen ab. An der Hüfte prangte mir ein großes Pflaster entgegen und darunter verborgen war die größere Wunde, die ich mir bei meinem Ausflug in den Urwald zugezogen hatte. Mein Körper war übersät mit Schürfwunden und Prellungen und es war fast ein Wunder, dass ich mir bei meinem Sturz nicht den Hals gebrochen hatte. Alles in allem war ich noch einmal mit einem blauen Auge davongekommen, obwohl Estefania mir erzählt hatte, dass ich tagelang mehr tot als lebendig war. Mein Fieber musste so hoch gewesen sein, dass alle um mich bangten. Das wollte ich allerdings gar nicht hören und erst recht wollte ich nicht wissen, dass Alejandro keine Sekunde von meiner Seite wich. Dass er Tag und Nacht an meinem Bett verbrachte und über mich wachte. Es passte nicht zu dem Mann, der mich gevögelt hatte, um gleich darauf mit seiner Flamme weiterzumachen. Nichts passte zusammen … Gar nichts!

Seufzend zog ich mir ein Shirt über den Kopf, dann eine weit fallende Hose über die Hüften. Natürlich gab es auch hier eine reichhaltige Auswahl passender Klamotten, was mich eigentlich nicht wundern sollte. Dieser Kerl war einfach unglaublich schnell und dachte einfach an alles.

Ich verließ das Bad und öffnete die Tür, durch die Estefania das Zimmer regelmäßig betreten hatte. Eigentlich erwartete ich, dass mich irgendjemand zurückschicken würde, doch ich gelangte in einen großen Vorraum, der mehr einer kleinen Halle glich.

Hell und freundlich war der Raum und die riesige Fensterfront enthüllte mir auch sogleich, wo ich mich befand – ich war in Bogota gelandet. Mitten in der Hauptstadt ... Die Skyline war einfach unverkennbar.

Vorsichtig sah ich mich um, doch niemand war zu sehen. Kein Alejandro, keine Estefania und auch keine Aufpasser – dabei hatte ich felsenfest mit Letzteren gerechnet. Dafür entdeckte ich allerdings bei meinem Rundumblick einen Aufzug, direkt an der Wand neben mir – ich musste nur ein paar Schritte machen, um zum Ziel meiner Sehnsüchte zu gelangen und noch immer war niemand zu sehen. Das hätte mich eigentlich warnen sollen, doch in diesem Moment war ich einfach nur froh, eine Fluchtmöglichkeit entdeckt zu haben.

Ich hastete los und hieb die Faust auf das breite, rote Tastenfeld, das auch gleich wie wild blinkte. Allerdings erschien auch sofort ein Display, auf dem ich eine Zahlenkombination eingeben sollte. Bullshit! Wieso war ich so dämlich? Ich hätte damit rechnen müssen, dass Alejandro sein Penthouse abgesichert hatte und ich nicht so einfach hier rausspazieren konnte. Natürlich brauchte er keine Wachleute abzustellen, wenn er mich auf diese Weise viel effektiver hier oben festsetzen konnte. Zu allem Überfluss schrillte jetzt auch noch ein lauter Signalton durch den Raum – jetzt wusste jeder, dass sich jemand am Aufzug zu schaffen machte. Und wahrscheinlich ahnte

Alejandro bereits, wer dieser *Jemand* war. Ich warf mich herum und wollte losrennen, doch da war plötzlich ein recht lebendiges Hindernis, in das ich hineinrannte. Groß, hart wie ein Fels, ... ragte Alejandro vor mir auf und seine Hand legte sich so schnell in meinen Nacken, dass ich nur noch ein leises Keuchen von mir geben konnte, bevor er mich bereits sicher gefangen hielt. Ich hatte keinerlei Chance, seinen Griff zu sprengen.

„Wolltest du mich verlassen, mi querida? Und das, ohne dich zu verabschieden?“ Ich ließ mich nicht von seinen trügerisch sanften Worten täuschen, denn seine Augen funkelten bedrohlich. „Anscheinend geht es dir besser, als ich dachte – sehr viel besser.“ Seine Stimme klang rau und schien mich zu streicheln. Eine Gänsehaut wanderte über meinen Körper und ich versuchte alles, um mich nicht wieder selbst zu vergessen. Ihm nicht wieder auf den Leim zu gehen.

Langsam schob Alejandro mich vor sich her, bis ich plötzlich in meinen Kniekehlen die Armlehnen des großen Sofas spürte, das ich vorhin vor der großen Fensterfront ausgemacht hatte. Dort wollte ich auf keinen Fall hin – ich würde nicht auf diesem Sofa landen und an der Stelle weitermachen, wo wir in seinem Bett aufhörten.

Meine Hände fuhren in die Höhe, fassten nach seinem Arm und wieder versuchte ich, ihn abzuschütteln. Aus Erfahrung wusste ich bereits, dass es einfacher sein würde, einen Felsbrocken zu bewegen, als Alejandro dazu zu bringen, mich loszulassen – doch dieses Mal verschwand der Druck in meinem Nacken plötzlich. Das kostete mich allerdings mein Gleichgewicht und ich fiel rücklings auf das breite Sitzmöbel. Sofort versuchte ich mich in Sicherheit zu bringen. So schnell wie eben möglich, krabbelte ich rückwärts und vergrößerte so die

Distanz zwischen ihm und mir. Vollkommen umsonst, wie ich Sekundenbruchteile später feststellen musste. Er war über mir, bevor ich auch nur blinzeln konnte. Dabei stützte er seine Arme rechts und links von meinem Kopf ab und verdammte mich so zur Bewegungslosigkeit. Ich war gefangen – aber noch schlimmer war für mich die Tatsache, dass es mich absolut nicht kalt ließ. Ich spürte das wilde Kribbeln in meinem Unterleib, obwohl ich in der Zwischenzeit sehr wohl wusste, wie dieser Mensch tickte. Meinem Körper war es verdammt egal, was er machte und wie viele Frauen er vögelte – er verlangte nach Alejandro und nach der Dominanz, die er ausstrahlte. Und das schien er auch genau zu wissen, denn sein Lächeln wurde von einer Sekunde auf die andere immer finsterer.

Seine rechte Hand wanderte zart über meinen Hals, blieb unter meinem Kinn liegen und dabei ließ er seinen Daumen über meine Unterlippe gleiten – eine fast schon unschuldige Berührung, wäre die Bedrohung an meinem Hals nicht gewesen. Eine, die mein Herz schneller klopfen und das Pulsieren zwischen meinen Beinen unerträglich werden ließ.

„Du hast also gedacht, du könntest mir so einfach entkommen, princesa! Hast du vergessen, was ich dir versprach?" Sein verfluchter Daumen streichelte weiter über meine bebende Unterlippe und ich musste alles an Kraft aufbringen, mich nicht zu bewegen. Mein Körper schien in seinem Beisein ein unheiliges Eigenleben zu entwickeln, doch dieses Mal nicht – das hatte ich mir geschworen.

„Ich habe gar nichts vergessen, du miese Ratte. Ich weiß ziemlich genau, dass du mich erst gehenlässt, wenn du mit mir fertig bist. Wenn du genug von deinem

Spielzeug hast. Aber nachdem du es ja anscheinend gar nicht erwarten konntest, deine Liebste an dich ranzulassen, dachte ich ..." An dieser Stelle brach meine Stimme. Wieder war es Schmerz, der meine Brust in zwei Teile hieb und ich holte zitternd Luft. Warum zur Hölle tat der Gedanke an Alejandro und diese Elena nur so furchtbar weh? Es sollte mir doch verflucht noch mal egal sein, was dieses Arschloch tat – es musste mir egal sein, ... nur war es das leider nicht. Meine Augen brannten und mein Atem kam immer stockender.

„Was hast du gesehen, Noelle? Sag mir, was du gesehen hast, princesa." Seine Stimme wurde immer sinnlicher, wobei sein Daumen jetzt sanft über meine Kehle strich. Ich schluckte mühsam. Natürlich würde er keine Antwort von mir bekommen. Ich konnte einfach nicht, denn ich wusste bereits jetzt, dass ich dann in Tränen ausbrechen würde. Der Griff um meinen Hals wurde eine Spur fester, ohne mir jedoch die Luft zu nehmen.

„Du willst es mir also nicht verraten?" Die kalte Strenge in seiner Stimme ging mir durch und durch und ich ahnte, was jetzt kommen würde. Doch das durfte nicht sein – es würde mich zerbrechen.

„Bitte nicht ...", wisperte ich tonlos. „Bitte tu das nicht, Alejandro! Ich kann nicht sein, was du haben willst. Ich kann das nicht ..." Mit jedem Wort war ich leiser geworden und jedes einzelne fiel mir so unsagbar schwer.

„Kannst du nicht? Dein Körper scheint da aber eine ganz andere Meinung zu haben, oder wie erklärst du dir, dass die niedlichen Knospen deiner Brüste sich deutlich unter deinem Shirt abmalen? Oder deinen fast krampfhaften Versuch, nicht die Schenkel aneinander zu reiben. Oh, Noelle ... du bist eine verdammt schlechte Lügnerin." Seine Hand glitt abwärts, ganz sacht über meine

Brust hinweg und es war eine Flamme, die er damit in meiner Klit entzündete. Ich biss mir auf die Lippe, um das Stöhnen zu unterdrücken. Ich biss so fest zu, dass ich ...

„Und das alles nur, weil du nicht lange genug geblieben bist, um zu sehen, dass ich Elena fortgeschickt habe ..."

Im ersten Moment glaubte ich, dass ich mich verhört haben müsste. Wollte Alejandro tatsächlich leugnen, dass die Schwarzhaarige ihm einen Blowjob verpasst hatte? Für wie dämlich hielt er mich eigentlich? Wütend packte ich nach seiner Hand, schob diese bestimmend an die Seite.

„Du bist und bleibst ein verkommener Bastard. Vielleicht solltest du Elena rufen, damit sie deine abartigen Gelüste befriedigt." Ich funkelte ihn wütend an. „Lass mich endlich gehen! Reicht es nicht, dass ich fast umgekommen wäre? Musst du mir jetzt auch noch das Letzte nehmen, was ich habe?"

„Ja, princesa! Das muss ich, ... weil ich nicht anders kann." Und mit diesen Worten richtete er sich auf, fasste unter mich und hob mich auf seine Arme. „Und jetzt werden wir beide nachschauen, ob du wirklich so kalt und unnahbar bist, wie du dich hier gerade verkaufen möchtest. Wir werden jetzt herausfinden, ob du wirklich willst, dass ich dich gehenlasse. Und wenn wir damit fertig sind, werden wir reden – sehr lange und sehr ausführlich."

Ich strampelte auf seinen Armen, ich schrie und brüllte irgendwelche Schimpfworte – doch es nutzte alles nichts. Alejandro ließ mich nicht los, trug mich stattdessen durch den Eingangsbereich und eine Treppe nach oben. Niemand kam mir zu Hilfe – aber das hatte ich auch nicht erwartet ...

Kapitel 32

Alejandro

Als Noelle so wehrlos vor mir auf dem Sofa lag, hatte ich kaum glauben können, was ich in ihren Augen las. Da war Schmerz – eine unglaublich tiefgehende Qual, für die ich im ersten Moment keinen Grund erkennen wollte. Nur nach und nach dämmerte es mir und das neue Wissen erfüllte mich seltsamerweise mit einem unglaublichen Hochgefühl.

Noelle konnte sich nicht verstellen – zu keiner Zeit und dieser Blick, diese Pein, die ich sah, sie galt mir und dem, was sie beobachtet hatte. Das alles hätte nicht geschehen müssen, wenn sie nur fünf Minuten länger geblieben wäre. Sie wäre dann nicht in den Sturm hinausgerannt, sondern sicher im Keller der Hazienda gewesen – dort, wo ich sie beschützen konnte. Ihre Ängste, ihre Zweifel – all das hätte nicht sein müssen, wenn ich ihr nicht das Gefühl gegeben hätte, sie wäre nicht mehr für mich als ein Spielzeug, das ich nach Belieben austauschen konnte. Und dafür verfluchte ich mich selber ...

Während ich die Treppe im Laufschritt nach oben eilte, trommelten ihre Fäuste auf meine Brust – aufgegeben hatte sie noch nicht und wie ich Noelle kannte, würde es auch noch eine ganze Zeit dauern, bis sie sich endgültig ergab – mir ergab. Sie gehörte mir, ... für immer. Daran würde sie nichts ändern, der verfickte Drago noch viel weniger und der Rest der Welt konnte mich ebenfalls mal. Mir war sogar in der Zwischenzeit egal, dass ihr ekelhafter Verlobter sich noch immer nicht gemeldet, ... dass ich die Informationen, auf die ich hoffte, bisher nicht erhalten hatte. Er würde seine schmierigen, verbrecherischen Pfoten nicht noch einmal an Noelle legen – egal, wie das hier ausging und wenn ich ihn eigenhändig umbringen musste.

Mit dem Fuß trat ich die Tür zu meinem Zimmer auf und trug mein Mädchen in den Schlafraum. Jetzt kreischte sie in den höchsten Tönen und ich fragte mich, woher ihr Repertoire an Schimpfworten stammte – es war bemerkenswert kreativ.

Das würde jetzt enden – sofort. Direkt vor dem Bett ließ ich sie zu Boden gleiten und drückte sie gleich mit dem Rücken eng gegen meinen Körper. Sie zappelte weiter und hob ihre Beine, als ob sie mich treten wollte. Wie gut, dass sie nicht sehen konnte, wie ich grinste. Das Feuer der Kleinen war unbezahlbar.

„Du bist ruhig, princesa! Solltest du weiter schreien, oder üble Worte in den Mund nehmen, wirst du feststellen, dass ich gewisse Lektionen nur zu gerne wiederhole. Wolltest du ein weiteres Mal über meinen Knien liegen und für mich singen?“

„Fick dich ins Knie, du perverses Monster!“ Anscheinend legte sie es darauf an und ich lachte. Ihre Worte hatten nämlich keinesfalls die Überzeugungskraft, die sie anstrebte. Es klang vielmehr so, als ob sie sich selbst von der Richtigkeit ihrer Worte überzeugen müsste. Nun, ... ich hatte vor, ihre Meinung zu ändern.

„Oh nein, mi corazón – ich habe vor, dich zu ficken. Hart, schmutzig und so, wie du es magst. So, wie du es brauchst.“ Ich fasste um sie herum, packte den dünnen Stoff des Shirts und riss es einmal der Länge nach auf. Dabei hielt ich ihre Körpermitte umfasst, sodass sie nicht entkommen konnte. Sie ruckte nach vorne, drückte ihren herrlich prallen Po gegen meinen Schwanz und rieb sich unabsichtlich daran. Sie konnte meine Erektion spüren und statt sich von mir fortzubewegen, drückte sie mit voller Absicht dagegen. Trotzdem zappelte sie weiter und versuchte meinen Griff um ihre Taille zu sprengen. Ich ließ sie gewähren und zog währenddessen die weite Sommerhose nach unten – Stück für Stück. Und den Slip nahm ich gleich mit. Wie überaus praktisch, dass das Teil einen Gummizug hatte … Binnen weniger Sekunden war Noelle nackt bis auf ihren BH, aber den würde ich ihr auch noch nehmen.

Die Finger meiner rechten Hand tanzten über ihren Nacken abwärts und als ich den Verschluss der zarten Spitze erreichte, begann sie erneut, sich gegen meinen prallen Schaft zu drücken. Wem wollte sie eigentlich etwas vormachen? Mir? Sich selber? Sie wollte mich ebenso sehr wie ich sie. Nicht in hundert Leben würde ich sie gehenlassen und es wurde Zeit, dass ich sie das spüren ließ. Ich würde ihr zeigen müssen, dass sie weitaus mehr für mich war, als ein Abenteuer.

„So wirst du mich demnächst in diesem Zimmer erwarten und dabei wird dein kleines Herz erwartungsvoll, aber auch ein bisschen ängstlich pochen. Niemals wirst du wissen, was dich unter meinen Händen erwartet, denn ich werde derjenige sein, der über deine Lust gebietet.“ Der BH folgte dem Rest der Kleidung. Ich umfasste von hinten mit einer Hand ihre bebende Brust, rieb mit dem Daumen über ihren Nippel, der sich mir binnen Sekunden gierig entgegenreckte.

„Du bist verrückt, wenn du glaubst, ich würde mich dir freiwillig hingeben“, flüsterte sie leise, aber dabei konnte sie weder die hektische Atmung, noch das leise Keuchen vor mir verbergen.

„Du wirst, princesa! Verlass dich drauf!“ Meine Lippen wanderten an ihrem Hals auf und ab und ihr Schaudern sprach eine ganz andere Sprache, als ihr Mund. Ich ließ die Finger meiner Hand über ihren flachen Bauch nach unten gleiten, während ich mit der anderen ihre Brustwarze weiter bespielte. Mal rollte ich sie hart zwischen den Fingern, sodass sie sich auf die Lippen biss, nur um eine Sekunde später den leichten Schmerz in pure Lust zu verwandeln. Mittlerweile konnte mein Mädchen ihr Becken kaum noch stillhalten. Sie ließ es kreisen und mein harter Schaft reagierte begeistert auf die Reibung.

Meine Hand erreichte ihren perfekten Venushügel. Ich ließ sie einfach dort liegen und bemerkte sofort, wie sie sich gegen mich drückte. Oh ja! Noelle würde sich mehr als nur freiwillig hingeben ...

Behutsam öffnete ich ihre Schamlippen, teilte das nasse Fleisch und ließ meine Finger durch ihre Spalte wandern. Heiße Feuchtigkeit, gieriges Pulsieren und ein lautes Stöhnen – das erwartete mich.

„Willst du noch immer leugnen, dass du das hier willst, mi querida? Du bist eine furchtbar miserable Lügnerin, Kleines. Und für jede Lüge wartet eine Bestrafung auf dich.“ Mit zwei Fingern stieß ich tief in ihr heißes Loch. Das nasse Schmatzen konnte Noelle ebenso wenig leugnen, wie den wimmernden Ton und die Tatsache, dass sie sich in meinen Griff fallenließ. Gnadenlos fickte ich sie – mal hart und fordernd, dann wieder sanft und vorsichtig. Ich wusste bereits, dass es genau das war, was Noelle brauchte. Mein Daumen lag auf ihrer Klit und jedes Mal, wenn ich in sie stieß, rieb sie daran vorbei – gab ein lustvolles Stöhnen von sich. Noch hatte sie sich allerdings eine Belohnung nicht verdient, also trieb ich sie immer weiter, nur um ihr im entscheidenden Moment den Orgasmus zu verweigern. Der Laut, den sie von sich gab, erinnerte mich an ein verlorenes Kätzchen.

„Sag mir eins, princesa: Hört sich das nach jemandem an, der gegen seinen Willen genommen wird? Willst du noch immer leugnen, dass du das hier ebenso sehr willst wie ich?“, flüsterte ich in ihr Ohr, wobei ich dieses Mal tatsächlich keine Antwort erwartete. Noelle war bereits zu tief in ihrer eigenen Sinneslust aufgegangen. „Und jetzt knie nieder!“ Meine Lippen hatten die ganze Zeit über an ihrem Hals gelegen. Jedes Atmen, jedes Wort – sie hatte es gespürt und der Schauer, der sie ergriff – ich liebte es.

Allerdings machte sie keine Anstalten, auf den Boden zu sinken und so half ich ein bisschen nach. Sehr vorsichtig, denn die Verletzungen waren noch zu frisch, um in voller Härte mit Noelle zu spielen. Ich trat vor sie, fasste mit einer Hand in ihre Haare und zog langsam ihren Kopf nach hinten. Sie sollte mich ansehen. Sie sollte in meinem Blick erkennen, was ich fühlte. Sie sollte die Wahrheit selber sehen …

Ihre Iriden waren dunkel. Die Mischung aus Traurigkeit und Lust – sie nahm mir den Atem. Noelle schloss nicht die Lider, wie sie es für gewöhnlich tat. Sie schaute mich an und es war der Ausdruck in diesen wundervollen Augen, der mich tief berührte. Der etwas in meinem Herzen bewegte – viel mehr, als ich mir selber eingestehen wollte. Ich konnte nicht widerstehen: Ich musste sie berühren. Musste die Süße ihrer Lippen schmecken. Ich beugte mich zu ihr herab, verschloss ihren Mund mit meinem und an meinem Kuss war nichts Vorsichtiges. Ich verschlang sie regelrecht, ließ meine Zunge in sie eintauchen und forderte ihre heraus. Mein Mädchen stöhnte leise, während ich ihre Wärme förmlich trank. Sie füllte die Leere in meinem Herzen wie niemand sonst es konnte und wo sonst nur Kälte und Rache Platz gefunden hatten, drängten sich gerade gänzlich andere Gefühle in den Vordergrund.

Ich löste mich nur widerwillig von ihren erdbeerfarbenen Lippen, die so verführerisch glänzten und ich musste mich sehr bemühen, den strengen Blick beizubehalten, mit dem ich sie bedachte.

„Du wirst jetzt genau die Aufgabe erledigen, die du meinst, auf der Hazienda beobachtet zu haben. Du wirst mir zeigen, wie perfekt deine Lippen sich um meinen prallen Schwanz legen – wie verrucht du aussiehst, wenn du den Job erledigst, von dem du glaubst, Elena hätte ihn übernommen." Ich sah den Widerstand in ihren Augen. Konnte buchstäblich die Gedanken sehen, die sich hinter der glatten Stirn bildeten. Ich spielte mit meiner Unversehrtheit und das war mir vollkommen klar. Sie allerdings auch …

„Solltest du auf die Idee kommen, deine kleinen Zähnchen an mir zu wetzen, sei versichert: Du würdest es bereuen." Meine Stimme klang kalt, überheblich und bestimmend und das Funkeln, das plötzlich in Noelles Augen trat, sagte mir sehr genau – ich hatte den richtigen Ton getroffen. Sie wollte sich unterordnen, wollte von mir beherrscht werden – genau das war es, was sie brauchte.

Ich riss mir das Hemd vom Körper, öffnete meine Hose und befreite meinen prallen Schaft. Nicht eine Sekunde lang unterbrach ich dabei den Blickkontakt. Ich glaubte, dass ich noch nie etwas Heißeres gesehen hatte, als die dunkelgrünen Augen, die von Lust verschleiert waren. Ich packte mein Glied, führte es an ihr Gesicht heran und beobachtete dabei, wie sie ihre Lider schloss – wie sie endlich nachgab. Mein pulsierender Schwanz konnte es kaum erwarten, zwischen ihre Lippen zu gelangen, doch als sie plötzlich ihren Mund öffnete und ihn ein winziges Stück eindringen ließ, als ihre raue Zunge über den Schlitz in meiner Eichel glitt, konnte ich mich kaum noch beherrschen. Das Gefühl war so einzigartig, so erregend, dass jetzt ich es war, der einen kehligen Laut nicht unterdrücken konnte. Ihre schlanken Finger legten sich um meinen pulsierenden Schwanz, rieben und drückten ihn vorsichtig. Ich warf meinen Kopf in den Nacken und genoss das geile Gefühl, in ihrer feuchten Mundhöhle zu sein. Umschlossen von ihrer einzigartigen Hitze ...

Immer tiefer nahm sie meine Erektion in sich auf, ließ ihre Zunge über die Unterseite meines Schwanzes gleiten und dabei ließ sie die zweite Hand über meine Bauchmuskeln tanzen. Mein Unterleib zuckte und alle Muskeln meines Körpers waren zum Zerreißen angespannt. Ich fasste ihre Haare fester, dirigierte ihren Kopf und genoss das unbeschreibliche Gefühl, sie zu beherrschen. Tief schob ich mich in ihren Mund, ließ ihr keine andere Wahl, als mich aufzunehmen. Jetzt öffnete sie ihre Augen und sah mich unverwandt an. Die Iriden schienen zu glühen, während sie mit einer Hand meine Eier griff und diese sanft knetete. Dabei saugte sie meinen Schwanz so tief in ihren Hals, dass ich das Gefühl hatte, mich aufzulösen. Ich würde kommen – hart, unausweichlich und meinen heißen

Samen in ihre Kehle spritzen. Nichts konnte sie davor bewahren ... Ihre weichen Lippen lutschten über meine Eichel, ließen meinen Schwanz aus ihrem Mund gleiten, doch dann ließ sie ihre rosa Zunge über meinen Schaft gleiten. Feuer loderte in meinem Unterleib und ich konnte es kaum erwarten, mich tief in ihr zu versenken – ich wollte ihre Hitze und Leidenschaft spüren. Doch noch nicht, ... noch hatte ich mit ihr etwas Besonderes vor.

Wieder schlüpfte ich zwischen ihre geschwollenen Lippen und jetzt bestimmte ich das Tempo. Jetzt ließ ich es nicht mehr zu, dass sie sich mir entzog. Ich fickte ihren Mund, benutzte sie, wie ich es brauchte und beobachtete dabei, wie ihre Augen zuerst groß wurden, nur um sich gleich darauf zu schließen. Sie ergab sich mir, ... ließ sich vollkommen fallen und vertraute darauf, dass ich nichts tat, was ihr nicht gefiel. Dass ich über sie wachte ... Allein dieser Gedanke reichte und meine Hoden zogen sich zusammen. Ich spürte, wie sich alles in mir anspannte und wie der erlösende Orgasmus mich erfasste. Wellenförmig kam die Erlösung und ich tauchte noch einmal tief in ihren feuchten Mund – ließ sie meinen Samen schlucken ...

Kapitel 33

Noelle

Ich weiß nicht, was ich erwartet hatte – das auf jeden Fall nicht. Noch nie hatte ein Mann mich auf diese Weise benutzt – richtig benutzt. Seine salzige Lust zu schmecken, die seidige Haut seines Schwanzes mit meinen Lippen zu berühren – es machte mich unsagbar an. Nein, … Alejandro musste mich nicht vergewaltigen, aber das hatte er vorher bereits gewusst.

Die Macht zu haben, ihn zu erregen, seine Lust zu schmecken, und zu sehen – es war unglaublich.

Langsam ließ ich seinen noch immer prallen Schaft aus meinem Mund gleiten und dabei schaute ich ihm in die Augen. Unergründlich lag sein Blick auf mir und wieder einmal konnte ich nicht im Entferntesten erahnen, was er dachte. Dann trat er sich die Slipper von den Füßen und stieg aus seiner Hose – das bekam ich allerdings nur am Rande mit. Seine Hände ruhten auf meinen Schultern, wanderten streichelnd über meine Oberarme und packten schließlich zu – er zog mich in die Höhe. Fest schloss er mich in seine Arme und ich atmete den Duft seiner Haut ein: Warm, männlich, mit einem Hauch von Frische. Und in diesem Moment vergaß ich alles. Den Schmerz, den Verrat, … die Tatsache, dass mich dieser

Mann entführt hatte. Auf einmal wusste ich, warum ich nicht von Alejandro lassen konnte. Mein Körper hatte längst erkannt, was mein Verstand erst noch begreifen musste. Auch wenn es unwahrscheinlich klang, auch wenn wir uns noch nicht lange kannten – ich hatte mich in diesen Mann verliebt. Er hatte mir das Herz gestohlen und würde es nicht mehr hergeben. Jedes seiner Worte, jede Tat hatte die Macht, mich zu vernichten und ich musste darauf vertrauen, dass er …

Ich wünschte, er würde meine Gefühle erwidern, aber das würde wohl niemals geschehen. Er wollte Informationen. Er wollte den Tod seiner Eltern rächen und seine verschollene Schwester wiederfinden. Sollte Drago am Ende doch noch mitspielen, sollte Alejandro seinen Willen bekommen – was würde er dann mit mir machen? Er hatte zwar immer wieder gesagt, dass er mich selbst dann nicht gehenlassen würde, doch das konnte ich nicht glauben. Nicht nachdem ich ihn mit der schönen Elena gesehen hatte.

Und während ich all diese dunklen Gedanken in meinem Kopf wälzte, lag mein Kopf an seiner nackten Brust und ich lauschte dem beruhigenden Schlag seines Herzens. Ich würde nie wieder dieselbe sein – nicht, wenn er mich am Ende fortschickte.

Ich schluchzte leise auf, als mir klar wurde, wie aussichtslos das hier war, aber jetzt war ich hier. Bei dem Mann, den ich … liebte. Meine Hände schlangen sich um seinen Nacken, doch bevor ich ihn zu mir hinabziehen konnte, umfassten seine großen Hände mein Gesicht. Sein Daumen fuhr zart über meine Unterlippe und jetzt spürte ich, wie die erste Träne aus meinen Augen rann.

„Schscht, mi corazón." Er nannte mich *sein Herz.* Er … „Was es auch ist, wir werden es klären." Sein Mund senkte sich auf meinen und dieses Mal war sein Kuss nicht wild, nicht feurig, sondern voll von unausgesprochenen Worten und Gefühlen. Ich zitterte. Mein Herz schlug so schnell wie nie zuvor und eine unglaubliche Wärme machte sich in meinem Inneren breit. Seine Lippen liebkosten meine, seine Zunge leckte die Tränen von meinen Wangen und dann hob er mich hoch, lief die paar Schritte bis zu seinem Bett. Doch statt mich wie üblich darauf abzulegen, setzte er sich hin und drapierte mich so, dass ich in seinen Armen lag – quer über seinem Schoß. Er streichelte sanft über meine Arme, zog mich nah an sich heran und dabei sah er mich einfach nur an. Er sprach kein Wort, doch seine Blicke gaben mir eine seltsame Zuversicht. Sie hielten mich im Hier und Jetzt – in seinen Armen und nah an seinem Herzen.

„Noelle …“ Mein Name rollte weich wie eine Liebkosung über seine Lippen. Seine Hand legte sich erneut an meine Wange und ich schmiegte mich hinein. „Auf der Hazienda, … in der Nacht des Angriffs, … ich habe Elena nicht angefasst und sie mich auch nicht. Ich schickte sie fort.“ Ich konnte nicht sagen warum, aber ich glaubte ihm. Es war der Ernst in seiner Stimme, der offene Blick, der mich zum ersten Mal einlud, ihn zu lesen. Ich schluckte mühsam, denn im ersten Moment konnte ich nicht glauben, was seine Iriden mir sagten. „Elena und ich – das ist schon lange vorbei, nur hat sie das noch immer nicht begriffen. Sie hält an etwas fest, das niemals funktioniert hätte.“ Alejandro strich behutsam mit dem Daumen über meine Wange, wischte die letzte Feuchtigkeit von meiner Haut. „Unsere Affäre war nie etwas Ernsthaftes. Sie war kurz, sie war voller Feuer, aber wir merkten beide recht schnell, dass wir einander nicht genügten. Sie braucht mehr, als ich ihr geben kann und will. Elena braucht echten Schmerz, um sich fallenlassen zu können und da ich ihr den nicht geben konnte, hat sie ihn bei Raoul gesucht. Die beiden würden das perfekte Paar abgeben, nur leider hat Elena sich in den Kopf gesetzt, den Eigentümer von Torres Enterprises einzufangen.“ Alejandro unterbrach sich kurz, schaute mich an und seine Lippen streiften sanft meine Schläfen. „An deinem Unglück ist auch ihre Mutter nicht ganz unschuldig. Sie hätte dir niemals diese Lüge einflüstern dürfen, mi corazón. Im Inneren weiß sie das auch, aber das hat sie nicht daran gehindert, dich zu verunsichern.“ Sein Mund eroberte mich, er küsste mich stürmisch und dabei nahm er meine Zweifel mit sich fort. Es war seltsam, aber plötzlich konnte ich in Alejandro nicht mehr den brutalen Entführer sehen, sondern nur noch den Mann, dem mein Herz bereits gehörte. Ich legte meine Hand ebenfalls an seine Wange, strich behutsam über den markanten Dreitagebart. Ich wollte etwas sagen, aber die Worte – sie wollten nicht kommen.

„Vertraust du mir?“, raunte Alejandro mir leise zu. Ich wusste nicht, worauf er hinauswollte. Ob er die Sache mit Elena oder etwas ganz anderes meinte, und trotzdem nickte ich mit dem Kopf. Das Leuchten, das gleich darauf seine Augen strahlen ließ, erinnerte mich fatal an etwas – nur konnte ich nicht wirklich sagen, was es war.

Langsam ließ Alejandro mich auf die Matratze gleiten und schob sich dann über mich. Ich bewunderte seine raubtierhaften Bewegungen, die Art, wie er mich sogleich wieder spüren ließ, dass er derjenige war, der die Macht hatte. Gerade stützte er sich auf den Armen über mir ab und seine Augen fixierten mich.

„Zweifele nicht noch einmal an mir, princesa! Du hast keinen Grund dazu – du niemals.“ Seine Worte berührten mich auf eigentümliche Weise. Trotz, oder vielleicht gerade, weil er einen Hauch von Stahl unter seine Stimme mischte. Gnadenlos, kühl und trotzdem anbetungswürdig. „Und jetzt bleibst du genauso liegen. Du bewegst dich nicht. Solltest du dieses Mal nicht folgen, werde ich dich bestrafen, … auf meine Art.“

Langsam stand Alejandro auf und entfernte sich von mir. Wie festgefroren lag ich auf der kühlen Seidenbettwäsche und wagte kaum zu atmen. Ich konnte hören, wie er sich durch den Raum bewegte, wie er Schubladen öffnete und es leise raschelte. Die Spannung in meinem Inneren wurde immer größer, aber die Drohung, mich zu strafen – was immer das auch heißen mochte – sie hing wie ein schweres, unsichtbares Gewicht über mir. Allein seine Worte waren ausreichend, um meine Lust erneut zu schüren. Um den Wunsch zu verspüren, mich ganz in seine Hände zu begeben und für einen Moment alles zu vergessen. Im Hintergrund hörte ich ein leises Klirren. Ketten, schoss es mir durch den Kopf und ich zuckte zusammen. Was tat er da?

Meine Neugierde wuchs. Ob ich es wagen konnte, den Kopf ganz leicht zu drehen? Nur so weit, dass ich sehen konnte, was er tat? Langsam schob ich mich …

„Oh, princesa … was hatte ich zu dir gesagt?“ Schreck raste durch meine Glieder, als ich erkannte, dass Alejandro direkt hinter mir stand und mich genau beobachtete. An einem Finger seiner rechten Hand baumelte eine Augenbinde und ein paar Manschetten. Ich schluckte erneut und dieses Mal wollte mir der Speichel tatsächlich in der Kehle steckenbleiben. Die Angst, die mir durch die Adern rauschte, verband sich mit dem lustvollen Pochen meiner Klit und schuf eine Erregung, wie ich sie noch nie erlebt hatte. Die Strafe, die Alejandro mir androhte – wie würde sie ausfallen?

Er hielt eine Hand hinter dem Rücken, als verstecke er dort etwas, aber sein hintergründiges Lächeln war es, das mir den Boden unter den Füßen wegzog. Vorsichtig schob ich mich weiter auf das Bett, doch plötzlich ließ er die Utensilien fallen, die er gerade noch in der Hand hatte, griff sich meinen Knöchel und zog mich an den Rand der Matratze. Ich wollte in die Höhe schnellen, doch Alejandro hockte blitzschnell über mir, fasste meine Hände und packte sich die Manschetten. Von meinem Strampeln nahm er keinerlei Notiz, wobei ich zugeben musste, dass es auch nur halbherzig daherkam. Alejandro versah meine beiden Handgelenke mit den Fesseln und ließ dann den Karabiner einschnappen, der die beiden Manschetten miteinander verband. Er ließ mir keine Gelegenheit, den Schock zu verdauen, umfasste meine Taille und drehte mich auf den Bauch, sodass er ... Mir wurde heiß und kalt zur gleichen Zeit, als ich an das erste Spanking dachte. Daran, wie er meinen Po und gleichzeitig auch meine Sinne zum Glühen brachte.

Jetzt allerdings schien er anderes mit mir vorzuhaben, denn im gleichen Moment schob er ein keilförmiges Kissen unter meinen Bauch – eines, das meinen Po herausstreckte und meinen Kopf unten auf der Matratze hielt. Seine Hand fuhr liebkosend über meinen Po, seine Finger strichen bedrohlich um meine Rosette und ich befürchtete zu wissen, was er vorhatte. Statt erschrocken zurückzuweichen, spürte ich einen Schwall Nässe, der meine Pussy benetzte und mein Unterleib zog sich vor Verlangen zusammen.

„Ah, ... mi corazón. Immer dann, wenn du glaubst, du wüsstest Bescheid, werde ich derjenige sein, der dich überrascht.“ Sein Flüstern klang aufregend, beängstigend und so sicher, dass ich jetzt doch eine Spur

Unsicherheit empfand. Erst recht, als mir im gleichen Moment eine Augenbinde die Sicht nahm. Ich fühlte mich vollkommen hilflos, ... ihm wehrlos ausgeliefert. In einer Position, die ihn alles von mir sehen ließ und die mich seltsam verletzlich machte.

Ich keuchte laut, als Alejandro etwas über meinen Rücken gleiten ließ. Es fühlte sich an wie hunderte Schnüre, die über meine Haut glitten – wie Schnüre aus weichem Leder. Ich hielt die Luft an. Würde er mich tatsächlich damit schlagen? Unruhig rutschte ich mit meinem Po auf dem Kissen herum und sogleich traf mich ein schneidendes Brennen – allerdings nur von seiner flachen Hand.

„Halt still, princesa!“, knurrte Alejandro gefährlich leise und ich erstarrte mitten in der Bewegung, während er weiter die ledernen Strippen über meine Kehrseite streichen ließ. Ich fühlte seine Hand, wie sie sanft über meinen Körper glitt. Hingebungsvoll knetete er meine Pobacken und dann spürte ich, wie etwas Kühles auf meinen Anus tropfte – das Gleitgel.

„Erinnerst du dich noch daran, dass ich dir versprach, all deine Körperöffnungen zu erkunden?“ Seine Stimme klang dunkel und verrucht und ich erinnerte mich noch zu genau an diesen Moment. „Nun, eine ist noch übrig ...“ Ich spürte etwas Kaltes an meinem anderen Loch, wie es gegen den festen Muskel gepresst wurde. Ich wimmerte leise, als das Brennen einsetzte. Das Brennen, das sogleich meine Klit erfasste und dort einen Feuersturm auslöste.

„Wehr dich nicht, princesa ... Lass es zu. Es wird dir gefallen ...“ Seine Worte klangen verschwörerisch, doch dieses Mal war es anders. Das Toy sehr viel größer, als beim ersten Mal. Alejandro kannte kein Mitleid, sondern drückte konstant gegen den Plug und dieser drang Millimeter für Millimeter in mich ein. Mein Schließmuskel konnte dem Ansturm nicht standhalten und ich stöhnte laut. Als ob Alejandro nur darauf gewartet hatte, schob er seine Hand zwischen meine Beine, teilte meine feuchten Falten und drang mit zwei Fingern tief in mich ein. Dabei strich er immer wieder an diesem einen Punkt vorbei, der meine Lust anheizte wie nichts anderes. Ich ruckte ihm entgegen, wollte ihn tiefer in meinem Inneren spüren und sorgte so dafür, dass das Toy mit einem leisen Schmatzen an seinen Bestimmungsort glitt. Plötzlich steckte es tief in meinem Anus und ich konnte Alejandros Finger in meiner Muschi gleich viel intensiver fühlen. Ich schrie laut auf, vor allem, als er mit der zweiten Hand den Plug in meinem Po bewegte. Vor und zurück – kreisend und mich damit um meinen Verstand bringend.

„Ich hatte dir eine Strafe versprochen, Kleines … Du schreist schon, bevor wir überhaupt angefangen haben.“ Dieser Mann würde mein Untergang sein, denn ich konnte mich in diesem Moment einfach nicht zusammenreißen. Er zog den Plug ein winziges Stück heraus, nur um ihn gleich darauf wieder tief in mir zu versenken. „Jetzt, princesa … jetzt gleich wirst du für mich singen …“

Kapitel 34

Alejandro

Der Moment, in dem sie sich mir entgegenschob – ich vergaß alles um mich herum. Nur die Frau unter meinen Fingern war wichtig. Sie zu besitzen, sie glücklich zu machen, war alles, an das ich jetzt noch denken konnte.

Ich nahm den Flogger wieder auf, den mit den weichen Strippen. Ich hatte nicht vor, sie zu verletzen. Nicht einmal Schmerzen wollte ich ihr zufügen, denn ich wusste bereits, dass mein Mädchen mit tiefergehendem Schmerz nicht sehr viel anfangen konnte. Sie brauchte das Gefühl, wehrlos zu sein – die Hilflosigkeit war es, die sie erregte und ihre wundervolle Hingabe offenbarte. Vorsichtig bewegte ich den Plug in ihrem Po, ließ ihn langsam kreisen und Noelle drückte sich mir entgegen – auf höchste erregt. Gleichzeitig ließ ich die Bänder des Floggers über ihre Haut gleiten – langsam, bedrohlich und dabei sparte ich keine Region aus. Nicht ihren runden Apfelpo, nicht die weiche Haut ihrer Schenkel – auch die Schultern und den Rücken nicht. Jedes Mal, wenn ich sie mit dem Flogger berührte, zuckte sie zusammen. Noelle spannte sich an, als erwarte sie, dass ich sie tatsächlich für ihre ganzen Verfehlungen bestrafte. Trotzdem erregte sie das Spiel mit der Furcht und der

Tatsache, dass sie mir nicht entkommen konnte. Dass ich mit ihrem Körper machen konnte, was mir gefiel.

Ich ließ die Schnüre einmal über ihre linke Pobacke streichen, dann holte ich aus und ließ den Flogger tanzen. Aus Erfahrung wusste ich, dass er nur ein leichtes Brennen verursachte, doch das Geräusch der durch die Luft schneidenden Riemchen entlockte Noelle einen Schrei. Einen, der sich sehr schnell in ein tiefes Stöhnen verwandelte, als ich zeitgleich ihre zuckende Perle freilegte und diese mit leichtem Druck umkreiste. Nässe benetzte meinen Finger und ich widerstand nur schwer der Versuchung, meinen Schwanz bis zum Anschlag in ihre Enge zu rammen. Stattdessen ließ ich weitere Hiebe auf ihren Po regnen und sie drückte sich mir erneut entgegen – so als ob sie mich auffordern wollte, ihr mehr zu geben.

„Alejandro …“ Sie wimmerte leise meinen Namen und das war so ziemlich das erotischste, was ich jemals hören durfte. „Bitte, … mehr …“ Sie wusste ja nicht, was ihre Worte in mir bewirkten, wie sehr es mich antörnte, sie so zu sehen. Ein ums andere Mal ließ ich den Flogger über ihren Po tanzen, so lange, bis er eine hübsche, rote Farbe annahm. Und die ganze Zeit über bespielte ich ihre Klit, ließ sie zwischen der Erfüllung und wilder Begierde taumeln. Ihre heiße Pussy war jetzt so nass, dass sich einzelne Tropfen von ihren Schamlippen lösten und an ihren Schenkeln entlangrannen und das war auch der Punkt, an dem ich selbst es nicht mehr aushielt. Ich warf den Flogger zur Seite, hörte, wie er auf dem Boden aufschlug, doch noch viel mehr nahm ich Noelles sattes Stöhnen wahr, als ich meinen harten Schaft durch ihre Spalte gleiten ließ. Dann umfasste ich mit einem Arm ihre Körpermitte, hielt sie so, dass sie nicht ausweichen konnte und führte mit der anderen Hand meinen pochenden Schwanz vor ihre nassglänzende Öffnung. Dabei musste ich mich sehr zusammenreißen, mich nicht mit einem harten Stoß tief in ihrer Mitte zu versenken. Der Plug in ihrem Po – ich musste aufpassen, denn sie würde mich heute noch sehr viel deutlicher spüren.

Ich schob mich in sie – Zentimeter für Zentimeter. Sie wimmerte, drückte sich mir aufreizend entgegen und ich zischte leise. Sie war so unglaublich eng, so heiß und sah so verrucht aus, dass ich spürte, wie meine Beherrschung den Bach runterging. Schweiß sammelte sich in der Vertiefung meines Rückens, jeden Muskel spannte ich an, um Noelle zu geben, was sie brauchte.

„Halt still!“, knurrte ich dunkel, doch sie dachte gar nicht daran. Sie ruckte mir entgegen – hart, schnell und mit so viel Druck, dass ich plötzlich in ihr war. Und sie bewegte sich weiter – vor und zurück. Dabei stemmte sie sich auf die Ellenbogen, warf den Kopf in den Nacken und drückte ihren Rücken durch, sodass sie mich noch tiefer in sich aufnahm.

Caramba! Diese Frau bedeutete meinen Untergang. Ich fasste ihre Hüften, zwang sie so dazu stillzuhalten, doch damit strafte ich mich selber. Ich hielt es keine Sekunde länger aus. Ihre Enge, der Plug in ihrem Po, der dieses Gefühl noch verstärkte – ich musste sie ficken. Der Punkt, es langsam anzugehen, war eindeutig überschritten. Ich zog mich zurück und stieß wieder vor. Dabei schrie mein Mädchen vor Lust, kam mir ein weiteres Mal entgegen und in dem Moment verlor ich alle Hemmungen. Ich nahm sie – schnell, hart und so, wie sie es wollte. Sie keuchte, sie stöhnte und ließ ihr Becken kreisen. Ich konnte fühlen, wie ihre Muskeln sich immer enger um meinen Schwanz schlossen. Ihr kleiner Körper spannte sich an und ich wusste, sie würde kommen … nichts konnte es jetzt noch aufhalten. Ich fasste den Plug, drehte ihn hin und her, nur um ihn in dem Moment herauszuziehen, als die Wellen eines gigantischen Orgasmus' Noelle schüttelten. Ihr Stöhnen, ihr lauter Lustschrei – niemand innerhalb des Appartements hatte es überhören können. Ihre Arme knickten weg und ich musste sie halten, während ich weiter schnell und hart in sie eindrang. Meine Hoden zogen sich zusammen, in meinen Ohren rauschte das Blut und dann rammte ich meine Männlichkeit tief in ihr noch immer pulsierendes Loch. Zuckend entlud ich mein Sperma tief in ihrem Inneren, während ich sie so hielt, dass sie sich dieses Mal nicht bewegen konnte. Die Wellen, die mich erfassten, wollten kein Ende nehmen und ich konnte fühlen, dass auch Noelle nur langsam zur Ruhe kam. Noch immer pulsierte ihre Mitte, sodass ich es genau spüren konnte. Ihre Pussy schmiegte sich um meinen Schwanz, so als ob sie ihn nicht mehr loslassen wollte. Ich streichelte ihren Rücken, den Po, küsste jeden Zentimeter Haut, den ich erreichen konnte, während sie leise und erschöpft seufzte.

„Alejandro …" Wieder wisperte sie leise meinen Namen. Und dieses Mal mit so viel Gefühl, dass ich es war, der eine Gänsehaut bekam.

Konnte das wirklich sein? Langsam zog ich mich zurück, ohne sie dabei jedoch loszulassen. Gleich darauf hob ich sie in meine Arme, löste zuerst die Augenbinde und dann den Karabiner, der die Manschetten miteinander verband. Noelle blinzelte kurz, doch dann traf mich ihr Blick und erschütterte mich bis ins Mark. Der Glanz in ihren Augen, das tiefe Gefühl – hatte ich bisher nicht geglaubt, dass sie mich jemals lieben könnte – hier und jetzt hatte ich den Beweis. Sie hob ihre Hand, legte sie an meine Wange und fuhr dann liebkosend über die kratzigen Bartstoppeln. „Ich, ... ich ...“ Sie konnte es nicht aussprechen – noch nicht, doch ihr Blick hatte bereits alles verraten, was ich wissen musste.

„Schscht, ... mi corazón! Sag jetzt nichts! Es ist nicht wichtig.“ Ich wiegte sie beruhigend in den Armen, schaute sie unentwegt an und dabei drückte ich ihren Kopf leicht gegen meine Brust. Wärme und Nähe, das war alles, was Noelle jetzt brauchte und ich auch ...

Wenig später schlief sie eng an mich gekuschelt ein. Ihr tiefer Atem fächerte über meine nackte Haut. Zum ersten Mal hielt ich eine Frau in meinen Armen, während auch ich einschlief – und es war ein gutes Gefühl. Es war ...

Am späten Nachmittag erwachte ich plötzlich. Irgendetwas hatte mich geweckt und ich stellte sehr schnell fest, dass es Noelles fehlende Wärme war. Der Platz neben mir war verwaist und ich spürte sogleich ein großes Verlustgefühl. Sie so nah bei mir zu haben, hatte mich ruhig schlafen lassen. Zum ersten Mal seit verdammt langer Zeit. Abrupt setzte ich mich auf und sah mich um. Es dauerte nur den Bruchteil einer Sekunde und ich entdeckte Noelle. Sie stand vor einem Sideboard und starrte das Bild meiner Schwester an. Sie war noch immer nackt, schien diesen Umstand allerdings nicht zu bemerken. Dabei konnte ich selbst auf die Entfernung das Frösteln erkennen, das ihren zierlichen Körper immer wieder schüttelte.

Kopfschüttelnd warf ich die Decke an die Seite, griff mir meinen schwarzen Morgenmantel und eilte an ihre Seite. Sie schien mich nicht einmal zu bemerken. Ihr Blick war unverwandt auf Luciana gerichtet und irgendwie machte sich gerade ein sehr flaues Gefühl in meinem Magen breit. Noelle bekam noch nicht einmal mit, dass ich ihr den warmen Morgenmantel um die Schultern legte und sie in meine Arme zog.

„Diese Frau, … deine Schwester …“ Sie sprach mehr zu sich selbst, als zu mir. Der nächste Satz zog mir allerdings den Boden unter den Füßen weg. „Ich, … ich glaube, ich kenne sie!“ Sie drehte sich mit Schwung um und suchte meinen Blick – jetzt war sie ganz bei mir. Doch jetzt drohte ich in ein tiefes Loch zu stürzen. Ich konnte nicht fassen, was ich gerade gehört hatte und meine Finger bohrten sich in Noelles Oberarme. Sie merkte es anscheinend nicht, sondern verlor sich wieder in ihren Erinnerungen.

„Als ich Fieber hatte, träumte ich von ihr. Ich bin der Frau nur einmal begegnet, aber dieses Lächeln, das Strahlen, das sie von innen heraus förmlich leuchten ließ – das alles habe ich nicht vergessen. Deine Schwester … dieses Leuchten. Ich kann mir nicht vorstellen, dass es zweimal ein solches Lächeln auf dieser Welt gibt.“

„Wo, … Noelle? Sag mir, wo du glaubst, sie gesehen zu haben! Ich muss es wissen!“ Meine Stimme klang kalt, hart und Noelle zuckte vor mir zurück. In diesem Moment erkannte ich Angst in den wunderschönen Augen und ich bemühte mich, sanftere Töne anzuschlagen. Das war unglaublich schwer, denn etwas in meinem Inneren sagte mir, dass Noelle tatsächlich davon überzeugt war, meine Schwester gesehen zu haben. Dass sie tatsächlich wusste, wo Luciana zu finden war. Und ihre Worte bedeuteten auch, dass sie wohl noch lebte.

„In Miami … es war an dem Tag, als Drago mir den Verlobungsring kaufte. Sein Onkel betrat das Geschäft und an seiner Seite war diese besondere Frau. Ich kann nicht vergessen, wie sie mich ansah – den kurzen Blick, den sie mir zuwarf und der mein Herz so sehr berührte.“ Ich war vollkommen außer mir. Was sollte das heißen? Was tat meine Schwester an der Seite von Nikolai Sokorov – einem hohen Tier der Russen-Mafia? Und wenn sie es tatsächlich war, wenn sie noch lebte – wieso hatte sie sich niemals bei mir gemeldet?

„Noelle ... bitte! Es ist wichtig! Ich muss alles wissen! Du musst mir sagen, was du weißt!“ In meinem Magen machte sich ein dicker Knoten breit und er wuchs mit jeder verstreichenden Sekunde. Erst recht, nachdem die princesa mich hilflos anschaute und den Kopf schüttelte.

„Ich kann dir nicht mehr sagen. Drago und ich haben kurze Zeit später den Juwelierladen bereits wieder verlassen. Er hatte es damals verdammt eilig, zu verschwinden. Daran kann ich mich noch genau erinnern.“ Sie suchte meinen Blick und ich erkannte, dass sie über etwas nachdachte – und zwar so intensiv, dass sich eine steile Falte auf ihrer Stirn bildete. „Ich frage mich immer wieder, warum Drago mich so unbedingt heiraten wollte. Er liebt mich nicht und ich ihn noch weniger. Seit du mich entführt hast, ist kein Tag vergangen, an dem ich nicht darüber nachgedacht hätte. Es muss etwas mit meinem Vater zu tun haben – anders kann ich es mir nicht erklären.“ Hilflos sah sie mich an. „Nur was?“

„Wir werden es gemeinsam herausfinden, mi corazón!“ Ich zog sie eng an mich und spürte ihren schnellen Herzschlag an meiner Brust.

Miami? Was zur Hölle machte meine Schwester in Miami? Das war doch ...

„Ich muss dir noch etwas sagen“, wisperte Noelle in diesem Moment leise und stockend. „Ich bin mir ebenfalls sicher, dass dein Onkel Drago auf seiner Yacht besucht hat ...“

Kapitel 35

Noelle

Alejandro presste mich mit einem solchen Druck an sich, dass mir die Luft wegblieb. Er wirkte wie erstarrt und ich wusste nicht einmal, ob er mich noch wahrnahm. In diesem Moment strahlte er eine eisige Kälte aus und ich begann zu frieren – aber ich hatte es ihm sagen müssen. Es schien mir wichtig zu sein.

Der Angriff auf die Hazienda. Warum erfolgte er, als Alejandros Onkel sich dort aufhielt? Und dieses Lachen – ich irrte mich auf keinen Fall. Das hätte ich unter Tausenden wiedererkannt.

Alejandro schob mich langsam von sich. Seine Miene wirkte steinern.

„Wie kommst du auf die Idee, dass mein Onkel auf Dragos Schiff war? Wie kannst du so etwas behaupten? Dario hat mein Leben gerettet, als die Verbrecher meine Eltern töteten. Wäre er nicht gewesen, wäre ich in dieser Nacht ebenfalls gestorben.“ Er drehte sich um, wandte sich von mir ab und lief hinüber zu den Panoramascheiben. Wie eine Statue stand er dort und starrte nach draußen. Von seinem Standpunkt aus hatte man einen herrlichen Ausblick auf die Skyline der Stadt und die naheliegenden Berge. Dunkle Wolken zogen über den Himmel und es sah so aus, als würde es gleich wieder regnen. Wie so oft in den letzten Tagen.

Ich konnte erkennen, dass Alejandro mit sich kämpfte, wie seine Hände sich zu Fäusten ballten und sich wieder öffneten. Es fiel ihm nicht leicht, mir zu glauben und den Grund konnte ich mir nur zu gut vorstellen. Es schmerzte mich, ihn so zu sehen und es schmerzte noch mehr zu wissen, dass ich der Grund für seinen innerlichen Konflikt war. Ich machte einen Schritt in seine Richtung.

„Alejandro, ... ich bin mir sicher, dass ich mich ..." Er ließ mich nicht ausreden.

„Sei bitte einen Moment ruhig, princesa! Ich muss, ... das hier ist ..." Ich hörte, wie seine Zähne knirschend aufeinandertrafen und ich zog den schwarzen Bademantel enger um mich. So fühlte es sich an, als würde Alejandro mich noch immer umarmen. Die Kälte, die mich erfasste, konnte der warme Stoff allerdings nicht vertreiben. Wie würde der Mann, den ich liebte, reagieren? Würde er mir glauben, oder ...

Langsam drehte er sich um. Sein Gesicht lag im Schatten, sodass ich seine Augen nicht erkennen konnte, aber seine gesamte Haltung drückte Wut aus. Jeder einzelne Muskel seines Körpers war angespannt. In diesem Moment wirkte er gefährlicher denn je. Wie jemand, der fähig war, einen Mord zu begehen.

„Noelle? Bist du dir sicher?" Wieder ballte er die Hände zu Fäusten, bis die Knöchel leise knackten. Ich hörte ihn tief einatmen und ahnte, dass er etwas von mir hören wollte, dass ich ihm nicht geben konnte. Er wollte hören, dass ich mich irrte, aber das konnte ich nicht, denn ich war mir in der Zwischenzeit sicher: Es war das Lachen von Alejandros Onkel – er war auf Dragos Yacht gewesen.

„Drei Tage, bevor du mich entführt hast, lag ich auf dem Sonnendeck. Das Buch, das ich mir ausgesucht hatte, war nicht sonderlich spannend und aus dem Grund ließ ich mich von der an den Pier rollenden Limousine auch leicht ablenken. Von meiner Position aus konnte ich zwei Gestalten erkennen, die ebenso brutal aussahen, wie all die anderen Kerle, die Drago auf dem Schiff empfangen hatte – nur dieses Mal war etwas anders." Ich erzählte Alejandro alles – jedes noch so winzige Detail, an das ich mich noch erinnern konnte und ich endete an dem Abend auf der Hazienda. Bei dem Grund, warum ich ihn in seinem Zimmer aufsuchen wollte. Der Abend, an dem ich ihn mit Elena zusammen sah.

„Ich irre mich nicht, Alejandro! Dieses schaurige Lachen – sobald ich daran denke, jagt mir eine Gänsehaut über den Körper. Und genau dasselbe habe ich am Abend des Überfalls empfunden. Dein Onkel, der mir bis zu diesem Moment sehr sympathisch war, ... ich hörte sein Lachen, als ich vor dir floh und ich erstarrte. Ich konnte mich nicht mehr bewegen und hatte das Gefühl, in einem Alptraum gefangen zu sein." Noch immer hatte Alejandro sich nicht bewegt. Er schaute mich unentwegt an. „In meinem Zimmer habe ich nachgedacht und ich wollte zu dir, um es dir zu sagen, doch dabei ..." Noch einmal spürte ich den furchtbaren Schmerz, der mich beim Anblick von Alejandro und Elena ergriffen hatte. Obwohl es dumm war, brannten Tränen in meinen Augen und ich wischte sie ärgerlich weg. Ich sehnte mich so sehr nach Alejandros Armen und gerade schien er mir ferner denn je. Ich wollte spüren, dass alles gut war, dass er ...

Im gleichen Moment überbrückte er die wenigen Meter, die uns trennten und seine Arme schlossen sich fest um mich.

„Ich kann es nicht glauben, aber ich weiß genau, dass du nicht in der Lage bist, zu lügen. Ich würde es spüren, wenn es anders wäre. Von Anfang an hast du nichts verbergen können.“ Ganz kurz nahm Alejandro mein Gesicht zwischen die Hände und seine Lippen legten sich auf meinen Mund – warm, liebevoll und zärtlich. „Aber das heißt auch, dass du in großer Gefahr bist.“ Ich wurde steif in seinen Armen.

„Wieso?“, hauchte ich entsetzt. „Wieso sollte ich in Gefahr sein? Der Überfall galt nicht mir. Du bist ...“ Ich versuchte mich von ihm abzudrücken, doch er hielt mein Gesicht weiterhin fest und schaute mir tief in die Augen.

„Nein! Sie wollten nicht mich, aber das habe ich erst jetzt begriffen. Der Angriff erfolgte genau von der Seite, wo dein Schlafzimmer lag. Hätten sie es auf mich abgesehen gehabt, wären sie von einer ganz anderen Seite gekommen.“ Seine Hände legten sich warm auf meine Schultern. „Ich bin mir ziemlich sicher, dass dein sauberer Verlobter dabei seine Finger im Spiel hatte und dann muss ich mir die Frage stellen, woher er wissen konnte, wo du untergebracht warst.“

Alejandro zog mich hinter sich her, bis zu einer Polsterecke. Dort drückte er mich auf den Sitz, nahm sein Smartphone zur Hand und wischte einmal darüber.

„Raoul! Ich brauche dich, ... sofort!“ Stille. Ich konnte nicht verstehen, was der andere Mann zu ihm sagte. „Beweg deinen Arsch ins Penthouse. Du wirst nicht glauben, welche Neuigkeiten ich für dich habe.“ Alejandro schaute mich an und dieser Blick ließ tausend Schmetterlinge in meinem Bauch gleichzeitig flattern. „Und tu mir einen Gefallen: Mein Onkel und Elena sollten nach Möglichkeit nicht mitbekommen, dass du im Penthouse bist. Kein Abstecher zu dem blonden Gift, bitte!“ Jetzt konnte ich diesen Raoul lachen hören. Es klang wider

Erwarten sehr warm und ich erinnerte mich daran, wie sehr ich mich vor diesem Mann gefürchtet hatte.

„Kann ich, ... kann ich in mein Zimmer gehen, solange ihr redet?“ Ich hatte die Idee, dass ich diesem Raoul und seinem stechenden Blick so entgehen könnte, doch Alejandro schüttelte den Kopf – ich hatte es mir fast gedacht. Still seufzte ich in mich hinein.

„Nein! Ich brauche dich dabei an meiner Seite. Raoul wird mir das keinesfalls glauben – dir sehr viel eher.“ Mit dem Handrücken fuhr Alejandro sanft an den Konturen meines Halses entlang. „Du wirst jetzt in dein Zimmer gehen, dich frisch machen und in einer halben Stunde in meinem Büro erscheinen. Ich würde liebend gerne mit dir gemeinsam unter die Dusche gehen, ich befürchte nur, dass wir dann nicht fertig sind, wenn Raoul im Penthouse eintrifft. Er braucht nicht lange, denn er befindet sich bereits in der Nähe des Gebäudes.“ Verlangend sah er mich an und ich musste schlucken. Alleine die Vorstellung, noch einmal gemeinsam mit ihm zu duschen, seinen harten Körper einzuseifen, ließ mich vergessen, was ich eigentlich sollte. Die Vision, die ...

„Noelle?“ Er lachte warm. „Hast du mich verstanden?“

„Hmmm, ...“ Ich nickte mit dem Kopf. Trotz des Ernstes der Lage wurden meine Beine weich wie Gummi, als ich an warmes Wasser und seinen ...

„Wenn du mich weiter so anschaust, dann vergesse ich, dass Raoul uns gleich einen Besuch abstattet, mi corazón. Vielleicht würde er sich uns sogar anschließen – wer weiß das schon?“

Anschließen? Was bitte meinte Alejandro damit?

Es brauchte eine Sekunde, bis ich begriff, doch dann lief ich dunkelrot an. Das meinte Alejandro nicht ernst – garantiert nicht. Sicherheitshalber drehte ich mich aber um und versuchte so würdevoll wie eben möglich sein Zimmer zu verlassen. Es glückte nicht, denn sein leises Lachen folgte mir.

Zwanzig Minuten später hüpfte ich auf einem Bein erneut am Fahrstuhl vorbei und versuchte dabei, mir die widerspenstigen Ballerinas über die Füße zu ziehen. Im gleichen Moment ertönte ein leiser Gong und die Türen des Liftes öffneten sich. Ich erschrak so sehr, dass ich einen Fehltritt machte und ins Straucheln geriet. Es waren harte Arme, die mich auffingen – und die gehörten nicht zu Alejandro.

„Hoppla, Kleines! Heute so stürmisch?" Die dunkle Stimme ließ Eiswasser durch meine Adern rinnen und ein Keuchen löste sich von meinen Lippen. Raoul stellte mich auf die Füße, betrachtete mich mit Kennerblick von oben bis unten und grinste dann sehr unverschämt, während ich spürte, wie die Hitze langsam in meine Wangen kroch – wieder einmal. Gleichzeitig öffnete sich die Bürotür und Alejandro trat heraus. Sein Blick flog zuerst in meine, dann in Raouls Richtung und seine linke Augenbraue wanderte steil nach oben, während sich auf der Stirn eine Falte bildete. Er trat an meine Seite, warf seinem Freund einen schrägen Blick zu und ich hatte nichts Besseres zu tun, als mich halb hinter seinem breiten Rücken zu verbergen. Dieser Raoul war mir einfach unheimlich. Die Art sich zu bewegen, wie er mich beobachtete, erinnerte mich an einen Hai. Er musste nur sein Maul öffnen, um mich zu verschlingen. Ganz vorbei war es dann allerdings in dem Moment, als Alejandro ...

„Ich hoffe, du hast deinen Wagen in der Tiefgarage." Als Raoul nickte, fuhr Alejandro unbeirrt fort. „Dann können wir ja zu unserer kleinen Shoppingtour aufbrechen."

Ich erzählte ihm, dass seine Schwester noch lebte und er wollte einen Einkaufsbummel machen. Mein Mund klappte auf, doch in dem Moment trafen mich die Blicke gleich zweier dominanter Männer und ich schloss ihn schneller wieder, als jemals zuvor. Ich hatte nicht einmal Piep machen können und ehe ich mich versah, war ich eingekeilt zwischen den beiden und wurde in Richtung Fahrstuhl geschoben.

Alejandro betätigte die Tastenkombination. Noch vor ein paar Stunden hätte mich der Code brennend interessiert – doch in der Zwischenzeit hatte sich vieles geändert. Wollte ich noch immer entkommen? Ich schaute meinen *Entführer* von der Seite an und kassierte ein Lächeln. Eines von der dunklen, verruchten Sorte und sofort meldete sich eine Körperstelle zu Wort, die ich jetzt gar nicht gebrauchen konnte. Auf keinen Fall, solange ich mit beiden Männern unterwegs war. Nicht, dass Alejandro am Ende noch auf dumme Ideen kam. Das würde ich ihm durchaus zutrauen – wobei ich unter halb gesenkten Lidern einen Blick in Raouls Richtung warf. Und seinem Freund traute ich sogar zu, dass er kleine Kinder fraß – einfach so. Der lächelte mich zwar gerade äußerst liebenswert an, aber in seinen Augen sah ich Stacheldraht und Reißzwecken. Nichts, mit dem ich unbedingt nähere Bekanntschaft machen wollte.

„Ich glaube, die princesa mag dich, Raoul." Nein! Auf gar keinen Fall und ich rutschte näher an Alejandro heran, sobald wir den Aufzug betraten. Ein Blick in seine dunklen, verheißungsvollen Augen und ich wäre am liebsten getürmt. Irgendwie hatte ich gerade kein besonders komfortables Gefühl …

Kapitel 36

Noelle

Es war schon eine echte Qual, mit den beiden Männern im Aufzug zu stehen und ihre Blicke zu ertragen. Immer dann, wenn ich meinen Mund öffnen wollte, um etwas zu sagen, traf mich Alejandros strenger Blick. Was sollte das werden?

In der Tiefgarage angekommen, schob er mich auf den Rücksitz eines schwarzen Porsche Cayenne und stieg gleich darauf neben mir ein. Raoul klemmte sich auf den Fahrersitz, drehte sich halb herum und ...

„Wohin, mi amigo?“ Viele Worte machten beide Männer nicht und langsam breitete sich Verstehen in meinem Inneren aus. Ich schluckte mühsam. Sollte Alejandros Onkel tatsächlich etwas mit dem Überfall auf die Hazienda zu tun haben, dann konnte es durchaus sein, dass er, ... dass er Alejandro überwachen ließ. Vielleicht sogar abhörte. Von meinem Vater wusste ich, dass er schon einmal von einer Wanze Gebrauch gemacht hatte. Er vertraute damals einem Kunden nicht ... Aber dann könnte es sein, dass Alejandros Onkel bereits Bescheid wusste. Ich hatte ohne darüber nachzudenken gesprochen ... Eisiger Schrecken machte sich in meinem Inneren breit.

„Zu Madame Moreau! Sie hat die beste Auswahl am Platz.“ Ich hörte Raoul lachen. Sehr dunkel, ... dunkler als gewöhnlich und das war für mich bereits finster genug. Ich schluckte und hätte mir am liebsten ein Loch in die weichen Lederpolster gegraben.

„Das ich das noch mal erleben darf!", lachte er lauthals. „Alejandro betritt eine Boutique. Es geschehen tatsächlich Wunder." Er legte den ersten Gang ein, der Wagen schoss aus der Parklücke und wenig später über eine Rampe ins Freie. Niemand sprach ein Wort. Das Schweigen lastete auf mir und ich begann damit, nervös meine Finger im Schoß zu kneten. Alejandro legte sogleich seine Hand über meine und drückte sanft zu. Er schüttelte den Kopf, sah mich nur an und ich seufzte leise.

„Komm her, mi corazón! Ich halte dich!" Ich ließ mich gegen ihn sinken und war froh, seine Nähe zu spüren. Irgendwie verwirrte mich das Verhalten der beiden extrem und dieser Raoul verunsicherte mich mehr, als ich es sagen konnte.

Die Fahrt dauerte eine knappe halbe Stunde und ich wäre beinahe in Alejandros Armen eingeschlafen. Er streichelte beruhigend meinen Rücken, ließ seine Finger über meine Arme gleiten und ich lauschte währenddessen dem beruhigenden Klang seines Herzens. Das hier war ein ganz anderer Mann, als der, den ich bisher kennenlernte und ich konnte nicht sagen, dass mir diese Seite von ihm missfiel.

Dann stoppte der Wagen plötzlich und ich erwachte jäh aus meinen Tagträumen. Raoul öffnete die Tür und hielt mir die Hand entgegen. Lieber hätte ich eine Klapperschlange berührt, doch ich wollte nicht unhöflich sein. Er lachte schallend, als ich nur meine Fingerspitzen in seine Hand legte.

„Du bist sicher vor mir, Noelle. Solange deine Augen mir nichts anderes sagen und Alejandro über dich wacht." Ich schluckte mühsam. Wusste ich doch bereits von dem Mann in meinem Rücken, was sich hinter Raouls geschliffenen Manieren verbarg.

„Nur, wenn du es willst, mi corazón“, raunte Alejandro in diesem Moment dicht an meinem Ohr und wieder stellten sich die kleinen Härchen in meinem Nacken auf. Eher würden Schweine fliegen und Kühe singen lernen.

Wir gingen ein paar Schritte, bis in eine kleine Seitenstraße. Dort blieb Raoul plötzlich stehen.

„Und jetzt erklärst du mir, was das hier soll?“ Er wandte sich um und bedachte Alejandro mit einem Blick, der mich in eine Pfütze verwandelt hätte.

„Ich musste uns aus dem Gebäude rausbringen. Zu viele Ohren, falls du verstehst, was ich meine?“

„Nein! Ich verstehe es absolut nicht“, erwiderte Raoul grimmig und verschränkte die Arme. Das ließ ihn gleich noch gefährlicher wirken. Hier schwirrte eindeutig zu viel Testosteron in der Luft herum.

„Wirst du gleich, wenn ich dir erkläre, was ich heute von Noelle erfahren habe. Ich hoffe, du verpackst es, Mann!“ Ich warf einen Blick in Alejandros Gesicht und erkannte sogleich den Schmerz, der sich in seinen Augen spiegelte. „Luciana ist wahrscheinlich am Leben. Und ich gehe in der Zwischenzeit davon aus, dass mein sauberer Onkel es wusste.“

„Du bist verrückt, mi amigo“, zischte Raoul laut. „Hast du denn noch immer nicht aufgegeben? Und wie kommst du darauf, deinen Onkel zu beschuldigen? Drehst du jetzt vollkommen durch? Er war immer für dich da. Hat dir sogar die Leitung der Firma abgenommen, damit du deinen verrückten Kreuzzug durchziehen konntest. Madre de Dios!“

Alejandro stellte sich dicht hinter mich, legte mir die Hände auf die Schultern. Er umgab mich völlig und spendete mir so die Sicherheit, die ich brauchte. Ich ahnte bereits, was jetzt kam.

„Noelle, … sag es ihm! Erzähl ihm von Miami und auch alles andere."

Stockend begann ich zu reden, verhaspelte mich ein paar Mal, doch dann ging es plötzlich ganz leicht. Ich konnte beobachten, wie Raoul ein paar Mal die Stirn runzelte, wie seine Augen gefährlich glitzerten, doch er unterbrach mich kein einziges Mal. Als ich endete, blieb es still – sekundenlang. Dann jedoch …

„Was ist das für eine abgefuckte Scheiße? Alejandro! Sag mir, dass das nicht wahr ist!"

„Das kann ich nicht, denn es passt zu gut zu dem Überfall auf die Hazienda. Es können nur Dragos Männer gewesen sein, die uns angegriffen haben. Erinnere dich daran, dass wir einen Russen unter den Toten fanden. Es waren nicht nur Einheimische, die uns das Leben zur Hölle machten. Nimm den Zufall hinzu, dass sich mein Onkel zur gleichen Zeit dort aufhielt und natürlich bereits im Keller war, um nach dem Weinvorrat zu schauen, als die erste Detonation erfolgte. Zuerst wollte ich es auch nicht glauben, habe an der Geschichte gezweifelt, aber da ist mehr dran, als auf den ersten Blick zu erkennen ist. Und jetzt kommst du ins Spiel." Alejandro zog mich noch näher an sich heran und ich konnte mir denken, dass jetzt etwas kam, was mir nicht gefallen würde. „Ich brauche weitere Informationen über Noelles Vater. Irgendwie scheint er eine Schlüsselfigur in der ganzen Geschichte zu sein. Ich weiß nicht, wie er reinpasst, aber seine Spielschulden und das Einverständnis, seine Tochter einem Schurken wie Drago zu überlassen – das passt kein bisschen zu den Informationen, die wir bereits haben." Meine Kopfhaut begann zu kribbeln und es war purer

Zorn, der mich in diesem Moment ansprang wie ein wildes Tier.

„Wie wäre es denn einfach mit Nachfragen, du ... du ...“ Wieder einmal fehlte mir das Wort.

„Sei nicht böse, princesa!“, versuchte Alejandro mich zu beruhigen, aber gerade wollte ich mich nicht beschwichtigen lassen. Er sprach über meine Familie. Über Menschen, die ich liebte und vermisste.

„Mein Vater hat getan, was er tun musste. Und ich auch! Meine Mutter wird sterben, Alejandro. Die Medikamente, die ihr die Schmerzen ersparen, sind teuer und ...“ An der Stelle war es Raoul, der meine feurige Rede unterbrach.

„Beruhige dich, Noelle! Das ist es nicht, was Alejandro dir sagen will.“

„Was denn dann? Jetzt redet endlich!“ Meine Blicke wanderten zwischen den beiden Männern hin und her. Plötzlich hatte ich auch keinerlei Probleme mehr, Raoul in die Augen zu schauen. Gerade sah er nämlich nicht sehr furchterregend aus, sondern wirkte eher zerknirscht. Dabei entgingen mir nicht die Blicke, die die beiden Männer untereinander austauschten. Ein Passant lief ganz nah an uns vorbei und Alejandro zog mich tiefer in die Gasse hinein. Raoul folgte uns auf dem Fuß.

„Was weißt du über deinen Vater?“ Alejandro hielt mich fest, als befürchtete er, ich würde bei seinen nächsten Worten davonlaufen.

„Was man über seinen Vater eben so weiß! Er liebt seine Frau und seine Kinder abgöttisch, wie es jeder Mann tun sollte. Er ist Diamanthändler, arbeitet hart und wir waren bis vor ein paar Jahren recht wohlhabend. Bis der Krebs bei meiner Mutter diagnostiziert wurde und mein Vater nicht damit klarkam. Er begann zu spielen und die Schulden wuchsen ihm schon recht bald über den Kopf." Ich holte keuchend Luft. „Ist es das, was ihr beiden wissen wollt?"

Raoul schüttelte langsam den Kopf, suchte über mich hinweg nach Alejandros Blick und mir wurde eiskalt. Der Wind schien auf einmal arktische Temperaturen zu haben.

„Das wissen wir bereits alles, Noelle ... und noch ein bisschen mehr. Dein Vater ... das solltest du wissen, ... Verdammt!" Raoul unterbrach sich, trat einen Schritt näher und schaute mich durchdringend an. „Wir haben herausgefunden, dass dein Vater kein einfacher Diamanthändler ist. Er gehört der Russenmafia rund um Nikolai Sokorov an und der ist einer ihrer höchsten Tiere. Dein Vater wäscht nicht nur Sokorovs schmutziges Drogengeld, sondern führt auch noch die Bücher für diesen Verbrecher ..."

Wieder einmal schien die Zeit stillzustehen. Ich konnte nicht mehr sagen, zum wievielten Mal an diesem Tag. „Das ist nicht wahr", flüsterte ich heiser. „Das kann nicht wahr sein. Das würde mein Dad nicht tun. Er ist kein Verbrecher!" Den letzten Satz hatte ich fast schon geschrien und Alejandro drückte meinen Kopf schnell gegen seine Brust – erstickte so das qualvolle Schluchzen, das über meine Lippen drang. Dass Drago Nikolai Sokorovs Neffe war und somit auch zu den Verbrechern gehörte, wurde mir erst ein paar Sekunden später bewusst.

„Schscht, Noelle!" Ich spürte seine Hände auf meinem Rücken, seine Lippen in meinem Haar und trotzdem konnte ich nur die Pein fühlen, die mir Raouls Worte beschert hatten. Mein Kopf arbeitete fieberhaft, denn ich wollte einfach etwas finden, das diese Behauptung entkräften konnte. Irgendetwas, um meinen Dad zu entlasten. Stattdessen ergab plötzlich alles einen schrecklichen Sinn. Ich erinnerte mich an den Abend, als er mich in sein Büro rief. An die Verzweiflung in seinen müden Augen und plötzlich waren da auch wieder seine Worte, dass er etwas Schlimmes getan habe. Etwas, das ihn sein Leben kosten könnte. Damals hatte ich diesen Satz gar nicht wirklich wahrgenommen. Ich war noch viel zu entsetzt von der Tatsache, dass dieser starke Mann unser ganzes Vermögen am Roulettetisch verloren hatte. Dass er sterben würde, hatte ich eher für eine Floskel gehalten. Was, wenn es keine gewesen war? Was, wenn er nicht nur unser Vermögen verspielt, sondern sich auch noch am Geld eines anderen bedient hatte? Und was, wenn es Nikolai Sokorov war? Mir wurde schlecht und ich krümmte mich zusammen. Ich wollte schreien, doch wieder blieb meine Stimme weg. Mein Leben geriet vollkommen aus den Fugen und selbst das, was ich bisher für wahr gehalten hatte, wurde zu einer einzigen, großen Lüge. Falls mein Vater für diesen Sokorov arbeitete, dann musste er wissen, dass Drago wahrscheinlich ein ebenso großer Verbrecher wie sein Onkel war. Mein eigener Vater hatte mich mit großer Wahrscheinlichkeit verkauft, um sein Leben zu retten. Mein ... mein Dad, ... den ich über alles liebte, hatte mich benutzt wie einen, ... einen Gegenstand.

Aber warum wollte Drago mich so unbedingt haben? Er liebte mich nicht. Liebe war etwas ganz anderes – den Hauch einer Ahnung hatte ich in den letzten Tagen bekommen. Und was war mit Alejandros Onkel? Was hatte er mit all dem zu tun?

Alejandro hob mein Kinn und zwang mich, ihn anzusehen.

„Kleines, ... es ist mir egal, wessen Tochter du bist. Es ist mir noch egaler, wessen Verlobte du bist. Niemals, ... hörst du. Niemals werde ich dich gehenlassen. Du bist nicht alleine und wir werden eine Lösung finden. Für dich, für Luciana – für uns alle."

Tränen tropften aus meinen Augen, liefen über mein Gesicht und benetzten auch Alejandros Finger. Seine Worte drangen kaum bis zu mir durch. In diesem Moment fühlte ich mich, als wäre ich ganz alleine auf dieser Welt und dabei verfluchte ich meinen Vater, Drago und alle Alejandros dieser Welt ...

Kapitel 37

Alejandro

Ich konnte es Noelle nicht ersparen. Wir mussten der Boutique von Madame Moreau trotz all der schrecklichen Eröffnungen einen Besuch abstatten. Falls mein Penthouse abgehört wurde, falls mein Onkel mich in irgendeiner Weise überwachen ließ, ging ich davon aus, dass er von unserer Shoppingtour wusste. Und weiterhin ging ich davon aus, dass er auch Noelles Worte über ihn mitbekommen hatte. Die Frage war jetzt nur, wie er reagieren würde.

Fakt war, dass ich mein Mädchen auf keinen Fall zurück ins Penthouse bringen konnte, denn dort war sie in Gefahr. Ich brauchte den Besuch in der Boutique, um verschiedene Möglichkeiten abzuwägen. Um mir darüber klar zu werden, wie es jetzt weitergehen sollte.

Noelle wehrte sich mit Händen und Füßen, als wir sie in den Laden schoben und ich konnte sie mehr als nur verstehen. Ihre Welt war gerade sehr kalt geworden. Auf keinen Fall hatte sie die Nachricht gut aufgenommen, dass ihr Vater mit der Russenmafia zusammenarbeitete. Dass ihr Verlobter ein gewissenloses Schwein war, ließ sie kalt. Aber das hatte ich mir bereits gedacht. Durch meine Informanten hatte ich sehr schnell erfahren, dass Leidenschaft zwischen den beiden wohl keine Rolle spielte – wobei ich das absolut nicht verstehen konnte.

Madame Moreau begrüßte mich überschwänglich. Im Geiste sah sie ihre Kasse bereits klingeln, nachdem sie einen Blick auf meine Begleiterin geworfen hatte. Sie klatschte in die Hände und sofort waren zwei Angestellte zur Stelle, die Noelle mit nach hinten nahmen. Ich beobachtete ihren steifen Gang, als sie den beiden Damen folgte. Am liebsten hätte ich sie tröstend in die Arme genommen, aber dazu blieb jetzt keine Zeit mehr. Die Geschäftsinhaberin bekam riesengroße Augen, als ich ihr mitteilte, welche Kleidungsstücke ich mir für Noelle vorstellte – inklusive aller passenden Accessoires. Ich sah es ihr an: Am liebsten wäre sie mir um den Hals gefallen und sie eilte so schnell nach hinten, dass ich beinahe lachen musste – aber eben nur beinahe. Unsere Situation war alles andere, nur nicht zum Lachen.

Raoul zog mich zu der kleinen, aber exklusiven Sitzgruppe im hinteren Teil des Geschäftes und wir ließen uns dort in die bequemen Sessel fallen.

„Das ist ein Ding, mi amigo. Ich gebe es nicht gerne zu, aber wenn die Frau, die Noelle gesehen hat, tatsächlich Luciana ist, werde ich mich bei dir entschuldigen – für jeden einzelnen verfickt unsensiblen Satz, den ich jemals in diese Richtung geäußert habe."

„Ich frage mich nicht, ob sie es ist – denn irgendetwas sagt mir, dass es so sein muss. Nur: Warum hat sie sich in all den Jahren nicht bei uns gemeldet? Bei mir gemeldet? Sie muss doch gewusst haben, dass ich vor Sorge wahnsinnig geworden bin." Eine Angestellte brachte ein Tablett mit verschiedenen Getränken. Ich griff nach dem starken Kaffee. „Falls Dario tatsächlich seine Finger in dieser Scheiße haben sollte – und auch davon bin ich nach Noelles Erzählungen überzeugt – kann ich verstehen, warum sie ihm kein Lebenszeichen gegeben hat. Aber wieso hat sie mich all die Jahre im Glauben gelassen, sie wäre tot … oder Schlimmeres?“

„Das verstehe ich auch nicht und ich denke, wir werden es auch nur herausfinden, wenn wir nach Miami fliegen. Wir müssen Luciana finden – auch wenn es in meinen Augen ein waghalsiges Unternehmen ist.“ Ich schaute Raoul an und konnte nur mit dem Kopf nicken.

„Bevor wir nach Miami reisen, müssen wir unbedingt in Erfahrung bringen, was mein Onkel mit der ganzen Sache zu schaffen hat. Ich bezweifle Noelles Aussage, dass er auf Dragos Yacht war, nicht. Und dass es ausgerechnet sein Lachen ist, an das sie sich erinnert, verstehe ich nur zu gut. Kannst du dich noch daran erinnern, dass Maria mal sagte: Nur Satan könnte schlimmer lachen als Onkel Dario?“

„Nur zu gut! Deshalb habe ich der princesa auch gleich geglaubt. Zumindest die Sache mit deinem Onkel.“ Raoul räusperte sich. „Ich habe dir schon oft nahegelegt, endlich die Leitung deiner Firma zu übernehmen, statt die verrückte Suche weiter fortzusetzen. Ich will nicht wissen, in welch dunkle Machenschaften Dario verwickelt ist und was er in den langen Jahren alles so mit der Firma deiner Familie getrieben hat.“ Ehrlich gesagt, wollte ich das auch nicht wissen.

„Sollte er wirklich mit der Russenmafia unter einer Decke stecken, wird ihm das das Genick brechen. Am besten setzt du gleich unsere Schnüffler auf ihn an und die sollen alles durchforsten, was ihnen unter die Finger kommt. Private Konten, Geschäftsverbindungen – und auch Torres-Enterprises sollen sie genau unter die Lupe nehmen. Sie sollen überprüfen, mit wem er sich trifft, wen er vögelt und wann er auf die Toilette geht. Keinen Schritt darf er mehr tun, ohne dass wir davon wissen."

„Das ist schön und gut," gab Raoul zum Besten. „... aber dir ist hoffentlich klar, dass du auf keinen Fall mit Noelle im Penthouse bleiben kannst. Ihr müsst auf dem schnellsten Wege verschwinden. Dario ist nicht dumm! Du wirst dich vielleicht verstellen können – aber Noelle ist eine ganz andere Nummer. Sie weiß bereits zu viel, um sich noch normal verhalten zu können und wenn dein Appartement überwacht wird, kommt Dario recht schnell dahinter, dass etwas nicht stimmt. Falls er das nicht längst weiß. Du hast nämlich absolut recht, wenn du sagst, dass die princesa nicht lügen kann." Raoul nahm einen Schluck aus seinem Wasserglas, während ich mir einen weiteren Kaffee genehmigte. Dann schaute er mich an und ich ahnte, dass er noch etwas anderes auf dem Herzen hatte. „Ich wage nicht, es auszusprechen, aber hast du schon mal darüber nachgedacht, dass dein Onkel mit dem Mord an deinen Eltern etwas zu tun haben könnte?" Mein Gesicht gefror zu einer starren Maske. Nein! Dieser Gedanke war mir bisher nicht gekommen und die Tasse, die ich gerade zum Mund führen wollte, landete klirrend wieder auf dem Unterteller. „Denk doch mal nach! Wer hätte vom Tod deiner Eltern profitiert? Wir haben immer angenommen, dass es ein Rachemord war. Dass dein Vater den Kartellen zu sehr auf den Leib rückte, doch im Grunde genommen war Estebans Kartell viel zu mächtig, als dass dein Vater ihm ernsthaft hätte schaden können. Was juckt es den Elefanten, wenn die Mücke sich an ihm reibt? Viel wahrscheinlicher ist doch ..." Ich sah es hinter Raouls Stirn arbeiten und meine Hände ballten sich zu Fäusten. Was er auch sagen wollte, es blieb besser ungesagt, denn Dario war es, der mich in jener verhängnisvollen Nacht rettete. Meine Gedanken glitten zurück in die Vergangenheit und plötzlich befand ich mich im Stall, hörte das leise Schnauben der Pferde und roch den Duft des Heus.

Ich war so schnell gerannt wie nie zuvor. Das Stallgebäude war nicht weit vom Haupthaus der Hazienda entfernt. Immer wieder hörte ich Luciana, die mir befohlen hatte, mich im Stall zu verstecken. Sie wollte mich dort suchen kommen, doch das war eine Lüge gewesen. Ich sollte mich dort verstecken, hatte sie mir aufgetragen und ich wusste noch, wie sehr mein Herz klopfte, als ich das große Stalltor öffnen wollte. Die Tür war groß und schwer und eigentlich bekam ich sie gar nicht auf. In dieser Nacht klappte es zum ersten Mal. Ich wusste nicht, was mir die Kraft verlieh – war es Wut, war es Angst, oder einfach nur der Wunsch, Luciana nicht zu enttäuschen. Auf nackten Füßen huschte ich im Dunkeln über die Stallgasse und ich glaubte tatsächlich, dass ich noch heute spüren konnte, wie die Strohhalme unter meinen Füßen piekten. Mitten im Stall stand eine Futterkiste. Die war riesengroß. Der ideale Platz, um sich dort zu verstecken.

Ich erinnerte mich daran, dass ich in die alte Holzkiste kletterte, dass ich gerade den Deckel über mir schließen wollte, als ich draußen Stimmen hörte. Laut grölend kamen Männer in den Stall und ich versuchte, ganz leise den Deckel zu schließen. Mein Herz hämmerte in der Brust, sodass ich glaubte, jeder müsse es hören – vor allem die Verbrecher, die gerade über die Stallgasse polterten und dabei laut lachten. Ich wusste, sie würden mich finden und am liebsten hätte ich laut geschrien.

Dann jedoch hörte ich ein lautes Krachen, so als wäre die Stalltür an die Wand geflogen. Schüsse fielen und ich hörte lautes Geschrei und ein dumpfes Wummern. Dann plötzlich ... Stille. Die war so erschreckend, dass ich wimmerte. Ich biss mir auf die Lippen, um den leisen Laut zu unterdrücken. Ich vernahm Schritte – von mehr als einer Person und dann plötzlich die Stimme meines Onkels.

Ich versuchte, mich an jedes noch so winzige Detail der Nacht zu erinnern. An alles, das Dario entlasten konnte. Der Mann war der Bruder meines Vaters und er hatte mich aufgezogen, als wäre ich sein eigener Sohn. Ich konnte und wollte nicht glauben, dass er etwas mit dem Tod meiner Eltern zu tun hatte. Raoul sagte kein Wort. Er beobachtete mich stumm und wieder glitt ich zurück in die Vergangenheit.

Die Schritte näherten sich der Futterkiste und ich machte mich ganz klein. Wenn die Verbrecher den Deckel anhoben, würden sie mich sehen und erschießen.

„Die werden nicht mehr reden! Verdammtes Pack alle miteinander! Ich könnte ...“

Onkel Dario? War das wirklich mein Onkel, den ich gerade sprechen hörte? Ich wollte den Deckel der Truhe öffnen, wollte schreien, dass ich mich versteckt hatte, doch ich konnte nicht. Ich war nicht in der Lage, auch nur einen Finger zu bewegen.

„Wenn diese Idioten den Kleinen vor uns gefunden hätten, wäre er jetzt Geschichte.“ Eine zweite Stimme – eine, die ich nicht kannte und die mich erschreckte.

„Alejandro? Was ist mit dir?“ Raoul hörte sich besorgt an und ich versuchte, mich aus den schmerzlichen Erinnerungen zu lösen. Ich versuchte, den kleinen Jungen auszublenden, der in dieser Nacht vor vielen Jahren seine ganze Familie verloren hatte. Meine Hände ballten sich erneut zu Fäusten. Plötzlich war ein Detail in meinem Kopf aufgetaucht, das ich all die Jahre verdrängt hatte. Ein Satz, der plötzlich einen vollkommen anderen Sinn ergab – etwas, das ich mit neun Jahren noch nicht begriffen hatte und es auch nicht wichtig fand. Wichtig war damals nur, dass mein Onkel es war, der die Kiste öffnete und mich in seine Arme hob. Wichtig war nur, dass ich endlich weinen durfte und mich in den starken Armen wohl fühlte.

Übelkeit schüttelte mich, als der eine Satz plötzlich immer und immer wieder auf mich einhämmerte. *„Hätten sie den Kleinen umgebracht, dann wären wir auch Geschichte. Diese verdammten Söldner …“* Und dieser Satz war ganz eindeutig von Dario gekommen. Wieso war mir das all die Jahre nicht eingefallen? Wieso erst jetzt?

„Ich, … ich …“ In diesem Moment war ich nicht in der Lage, zu sprechen. Der Mörder meiner Eltern – oder derjenige, der zumindest unmittelbar an ihrem Tod beteiligt war – er war mir die ganze Zeit über nah gewesen. „Mir ist gerade wieder etwas eingefallen!“ Hass färbte meine Stimme und es war Feuer, das in diesem Moment durch meine Adern rann. Am liebsten wäre ich losgestürmt und hätte meinem Onkel eine Kugel durch den Kopf gejagt. Am liebsten hätte ich …

Der Vorhang teilte sich und Noelle betrat den Raum. Ihr war es in diesem Moment zu verdanken, dass ich nicht in meinem wilden Zorn den Tisch packte und umwarf. Ihr war es zu verdanken, dass ich meine Gedanken nicht zu sehr in die Vergangenheit abschweifen ließ, denn gerade war mir noch ein wichtiges Detail eingefallen. Etwas, das mein Vater zu mir sagte – zwei Tage, bevor er starb …

Kapitel 38

Noelle

Drei Frauen zupften an mir herum und ich hätte sie am liebsten eigenhändig erschlagen. Ich war viel zu aufgewühlt, um das Gezerre an meinem Körper gut wegzustecken. Immer wieder tauchte mein Vater in meinem Kopf auf – und Drago. Zuerst hatte ich nicht glauben wollen, was Alejandro mir über meinen Dad sagte, doch je länger ich darüber nachdachte, desto klarer wurde mir: Er hatte recht.

Ich wusste, mein Vater liebte mich. Ich war seine Erstgeborene und immer wieder hatte er mir gesagt, dass ich sein kleiner Augenstern wäre. Die Tochter, die er sich immer gewünscht hatte. Er liebte meine Schwester nicht minder, aber auf eine völlig andere Weise. Als sie klein war, hatte er sie maßlos verwöhnt – fast so, als ob er ein schlechtes Gewissen gehabt hätte. Das führte dazu, dass sie sich nicht einschränken konnte und es auch nicht wollte. Seine Zeit verbrachte er überwiegend mit mir. Er ging mit mir Angeln, nahm mich mit zu den Edelsteinbörsen, die er besuchen musste und er war es auch, der mich über meinen ersten Liebeskummer hinwegtröstete. Es musste schon etwas Gravierendes sein, das ihn dazu brachte, mich zu verschachern.

Ich war überhaupt nicht bei der Sache und als die Verkäuferinnen plötzlich entzückende, kleine Schreie ausstießen, erschrak ich heftig.

„Oh, ... wie wundervoll!“ Das Seufzen wollte kein Ende nehmen. „Schauen Sie in den Spiegel, Madame!“ Ich hob den Blick und starrte die Erscheinung an, die ich dort sah. Das sollte ich sein? Ich konnte es nicht wirklich glauben.

Die Haare hatte man mir zu einem lockeren Knoten geschlungen und einzelne Strähnen ringelten sich an meinem Hals entlang bis auf mein Dekolleté. Meine Augen wirkten riesig und leuchteten mit dem dunklen Grün des Kleides um die Wette.

Das Oberteil des Spitzentraums endete in einem fächerförmigen Kragen, der mit weichen Federn besetzt war. Der Ausschnitt lief vorne spitz zu und bedeckte soeben meine Brüste. Er reichte tief nach unten – legte fast meinen Bauchnabel frei. Trotzdem hatte ich nicht das Gefühl, dass das Kleid zu gewagt war. Glitzernde Steine in Türkis waren auf das Oberteil gestickt – bildeten Ranken und kleinere Ornamente, die sich am weitschwingenden Saum des Kleides wiederholten. Wenn ich einen Schritt machte, klaffte das Ensemble vorne auseinander und entblößte meine Beine, die in gleichfarbigen Pumps steckten. Ein kürzeres Unterkleid in einem sehr viel helleren Ton vervollständigte das Outfit. Mir blieb die Luft weg, als ich mich so sah und für einen Moment vergaß ich darüber sogar meinen Dad, Drago und dass beide Männer der Mafia angehörten.

Ganz kurz erlaubte ich es mir, zu träumen. Ich stellte mir vor, wie Alejandro auf meinen Anblick reagieren würde. Wie seine Augen sich weiteten und ich mitansehen konnte, wie sie langsam dunkler wurden. Dieser Tagtraum war so lebhaft, dass ich erschauerte.

„Süße! Dieses Abendkleid musst du Señor Torres unbedingt zeigen. Er wird begeistert sein.“ Madame Moreau, die nicht eine Sekunde lang von meiner Seite gewichen war, klatschte impulsiv in die Hände, packte mich am Ellbogen und zog mich hinter sich her. Bevor ich wusste, wie mir geschah, hatte sie den Vorhang geöffnet, mich in den Eingangsbereich des Geschäftes geschoben und sich hinter mir in Position gebracht.

Der Laden lag im Halbdunkeln und im ersten Moment konnte ich Alejandro nirgendwo entdecken. Doch dann sah ich ihn. Die beiden Männer saßen im Hintergrund – in einer Nische, die man von der Tür aus nicht einsehen konnte. Alejandro wirkte, als wäre er gar nicht wirklich anwesend. Sein Blick ging ins Leere und Raoul machte auf mich einen sehr besorgten Eindruck. Was sie miteinander beredeten, schien sehr ernst zu sein. Sofort machten sich in mir wieder Zweifel breit. Wenn mein Vater tatsächlich mit den Männern zusammenarbeitete, die Alejandros Familie zerstört hatten, wie konnte er mich da ... Ich schüttelte den Kopf. Er hatte nie von Liebe gesprochen. Er begehrte mich, er schlief mit mir, aber ... Und dann war da plötzlich wieder der zerfetzende Schmerz, der mein Herz spalten wollte. Es war verrückt – absolut bescheuert, aber ich musste mir eingestehen, dass ich den Mann liebte, der mich entführt hatte. Denjenigen, dem ich die heißesten Nächte meines Lebens verdankte und der mir die Augen öffnete. Über sehr viele Dinge – auch über mich selbst. Alejandro hatte erst vor wenigen Tagen zu mir gesagt, dass er kein netter Mann sei, aber das stimmte nicht so ganz. Sicher: Er nahm sich, was er wollte – aber niemals hatte er mich zu irgendetwas gezwungen. Es wäre eine Lüge, wollte ich das behaupten.

Ich schaute ihn unentwegt an, während ich mich vorsichtig durch den Raum bewegte und fast war es, als hätte er meine Anwesenheit gespürt. Sein Kopf flog in die Höhe und ich begegnete seinem Blick.

Im ersten Moment erschrak ich vor der Düsternis, die seine Iriden verfinsterte, doch dann änderte sich der Ausdruck seiner Augen. Zuerst erkannte ich Staunen, dann glitt sein Blick an meinem Körper herab und das erinnerte mich an unsere erste Begegnung in dem kleinen Straßencafé. Dort hatte er mich genauso angesehen. Voller Hunger und als wüsste er bereits, dass ich ihm gehören würde.

„Ah, ... Señor! Ist sie nicht wunderschön? Das Kleid, wie für sie gemacht?“ Madame Moreau zupfte noch immer an mir herum, doch ich hatte nur Augen für Alejandro und bemerkte es nicht einmal mehr.

Der stand im gleichen Moment auf und im Hintergrund sah ich Raoul lächeln. Irgendwie ließ das den harten Mann weicher wirken und zum ersten Mal war es nicht Angst, die ich in seinem Beisein spürte, sondern eine gewisse Erleichterung, dass er Alejandro zur Seite stand. Der blieb in dieser Sekunde vor mir stehen und schaute auf mich herab. Seine Finger legten sich unter mein Kinn und er hob es an. Ganz von allein öffneten sich meine Lippen. Ich sehnte mich so sehr nach seiner Umarmung, danach, dass er mich küsste – wild und leidenschaftlich, sodass ich alles andere vergessen konnte.

„Du bist wunderschön, mi corazón! Selbst in den Momenten, in denen ich Traurigkeit in deinen Augen erkenne, erscheinst du mir wie ein Traum – ein ferner Traum.“ Meine Hände wanderten ganz von alleine über Alejandros Brust. Ich spürte jeden einzelnen Muskel unter meinen Fingerspitzen zucken, den Schlag seines

Herzens so unglaublich nah und dann endlich auch seine Lippen auf meinen. Sein Kuss war vorsichtig, nicht voll von wildem Feuer, wie ich es von ihm kannte. Ich hatte plötzlich das Gefühl, als würde ich aus kostbarstem Glas bestehen. Dieses Mal forderte Alejandro nicht – er bat. Als er spürte, wie sehr ich es wollte, wie sehr ich mich nach seiner Nähe sehnte, schlang er die Arme um meine Körpermitte und sein Kuss wurde drängender. So leidenschaftlich, dass Madame Moreau schließlich leise hüstelte. Anscheinend hatte sie etwas dagegen, dass wir beide auf ihrem teuren Berber landeten. Der Gedanke daran, ... der Moment, in dem ich mir vorstellte, es tatsächlich hier auf dem Boden mit ihm ...

Alejandro fing an zu lachen. Der düstere Ausdruck war vollkommen aus seinen Augen gewichen. Stattdessen fing er mein Gesicht mit seinen Händen ein, drückte einen Kuss auf meine Stirn, nur um mich eine Sekunde später mit einem Blick zu bedenken, der meine Knie zittern ließ.

„Heute Nacht, mi corazón ... heute Nacht. Das Versprechen in deinen Augen wirst du einlösen. Mit vielen kleinen Seufzern und Schreien ...“ Seine Lippen strichen über meine Schläfen bis zu meinem Ohr und wieder erschauerte ich.

„Madame Moreau! Packen Sie dieses Kleid zu den anderen Dingen, die ich in Auftrag gab. Lassen Sie die Sachen gleich zu unserem Wagen schaffen, aber ein Kostüm würde ich gerne gleich an meiner Begleitung sehen. Etwas Leichtes, das zu einem ungezwungenen Abendessen im Club passt.“ Dann schaute er mich an und seine Augen versprachen mir dabei so einiges.

Eine knappe Stunde später saß ich wieder in Raouls Auto und dieser bemühte sich um einen möglichst ungezwungenen Tonfall. Er fragte mir Löcher in den Bauch und ich gab tatsächlich mein Bestes, die Unterhaltung mit ihm in Gang zu halten. Doch statt in einen Club zu fahren, so wie Alejandro es in der Boutique angekündigt hatte, klopfte er plötzlich auf Raouls Schultern und deutete auf ein Straßenschild. Was auch immer das zu bedeuten hatte, Raoul setzte den Blinker und wir bogen von der Hauptverkehrsstraße ab.

Erst als Raoul den Wagen am Straßenrand abstellte, bemerkte ich, dass wir in einer sehr unwirtlichen Gegend haltmachten und als Alejandro aussteigen wollte, hielt ich ihn am Arm zurück.

„Du willst aussteigen? Hier?“ Anscheinend konnte Alejandro anhand meines Gesichtsausdrucks sehen, dass mir die Gegend ganz und gar nicht geheuer war. Er lächelte mich beruhigend an.

„Keine Sorge, princesa! Raoul und ich haben gute Freunde in diesem Viertel. Niemand würde uns hier auch nur ein Haar krümmen. Und meine Begleiter sind auch Pedros Freunde. Du hast nichts zu befürchten. Man wird dich hier mit ausgesuchter Höflichkeit behandeln.“

„Etwas, das du anfangs nicht zustande gebracht hast.“ Die Spitze kam schneller über meine Lippen, als mein Verstand hinterherkam. Der Gedanke, dass ich gerade mein Todesurteil unterschrieben hatte, folgte auf dem Fuße, noch bevor Alejandro dieses spezielle Lächeln auflegte, das er nur mir schenkte. Es war dunkel, es war verrucht und erinnerte mich daran, dass die kommende Nacht ihm gehörte.

„Ernsthaft, Alejandro!“ Jetzt mischte sich auch Raoul ein. Noch nie war ich so froh, die Stimme von Alejandros

Freund zu hören. In diesem Moment musste er sich nämlich mit Raoul beschäftigen und ich rutschte erst einmal aus seinem unmittelbaren Fokus. „Kannst du mir bitte mal verraten, warum du ausgerechnet heute Pedro einen Besuch abstatten willst? Auch wenn wir nicht gerade auf der Abschussliste seiner Gang stehen – das hier ist keine Gegend für eine Frau." Auf Alejandros Antwort war ich bereits sehr gespannt. Ich hatte nämlich bereits gesehen, dass sich zwischen seinen Augenbrauen eine steile Falte bildete und die wurde immer tiefer.

„Du gibst mir sicherlich recht, wenn ich jetzt sage, dass wir Beweise brauchen. Und um an die Hintermänner ranzukommen, an all diejenigen, die am Tod meiner Eltern beteiligt waren, brauchen wir Dario noch. Ich würde ihn am liebsten kaltstellen, doch dann wäre ich auch nicht besser als er."

„Was macht dich plötzlich eigentlich so sicher? Vorhin wolltest du nicht glauben, dass Dario etwas mit dem Mord an deinen Eltern zu tun hat und jetzt …" Raoul breitete in einer hilflosen Geste die Arme aus. „… und jetzt stehen wir in Pedros Revier und du erklärst mir, dass wir seine Hilfe benötigen, um deinen Onkel zu überführen. Ich komme nicht mehr so ganz mit."

„Ich habe mich an etwas erinnert. An eine Sache, die ich als Neunjähriger nicht verstand und die ich über den Schock der Nacht vergaß." Alejandro schien erneut in seine ganz eigene Welt abzugleiten und ich griff nach seiner Hand. Seine Finger verwoben sich mit meinen, bevor er weitersprach.

„Zwei Tage vor seinem Tod hat mein Padre mich mit an den Strand genommen. Wir sind weiter gelaufen als jemals zuvor und ich kann mich auch noch sehr gut daran erinnern, dass meine Füße ordentlich gebrannt haben.

Irgendwann blieb er stehen und starrte aufs Meer hinaus. Dann sagte er etwas, das ich damals bereits komisch fand. Er sagte, dass man niemandem trauen kann, wenn man reich ist und erst recht nicht den Menschen, die einem am nächsten stehen. Er hat mir gesagt, dass er dafür gesorgt hat, dass seinem Erben, nämlich mir, nichts zustoßen könnte und er niemals gedacht hätte, dass diese Maßnahme einmal nötig sein würde." Alejandro war während des Sprechens immer leiser geworden, so als fiele es ihm sichtlich schwer, eine gewisse Tatsache zu akzeptieren.

„Und das bringt dich darauf, dass Dario tatsächlich in die Tat verwickelt ist?" Raoul hakte noch einmal nach.

„Ja!" Jetzt klang Alejandros Stimme fest. „Denn neben meiner Madre und uns Kindern stand Dario meinem Vater am nächsten. Er hat ihn geliebt und hätte ihm sein Leben anvertraut ... und außer ihm gab es niemanden, den mein Vater an sich herangelassen hätte ..."

Kapitel 39

Alejandro

Wie es zu erwarten stand, empfing Pedro uns herzlich, sagte nichts dazu, dass ich zum ersten Mal eine Frau an meiner Seite hatte und bevor ich ihm mitteilen konnte, dass Noelle für alle anderen in seinem kleinen Paradies tabu war, hatte er bereits entsprechende Anweisungen erteilt. Anscheinend sah man mir meine Gefühlslage durchaus an und das war gar nicht gut. So rückte Noelle in den Fokus derjenigen, die mir schaden wollten – und davon gab es so einige.

Während ich mich mit Pedro in eine abgetrennte Nische seines Clubs zurückzog, führte Raoul mein Mädchen an die Bar. Ehrlicherweise musste ich zugeben, dass ich dabei kein besonders gutes Gefühl hatte, doch ich wusste genau, dass Pedro niemals im Beisein einer Frau über Geschäfte sprechen würde. Ein ganz spezieller Tick seinerseits. Also hatte ich Noelle Raoul anvertraut, obgleich ich wusste, dass sie eine gewisse Scheu vor ihm hatte. Instinktiv witterte sie den Dom in ihm und diese Seite seiner Persönlichkeit schien ihr nicht zu behagen. Wobei ich heute zum ersten Mal ein gewisses Interesse in ihren Augen erkannt hatte – das ließ sich vielleicht ...

„Was führt dich her, mi amigo? Und erzähl mir jetzt nicht, du wolltest mir deine kleine Schlampe präsentieren." Wie ich das hasste. Was Frauen betraf, hatte Pedro ein echtes Problem und ich fragte mich immer wieder, woran das lag.

„Nein! Ganz bestimmt nicht!" Man konnte mir den Ärger anhören und das war nicht gut. Nicht im Umgang mit Pedro. „Ich will etwas Geschäftliches mit dir besprechen und hoffe auf deine Verschwiegenheit – so wie immer." Sofort entspannte Pedro sich, lehnte sich in seinem schwarzen Ledersessel zurück und nippte an seinem Drink.

„Dann schieß los, Alejandro! Ich bin schon sehr gespannt. Du machst den Eindruck, als wäre es ein wichtiger Auftrag. Zumindest einer, der dir unter die Haut zu gehen scheint."

Ich nickte mit dem Kopf und dann begann ich zu erzählen. Mir war klar, dass ich alles auf den Tisch legen musste. Angefangen von der Nacht des Mordes, bis hin zu Noelles Entführung. Nur die Nächte mit ihr, die ließ ich aus. Die gingen niemanden etwas an – auch Pedro nicht.

Der Boss der Motorradgang hörte die ganze Zeit über stillschweigend zu. Er unterbrach mich kein einziges Mal und das war recht ungewöhnlich für Pedro. Normalerweise stellte er immer einen Haufen dummer Fragen, die sich am Ende als gar nicht so dumm herausstellten – dieses Mal schwieg er allerdings. Das sagte mir, dass er die Situation, ebenso wie ich, nicht auf die leichte Schulter nahm. Sein leises Knurren war ebenfalls ein Indiz, dass er mir glaubte.

Pedro und mich – uns beide verband eine Freundschaft, die wohl niemand so recht verstehen konnte. Er der Outlaw, ich derjenige, der die Kartelle bekämpfte. Aber so war es und wahrscheinlich würde das auch für immer so bleiben, solange Pedro gewisse Grenzen nicht überschritt. Ich hatte ihm vor einigen

Jahren das Leben gerettet und das hatte Pedro nie vergessen – ich im Übrigen auch nicht.

„Wenn ich dich richtig verstanden habe, hast du vor, dich mit der Russenmafia anzulegen. Bisher hielt ich dich für einen vernünftigen Mann, jetzt habe ich allerdings das Gefühl, dass ich einem idiota gegenübersitze." Pedro beugte sich nach vorne, legte seine Unterarme auf den Oberschenkeln ab und bedachte mich mit einem finsteren Blick. Das konnte ich auch und so starrte ich zurück.

„Das ist noch nicht alles! Ich vergaß zu erwähnen, dass meine Schwester wahrscheinlich noch lebt – im Haushalt von Nikolai Sokorov." Als ich diesen Namen im Zusammenhang mit meiner Schwester erwähnte, wurden Pedros dunkelbraune Augen starr und sein Blick so eisig, dass es selbst mir anders wurde.

„Caramba! Ist das dein Ernst?" Ich nickte.

„Mein voller Ernst!" Und dann berichtete ich ihm von Noelles Beobachtungen. Sein Blick glitt über mein Mädchen und in diesem Moment verspürte ich einen seltsamen Stich in der Brust. Er sollte sie nicht ansehen – nicht so.

Pedros leises Lachen riss mich aus meinen Gedanken.

„Du solltest deine Gefühle nicht so offensichtlich zeigen. Bei dem, was du vorhast, bringst du sie und dich damit in Gefahr." Pedro sprach aus, was ich selber bereits gedacht hatte und ich versuchte eine nichtssagende Miene aufzusetzen. Pedro hatte recht. Wenn ich Noelle nicht in Gefahr bringen wollte, durfte ich nicht so deutlich zeigen, was sie mir bedeutete.

„Nikolai Sokorov ist eine gewaltige Hausnummer und du solltest wissen, dass die Kartelle in Bewegung geraten sind. Esteban hatte in der letzten Zeit massive Probleme und ich ebenfalls – bei meinen bescheidenen

Geschäften." Pedro beugte sich noch weiter vor und seine Augen bekamen einen sehr gefährlichen Glanz. „In der Unterwelt wird gemunkelt, dass sich ein neues Kartell in Kolumbien breitmachen will – eines, das von einem Russen angeführt wird und wenn mich nicht alles täuscht, hast du mir gerade den Schuldigen auf dem Silbertablett serviert." Er nahm einen weiteren Schluck seines Drinks, verzog dabei das Gesicht. „Falls dein Onkel mit den Russen paktiert, hast du ein gewaltiges Problem, mi amigo. Das führt mich zu der Frage: Was erwartest du von mir?"

„Ich brauche zuverlässige Männer, die Miss Forrester beschützen. Auf die Männer meiner Firma kann ich nicht bauen. Mein Onkel ist seit Jahren CEO von Torres-Enterprises und jeder der Angestellten könnte auch auf seiner privaten Lohnliste stehen. Zum anderen brauche ich jemanden, der Kontakt zu diesem Sokorov aufnimmt. Ich will, dass er glaubt, ich wolle mit ihm Geschäfte machen. Natürlich darf mein Name nicht fallen. Sollte er tatsächlich Luciana gefangenhalten, dann ist ihm der Name Torres ein Begriff. Sprich von einem reichen Investor, von einem kolumbianischen Kartellchef – das ist mir egal. Ich brauche lediglich eine Eintrittskarte in seine Kreise – alles andere erledige ich."

„Du bist total verrückt, hombre! Du hast die Tusse von Sokorovs Neffen entführt – schon vergessen? Was, wenn der Pisser weiß, wer es war? Du bist der Besitzer eines weltweit operierenden Unternehmens, dein Bild war oft genug in der Klatschpresse. Er wird dich sofort erkennen und killen."

„Irgendetwas sagt mir: Dieser Leonov hat niemandem mitgeteilt, dass Noelle entführt wurde. Es gab bisher weder einen Artikel in irgendeiner Zeitung, noch hat ein amerikanischer Fernsehsender über das Verschwinden einer Touristin berichtet. Zudem haben meine eigenen Leute mir mitgeteilt, dass sich die Eltern meines Mädchens ganz normal verhalten. Sie wissen von gar nichts ..." Ich schüttelte den Kopf und suchte Pedros Blick. „Es kann sein, dass Sokorov mich erkennt, aber ich habe Grund zu der Annahme, dass der Name Torres-Enterprises nicht nur für normale Geschäfte steht. Wahrscheinlich hat mein eigener Onkel die Firma für seine schmutzigen Deals genutzt und das anscheinend recht erfolgreich. Der nächste Fakt ist folgender: Ich denke, dass dieser Drago nach den Sternen greift. Ich habe ihn in den letzten Tagen sehr viel genauer überwachen lassen, als zu Beginn. Da war ich nur auf seine Verlobte fixiert und darauf, wie ich ihn zum Sprechen bringen könnte. Mein Plan ist nicht aufgegangen, wie du wahrscheinlich weißt." Ich fuhr mir mit gespreizten Fingern durch die Haare. „Dafür habe ich aber die dreifache Menge an Männern auf ihn angesetzt und die Erkenntnisse, die diese gewonnen haben, sind recht aufschlussreich."

„Erzähl!" Am Glitzern in Pedros Augen erkannte ich, wie interessiert er war. Anscheinend hatte er ebenfalls bemerkt, dass an dieser Geschichte mehr dran war, als auf den ersten Blick zu erkennen war.

„Drago Leonov knüpft Kontakte – und nicht mit den kleinen Fischen, wie ich zuerst angenommen hatte, sondern mit den ganz Großen. Allerdings über die Hintertür, sodass es zunächst nicht auffiel. Er will Geschäfte machen mit denjenigen, die sein Onkel nicht in seinen illustren Kreis ließ – und das sind so einige. Verständlicherweise sind diese Gauner nicht gut auf Nikolai

Sokorov zu sprechen, zumal er ihnen auch bei etlichen Geschäften auf seinem Gebiet das Leben schwermacht."

„Willst du damit etwa andeuten, dass der Junior dabei ist, seinem Onkel das Wasser abzugraben? Dass er aus diesem Grund auch niemandem etwas von der Entführung seiner Verlobten gesagt hat?" Pedro sprang auf und lief unruhig vor mir auf und ab. „Das ist so verrückt, dass es schon fast genial ist, mi amigo. Aber was hat dein Onkel mit der ganzen Sache zu schaffen?" Eine Frage, die mich ebenfalls beschäftigte, seit Noelle mir von seinem Besuch auf Dragos Yacht erzählt hatte und für die ich keine Antwort fand – noch nicht. Ich war mir sicher, dass es etwas mit meinem Vater zu tun hatte und genau das musste ich herausfinden.

„Ich bin mir ziemlich sicher, dass die beiden unter einer Decke stecken. Mein Mädchen kann nicht lügen und sie glaubt felsenfest daran, dass sie Dario auf der Yacht ihres Verlobten gehört hat. Sie hätte auch gar keinen Grund, in dieser Sache die Unwahrheit zu sagen. Was meinen Onkel dazu treibt, kann ich dir nicht sagen, aber ich habe vor, es herauszufinden. Wichtig ist jetzt erst einmal, dass du deine Kontakte spielen lässt und mir die Möglichkeit verschaffst, in Sokorovs Kreise einzudringen. Verkauf mich meinethalben als Waffenhändler oder Drogenbaron. Hauptsache, ich komme an diesen Scheißkerl heran. Irgendetwas sagt mir nämlich, dass Noelle auch hier nicht irrt: Das Schwein hat meine Schwester."

Pedro warf einen Blick in Richtung Bar und ich tat es ihm gleich. Noelle lauschte Raouls Worten und ihre Augen wirkten kummervoll. Das konnte ich selbst auf die Entfernung mühelos erkennen. Was auch immer mein Freund gerade sagte, gefiel ihr ganz und gar nicht und ich wäre am liebsten an ihre Seite geeilt. Das allerdings würde Pedro auf keinen Fall gutheißen. Wir redeten über Geschäfte und da gehörte Weiberkram nicht hin – so war er und so würde er auch immer bleiben. Dass er Noelle ebenfalls betrachtete, wertete ich als gutes Zeichen, denn normalerweise gönnte er Frauen keinen zweiten Blick – es sei denn, er holte sie in sein Bett.

„Du hast recht, Alejandro! Im Gesicht deiner Frau kann man mühelos lesen und ich weiß nicht warum, aber ich glaube dir." Er warf mir einen Blick über die Schulter zu.

„Dann hilfst du mir also?" Ich konnte meine Aufregung einfach nicht verbergen.

„Moment! Nicht so schnell! Meine Männer und ich begeben uns auf ganz dünnes Eis, wenn wir dir zur Seite stehen. Das ist so ziemlich das Gefährlichste, was wir jemals durchziehen werden und da muss ich schon wissen, was dabei für uns rausspringt." Er drehte sich um und starrte mich durchdringend an. „Mal ganz davon abgesehen, dass ich eine Menge Kohle brauche, um Leute zu schmieren und um dir die benötigten Waren zu besorgen."

„Du sollst bekommen, was immer du benötigst und was die Entlohnung angeht, ... auch da werde ich mich großzügig zeigen. Zum Glück besitze ich ein Treuhandkonto, auf das Dario niemals Zugriff hatte. Er weiß nicht einmal, dass ich im Besitz eines solchen bin. Ich selber habe von der Existenz dieses Geldes erst erfahren, als ich Einundzwanzig wurde. Ein amerikanischer Notar hat es verwaltet und bis vor wenigen Stunden habe ich darüber nachgedacht, was meinen Vater damals zu dieser Tat bewegt hat – jetzt bin ich mir sicher: Er wusste, dass mein Onkel ein Schwein ist und ihn hinterging."

„Gut!" Pedro schob die Hände in seine Hosentaschen. „Ich werde dir meine Forderungen in den nächsten

Stunden zukommen lassen. Dein Mädchen steht ab heute unter unserem Schutz und ich denke, dass sechs Männer ausreichen dürften, ihre Unversehrtheit zu garantieren. Dir ist aber schon klar, dass du nicht zurück ins Torres-Building gehen kannst. Dein Onkel, sollte er tatsächlich zu den bösen Jungs gehören, wird dich garantiert überwachen lassen. Er darf auf keinen Fall misstrauisch werden." Ein breites Grinsen legte sich plötzlich auf sein Gesicht und mir schwante Schlimmes. „Weiß dein böser Verwandter eigentlich von deinen *Neigungen*?" Hatte Pedro mir diese Frage gerade tatsächlich gestellt? Das war doch wohl nicht sein verfickter Ernst?

Kapitel 40

Alejandro

Ich wusste, dass Pedro den ein oder anderen Club in Bogota unterhielt. Dass darunter ein exklusiver BDSM-Schuppen war, davon hatte ich keine Ahnung. Allerdings war das die Lösung all unserer Probleme, denn insgeheim hatte ich mir bereits Gedanken darüber gemacht, wie wir mit einer eventuell vorhandenen Abhörung durch meinen Onkel umgehen sollten. Was, wenn er bereits wusste, dass ich ihm auf den Fersen war? Was, wenn wir in mein Penthouse zurückkehrten und bereits erwartet wurden? Auf der Hazienda hatte ich meine eigenen Männer – hier in Bogota sah die Sache ganz anders aus. An dieser Stelle rächte sich gerade, dass ich mich jahrelang nicht um die Firma gekümmert und sie meinem Onkel überlassen hatte.

Dario kannte meine Vorlieben recht genau. Hatte er mich doch als jungen Burschen mit meiner Flamme ertappt. Damals hatte ich mit schweren Vorwürfen gerechnet – er lachte allerdings nur und meinte, ich solle mir meine Hörner ruhig abstoßen. Er würde keinesfalls misstrauisch werden, wenn ich mit Noelle über Nacht in einem solchen Etablissement blieb.

Ich trat näher an die Bar heran, zufrieden damit, eine Lösung gefunden zu haben, doch als ich sah, wie Raoul und Noelle auseinanderfuhren, als ich mitansehen musste, wie schuldbewusst mein Mädchen aussah, erfasste mich eine irrsinnige Kälte. Irgendetwas sagte mir, dass da etwas im Busch war und das gefiel mir überhaupt nicht. Sofort wandte ich mich an meinen Freund und warf ihm finstere Blicke zu.

„Was soll das hier werden? Was verheimlicht ihr beiden mir?“ Raoul lächelte, aber das tat er fast immer. Ich konnte nichts in seinen Augen erkennen, denn wenn er nicht wollte, ließ er sich nicht in die Karten schauen.

„Ich habe deiner kleinen Prinzessin nur erklärt, dass sie von mir nichts zu befürchten hat. Dass ein Dom nur so weit geht, wie seine Spielgefährtin es zulässt. Und dass ich keinesfalls zu der Sorte Mann gehöre, die sich in eine bestehende Beziehung drängt.“

„Ist das so?“, knurrte ich leise und drehte mich gleichzeitig um. Noelle wich meinem Blick sofort aus, also hatte Raoul mich eiskalt angelogen.

Jetzt reichte es mir. Während ich mit Pedro verhandelte, hatte Raoul die Gunst der Stunde genutzt, um ... Ja, ... um was zu tun? Eigentlich war das nicht seine Art. Wie er es bereits sagte: Niemals würde er sich an der Partnerin eines anderen vergreifen. Es sei denn, man forderte ihn dazu auf. Und ich konnte mir beim besten Willen nicht vorstellen, dass Noelle ihn bei unseren Spielen dabeihaben wollte. Obwohl ihre Abneigung gegen meinen Freund in den letzten Stunden merklich nachgelassen hatte, schien sie ihm nicht unbedingt zugetan. Sie war nicht mehr ganz so vorsichtig in seinem Beisein und taute sichtlich auf. Trotzdem glaubte ich nicht, dass mein Mädchen es in Betracht zog, mit uns beiden gleichzeitig …

Der Gedanke daran reizte mich und die Bilder, die mein Kopf auf mich losließ, waren auch nicht so, dass ich sie ignorieren konnte. Caramba! So etwas konnte ich gerade gar nicht gebrauchen, denn die nächsten Minuten würden schwierig genug werden. Noelle würde nicht begeistert sein, wenn sie erfuhr, wo wir übernachteten und von der Tatsache, dass Raoul mit uns beiden in einem Zimmer bleiben würde – erst recht nicht.

Meine Hand legte sich in Noelles Nacken, mein Daumen strich zart über ihren Hinterkopf, doch dann fasste ich in die dichte, rote Mähne und zwang sie dazu, mich anzusehen.

„Wir wissen doch beide, dass du nicht in der Lage bist, die Unwahrheit zu sagen, princesa! Versuch es also erst gar nicht. Was hat Raoul zu dir gesagt? Warum bist du so in dich gekehrt?“ Sie versuchte tatsächlich, den Augenkontakt zu halten, doch dabei irrlichterte es in den Tiefen der dunkelgrünen Iriden.

„Es ist, wie Raoul sagt: Er hat mir nur erklärt, dass ich keine Angst vor ihm haben muss. Dass er nie etwas machen würde, was ich nicht will.“ Ich konnte sehen, dass sie die Wahrheit sagte, aber da war noch etwas anderes – sie verschwieg mir etwas und das gefiel mir ganz und gar nicht. Allerdings erkannte ich auch, dass sie jetzt auf keinen Fall sprechen würde. Sie presste die Kiefer so fest aufeinander, dass die Zähne leise knirschten. Das hatte ich schon öfters bei ihr gesehen und bisher war das nie ein besonders gutes Zeichen gewesen.

Ich zog sie ein Stück weit an die Seite – fort von Raoul. Vielleicht würde sie reden, wenn er nicht unmittelbar dabei war.

„Noelle! Erinnerst du dich daran, was beim letzten Mal geschah? Als du mir nicht die Wahrheit sagen wolltest?“ Dieses Mal klang meine Stimme bedeutend sanfter und ich streichelte dabei beruhigend ihren Handrücken. „Ich weiß, dass wir einen miesen Start hatten, umso wichtiger ist es, dass wir jetzt ehrlich zueinander sind.“ Ich sah, wie es hinter ihrer Stirn arbeitete und bekam auch den Moment mit, wo sie entschied, dass sie genug gesagt hatte.

„Ich war ehrlich. Ich habe dich mit keinem Wort angelogen.“ Das bezweifelte ich auch keine Sekunde – sie sagte nur nicht alles und ich konnte es ihr nicht einmal verübeln. Es machte auch wenig Sinn, jetzt noch weiter in sie zu dringen. Aus Erfahrung wusste ich, dass sie dann komplett dichtmachen würde.

„Nun, princesa!“ Ich verlieh meiner Stimme jene Kälte und Strenge, gegen die Noelle nur schwer ankam. „Ich denke, es gibt andere Mittel, dich zum Sprechen zu bringen.“ Und dabei zog ich sie fest in meine Arme und küsste sie vor allen Anwesenden. Es war mir vollkommen egal, ob die Kerle im Hintergrund johlten und noch egaler war mir, wer es alles mitbekam. Für mich stand fest: Noelle war die Frau, die ich wollte und die ich nicht mehr hergeben würde.

Erst als Pedro neben uns auftauchte und sich lautstark räusperte, ließ ich von Noelle ab.

„Es läuft! Das Zimmer im Club ist gebucht und die sechs Männer sind bereits auf dem Weg zu ihren Maschinen. Sie werden euch in gebührendem Abstand folgen und euch ab jetzt nicht mehr aus den Augen lassen. Alle sechs Stunden lasse ich sie austauschen. Und wegen deinem anderen Ansinnen: Ich benötige eine halbe Mille und dann läuft auch diese Sache – erst einmal!“ Noelle wurde in diesem Augenblick stocksteif in meinen Armen. Als ob sie wüsste, um was es ging. Irgendwie bekam ich den Eindruck, dass Raoul ihr so einiges verraten hatte und das gefiel mir noch weniger.

„Gut! Ich lasse das Geld auf das übliche Konto überweisen. Wir sind also im Geschäft?“ Ich hielt Pedro meine Hand hin und der schlug ohne zu zögern ein. Auch Raoul stand plötzlich unmittelbar neben mir und wie immer: Er konnte sich natürlich einen Kommentar nicht verkneifen.

„Will ich wissen, was ihr für ein Geschäft ausgemacht habt? Ich bin mir nicht sicher, Alejandro! Aber sei gewiss: Ich werde garantiert verhindern, dass du dein Leben in Gefahr bringst. Das, mi amigo, ist es nicht wert! Nicht jetzt, wo ...“ Er unterbrach sich und schenkte mir ein schiefes Grinsen.

„Wir sollten jetzt gehen! Allerdings fahren wir nicht zurück in mein Penthouse.“ Ich war noch immer angepisst, dass Noelle und Raoul anscheinend Geheimnisse vor mir hatten und ich schwor mir, dass ich die Augen offenhalten würde. Irgendetwas war im Busch. Ich konnte es deutlich spüren. „Pedro war so nett und hat uns ein Zimmer in einem seiner Clubs besorgt – einem ganz speziellen Club, wenn du weißt, was ich meine.“ Der letzte Teil des Satzes war nur für meinen Freund bestimmt und der bekam auch gleich große Augen.

„Ist nicht dein Ernst? Du willst nicht mit ...“

„Doch, will ich! Pedro war so nett uns einzuladen und ich habe angenommen.“ Raouls Augen wurden dunkel. Ich konnte nicht genau sagen, ob es Ärger war oder etwas anderes. Irgendetwas schmeckte ihm ganz und gar nicht und ich war mir sicher, dass es etwas mit dem Geheimnis zu tun hatte, welches er mit Noelle teilte. Anscheinend hatte ich gerade irgendeinen Plan gründlich zunichte gemacht. Der schnelle Blickwechsel zwischen den beiden blieb mir nämlich nicht verborgen und jetzt wurde aus meinem anfänglichen Ärger eine unbestimmte Furcht, die sich hartnäckig festsetzte. Ich würde aufpassen müssen – das sagte mir mein siebter Sinn.

Die Fahrt zum Club mit dem verheißungsvollen Namen „Black Shock" verlief schweigend. Jeder schien seinen eigenen Gedanken nachzuhängen und keiner traute sich, etwas zu sagen. Erst als wir ausstiegen, wurde es lebhafter. Als Noelle mitbekam, welche Art Club wir besuchen wollten, stemmte sie ihre Füße in den Boden und bedachte mich mit einem Blick, der nichts mit einem anschmiegsamen Wesen zu tun hatte. In ihren Augen stand loderndes Feuer und sie schien bereit, ihre winzigen Krallen in meine Haut zu bohren, um Blut fließen zu sehen. Nicht, dass ich mich davon beeindrucken ließ, aber die lodernde Hitze, die sie gerade abstrahlte, ließ mich für einen Moment unsere Probleme vergessen.

„Falls du meinst, ich würde einen Puff betreten, dann hast du dich getäuscht. An der Stelle ist Schluss! Da mache ich nicht mehr mit!" Sie verschränkte die Arme und ihr Fuß wippte nervös. Ein Anblick, der mir ein sehr dunkles Lächeln aufs Gesicht zauberte. Natürlich würde sie den Club betreten. Wenn nicht freiwillig, dann mit Gewalt. Das Schöne war, dass sich kein Gast drum scheren würde, wenn ich mit meiner schreienden und zappelnden Last die Clubräume durchquerte. Selbst Raoul grinste breit, denn er kannte mich zu gut, um die Warnzeichen nicht zu sehen.

„Du hast genau zehn Sekunden, um dich zu beruhigen und um mir artig zu folgen. Und glaube mir eins, mi corazón, … ich kann zu sehr überzeugenden Mitteln greifen, um zu bekommen, was ich will." Ich umfasste ihr Gesicht mit beiden Händen, strich ihr sanft mit dem Daumen über die Unterlippe. Doch der kleine Drache in ihr wollte einfach keine Ruhe geben, also übersah sie geflissentlich die Tatsache, dass ich keinesfalls diskutieren würde.

„Vergiss es, Alejandro! Nicht mit mir! Auf keinen Fall werde ich diesen Club betreten."

Nun! Die zehn Sekunden waren um und Noelle hatte ihre Wahl getroffen. Ehe sie auch nur einen Laut des Protestes äußern konnte, hatte ich sie gepackt, hochgehoben und über meine Schulter geworfen. Mit großen Schritten näherte ich mich dem Eingang, während Raoul hinter mir leise lachte. Noelles Fäuste trommelten auf meinen Rücken, mit den Beinen strampelte sie wild um sich und die Schimpfworte, die mir um die Ohren flogen, die hätten selbst einen Zuhälter erröten lassen. Raoul sprang nach vorne, hielt mir die Tür auf und ich eilte mit schnellen Schritten an den verblüfft dreinschauenden Männern von Pedro vorbei. Die schienen bereits Bescheid zu wissen, denn einer rannte vor mir her, öffnete mir alle Türen und lotste mich durch den Barbereich. Vor aller Augen hob ich meine Hand und ließ sie laut klatschend auf Noelles Hinterteil sausen. Sodass jeder sehen konnte, wie ich mit einer renitenten Sub – die ja eigentlich gar keine war – verfuhr.

„Du schwanzloser Hopshase ... mieser Dünnbrettbohrer! Mach deinen Hosenstall auf, damit dein Gehirn Luft bekommt ..." Die Worte wurden immer besser und die ersten Gäste des Clubs begannen hinter vorgehaltener Hand zu lachen.

„Sorg dafür, dass der Kleinen der Arsch ordentlich brennt. Dann vergisst sie, was sie sonst noch so sagen wollte!“ Gut gemeinte Tipps pflasterten meinen Weg durch die Bar und innerlich musste ich grinsen. Ja, Noelles Temperament nahm zuweilen echt bedenkliche Züge an, aber anders hätte ich sie nicht haben wollen. Sie war und blieb eine ständige Herausforderung. Sie war die eine Frau, die ich liebte und der ich fast alles verzeihen konnte ...

Kapitel 41

Noelle

Ich konnte Alejandro nicht sagen, was Raoul und ich besprochen hatten – ich konnte einfach nicht. Auf der Fahrt durch die Stadt ließ ich das Gespräch noch einmal an mir vorbeiziehen und auch den Moment, in dem Raoul mir sagte, dass Alejandro sein eigenes Leben hergeben würde, um seine Schwester aus den Klauen der Verbrecher zu befreien. Dass er alles opfern würde, um sie zu retten, mal von einer Sache abgesehen ... Und diese eine Sache war wohl ich. Zumindest glaubte Raoul das. Ich war nicht ganz überzeugt, denn bisher hatte Alejandro nie von Gefühlen gesprochen und in diesem Moment konnte ich auch nicht darüber nachdenken. Meine Gedanken waren allein darauf gerichtet, wie ich dem Mann, den ich liebte, helfen konnte. Er durfte sein Leben nicht wegwerfen, durfte sich nicht dieser Gefahr aussetzen.

Raoul hatte mich darauf aufmerksam gemacht, dass ich wahrscheinlich die einzige Person war, die nah genug an Alejandros Schwester herankam, um mit ihr zu reden. Die Einzige, die es riskieren konnte, sich der Frau zu nähern. Immerhin sollte ich Sokorovs Neffen heiraten und damit gehörte ich zu den illustren Personen, die sich im Umfeld des Mafioso gefahrlos bewegen konnten.

Allein bei dem Gedanken daran wurde mir schlecht. Ich wollte mir nicht vorstellen müssen, wie viel Leid dieser Mann bereits verursacht – auf welche Weise er sein Vermögen angehäuft hatte. Und noch weniger wollte ich darüber nachdenken, dass ich wochenlang mit seinem ekelerregenden Neffen durch die Karibik reiste. Dass dieser Mensch sogar mit mir verlobt gewesen war. Eine Vereinbarung, die in dem Moment endete, in dem mir klar wurde, was für ein Verbrecher er war.

Als Raoul davon sprach, dass wir beide Alejandro vor einer Torheit bewahren mussten, wusste ich bereits genau, dass es jetzt noch bedeutend wichtiger wurde, ihm zu entwischen. Ich musste mit Sokorovs Begleiterin reden und das konnte ich nur, wenn ich zurück nach Miami gelangte. Wenn ich Alejandro zurückließ, damit er nicht in Lebensgefahr geriet. Ich wusste, dass ich in Raoul einen Verbündeten gefunden hatte, denn seine Sorge um Alejandro ging tief. Er kannte ihn besser als jeder andere Mensch und wusste genau, zu was er fähig war. Vor allem dann, wenn es um seine Schwester ging. Meine Gedanken wurden jäh unterbrochen, als Raoul den Wagen vor einem Gebäude abbremste, das wie ein glamouröser Puff aussah. Die beiden hatten doch nicht etwa vor, mich in diesen Laden zu schleifen?

Nur wenige Minuten und ein paar unwesentliche Schimpfworte später befand ich mich bereits mittendrin – und Gegenwehr brachte mir da gar nichts. Im Gegenteil! Alejandro ließ keinen Zweifel daran, dass ihm meine Meinung in diesem ganz speziellen Fall ziemlich egal war. Er warf mich über seine Schulter und folgte Pedros Männern durch den Barbereich. Dabei verpasste er mir einen brennenden Schlag auf die Kehrseite, was die anwesenden Gäste befriedigt zur Kenntnis nahmen – dieses Arschloch!

Kaum dass Alejandro mich in ein Zimmer getragen hatte, die Tür hinter uns zuschlug und er mich auf dem Boden abstellte, ging ich auch bereits auf ihn los. So schnell, wie er allerdings meine Handgelenke packte und mich eng an sich riss, konnte ich gar nicht reagieren.

„Schrei!" Mehr sagte er nicht.

„Ich soll ... WAS? Du hast sie doch nicht mehr alle!" Ich traute meinen Ohren nicht. War Alejandro gerade vollkommen verrückt geworden?

Erst als Raoul mit der flachen Hand auf den Marmorboden schlug und es ein Geräusch gab, als würde mir jemand den Hintern versohlen, verstand ich. Ich öffnete den Mund und schrie gellend auf. Zwei weitere Male hieb Raoul seine Hand noch auf den Boden und ich schrie, wie die beiden Männer es anscheinend von mir verlangten. Dann ...

„Und jetzt sei so gut und stöhn ein bisschen für uns ..." Die Männer hatten den Schuss nicht gehört – alle beide nicht. Was sollte das Theater? „Mach, Noelle! Bevor ich nachhelfen muss. Das würdest du doch sicherlich nicht wollen." Alejandro warf einen bedeutungsschwangeren Blick in Raouls Richtung und mir wurde kalt. Ich wusste aus Erfahrung, dass einer Drohung auf jeden Fall Taten folgen würden. Hastig öffnete ich den Mund und ließ ein bühnenreifes Stöhnen hören. Dann noch eins und noch eins. So lange, bis Alejandro zufrieden mit dem Kopf nickte und mir mit einer Handbewegung zu verstehen gab, dass es jetzt genug war.

„Was sollte der Scheiß?", zischte ich aufgebracht, aber doch so leise, dass man es außerhalb des Zimmers nicht hören würde. Jetzt trat auch Raoul so nah an mich heran, dass ich zwischen den beiden Männern eingekeilt war. Wir spielten gerade „Klassisches Sandwich“, wobei ich allerdings keine Lust hatte, der Burger in der Mitte zu sein. Nur sah es leider so aus, als wäre es meinen Begleitern ziemlich egal, was ich wollte oder eben nicht wollte.

„Falls jemand auf die Idee kommen sollte, dass wir nicht hier sind, um zu spielen, wird Onkel Dario sehr schnell hellhörig werden“, gab Raoul jetzt zum Besten.

„Falls er das nicht schon längst ist!“, konterte Alejandro, während mein Blick zwischen den beiden Männern hin- und herging. „Wir waren dummerweise im Penthouse, als Noelle mich mit den unangenehmen Tatsachen vertraut gemacht hat. Falls ich in meinem eigenen Bereich abgehört werde, weiß er längst, dass wir ihm auf der Spur sind. Wir sollten also damit rechnen, dass wir so einige unangenehme Überraschungen erleben werden.“ Alejandro zog mich in seine Arme und seine Lippen streiften sanft über meine Schläfe. „Wichtig ist nur, dass du in Sicherheit bist. Hier sind wir unter Freunden und Dario wird es nicht einfach haben, hier an dich heranzukommen. Das ist im Moment das Wichtigste für mich.“ Hinter ihm lachte Raoul leise auf.

„Die kleine Showeinlage diente nur dazu, unseren Auftritt im Club glaubhaft zu gestalten. Falls Alejandros Onkel nämlich noch nicht weiß, dass sein Neffe über ihn im Bilde ist, sollte das nach Möglichkeit auch so bleiben. Vielleicht haben wir ja Glück und er hat nur sein Büro, nicht aber sein Schlafzimmer, verwanzen lassen.“ Ich fand es schon sehr interessant, dass Raoul davon ausging, ich hätte Alejandro im Schlafzimmer mit den grausamen Fakten vertraut gemacht. Anscheinend war der Kerl ein verdammter Hellseher.

Erst jetzt bekam ich die Gelegenheit, mich umzusehen und das erste, was mir ins Auge fiel, war die riesige Spielwiese von einem Bett. Es dominierte den Raum auf eine Weise, die mir Unbehagen bereitete. Gleich daneben befand sich eine Tür, die mit schwarzem Samt bespannt war und die auf mich wirkte, als erwarte mich auf der anderen Seite ein Folterkeller. Ich wollte nicht darüber nachdenken. Erst recht nicht, als ich die versteckten Haken und Ösen am Bett entdeckte und die Gitter, die an der Decke befestigt waren. Diese konnte man allem Anschein nach absenken und das machte auf mich einen wenig vertrauenerweckenden Eindruck.

Dann klopfte es plötzlich an der Tür und wir drei erstarrten gleichermaßen.

„Zimmerservice!", ertönte es von draußen. „Mit einem speziellen Gruß von Pedro!"

Alejandro und Raoul wechselten einen schnellen Blick und Raoul griff blitzschnell nach hinten unter seine Jacke. Er zog eine gefährlich aussehende Waffe hervor. Ich hatte nicht einmal bemerkt, dass er eine trug und erschrak bis ins Mark.

„Los, Noelle! Nach nebenan!" Alejandro deutete mit dem Kopf auf die schwarze Tür, während er selbst sich bereits das Hemd auszog. Dieses Mal stellte ich keine Fragen, sondern tat, was er mir befohlen hatte. Irgendwie war unsere Lage gerade nicht die allerbeste.

Kaum hatte ich allerdings den zweiten Raum betreten, als ich am liebsten schreiend auf dem Absatz wieder kehrtgemacht hätte. Eigentlich hatte ich nicht rechtbehalten wollen, aber das Zimmer hatte tatsächlich eine fatale Ähnlichkeit mit einem mittelalterlichen Folterkeller. Ich presste mir die Faust in den Mund, um einen erschrockenen Aufschrei zu unterdrücken – wobei ich davon ausging, dass die Mauern schalldicht waren … Herrje! Wo war ich hier nur gelandet?

Die Wände bestanden aus alten Backsteinen, was dem Ganzen einen sehr realistischen, mittelalterlichen Look verlieh. Überall waren Ringe in die Mauern eingelassen, an denen Ketten hingen. Ich sah mich im Geiste bereits in einer davon hängen und seltsamerweise reagierte ich auf diesen Gedanken anders als erwartet. Da war zwar eine gewisse Furcht, aber die führte nur dazu, dass ich ein wildes Prickeln an einem Ort empfand, der in diesem Moment besser Ruhe geben sollte. Und was noch verrückter war: Ich sah nicht nur Alejandro, der mich mit seiner Dominanz überzog – sondern auch Raoul. Und den sollte ich auf gar keinen Fall in meine Phantasien aufnehmen. Der Kerl war imstande und fraß kleine Kinder zum Frühstück – so sah er zumindest aus. Jetzt lief mir ein Schauer über den Rücken und leider keiner der unangenehmen Sorte. Alejandro hatte mich verdorben. Von Grund auf. Anders konnte ich mir diese wilden Phantasien nicht erklären.

Geistesabwesend strich ich mit meinen Fingern über ein Möbelstück, dessen Verwendungszweck mir erst auf den zweiten Blick aufging. Ein schmaler, gepolsterter Balken diente dazu, den Oberkörper darauf zu legen, während alles, wirklich alles frei zugänglich war. Dieses Gestell diente dazu, jemanden festzuschnallen – mit rausgestrecktem Po und vollkommen wehrlos. Jetzt war es Hitze, die durch meinen Körper raste und nicht wieder weichen wollte.

Was machten die Männer nebenan nur so lange? Wenn ich noch weiter in dieser Kammer bleiben musste, würde sich mein Verstand verabschieden und ich Alejandro anflehen, in diesem Raum mit mir zu spielen.

Mein Kopfkino ratterte, als die Tür plötzlich aufgerissen wurde – gerade, als ich die Lederschnüre eines Floggers durch meine Finger gleiten ließ.

„Noelle!“ Alejandros Stimme riss mich aus meinen irren Träumereien. „Du kannst rauskommen. War tatsächlich nur der Kellner mit einer Aufmerksamkeit des Hauses.“ Ich schrak sichtlich zusammen, so als ob Alejandro mich bei etwas Ungehörigem ertappt hätte. Dann flog ich herum und als ich in die dunklen Augen starrte, rutschte mir mein Herz eine Etage tiefer. Alejandro hatte mitbekommen, wie ich auf den Anblick des Spielzimmers reagierte – er hatte es genau gesehen. Leugnen würde mir hier nichts nutzen.

Er trat näher heran, seine Hände umfingen warm mein Gesicht und dabei ließ er anzüglich einen Daumen über meine Unterlippe wandern.

„Oh, mi corazón! Ich wünschte ...“ Ja, das wünschte ich mir auch, aber ich wusste, dass wir nicht zu unserem Vergnügen an diesem Ort waren. Dass unsere Sterne gerade auf Sturm standen, war mir ebenso klar, wie ich die Tatsache zur Kenntnis nahm, dass wir nicht alleine in diesem Club waren.

„Was treibt ihr da hinten so lang?“ Raouls Stimme klang ungehalten und Alejandro legte seine Hand bestimmend in meinen Rücken. Dabei streichelte er verführerisch über meine Rundungen und beugte sich zu mir herab.

„Bald, princesa! Sehr bald schon! Ich kann es kaum erwarten ...“ Das waren genau die Worte, die ich jetzt überhaupt nicht gebrauchen konnte, denn mein Körper antwortete mit Begehren, mit Sehnsucht und purer Lust. Ich rieb die Schenkel aneinander, doch so verstärkte sich das Ziehen nur noch weiter – das wilde Prickeln in meinem Unterleib.

Im Nachbarraum angekommen, musste ich dann auch noch mitansehen, dass auch Raoul sich seines Hemdes entledigt hatte. Mit nacktem Oberkörper lag er auf dem Bett – vor sich ein Tablett mit allerlei Leckereien. Die größte Versuchung waren allerdings die beiden Männer, die gerade ihre Muskeln spielen ließen. Leider war nämlich auch dieser Raoul eine Augenweide. In diesem Moment hätte ich es lieber gesehen, wenn er über Achtzig und halb scheintot gewesen wäre. Wobei mich das wahrscheinlich auch nicht vor mir selbst gerettet hätte ...

Kapitel 42

Alejandro

Ich beobachtete Noelle genau. Die Aussicht darauf, sowohl mit Raoul als auch mit mir die Nacht zu verbringen, schien ihr plötzlich gar nicht mehr so unangenehm zu sein. Ihr Blick war immer wieder über Raouls athletische Erscheinung geglitten, dann zu mir zurück und dabei hatte sie sich nervös über die Lippen geleckt. Mein Mädchen trug, wie viele andere Frauen, eine unnatürliche Scheu in sich, gleich zwei Männern zu gehören. Sich einem anderen Mann als dem eigenen Partner nackt zu präsentieren. Diese Tatsache freute mich, denn sie gehörte mir und das sollte auch so bleiben. Doch ihr Körper sagte mir in diesem Moment ganz deutlich, was sie sich insgeheim wünschte – auch wenn ihr selbst das gerade noch gar nicht bewusst war. Ihre Scham würde ein wunderbares Spielfeld abgeben und Raoul … nun, der wusste ganz genau, wie weit er gehen durfte. Die Frage war nur: Wie würde ich darauf reagieren, denn noch nie hatte ich für eine Frau so empfunden, wie für diejenige, die gerade in meinen Armen lag.

Ich nahm eine große Erdbeere vom Tablett und hielt sie an Noelles Mund. Ihre Lippen legten sich fast schon provokant um die süße Frucht. Sie biss langsam und genussvoll zu, schloss die Augen und ich beobachtete, wie ein Tropfen des Saftes über ihr Kinn rann. Sie saugte hingebungsvoll an der Beere und das Blut sammelte sich in meinen Lenden – die Hose wurde wieder einmal verdammt eng.

Über ihre Schultern hinweg nickte ich Raoul zu und obwohl er mir einen skeptischen Blick zuwarf, reagierte er sofort. Er legte seine Hände auf Noelles Schultern und begann sie sanft zu massieren. Wenn man ihn so sah, würde man kaum auf die Idee kommen, in ihm den Sadisten zu suchen. Ich wusste, dass er bei Noelle mehr als vorsichtig sein würde, denn was immer man Raoul nachsagen konnte und das war so einiges: Seine Spielgefährtinnen waren immer auf ihre Kosten gekommen. Und genauso sollte es auch sein ...

Ich küsste den süßen Tropfen von Noelles Kinn, knabberte sanft an der roten Unterlippe. Dabei glitten meine Finger sanft unter die Träger des dünnen Sommerkleides, die ich langsam von ihren schmalen Schultern schob. Ihre Atmung beschleunigte sich, ebenso ihr Herzschlag. Ich fühlte ihr Erschauern ebenso, wie ihr Zögern. Das kurze Aussetzen ihres Atems. Hingebungsvoll küsste ich die weichen Lippen, während ich das Oberteil ihres Kleides aufknöpfte und die zarte Spitze ihres BH's freilegte. Hart und fordernd pressten sich die Nippel gegen meine streichelnden Finger. Keine Frage! Mein Mädchen war erregt – sehr sogar. Wieder suchte ich Raouls Blick und dieses Mal sah ich es in seinen Augen aufblitzen – er hatte verstanden.

„Noelle!" Seine Stimme klang hart und frostig, ganz so, wie ich es erhofft hatte, und meine princesa zuckte erschrocken zusammen. „Du hast dich gerade ziemlich daneben benommen und dir somit eine Strafe verdient. Du wirst hoffentlich nicht widersprechen wollen." Noelle riss ihre Augen auf und ich ertrank im tiefen Grün ihrer verschleierten Iriden. Ich erkannte Verunsicherung, Unglauben, aber auch eine so tiefe Lust, wie ich sie selten bei einer Frau gesehen hatte. Ihr Mund öffnete sich und ich war mir sicher: Sie würde etwas sagen, das ihre Lage noch verschlimmern würde ...

„Du bist jetzt still, princesa!" Mein Befehl überrollte sie förmlich und ihr leises Keuchen entging mir keinesfalls. „Du hast weder mir noch Raoul den nötigen Respekt entgegengebracht. Jetzt wirst du brav deine Strafe annehmen – wie auch immer sie ausfallen wird." Und bei diesen Worten fasste ich den zarten Stoff des Kleides fest zwischen meinen Fingern und zerriss ihn.

Die dünne Seide gab sofort nach und keine Sekunde später saß Noelle nur bekleidet mit Spitzendessous zwischen zwei hungrigen Wölfen. Zwischen Raubtieren, die kein Mitleid mit ihr haben würden – aber Mitleid war es auch nicht, was Noelle insgeheim herbeisehnte.

Ihre Arme flogen in die Höhe und sie versuchte tatsächlich, ihre Brüste vor meinen Augen zu verbergen. Als ob ihr das etwas nutzen würde. Jetzt war es Raoul, der eingriff. Sehr zu meinem Vergnügen. Federleicht ließ er seine Finger über die bloße Haut ihres Rückens wandern und ich beobachtete, wie die Gänsehaut meines Mädchens sich vertiefte. Wie ihre Augen nach und nach immer dunkler wurden, während sie versuchte, sich an meinem Blick festzuhalten.

„So schöne, weiße Haut – so wunderbar zart." Raouls Stimme klang trügerisch weich, war allerdings von Stahl und Unnachgiebigkeit durchdrungen. Auch das konnte mein Mädchen erkennen und für den Bruchteil einer

Sekunde sah ich das Aufflackern einer gewissen Angst in ihren Augen, aber nur bis zu dem Moment, in dem Raouls Hände über ihre Seiten nach vorne glitten, den Spitzenstoff der Körbchen an die Seite schoben und zunächst sanft die harten Spitzen rieben. Zuerst riss mein Mädchen überrascht die Augen auf, doch dann sank ihr Kopf zurück und die Augen fielen zu. Stöhnend ergab sie sich Raouls kundigen Fingern.

Aber das reichte mir nicht. Ich kannte Noelles Vorlieben ganz genau und heute war sie es, die im Mittelpunkt stand. Diese Nacht sollte für sie unvergesslich werden, denn wer wusste schon, was uns morgen erwartete.

Mit einem Griff öffnete ich die Schublade des Nachtschranks zu meiner rechten und wurde nicht enttäuscht. Gleich in der ersten fand ich genau die Dinge, die ich suchte und ich schnappte ich mir die schwarze Binde, um meinem Mädchen das Augenlicht zu rauben. Die Nippelklemmen, die gleich darunter lagen, nahm ich ebenfalls an mich. Noelle stand zwar nicht auf intensiven Schmerz, aber das hier würde sie auf Touren bringen – mehr, als sie selbst es für möglich hielt.

Ich schob ihr die blickdichte Maske über die Augen und Noelle zuckte kurz zusammen, bevor sie sich wieder vollständig in Raouls Hände begab. Dieser zwirbelte abwechselnd die empfindlichen Nippel, nur um dann im nächsten Moment wieder sanft das leichte Brennen zu beruhigen, indem er sachte mit dem Daumen über die geschwollenen Warzen streichelte – genauso, wie meine princesa es brauchte.

„Alejandro, …“ seufzte sie leise, als ich die Augenbinde hinter ihrem Kopf verknotete und ein erster Impuls ließ sie danach greifen. Sofort war Raoul zur Stelle und drückte heftig die roten Knospen. Ein lautes Stöhnen drang aus Noelles Mund, doch ihre Hände sanken sofort zurück auf die Decke.

„Oh nein, Kleines!“ Seine Stimme hatte jetzt alle Wärme verloren und ich staunte nicht schlecht, wie schnell Raoul verstanden hatte, was Noelle wirklich brauchte. „Du entkommst uns nicht. Heute Nacht gehörst du uns beiden und nichts und niemand wird dich vor diesem Schicksal retten können.“ Die letzten Worte hatte er förmlich geknurrt und die zarte Gänsehaut auf Noelles Haut verriet mir, wie sehr sie dieses Spiel genoss. Sie konnte nichts mehr sehen, war gefangen zwischen zwei dominanten Männern und gleich würde ich auch noch ihre Freiheit einschränken – sehr einschränken. Ich stieß ein kaltes Lachen aus.

„Wir sollten sie nach nebenan bringen! Ich möchte nicht den Sicherheitsdienst im Zimmer haben, wenn unser Vögelchen singt.“ Wieder war es ein Schaudern, das durch Noelles Körper wanderte und wieder reagierte Raoul sofort. Ohne auf ihre leichte Gegenwehr zu achten, hob er Noelle auf seine Arme.

„Das Gewölbe ist sicherlich ein guter Anfang! Dort werden ihre Schreie von den dicken Wänden geschluckt – und schreien wird sie in dieser Nacht!“ Wieder zuckte mein Mädchen zusammen, doch ich ahnte, dass ...

„Lass mich sofort runter, du ... du Nachos fressender Blindgänger!“, stieß sie wütend hervor, krallte sich aber gleichzeitig an Raouls Schultern fest. Wenn ich es nicht besser gewusst hätte, würde ich auf den Gedanken kommen müssen, dass Noelle uns mit voller Absicht herausforderte. Raoul lachte böse und trug sie nach nebenan, während ich ihm folgte. Als ich vorhin mit ihr in diesem Raum war, hatte ich sehr wohl mitbekommen, wie interessiert sie den Strafbock musterte und wie sehr ihre Augen glänzten. Sie hatte sich selbst den Ort ausgesucht, an dem wir sie in den siebten Himmel katapultieren würden. Nichts konnte sie jetzt noch davor bewahren – auch nicht ihr loses Mundwerk.

„Alejandro!“, kreischte sie empört, aber mit recht wenig überzeugendem Nachdruck dahinter. „Ich schreie alles zusammen, wenn ihr mich nicht sofort zurück ins Schlafzimmer bringt!“

„Ach, Kleines!“ Ich strich sanft an ihrem Hals entlang und sofort schmiegte sie sich gegen meine Hand. „Wir wissen doch beide, dass du schreien wirst, ... aber aus ganz anderen Gründen.“ Raoul stellte Noelle auf die Füße und ich sah, wie sie leicht schwankte. Das fehlende Augenlicht machte Noelle zu schaffen. Jetzt war ich es, der nach ihr griff – aber nicht vorsichtig, sondern bestimmend. Ich führte sie an den Strafbock heran, drückte sie mit dem Bauch nach unten auf den schmalen, mit weichem Leder bezogenen Balken – nur ihre Körpermitte lag auf. Mit einer Hand im Rücken hielt ich sie unten, während Raoul unsere zappelnde Beute mit Manschetten versah und sie so bewegungsunfähig machte. Noelle stieß einen leisen Schrei aus, als sie merkte, dass wir sie festschnallten. Dann folgte eine Flut wahrhaft übler Schimpfworte, wovon *Bumsbieber* wohl das Kreativste war. Ich erkannte, dass Raoul Mühe hatte, sein Dom-Gesicht aufrecht zu halten.

„Meine Liebe! Dafür gehört dein herrlich praller Arsch mir! Und es wird mir ein Vergnügen sein, ihn zum Glühen zu bringen – verlass dich drauf!“ Auch seine Stimme war nicht ganz so fest, wie ich es von ihm gewohnt war.

Es waren jedoch meine Hände, die gleichzeitig über Noelles Hintern glitten und ihn sanft kneteten. Ich war es, der mit den Fingern unter die zarte Spitze glitt, die feuchte Spalte teilte und meine Finger durch die Nässe gleiten ließ. Ich signalisierte Raoul mit Blicken, dass wir ab jetzt schweigen würden. Noelle sollte nicht wissen, wer sie berührte und sollte auch nicht mitbekommen, wer sie am Ende um den Verstand fickte. Sie sollte nicht erkennen können, von wo wir uns näherten, noch sollte sie mitbekommen, wer von uns beiden ihren Hintern erhitzte.

Ich schob zwei Finger tief in ihr heißes Loch, bewegte sie vorsichtig und spürte sogleich: Noelle war mehr als bereit. Sie mochte fluchen, sie mochte jammern – ihr Körper hatte längst kapituliert und gab mir alles, wonach ich suchte. Langsam fickte ich sie. Tief, fordernd und unnachgiebig. Sie versuchte, sich zu winden, versuchte, mir den Po entgegenzudrücken, doch das würde ihr heute nur sehr wenig helfen.

Ich sah, wie Raoul nach einem scharfen Messer griff, wie er es unter die Träger ihres BH's schob und diesen mit einem schnellen Schnitt durchtrennte. Dasselbe Schicksal ereilte den Zweiten und dann den Rest der hauchdünnen Spitze. Ihre herrlichen Brüste hingen schwer nach unten und Raoul beschäftigte sich auch sogleich mit den prallen Spitzen. Hart rollte er die Nippel zwischen seinen Fingern und jetzt begann Noelle zu stöhnen – immer lauter und immer heftiger. Ich konnte bereits spüren, wie sich ihre Muskeln immer fester um meine Finger spannten und ahnte: Würden wir weitermachen, würde nichts den Orgasmus aufhalten können.

Ruckartig zog ich mich zurück und nahm ihr den letzten, noch verbliebenen Schutz. Laut hallte das Ratschen des zerreißenden Slips durch den Raum …

Kapitel 43

Noelle

Als die beiden Männer mich auf dem komischen Gestell festschnallten, wollte ich im ersten Moment laut schreien. Ich konnte nichts sehen und als sie aufhörten zu reden, nicht einmal ergründen, wer vor mir stand und wer hinter mir. Wessen Hände waren es, die meinen Slip zerrissen? Wer war es, dessen Finger mich fickten? Ich ruckte in die Fesseln, wollte aufbegehren, doch es war gerade meine Angst, die dazu führte, dass meine Lust immer mehr entfesselt wurde. Mein Unterleib schien in Flammen zu stehen und ich wollte nur eins – ich wollte, dass die beiden Männer weitermachten. So verrückt das auch klang und so verrückt, wie es sich anfühlte: Das Wissen, vollkommen entblößt und wehrlos Alejandro und Raoul ausgeliefert zu sein, machte mich unglaublich heiß. Ich konnte selbst spüren, wie nass und bereit ich war – wie sehr ich mich nach der Dominanz der beiden Männer verzehrte. Nach dem, was sie mir antun würden.

Meine Empfindungen waren um ein Vielfaches verstärkt und ich hatte das Gefühl, alles deutlicher fühlen zu können. Die Finger, die erregend langsam durch meine feuchte Spalte glitten, den Moment, in dem sie in mich eindrangen und den Punkt in meinem Inneren stimulierten – selbst, wenn ich gewollt hätte, ich konnte das Stöhnen nicht zurückhalten. Der Gedanke, es könnte Raoul sein, der alles von mir sah, der mir mit seinen Fingern größtmögliche Lust bescherte, beschämte und erregte mich gleichermaßen. Die beiden widerstreitenden Gefühle mischten sich zu einem explosiven Cocktail, der mich alles andere vergessen ließ. Ich keuchte und versuchte, mich den Händen entgegenzudrücken, doch sogleich endete die lustvolle Stimulation. Und noch immer sprach keiner der beiden Männer ein Wort ...

Ich konnte zwar nichts sehen, aber ich hörte jedes noch so kleine Geräusch. Überdeutlich nahm ich das Flüstern eines Ledergürtels wahr, der aus den Schlaufen einer Hose gezogen wurde – unmittelbar hinter mir. Hatte Alejandro einen Gürtel getragen? Oder war es Raoul? Ich wusste es nicht mehr genau. Und was, wenn er mich damit ... Unruhe, Angst – ich wusste nicht genau, was ich fühlte, doch auch bei dem Gedanken, das harte Leder auf meinem Po zu spüren, den Schmerz hinnehmen zu müssen, verspürte ich nur brennende, alles andere verzehrende Lust. Und die wurde von der leisen Furcht angeheizt. So sehr, dass ich es kaum mehr aushielt.

Im gleichen Moment spürte ich etwas Kaltes an meinen Brüsten – Eis, schoss es mir durch den Kopf. Feucht umkreiste es meine Brustwarzen und ich konnte spüren, wie die empfindlichen Spitzen sich vor Verlangen zusammenzogen. Gleichzeitig hörte ich hinter mir das scharfe Pfeifen des durch die Luft schneidenden Gürtels. Ich spannte mich an, erwartete förmlich das heiße Brennen auf meinem Po – und dann klatschte es laut. Ich schrie. Laut und durchdringend, während das Brennen ... das Brennen verteilte sich angenehm auf meiner nackten

Haut. Ich spürte die Hand, die sanft darüber streichelte und wusste plötzlich: Alejandro war derjenige, der hinter mir stand und es war nicht sein Gürtel, der auf meinen Po geprallt war – es war seine Hand gewesen. Er hatte bewusst meine Angst und mein Verlangen geschürt ...

Die Art seiner Berührungen hatte ihn verraten – so sanft und gleichzeitig so dominant, dass mir die Luft wegblieb. Seine Finger waren es, die jetzt wieder suchend durch meine nasse Mitte fuhren und meine Schamlippen spreizten – so weit, dass ich die kühle Luft an meinem erhitzten Fleisch fühlen konnte.

„Alejandro?“ Ich drehte meinen Kopf ganz leicht nach hinten und sofort vernahm ich sein männliches, raues Lachen. Er war es tatsächlich.

„Nun, mi corazón ... Eigentlich sollte ich dich dafür bestrafen, dass du nur einen Moment lang geglaubt hast, ich würde deine weiche Haut mit den Malen meines Gürtels zeichnen, doch ich finde eine andere Strafe weitaus passender für deinen Ungehorsam ...“ Seine Stimme klang rauchig und verrucht, bescherte mir eine Gänsehaut. „Fangen wir doch damit an, dass du erst kommen wirst, wenn ich es dir erlaube. Lässt du dich gehen, wird dein niedlicher Arsch gleich auf vielfältige Weise glühen.“ Er lachte dunkel und bedrohlich, doch auch das führte nur dazu, dass ich immer geiler wurde, dass ich kaum noch gegen meine eigene Lust ankam. Ich wusste bereits in diesem Moment, dass ich verlieren würde. In dieser Nacht würde ich die Reste meines alten Lebens hinter mir lassen. Diese Nacht würde mich für immer verändern. Alejandro war es, der mir zeigte, wer ich wirklich war und was ich jahrelang hinter den Mauern der Schicklichkeit eingesperrt hatte ...

Seine Finger spielten mit meinem Geschlecht und ich konnte mich kaum noch beherrschen. Zu groß waren die Lust und das Verlangen, endlich den erlösenden Orgasmus zu erreichen. Dann führte er etwas in mich ein. Groß und dick dehnte es mein zartes Gewebe und dabei legte sich ein seltsames Vibrieren auf meine Klit. Millimeter für Millimeter drang das harte Teil in mich ein und ich glaubte, dass es nicht passen würde – nicht passen konnte. Ich wimmerte, ich keuchte und stöhnte, doch es half alles nichts. Unbarmherzig wurde der Dildo in mich hineingeschoben und bei jedem Millimeter spürte ich die Nässe meiner eigenen Lust. Dann glitt das Toy plötzlich mühelos in mich hinein. Es füllte mich aus, es ließ mir keinen Raum und dann begann es stärker zu vibrieren – an einem Ort, der mir einen Schrei entlockte. Gleichzeitig zwirbelte Raoul meine Brustwarzen so hart, dass ich weiterschrie. Die unterschiedlichen Reize, ... sie trugen mich immer tiefer in meine Sinneslust.

„Bitte, bitte ... ALEJANDRO!“ Ich schrie seinen Namen in den Raum hinein, wohl wissend, dass es mir nichts nutzen würde. Im Gegenteil! Die Vibration in meiner Mitte wurde stärker und gleichzeitig spürte ich ein scharfes Brennen, wie von etwas Metallischem, an meinen empfindlichen Nippeln. Der seltsame Schmerz ging über in ein sanftes Pochen, das wie ein Blitz durch meinen Körper raste und sich mit dem Pulsieren meiner Klit verband. Jetzt hätte ich den Orgasmus auf keinen Fall mehr zurückhalten können. Alejandro fickte mich mit dem riesigen Dildo – zog ihn zurück, nur um ihn im nächsten Moment wieder tief in meine nasse Mitte zu stoßen – und immer traf er dabei den Lustpunkt, der sich vor schmerzhaftem Verlangen zusammenzog. Meine Muskeln schlossen sich fest um das Toy. Schweiß sammelte sich auf meiner Haut. Ich versuchte wirklich alles, um Alejandros Befehl zu befolgen, doch das war nicht möglich. Mit einem lauten Stöhnen ließ ich los. Wellen schüttelten mich. Eine nach der anderen peitschte durch meinen Körper und ließ mich zucken. Ich stammelte unzusammenhängende Worte, während Tränen aus meinen Augen rannen und die schwarze Binde benetzten. Es nahm kein Ende, denn Alejandro penetrierte mich weiter mit dem immer stärker vibrierenden Dildo. Sehr zu meinem Entsetzen spürte ich erneut Lust in mir aufsteigen, kaum dass der erste Orgasmus langsam abebbte.

„So ein ungehorsames Ding!“, knurrte Raoul leise und dabei schnippte er mit den Fingern sanft gegen meine Nippel. Sofort verspürte ich wieder den exquisiten Schmerz, der durch meinen Körper zog und mein Begehren wieder aufflackern ließ.

„Bitte ...“, jammerte ich. „Ich kann nicht ...“

„Oh doch, Kleines! Du kannst und du wirst!“ Das war Raoul. Die dunkle Stimme und die Dominanz seiner Worte führten dazu, dass mein Blut siedete. „So oft, wie wir es wollen und für richtig halten.“ Ich lauschte nach vorne und bekam mit, wie Stoff über Haut schabte. Raoul zog sich aus und allein dieses Wissen reichte, um Angst und Lust gleichermaßen zu empfinden. Gleichzeitig fickte Alejandro mich weiter mit dem Toy. Lange würde ich diese lustvolle Folter nicht aushalten.

Die samtige Haut eines harten, erigierten Schwanzes strich an meiner Wange entlang. Ein fremder, animalischer Duft stieg in meine Nase, während die pralle Eichel über meine Lippen glitt. Ein Lusttropfen blieb an meinem Mund hängen und ich leckte ihn begierig auf. Dann griff Raoul in meine Haare, zog meinen Kopf in die Höhe und drängte seinen steifen Schaft an meine bebenden Lippen, während Alejandro mich weiter penetrierte und ich keinen klaren Gedanken mehr fassen konnte.

„Öffne deinen Mund, Noelle! Jetzt!“ Der Befehl erschütterte mich bis tief in mein Inneres und trotzdem konnte ich nicht verhindern, dass sich meine Lippen für Raoul öffneten. Ich spürte, wie der dicke, pralle Schwanz in mich eindrang, ... wie meine Zunge verlangend über seine Spitze glitt, um noch mehr von ihm zu kosten. „Sollte ich deine Zähne spüren, princesa, werde ich es sein, der gleich hinter dir steht und glaube mir: Ich werde nicht statt des Gürtels die Hand nehmen.“ Die Drohung bewirkte, dass meine Klit vor Verlangen explodierte und als Alejandro genau in diesem Moment das Toy entfernte, hätte ich am liebsten vor Enttäuschung geschrien – doch da war Raouls Phallus, den er tief in meinen Mund schob. So tief, dass ich einen Moment glaubte, keine Luft mehr zu bekommen. Sofort wurde der Griff in meinem Haar unnachgiebiger und seltsamerweise half mir genau das, um mich zu entspannen. Ich wusste plötzlich, dass beide Männer mich nicht überfordern würden. Sie würden die stille Grenze nicht überschreiten und auf mich achtgeben.

Ich lutschte und saugte vorsichtig mit schnell erwachendem Eifer, während ich spürte, wie Alejandros Männlichkeit sich von hinten gegen meine Pobacken drängte. Es war pure Gier, die mich beherrschte, während er seinen Schwanz durch meine Spalte gleiten ließ. Als er schließlich langsam in mich eindrang, glaubte ich bereits, vor Lust und Sehnsucht vergehen zu müssen.

Alejandro war nicht sanft, sondern eroberte mich im Sturm. Tief stieß er in meine zuckende Pussy und fickte mich hart. Es war kein liebevoller Tanz, sondern wild, animalisch und roh – und ich hätte es nicht anders haben wollen. Ich hörte das feuchte Schmatzen meiner eigenen Lust, spürte Alejandros Becken, das bei jedem Stoß gegen meinen Po klatschte und seinen harten, unnachgiebigen Griff, mit dem er meine Hüften gepackt hielt, um noch tiefer in mich eindringen zu können. Alles in mir zog sich zusammen, jeder Muskel vibrierte und schien zum Zerreißen angespannt. Ich wollte mehr – mehr von beiden Männern und genau das gaben sie mir.

Während Alejandro mich nahm, benutzte Raoul mich, wie es ihm beliebte und ich gab ihm, was er brauchte. Ich umspielte seinen harten Schwanz mit meiner Zunge, leckte und ließ ihn tief in mich gleiten. Und dabei empfand ich nur brennendes Verlangen nach mehr. Ich konnte mich nicht bewegen, musste hinnehmen, was die beiden Männer mit mir taten und noch nie in meinem Leben hatte ich mich freier gefühlt. Ich flog immer höher und tatsächlich: Wenn ich nur gekonnt hätte, in diesem Moment hätte ich gesungen. So laut, wie nie zuvor. Plötzlich erfasste ein herrlicher Schmerz meine wunden Nippel – so plötzlich und so unerwartet, dass Raoul für einen kurzen Moment innehielt. Er hatte mir die seltsamen Metallspangen abgezogen ...

Hitze konzentrierte sich zwischen meinen Schenkeln und zum zweiten Mal in dieser Nacht hob ich ab. Ich explodierte geradezu. Löste mich auf in einem Meer aus Farben, Gefühlen und purer Gier. Ich flog hoch hinaus, konnte den Boden unter mir nicht mehr sehen, während mein Körper sich aufzulösen schien. Plötzlich war alles ganz leicht – ich fühlte mich leicht. Nichts hatte mich darauf vorbereitet, dass es so sein könnte. Nichts ...

Ich spürte, wie Raoul sich in meinem Mund anspannte. Wie er sich zwischen meinen Lippen verkrampfte und dann füllte sein heißer Samen meine Kehle, während ich jeden einzelnen Tropfen schluckte. Und fast im gleichen Moment stieß Alejandro ein letztes Mal tief in mich hinein. Ich hörte ihn stöhnen und wusste: Auch er hatte seine Erfüllung gefunden, tief in meinem Inneren vergraben.

Raoul zog sich zurück, dabei strich er sanft über meine verschwitzten Haare.

„Du bist eine wundervolle Frau, Noelle! Und das Beste, was meinem Freund je passieren konnte“, flüsterte er mir leise zu und zog mir dabei die Augenbinde vom Kopf. Er löste meine Handmanschetten, rieb vorsichtig über meine Gelenke, so wie Alejandro es bei meinen Fußgelenken tat. Ich bekam das alles gar nicht wirklich mit, sondern lauschte noch immer auf den Nachhall meiner eigenen Empfindungen.

Es war Alejandro, der mich hochhob, mich fest in seine Arme schloss, während Raoul leise den Raum verließ. Ich schmiegte mich an den Mann, den ich liebte, sog seinen vertrauten Geruch tief in mich auf und dann begannen die Tränen zu laufen – einfach so. Und die ganze Zeit über wiegte Alejandro mich in seinen Armen, hielt mich an sein Herz gedrückt, sodass ich seine Wärme und Nähe förmlich trinken konnte …

Kapitel 44

Noelle

„Verdammt, Raoul!“ Mit in die Hüften gestemmten Fäusten, stand ich zwei Tage später dem Mann gegenüber, dem ich in der Nacht im Club nach allen Regeln der Kunst einen geblasen hatte. „Wie konntest du nur so dämlich sein? Wieso hast du Alejandro alleine gehen lassen?“ Am liebsten wäre ich meinem Gegenüber ins Gesicht gesprungen und hätte ihm eine verpasst, dass ihm Hören und Sehen vergangen wäre. Dieser Vollspaten! Dieser, … dieser …

„Niemand hätte ihn aufhalten können! Du weißt ganz genau, wie wichtig ihm Luciana ist und wie sehr er darauf hofft, sie hier in Miami zu finden.“ Ja, das wusste ich nur zu gut. Ich wusste aber auch, dass er sich in großer Gefahr befand – nur wollten beide Männer davon anscheinend nichts wissen. Wobei es doch Raoul war, der mich in Bogota noch eindringlich vor Alejandros Leichtsinnigkeit in Bezug auf seine Schwester gewarnt hatte. War er es nicht gewesen, der meinte, wir müssten ihn vor sich selbst schützen?

Erst gestern waren wir mit einem gecharterten Privatjet in Miami angekommen. Bereits während des Fluges hatte ich Alejandro meine Ängste mitgeteilt. Als ich erfuhr, wie seine Pläne aussahen, konnte ich nicht glauben, dass er dieses Wagnis tatsächlich eingehen wollte. Sich als Drogenbaron auszugeben, war die eine Sache. Sich mit falschen Papieren zu schmücken, um in Sokorovs Kreise einzudringen, war ein großes Risiko, ... aber mit der Wahrscheinlichkeit im Nacken, dass Alejandros Onkel ein falsches Spiel trieb und meinen Ex-Verlobten mit ziemlicher Sicherheit kannte, wurde das Ganze zu einem Selbstmordkommando. Was, wenn Dario Torres auf der abendlichen Gala auftauchte? Was, wenn Drago ebenfalls anwesend war? Wie wahrscheinlich war es, dass dieses Arschloch von meinem Exverlobten Alejandro nicht erkennen würde? Mit ziemlicher Sicherheit war er bestens im Bilde, was sein Aussehen betraf und der Angriff auf die Hazienda – ich glaubte felsenfest daran, dass auch der auf Dragos Konto ging. Anscheinend wollte er mich in jener Nacht zurückholen, ohne Alejandro die gewünschten Informationen zu geben. Nur wozu? Er liebte mich nicht – darüber war ich mir klar geworden. Er wollte mich genauso wenig, wie ich ihn – auch das stand fest. Was plante er also?

Den kompletten Flug nach Miami hatte ich damit zugebracht, Alejandro ins Gewissen zu reden, doch der wollte meine Argumente nicht hören. Ich versuchte es mit Logik, mit Schmeicheleien, dann wurde ich laut – das war keine gute Idee im Übrigen. Nicht, wenn man mit zwei besitzergreifenden Doms hoch über den Wolken schwebte und nicht wegkam.

Ich versuchte es beim Abendessen in Miami erneut. Das nahmen wir in einer schicken Luxussuite im Carlton ein – alle drei gemeinsam. Während die beiden Männer immer wieder versuchten, mich zu beruhigen, wurde ich von Minute zu Minute nervöser. Irgendetwas sagte mir, dass wir alle in Gefahr waren. In tödlicher Gefahr. Es gab einfach zu viele Punkte in Alejandros Plan, die nicht wasserfest waren und ich befürchtete, dass die uns mit einem gewaltigen Knall um die Ohren fliegen würden. Genau das schien jetzt der Fall zu sein.

Alejandro hatte sich klammheimlich aus dem Staub gemacht, um zu einem Treffen mit Sokorov zu verschwinden. Das hatte dieser Idiot Pedro in die Wege geleitet und wenn ich den zu fassen kriegte, würde er sich einiges anhören müssen. Dabei interessierte es mich nicht die Bohne, dass er Frauen nicht leiden konnte, oder dass er auf Alejandros Anordnung handelte. Dass er den Mann, den ich liebte, einer solchen Gefahr aussetzte, dafür gehörte er durch den Fleischwolf gedreht. Und ich würde liebend gerne die Kurbel betätigen ...

„Jetzt beruhige dich, Noelle! Alejandro weiß genau, was er tut!“ Das wusste er eben nicht. Er war blind vor Liebe zu seiner Schwester und rannte mit offenen Augen in sein Verderben. Von mir verlangte er dabei auch noch, dass ich die Füße stillhielt und mich nicht in Gefahr brachte. Für ihn galten anscheinend andere Regeln – aber nicht mit mir. Bis zu diesem Punkt war ich ihm gefolgt. Jetzt ging es nicht länger, denn Alejandros Leben war in Gefahr. Ich musste unbedingt mit meinem Vater sprechen, denn ich ahnte, dass er sehr viel mehr wusste, als einigen klar sein dürfte. Den Schock, dass mein Dad zur Russenmafia gehörte, hatte ich noch immer nicht richtig verarbeitet. Trotzdem zog es mich wie magisch zu ihm. Er schuldete mir die Wahrheit und falls er sich weigerte, würde ich Mittel und Wege finden, ihn zu zwingen.

„Ist dir eigentlich klar, dass euer Plan alles andere als gut ist? Was meinst du, wird passieren, wenn Drago auf der Gala auftaucht? Oder Dario Torres? Wie sieht euer genialer Plan denn für diesen Fall vor? Und warst nicht du es, der meinte, ich wäre die einzige, die sich Sokorovs Frau gefahrlos nähern könnte?“ Ich verschränkte meine Arme und warf Raoul einen bösen Blick zu, den dieser nicht minder böse erwiderte. Heute ließ ich mich allerdings von seinem Dom-Gehabe nicht aus der Ruhe bringen. Es prallte an mir ab.

„Die Lage hat sich geändert, princesa. Alejandro würde zu Recht mordswütend werden, wenn ich dich in Gefahr brächte – und mittlerweile sehe ich das genauso. Du bist mir ebenso wichtig, wie er es ist.“ Er warf mir einen Blick zu, den ich nicht deuten konnte, doch dann drehte er sich um und starrte aus dem Fenster. „Pedro hat uns zehn seiner besten Männer mitgegeben. Alejandro hat zusätzlich fünf Mann seiner eigenen Truppe dabei. Ihm wird nichts passieren, Noelle. Und jetzt komm endlich runter!“

„Werde ich nicht! Ich will mit meinem Vater sprechen. Ich muss wissen, was Drago für ein dreckiges Spielchen treibt. Vielleicht weiß mein Dad auch, wie Alejandros Onkel in die Geschichte reinpasst. Ich bin mir ziemlich sicher, dass er im Bilde ist. Vielleicht sogar, ob die Frau, die ich gesehen habe, tatsächlich Alejandros Schwester ist.“ Raoul wandte sich mir wieder zu und zum ersten Mal hatte ich das Gefühl, er würde mir zuhören. Ich durfte jetzt keinen Millimeter nachgeben. Wenn Raoul wollte, dass ich Ruhe gab, würde er mich zu meinem Vater begleiten müssen. Alejandros Verbot, die Suite zu verlassen, interessierte mich in diesem Moment überhaupt nicht. Er würde auch nicht anders handeln, wenn er mich in Gefahr wüsste. „Verdammt, Raoul! Ich habe nicht gesagt, dass du mit mir zu Sokorov gehen sollst. Wir können eine Limousine des Hotels nutzen und haben sechs Männer hier, die uns begleiten können.

Meinst du nicht, dass das reichen sollte, um am helllichten Tag dem Juwelenhandel meines Dad's einen Besuch abzustatten? Was glaubst du denn, würde dabei passieren? Denkst du wirklich, man würde uns mitten in der City überfallen? So dämlich und abgebrüht ist nicht mal die Russenmafia – zumal mein Dad seine Büros mitten in Downtown hat. Kein guter Platz für einen Überfall! Die Cops wären schneller vor Ort, als den bösen Brüdern lieb wäre." Ich verlegte mich auf einen bittenden Ausdruck in meinem Gesicht, schenkte meinem Aufpasser sogar einen herzerweichenden Augenaufschlag, denn ich ahnte, dass ich ansonsten nicht weit bei Raoul kommen würde – sehr zu meinem Leidwesen.

„Noelle …" Er knickte ein, ich konnte es hören.

„Bitte, Raoul! Ich kann hier nicht untätig rumsitzen und hoffen, dass alles gut wird. Was, wenn ich recht habe und Alejandro in Gefahr ist?" Ein Muskel zuckte in Raouls Wange und ich konnte es hinter seiner Stirn arbeiten sehen. „Was, wenn wir nichts tun und Alejandro stirbt bei dem Versuch, seine Schwester zu finden?" Ich hielt den Atem an. Jetzt hing alles davon ab, wie Raoul entscheiden würde, denn über eins war ich mir im Klaren: Niemals würde ich mit Gewalt an diesem Berg von einem Mann vorbeikommen.

„Gut, Noelle!" Seine Schultern sackten nach vorne. „Du hast gewonnen, aber eins sage ich dir: Du wirst nicht einen Schritt alleine machen. Weder im Geschäft deines Vaters, noch außerhalb. Ich werde dir selbst auf die Toilette folgen und das solltest du nicht für einen dummen Spruch meinerseits halten."

„Ich mache alles, was du willst – nur lass uns endlich fahren. Ich halte die Ungewissheit nicht länger aus." In den letzten Sekunden hatte ich immer öfter das Gefühl gehabt, einer drohenden Gefahr ausgesetzt zu sein.

„Du willst so ausgehen?“ Raoul ließ seine Augen einmal über meine Gestalt wandern. Dann verzogen sich seine Mundwinkel belustigt und im ersten Moment verstand ich absolut nicht, was er mir damit sagen wollte. Dann erst ging mir auf, dass ich nur bekleidet war mit einem Slip und mit einem von Alejandros Shirts. Als ich aufwachte und den Platz neben mir verwaist vorgefunden hatte, war mir augenblicklich klar gewesen, dass Alejandro unbemerkt von mir das Hotel verlassen hatte. Der Grund war mir nur zu klar gewesen und ich war voller Panik aus unserem Schlafzimmer geschossen. Dabei hatte ich noch gehofft, ihn aufhalten zu können.

Jetzt versuchte ich fast schon panisch, den Shirt-Stoff nach unten zu ziehen, um mich zu bedecken und erst dann ging mir auf, wie unsinnig meine Aktion war. Ich stand vor dem Mann, der bereits mehr von mir gesehen hatte, als mein vermeintlicher Verlobter – meine Scham kam ein bisschen zu spät. Ich löste den Griff vom Saum des Shirts, reckte mein Kinn und warf Raoul einen weiteren, sehr bösen Blick zu, doch der Arsch begann zu lachen, statt ...

Ich fasste es nicht. Hastig drehte ich mich auf dem Absatz herum und floh regelrecht aus dem geräumigen Salon – allerdings nur, um eine halbe Stunde später, angetan mit einem grauen Kostüm und perfekt sitzenden Haaren, den Raum erneut zu betreten.

Raoul erwartete mich bereits. In Jeans und einem locker sitzenden Hemd, dessen Knöpfe fast unanständig weit offenstanden. Die Frauen im Betrieb meines Vaters würden reihenweise in Ohnmacht fallen. So viel war sicher.

Die Fahrt durch die Stadt verlief schweigend. Eingekeilt zwischen Raoul und einem von Alejandros Männern, verspürte ich keinerlei Lust zu reden. Auch die beiden Kleiderschränke, die sich auf den Frontsitzen der Limousine breitgemacht hatten, waren nicht unbedingt das, was ich mir unter normalen Umständen als Begleitung ausgesucht hätte. Ihre schwarzen Lederjacken und die dunklen Sonnenbrillen wirkten nicht unbedingt vertrauenerweckend und bei weitem auch nicht unauffällig. Genauso wenig wie die Tätowierungen, die ich am Hals des Fahrers erkennen konnte. Hoffentlich wollten diese Gorillas uns nicht in die Büros meines Dad's begleiten.

Zehn Minuten später bekam ich meine Antwort und die gefiel mir ganz und gar nicht. Wir zwängten uns zu fünft in den Aufzug, der uns zu den Geschäftsräumen meines Vaters bringen würde. Mehrere Angestellte und ein paar Manager drückten sich in die hinterste Ecke, nachdem die finsteren Kerle sie in Grund und Boden gestarrt hatten und am liebsten hätte ich meinen Aufpassern gegen die Schienbeine getreten. Raoul schien sich köstlich zu amüsieren, denn ich sah seine Mundwinkel immer wieder zucken. Ich war gespannt, ob er unseren Besuch bei meinem Vater immer noch amüsant fand, wenn ich endlich die Wahrheit erfuhr. Ich war noch immer überzeugt davon, dass mein Vater sehr viel mehr wusste, als jeder von uns ahnte – ich eingeschlossen. Als sich die Lifttüren mit einem melodischen Klingeln öffneten, stürzte ich nach vorne, wurde aber gleich von Raoul ausgebremst.

„Du bleibst brav an meiner Seite, princesa – so, wie wir es abgesprochen haben.“ Bestimmend fasste er nach meiner Hand und hakte sich dann bei mir ein, sodass ich gezwungen war, neben ihm herzulaufen. Ich wäre am liebsten losgerannt und wusste dabei doch sehr genau, dass ich damit nur unnötig Aufmerksamkeit erregen würde. Raoul würde mich unter gar keinen Umständen loslassen. Das hatte er mir versprochen und das würde er gnadenlos durchziehen. Dafür kannte ich ihn bereits gut genug.

Ich nickte Miss Gilbert freundlich zu. Die Empfangsdame meines Dad's bekam kugelrunde Augen, als unsere Gruppe an ihr vorbeimarschierte. Die Mitvierzigerin wurde erst blass, doch dann bekamen ihre Wangen ein sehr verräterisches Rot. Ihre Atmung glich der eines Karpfens und ich konnte nur zu deutlich sehen, wohin die Gute starrte. Raoul war aber auch ein Blickfang. Das musste selbst ich zugeben.

Dann öffnete sich plötzlich die Tür zum Büro meines Vaters und ...

Kapitel 45

Noelle

Als mein Vater in der offenen Bürotür erschien, wollte ich am liebsten alles vergessen, was ich in den letzten Tagen über ihn und seine Zusammenarbeit mit der Russenmafia gehört hatte. Ich wäre so gerne noch einmal zu dem kleinen Mädchen geworden, das sich in Daddys Arme flüchtete und sich trösten ließ – doch es war zu viel geschehen. Zu Vieles, das ich nicht verdrängen, nicht vergessen konnte.

Als mein Vater mich erkannte und sah, welche Begleiter an meiner Seite standen, wurde er leichenblass. Besser hätte er mir nicht zu verstehen geben können, dass er schuldig war. Dass alles, was ich über ihn gehört hatte, der Wahrheit entsprach.

Herzen brechen nicht leise. Das bekam ich in diesem Moment am eigenen Leib zu spüren. Ich glaubte, jeder im Raum müsse hören können, wie der dumme Muskel in meiner Brust in tausend winzige Splitter barst. Tränen schossen in meine Augen, doch gleichzeitig spürte ich eine fürchterliche Wut. Am liebsten hätte ich das Vorzimmer meines *Erzeugers* verwüstet – hätte geschrien und um mich geschlagen, nur um den schmerzhaften Druck in meinem Inneren loszuwerden.

„Noelle ...“, wisperte er entsetzt und warf dann der Reihe nach meinen Begleitern skeptische Blicke zu. Neben mir spannte Raoul sich an und auch die beiden Gorillas strafften sich merklich. „Was, ... was machst du hier?“ Vielleicht hätte ich mich beruhigen können. Vielleicht hätte ich über gewisse Dinge hinwegsehen können, wenn das Entsetzen meines Vaters nicht so offensichtlich gewesen wäre. Das Entsetzen darüber, mich hier zu sehen. Anscheinend hatte er damit gerechnet, dass ... Ich konnte und wollte diesen Gedanken nicht weiterspinnen.

„Ich denke, wir sollten in dein Büro gehen, Vater!“ Das letzte Wort spuckte ich ihm verächtlich vor die Füße. „Ich glaube nicht, dass andere hören sollten, was ich dir zu sagen habe.“ Falls möglich, wurde mein Erzeuger noch blasser. Seine dunkelblauen Augen wirkten regelrecht schwarz in dem bleichen Gesicht. Er zögerte einen kurzen Moment, trat dann jedoch an die Seite und ließ uns eintreten. Kaum, dass sich die Bürotür hinter uns geschlossen hatte, legte er auch schon los.

„Noelle, ... Kind!“ Er machte einen Schritt auf mich zu, wollte mich in die Arme schließen, doch ich machte mich steif und sofort trat ihm einer von Pedros Leuten in den Weg.

„Ich bin so froh, dich gesund ...“ An dieser Stelle hielt ich sein Getue nicht mehr aus und schnitt ihm das Wort ab.

„Bist du das wirklich? Bist du tatsächlich froh, mich hier zu sehen? Du machst eher den Eindruck, als ob es dich entsetzen würde und da frage ich mich natürlich, warum das so ist, ... Vater. Liegt es daran, dass *eure* Pläne nicht ganz so funktioniert haben, wie sie das sollten?“

„Wessen Pläne?“, stotterte er hilflos und ich erkannte problemlos den Schweißfilm, der sich auf seiner Stirn bildete. „Ich weiß nicht, wovon du redest, mein Kind! Aber warum bist du hier und nicht bei deinem Verlobten?“

„Von welchem Verlobten redest du? Von dem Schwein, das mich für seine dunklen Zwecke missbrauchen wollte – wie immer die auch aussehen mögen?“ Ich redete mich in Fahrt und wurde dabei immer lauter. In der Zwischenzeit war es mir egal, welcher Angestellte das Gespräch mitbekam. Raoul drückte meinen Arm und mahnte mich so zur Vorsicht. Als ob das etwas genutzt hätte. „Ich will die Wahrheit, Vater! Nur einmal in deinem Leben: Sag die Wahrheit. Es geht um den Mann, den ich liebe und wenn ihm etwas zustößt, werde ich dich zur Rechenschaft ziehen. Es geht um Alejandro Torres, den Mann, der mich entführt und der meine Liebe gewonnen hat. Ich weiß, dass du deine gierigen Hände in diesem schmutzigen Spiel hast. Dass deine Spielleidenschaft dazu geführt hat, dass du irgendeinen windigen Pakt mit Drago geschlossen hast. Du bist ein Verbrecher durch und durch, aber bisher hatte ich immer geglaubt, dass ich dir etwas bedeute. Dass unsere Familie dir etwas bedeutet ...“

„Noelle, ... ich ...“ Mein Dad ballte die Hände zu Fäusten, dann trat er ans Fenster und starrte auf die Skyline von Miami. „Ich, ... ich habe das nicht gewollt, aber ich hatte keine andere Wahl! Ich liebe dich! Das weißt du doch ...“

„Natürlich hatten Sie die!“, mischte sich jetzt Raoul ein. „Die hat man immer.“

„Sie wissen ja nicht, wovon Sie reden, Mister ...“ Er wandte sich in unsere Richtung, doch Raoul blieb ihm die Antwort schuldig und ich konnte ihn verstehen. Mein Vater ließ die Schultern hängen und starrte wieder aus dem Fenster.

„Ich, ... ich habe Fehler gemacht. Nicht nur einen, sondern viele. Mein größter Fehler war zu glauben, dass ich mit Drago Leonov ein leichteres Spiel haben würde, als mit seinem Onkel. Ich habe jahrelang für das Sokorov-Kartell gearbeitet und mir nie etwas zuschulden kommen lassen, doch dann ...“ Er unterbrach sich kurz und ich konnte hören, wie er leise schluchzte. „Als meine Frau erkrankte und feststand, dass die Krankheit unheilbar war, ist eine Welt für mich zusammengebrochen. Ich liebe sie mehr als alles andere und sie so zu sehen – voller Schmerz und Traurigkeit, hat mich immer öfter von zuhause ferngehalten. Ich konnte ihr einfach nicht dabei zusehen, wie sie sich quälte und dann begann ich zu spielen. Zuerst ging es nur um kleine Summen, doch dann, ... ich verlor immer mehr, aber mein Vermögen war groß genug und so machte ich mir keine Sorgen.“ Wieder ballte mein Erzeuger die Fäuste. „Dann gab es plötzlich Hoffnung! Ein Arzt erzählte uns von einer neuartigen Therapie, von einem Medikament, das zwar sehr teuer war, meiner Frau aber helfen würde – und er hatte recht.“ Jetzt schien mein Vater ganz in seinen Erinnerungen versunken und er sprach mehr zu sich selbst als zu uns. „Meiner Frau ging es besser und ich war froh, etwas tun zu können. Doch in der Zwischenzeit war ich süchtig geworden. Ich konnte meine Finger nicht mehr von den Karten lassen und verlor immer mehr Geld. So viel, dass ich am Ende die teuren Therapien für meine Frau nicht mehr zahlen konnte. Ich ... ich, ... Noelle! Ich habe immer nur Sokorovs Geld gewaschen. Nie etwas Schlimmeres getan.“

„Das war schlimm genug!“, zischte ich ihm wütend entgegen und dachte an all die Junkies, an die zerstörten Leben, die diese Verbrecher auf dem Gewissen hatten.

An das Elend derjenigen, an denen mein Vater sich bereichert hatte. Mir wurde schlecht bei dem Gedanken, dass ich ihn anscheinend niemals wirklich gekannt hatte. „Aber was hat das alles mit mir zu tun?“, würgte ich hervor und in dem Moment war ich mir nicht mehr sicher, ob ich die Antwort überhaupt hören wollte. Die Stimme meines Erzeugers wurde immer leiser und da ahnte ich, dass mich seine nächsten Worte tiefer treffen würden, als alles, was ich bereits in Erfahrung gebracht hatte.

„Ich, ... ich war dumm genug zu glauben, dass es nicht auffallen würde, wenn ich mich an Sokorovs Geld bediente. Zuerst waren es auch nur geringe Summen, doch bald schon wuchsen mir die Schulden über den Kopf und ich nahm mehr. Drago war es, der mich schlussendlich überführte – derjenige, der mir allerdings auch einen Ausweg aus meinem Dilemma anbot. Du musst mich verstehen, ... Noelle! Es ging um mein Leben!“ Ich verstand es nicht, aber das spielte auch keine Rolle mehr. Jetzt nicht mehr.

„Weiter!“, forderte ich mit eisiger Stimme.

„Du, ... du warst nur ein Pfand, Noelle. Dragos Versicherung dafür, dass ich spurte und nach seiner Pfeife tanzte. Ich musste, ... ich musste ...“ Jetzt drehte mein Vater sich um, sah mich an und dabei wirkte er, als wäre er um Jahre gealtert. „Drago will die Position seines Onkels übernehmen. Er will Nikolai Sokorov vom Thron stoßen, ihn notfalls töten, wenn es nicht anders geht. Und er hat mächtige Verbündete, die ihm helfen. Hier kommt ...“

„Rede endlich, verdammt noch mal! Es geht hier nicht nur um Sokorov, denn der ist mir ziemlich egal, ... es geht auch um Alejandro und sein Leben! Sag endlich die Wahrheit!“ Jetzt schrie ich tatsächlich und einer der beiden Gorillas machte einen drohenden Schritt in Richtung meines Vaters.

„Alejandros Onkel, ... Dario Torres, ... er ...“ Ich hatte es gewusst. Dieser schmierige, alte Lappen war also wirklich auf Dragos Yacht gewesen. Ich hatte mich nicht getäuscht. „Es hat schon sehr viel früher angefangen – der Beginn liegt weit in der Vergangenheit und ich ... Nun ja! Ich war damals ein unschöner Teil davon.“ Wieder wandte mein Vater sich von mir ab. Seine Schultern bebten und es fiel ihm sichtlich schwer weiterzusprechen. Er nahm einen tiefen Atemzug und dann ...

„Vor dreiundzwanzig Jahren fuhr Ivan Sokorov mit seinem Sohn nach Kolumbien. Er wollte den jungen Mann ins Geschäft einführen und natürlich traf er sich dort auch mit seinen wichtigsten Drogenlieferanten – unter anderem mit Dario Torres. Mich hatte Ivan mitgenommen, denn ich koordinierte seine Treffen und verwaltete die Gelder, die bei diesem Besuch in die Taschen der Lieferanten flossen. Wir verbrachten mehrere Tage in der Privatvilla von Dario Torres und dort lernte Nikolai auch die Nichte jenes Mannes kennen – Luciana Torres. Sie war, ... nein, sie ist auch heute noch eine Schönheit und der junge Nikolai wollte sie unbedingt besitzen. Nikolai war wie besessen von der jungen Schönheit und das spielte Dario Torres ungemein in die Hände. Sein Bruder war ihm bereits seit langem ein Dorn im Auge und er wollte ihn unbedingt loswerden. Ihn und den Rest der Familie, denn dann hätte er das Firmenimperium seines Bruders geerbt, was für ihn so einiges vereinfacht hätte. Zu diesem Zeitpunkt wusste er noch nicht, dass sein älterer Bruder ihm bereits auf die Schliche gekommen war. Er hatte sein Testament geändert und Alejandro so abgesichert, dass ihm im Falle seines Todes nichts passieren konnte. Dann wäre nämlich das gesamte Vermögen inklusive aller Unternehmen an eine kirchliche Institution gegangen. Dario Torres wäre vollkommen leer ausgegangen und hätte sein dreckiges Drogengeld nicht mehr waschen können."

Mir wurde alleine vom Zuhören übel. All die Jahre hatte Alejandro keine Ahnung davon gehabt, dass der Mörder seiner Eltern direkt vor seiner Nase war. Dass er ihm Zuneigung vorheuchelte, wo es niemals welche gab. Dieser Onkel hatte ihm die Suche nach den Mördern seiner Eltern ermöglicht, um ihn aus den Geschäften rauszuhalten und so, wie es aussah, steckte er auch hinter Lucianas Verschwinden. Den Rest konnte ich mir nämlich beinahe denken, doch ich musste es aus dem Mund meines Vaters hören. Ich ermunterte ihn mit einem Nicken, weiterzusprechen.

„Als Dario Torres Ivan um seine Mithilfe bei der Ermordung seines Bruders bat, war ich derjenige, der dem alten Sokorov gut zuredete. Ich hatte erkannt, dass uns Schwierigkeiten ins Haus stehen würden, falls Dario aufflog. Damit würde unsere beste Quelle in Kolumbien versiegen und das konnte Sokorov nicht zulassen. Unerwartete Hilfe bekam ich vom jungen Nikolai, der seinen Vater bekniete, die kleine Luciana mit in die Staaten zu nehmen. Er, der viel älter als das Mädchen war, hatte nichts anderes im Sinn, als sie zu besitzen. Ich war ebenso fasziniert wie abgestoßen, von dem Gedanken, dass ..." Er keuchte und fasste sich an die Brust, als ob er Schmerzen hätte, doch Mitleid empfand ich nicht. Für diesen Menschen, der so viel Schuld auf sein Gewissen geladen hatte, konnte ich nur Verachtung empfinden. Dann sprach er weiter und ich lauschte der Stimme, mit der ich in früheren Zeiten nur angenehme Empfindungen verbunden hatte.

„Wir kamen bei Nacht und töteten die Eltern der beiden Kinder. Luciana nahmen wir mit, während der Junge bei seinem Onkel blieb.“ Wieder schnappte mein Vater nach Luft. „Der Mann, den du liebst – er wird in eine Falle laufen. Nikolai hat nichts damit zu tun. Drago hat sich Darios Mithilfe für den Sturz seines Onkels gesichert – er und drei kolumbianische Kartelle haben die Seiten gewechselt und auch daran hatte Dario seinen Anteil. Alejandro soll derjenige sein, der den tödlichen Schuss auf Nikolai abfeuert, damit Drago nicht damit in Verbindung gebracht werden kann. Als Druckmittel, damit Alejandro tut, was man von ihm verlangt, muss seine Schwester herhalten. Dario fordert für seine Mithilfe bei der bösen Intrige einen hohen Preis. Jetzt ist es Alejandro Torres Kopf, den er verlangt, denn in der Zwischenzeit hat der Mann, den du liebst, ein eigenes Testament verfasst und Dario als Alleinerben eingesetzt …“

Kapitel 46

Alejandro

Früh am Morgen hatte ich meinen Koffer gepackt und mich heimlich aus dem Staub gemacht. Mir war klar, dass Noelle mich nicht einfach gehenlassen würde. Bereits auf dem Flug nach Miami hatte sie immer wieder versucht, mich umzustimmen. Der Plan, den Pedro für mich ausgearbeitet hatte, um in Sokorovs Kreise einzudringen, schien ihr zu gefährlich. Mein Mädchen machte sich Sorgen – und davon zu viele. Es war Noelle zuzutrauen, dass sie einen Aufstand probte, wenn ich ihr meine Pläne mitteilte und so war es nur Raoul, den ich einweihte und diesen auch gleich bat, auf mein Mädchen zu achten – was auch immer passieren würde.

Pedro hatte mir den Platz für das geschäftliche Treffen mit Sokorov genannt. Der Ort, an dem der Boss der Russenmafia sich mit seinen Zulieferern und dem ganzen verbrecherischen Pack zusammensetzen wollte, um neue Verträge auszuhandeln. Dieses Mal würde ich dabei sein und ich hoffte, dass ich die Aufmerksamkeit des Mafioso auf mich lenken konnte. Ich wollte unbedingt an der abendlichen Gala teilnehmen. Dort, so hoffte ich zumindest, würde ich endlich erfahren, ob die Frau an seiner Seite tatsächlich Luciana war. Ich musste es einfach schaffen, denn die Ungewissheit, ob meine Schwester noch lebte oder nicht, machte mich wahnsinnig.

Die Limousine glitt über die Straße. Sie war schmal und kaum einsehbar, doch ordentlich asphaltiert – ein sicherer Hinweis darauf, dass der Mensch, zu dessen Haus dieser Privatweg führte, äußerst vermögend war. Außer mir befanden sich zwei von Pedros und einer meiner eigenen Männer im Wagen. Die Spannung war mit Händen greifbar, denn jeder von uns wusste: Sollte etwas schiefgehen, würden wir den Ort des Geschehens nicht lebend verlassen. Die Villa, die wir ansteuerten, befand sich außerhalb von Miami und wenn mich nicht alles täuschte, sollten wir sie innerhalb der nächsten Sekunden erreichen. Die Straße wurde breiter und das zunächst undurchdringliche Dickicht wich einer gepflegten Gartenanlage. Gleich darauf konnte ich auch schon die Villa im Hintergrund ausmachen. Sie befand sich am Rand eines weitläufigen Privatstrandes, war weit entfernt von der Stadt und Nachbarn schien dieser Sokorov auch nicht unbedingt zu mögen. Auf den Satellitenaufnahmen, die ich mir vor unserem Aufbruch angesehen hatte, war weit und breit kein anderes Haus zu erkennen gewesen. Was mir in diesem Moment allerdings ein bisschen Kopfzerbrechen bereitete, war das vollkommene Fehlen anderer Wagen. Wenn das hier ein Treffen der Kartellbosse sein sollte, waren die entweder zu spät, oder ich zu früh.

Ich schaute auf meine Uhr. Nein! Ganze fünf Minuten blieben uns noch, bis die Konferenz beginnen sollte. Eigentlich waren wir ziemlich spät. Im gleichen Augenblick beschlich mich ein übles Gefühl. Eins von der Sorte, das Ärger versprach.

„Boss?“ Mateo schaute mich fragend an. Ihm war anscheinend auch aufgefallen, dass hier etwas nicht mit rechten Dingen zuging. Das Haus schien verlassen und machte nicht den Eindruck, als wäre jemand anwesend. Es wirkte verlassen und nicht bewohnt.

„Stopp!“, brüllte ich plötzlich. Aus dem unbestimmten Eindruck einer Bedrohung wurde plötzlich das Wissen, dass wir in eine Falle liefen. „Dreh sofort um und gib Gas!“ Der Fahrer zögerte nicht eine Sekunde, riss das Lenkrad herum, sodass der Wagen schleuderte. Wir gruben uns durch die Rosenrabatten. Kies spritzte in die Höhe und ich konnte hören, wie dieser durch den Radkasten polterte. Pedros Mann verstand sein Handwerk. Er hatte die schwere Limousine schnell wieder unter Kontrolle und raste die Straße zurück, die wir gekommen waren. Doch noch konnten wir nicht aufatmen. Noch hatten wir das Grundstück nicht verlassen. Wir hatten vorhin ein hohes Tor passiert. Das war die beste Stelle, um uns aufzuhalten, falls das hier eine Falle war. Und davon ging ich in der Zwischenzeit aus.

Unter dem Vordersitz hatte ich meine Waffe deponiert. Mateo riss seine bereits aus dem Holster, als ich den Gurt löste und nach unten langte. Meine Finger schlossen sich um den Griff und das Metall fühlte sich kühl in meiner Hand an. Genauso kühl, wie es in meinem Inneren gerade wurde. Ich konnte nur für Pedro hoffen, dass man auch ihn getäuscht hatte. Sollte sich herausstellen, dass er mich bewusst in eine Falle gelockt hatte, würde sein letztes Stündlein schlagen, sobald ich die Scheiße hier erledigt hatte.

„Fuck!“, stieß in dem Moment der Beifahrer aus und Pedros Mann riss erneut das Lenkrad herum. Der Wagen schlitterte über den Rasen und plötzlich hörte ich die

Schüsse. Irgendjemand feuerte mit einem Schnellschussgewehr auf uns und das machte derjenige verdammt gut. Ich hörte, wie die Projektile gegen das kugelsichere Glas prallten, dann jedoch das Blech erreichten. Es hörte sich gefährlich danach an, als ob die Kugeln das Material durchschlagen könnten. Mateo ließ sein Fenster runterfahren, ich öffnete mein eigenes, um das Feuer zu erwidern. Währenddessen versuchte unser Fahrer seitwärts an den beiden Autos vorbeizukommen, die uns den Weg versperrten.

Plötzlich gab es einen fürchterlichen Knall und dann noch einen. Die Bastarde hatten auf die Reifen gezielt – die einzige Schwachstelle des Wagens. Zuerst schleuderte die Limousine von einer Seite auf die andere und Pedros Mann gab wirklich alles, um den Wagen in der Spur zu halten. Doch dann hob das Auto ab und wir überschlugen uns. Der Ruck, der durch meinen Körper lief, war mörderisch. Metall kreischte, Schüsse peitschten und ich schlug mit dem Kopf gegen die Türverkleidung. Oben wurde zu unten, unten zu oben und noch einmal erhielt ich einen heftigen Schlag auf den Kopf. Irgendetwas flog durch den Wagen und traf mich an der Schulter. Dann ertönte ein lauter Knall und plötzlich wurde es still – so still, dass es beängstigend war. Ich hörte es leise tröpfeln und der durchdringende Gestank von Benzin drang mir in die Nase. Dann war da plötzlich der beißende Geruch von Qualm – die Limousine brannte und wir mussten schleunigst raus. Es konnte nicht lange dauern, bis uns die Karre um die Ohren flog oder lichterloh in Flammen stand. Ich versuchte, die Tür zu öffnen, doch sie klemmte. Irgendetwas blockierte sie. Neben mir stöhnte Mateo schmerzerfüllt, während unser Fahrer leblos in seinem

Gurt hing. Der Beifahrer war der Einzige, in dem noch Leben steckte – allerdings nicht lange. Ein Lauf schob sich durch das geöffnete Fenster, ein leises Ploppen ertönte und Pedros Mann sackte in sich zusammen – mausetot.

Roter Nebel wallte vor meinen Augen und irgendwie schien plötzlich alles in den Hintergrund zu rücken. Ich durfte um Gottes Willen jetzt nicht das Bewusstsein verlieren. Nicht jetzt – denn dann würde ich das hier auf keinen Fall überleben.

Der Lauf der Waffe schob sich ein weiteres Mal in den Wagen. Dieses Mal richtete er sich auf den Fahrer, der leise stöhnte. Fest ballte ich die Hand zur Faust und hieb sie ohne nachzudenken auf die Waffe. Der Schuss krachte, doch er ging ins Leere. Im gleichen Moment wurde die Tür aufgerissen, eine Hand griff nach mir und ich wurde ins Freie gezerrt – so als ob ich nichts wiegen würde. Wieder wurde mir schwarz vor Augen und wieder erklang das fürchterliche Geräusch eines Schusses, der durch einen Schalldämpfer abgegeben wurde. Ich hing im Griff zweier Gorillas und konnte nicht das geringste tun. Ich hob meinen Kopf, versuchte herauszubekommen, wer mich festhielt, doch im gleichen Moment traf mich ein Faustschlag in den Magen, der mich zusammensacken ließ.

„Du mieser, kleiner Drecksack! Hast du wirklich geglaubt, es wäre so einfach, an den großen Sokorov heranzukommen? Hast du wirklich angenommen, dass du einfach in seine Villa spazierst und deine Schwester aus seinen Klauen rettest? Du bist ein armer, fehlgeleiteter Irrer und dein Onkel hatte ganz recht: Blind bist du obendrein. Blind und taub für alles, außer deiner Rache, die du nun auf keinen Fall mehr bekommen wirst.“ Wieder traf mich ein Faustschlag – dieses Mal in

die Nieren. „Aber du bist ein echter Glücksgriff für meine eigenen Pläne, denn ... Nun! Der gute Nikolai kann seiner liebreizenden Frau keinen Wunsch abschlagen und du bist das beste Druckmittel, das ich mir nur vorstellen kann. Jetzt müssen wir die gute Tante Luciana nur dazu bringen, dass sie sich an dich erinnern kann. Dummerweise leidet die Gute nämlich an einer Amnesie – praktisch für meinen verfluchten Onkel, sehr unpraktisch für mich und dich. Ich frage mich, ob der Schock des Wiedersehens ihre Erinnerungen weckt – das wäre doch was. Und falls das nichts fruchtet, gibt es auch noch andere Methoden, um zu bekommen, was ich will."
Die hämische Stimme gehörte zu Drago Leonov. Ganz kurz hatte ich das Schwein sehen können und ihn erkannt. Das war, bevor er mich mit einem Schlag in die Nieren erst einmal bewegungsunfähig machte. Nachdem er allerdings meine Schwester ins Spiel brachte, nachdem ich verstand, was er mir mitteilen wollte, brüllte ich auf und warf mich gegen seine beiden Männer. Leider hatte ich keine Chance, so angeschlagen, wie ich war. Mein Schädel dröhnte, meine Knochen schmerzten von dem Aufprall und ich musste verarbeiten, dass meine Begleiter allesamt tot waren. Dafür würde dieser Drago bluten und wenn es das Letzte war, das ich in meinem Leben zustande brachte.

Trotz meiner beschissenen Lage jubelte mein Herz. Luciana lebte und war ganz in meiner Nähe. Ich würde sie befreien – koste es, was es wolle. Und dann würde sie das Leben führen können, von dem sie immer schon geträumt hatte – schon als sie ein junges Mädchen war. Frei und ungezwungen, das hatte sie immer sein wollen. Ich wollte mir nicht ausmalen, was sie alles hatte erdulden müssen und ich hasste diesen Drago mit jeder Faser meines Herzens. Auch dafür, dass er Noelle benutzt hatte – wofür auch immer. Er hatte mich in seinen Klauen und bisher nicht einmal gefragt, was aus seiner Verlobten geworden war. Ihn interessierten nur seine eigenen, miesen Spielchen und wo die enden sollten, war mir nur zu klar. Er wollte Macht, er wollte Reichtum und seinen Onkel aus dem Weg haben. Nur so konnte er bekommen, was ihm vorschwebte. Nikolai Sokorov wusste wahrscheinlich von nichts und das würde ihm zum Verhängnis werden. Nicht, dass es mich stören würde ...

„Sag mir nur eins, Leonov! Was hattest du mit Noelle vor? Ich kann mir denken, was du willst, aber wieso Noelle? Dir liegt nichts an der Frau und trotzdem wolltest du sie heiraten. Bist du gestört, oder was stimmt nicht mit dir?“ Er lachte schallend los und schob dabei lässig seine Hände in die Taschen seiner Anzughose.

„Torres! Du bist ein Idiot! Natürlich hätte ich die Kleine nicht geheiratet. Sehe ich so aus, als ob ich Interesse an einer langweiligen, nichtssagenden Frau hätte? Sie war Mittel zum Zweck, um ihren Vater zur Zusammenarbeit zu bewegen. Ich brauchte Geld – viel Geld und der Alte hat geliefert, damit sein Töchterchen am Leben blieb. Was glaubst du denn, wie ich Dario Torres davon überzeugen konnte, dass eine Zusammenarbeit mit mir lohnenswerter ist, als mit meinem Onkel? Da musste Kohle fließen und das nicht zu knapp. Er war ein guter Wegbereiter, hat allerdings auch einige Bedingungen gestellt – aber das kennt man ja von neuen Geschäftspartnern. In naher Zukunft wird er feststellen, dass ich dieses Mal auf seine Forderungen eingegangen bin, aber sollte er noch einmal meinen, er könnte mich für seine Drecksarbeiten heranziehen, wird er feststellen, wie heiß eine Kugel in der Brust brennen kann. Im Übrigen ist er heute Abend ebenfalls auf der Gala – wenn auch mein Onkel ihn nicht eingeladen hat. Da ich allerdings seine Männer benötige, um Sokorovs schießwütige Truppe unter Kontrolle zu halten, konnte ich ihm die Einladung nicht ausschlagen. Bevor du also ins Gras beißt, bekommst du die Gelegenheit, mit deinem liebreizenden Verwandten zu reden. Auf das Gespräch freue ich mich ganz besonders und bin gespannt, ob Onkelchen dir am Ende auch die Wahrheit verrät." Er wandte sich an die beiden Kerle, die mich noch immer eisern hielten. „Schafft die Kakerlake in den Wagen und dann nichts wie weg von hier. Ruf Dimitri an und sag ihm, dass er hier alles wieder so herrichten soll, dass es niemandem auffällt. Ich will nicht, dass man Spuren bis zu uns zurückverfolgen kann." Dann drehte er sich um, stieg in seinen Sportwagen und brauste davon ...

Kapitel 47

Noelle

Als wir das Gebäude verließen, in dem die Büros meines Vaters untergebracht waren, hämmerte nur ein Gedanke hinter meiner Stirn. Man hatte Alejandro eine Falle gestellt. Drago! Drago würde Alejandro gegen Nikolai Sokorov ins Feld führen, damit auf ihn selbst kein Verdacht fiel. Was dieser Bastard genau plante, wusste mein Vater auch nicht, aber ich konnte mir denken, dass es irgendetwas mit Alejandros Schwester zu tun hatte.

Wir mussten unbedingt auf diesen Ball und da ich der Meinung war, dass mein Vater mir noch etwas schuldete, erleichterte ich ihn direkt um die Einladungen, die er von Sokorov erhalten hatte. Einladungen für ihn und meine kleine Schwester, die ihn begleiten sollte.

Mein Vater war wie vor den Kopf geschlagen, als ich ihm erzählte, was mir zugestoßen war. Er wusste nichts von der Entführung, denn Drago hatte ihm immer wieder versichert, dass es mir gut ginge und er sich keine Sorgen machen müsse. Warum er allerdings nie versucht hatte, mich anzurufen, blieb mir ein Rätsel. Wahrscheinlich, weil er ein viel zu schlechtes Gewissen hatte. Immerhin war er es, der mich an Drago verschacherte, wie eine Ware, die ihm nichts wert war.

Der Fahrer lenkte den schweren Wagen aus der Tiefgarage und ich war dermaßen in Gedanken, dass ich erst in der letzten Sekunde die zierliche Schwarzhaarige bemerkte, die das Geschäftsgebäude in dem Augenblick betrat, als wir es durch die Ausfahrt verließen. Ihr Gang, die stolze Haltung und die Art, wie sie gekünstelt die Haare zurückwarf, erinnerten mich an jemanden, doch ich brauchte ein paar Sekunden, bis ich die Informationen verarbeitet hatte. Dann jedoch schoss mir ein so großer Schreck durch die Glieder, dass mein Herz zu rasen begann. Mein Kopf flog herum und ich versuchte noch einen Blick auf die Frau zu erhaschen, doch die war bereits im Inneren des Hochhauses verschwunden.

Elena, ... schoss es mir durch den Kopf. Es konnte nur Elena gewesen sein. Ich hatte nicht den kleinsten Zweifel daran, dass sie es war. Die Ähnlichkeiten waren zu verblüffend und die katzenhafte Art, sich zu bewegen, war so einmalig, dass eine Verwechslung ausgeschlossen war. Von meinem Dad wusste ich bereits, dass Dario Torres gegen Alejandro intrigierte. Elena war seine rechte Hand und jetzt zählte ich eins und eins zusammen. Wenn sie in Miami war, dann war es Alejandros Onkel auch ... Im gleichen Moment spürte ich Raouls Finger, die sich um meine schlossen.

„Was ist los, Noelle? Du siehst aus, als ob du ein Gespenst gesehen hättest."

„Habe ich auch!", keuchte ich erschrocken – noch immer unter dem Schock stehend, Elena hier gesehen zu haben. „Das war Elena, die gerade das Gebäude betreten hat. Was macht sie hier? Und wenn sie in der Stadt ist, dann ist Dario garantiert auch hier. Ich bin mir ziemlich sicher, dass die beiden heute Abend auf der Gala sein werden, die Sokorov veranstaltet. Und wenn die beiden uns sehen, dann fliegen wir auf.“ Das war meine größte Sorge. In der Zwischenzeit war uns allen klar geworden, dass Luciana der Schlüssel zu allem war. Dass wir an sie herankommen mussten, um Alejandro aus seiner misslichen Lage zu befreien. Mein Dad hatte uns erzählt, dass sich die junge Frau nach ihrer Verschleppung und der Ermordung ihrer Eltern mit Händen und Füßen gegen Nikolai Sokorov gewehrt hatte – doch dann hatte es einen dramatischen Zwischenfall gegeben und Luciana ihr Gedächtnis verloren. Bis zum heutigen Tag war es nicht wieder zurückgekehrt – sehr zur Freude ihres Gatten. Raoul und ich mussten es schaffen, zu ihr durchzudringen, doch ich wusste nicht, wie wir es schaffen sollten, ihre verlorenen Erinnerungen wieder zu wecken. Sie allein war in der Lage, Nikolai Sokorov dazu zu bringen, Drago zu stoppen und Alejandro zu befreien. Wenn Raoul und ich scheiterten, würde der Mann, den ich liebte, sterben.

„Bist du sicher?“, zischte Raoul aufgebracht. Auch er stand noch immer unter dem Schock des Gehörten – dass wir alle einer Falle aufgesessen waren, die von meinem Ex und Alejandros Onkel geschickt eingefädelt worden war. Sie hatten jeden unserer Schritte exakt vorausgesehen und wir hatten ihnen den Gefallen getan und uns wie die Idioten aufgeführt. Sie waren uns die ganze Zeit einen Schritt voraus gewesen. Nur meine Entführung schien von Drago nicht geplant gewesen zu sein. Ich konnte nur nicht verstehen, warum Alejandros Männer ihm ständig mitgeteilt hatten, dass das Arschloch noch immer mit seiner Yacht durch die Karibik kreuzte. Dass er hier in Miami war, stand seit dem Gespräch mit meinem Vater außer Frage. Und dass er Alejandro bereits einkassiert hatte, ebenso.

„Ja! Bin ich!"

„Fuck!", fluchte Raoul laut, sodass der Beifahrer sich mit gerunzelter Stirn nach uns umsah. Raoul schien gleich zu begreifen, dass das für unsere eigenen Pläne fatal werden konnte.

Ich konnte noch immer nicht fassen, dass ich Elena tatsächlich gesehen hatte und zückte trotzdem mein Handy. Wenn Dario und Elena heute Abend auf dem Empfang waren – wovon ich ausgehen musste – standen unsere Chancen nicht nur schlecht, sondern denkbar beschissen. Es musste einen anderen Weg geben, um an Luciana heranzukommen. Und den musste mein Vater mir liefern. Ich kannte niemand anderen, der uns mit dieser Information füttern konnte. Ich wählte sein Smartphone an und es wunderte mich, dass er sofort ranging. Normalerweise brauchte er immer mehrere Sekunden, um das kleine Gerät unter dem Stapel Papiere zu finden, die sich auf seinem Schreibtisch türmten.

„Noelle?" Er schien überrascht, dass ich mich so schnell wieder bei ihm meldete. „Kann ich noch ..."

„Ja! Kannst du! Wenn einer Sokorov und seine Frau kennt, dann du. Ich muss wissen, ob es außerhalb der Gala irgendeine Möglichkeit gibt, an Luciana heranzukommen. Wir haben ein Problem und du hast damit zu tun. Die rechte Hand von Dario Torres hat gerade das Gebäude betreten und wenn sie in Miami ist, dann ist es Alejandros Onkel auch. Die beiden würden Raoul und mich sofort erkennen, wenn wir auf dem Empfang auf die beiden treffen." Einen Moment herrschte Stille am anderen Ende und ich befürchtete fast, dass mein Vater uns bei dieser Sache auch nicht weiterhelfen konnte, ... doch dann räusperte er sich.

„Ich weiß, dass Luciana einen bevorzugten Friseursalon hat und ich weiß auch, dass sie den mit Sicherheit heute noch aufsuchen wird. Wie ich sie kenne, wird sie das kurz vor dem Empfang erledigen. Nikolai will, dass sie perfekt aussieht – wobei sie das eigentlich immer tut. Selbst mit zerwühlten Haaren."

„Welcher Salon ist es?" Im gleichen Moment konnte ich im Hintergrund ein komisches Geräusch vernehmen. Es hörte sich an, als ob jemand die Bürotür geöffnet hätte.

„Janice Sty … Elena! Was für eine Überraschung!" Mein Vater hatte sich blitzartig unterbrochen und ich wusste jetzt, dass es tatsächlich Elena war, die ich vor wenigen Minuten gesehen hatte. „Komm doch näher! Setz dich!", bot mein Vater an. Doch seiner zittrigen Stimme konnte ich entnehmen, dass er sich ganz und gar nicht wohlfühlte. Er hatte Angst. Ich konnte nicht verstehen, was Elena antwortete, doch plötzlich ertönte ein leises Ploppen und dann röchelte mein Vater, als ob er keine Luft mehr bekommen würde.

„Dad?" Da stimmte was nicht. „DAD!", schrie ich, doch da ertönte bereits das Freizeichen. Hastig wählte ich die Nummer vom Empfang, doch auch da nahm keiner ab.

„Wir müssen umdrehen! Wendet sofort den Wagen. Irgendetwas stimmt bei meinem Vater nicht. Elena war dort und …"

„Wir können nicht zurück, Liebes!" Raoul drückte meine Finger. „Ich, …" Er stutzte und ich sah ihn panisch an. Er sollte nicht weitersprechen, er durfte nicht weitersprechen. Ich wollte es nicht hören. „Noelle …" Sanft rieb sein Daumen über meinen Handrücken. „Ich habe es hören können. So hört ein Mensch sich an, wenn er keine Luft bekommt. Kurz bevor er …"

Nein! Nein! Das durfte nicht sein. Nicht mein Dad! Auch wenn ich im ... Nein! Er durfte, er konnte einfach nicht tot sein.

„Dreht um! Wir müssen doch etwas tun! Wir können doch nicht einfach weiterfahren, als wenn nichts geschehen wäre ...“ Ich flog nach vorne, wollte unserem Fahrer an die Schultern fassen, doch Raoul reagierte blitzschnell. Zuerst packte er meine Hand, dann riss er mich in seine Arme. Ich war gezwungen, an seiner Brust zu liegen – zur Bewegungslosigkeit verdammt.

„Schau nach, ob es irgendwo in der City einen Friseursalon gibt, der Janice im Namen führt – wahrscheinlich mit dem Zusatz *Styling* versehen. Bringt uns umgehend dorthin!“

„Du mieser Penner! Mein Vater kämpft um sein Leben!“, schrie ich ihn an. „Er wird sterben, wenn wir ihm nicht ...“

„Noelle!“ Raoul schüttelte mich sanft. „Dein Vater ist längst tot! Das komische Geräusch war ein Schuss, der durch einen Schalldämpfer abgegeben wurde. Dass sich das Vorzimmer deines Vaters nicht gemeldet hat, werte ich auch nicht unbedingt als gutes Zeichen. Wir könnten die Cops anrufen, doch auch die werden zu spät kommen und wir bringen uns selbst in Gefahr. Deinem Vater ist nicht mehr zu helfen, aber Alejandro lebt noch und ...“ Ich hörte nicht mehr hin. Ich konnte einfach nicht.

Vor einer halben Stunde hatte ich noch mit meinem Vater gesprochen. Ich hatte ihm schwere Vorwürfe gemacht, nicht wissend, dass es unser letztes Beisammensein war. Jetzt war er nicht mehr da und ich hatte mich nicht einmal vernünftig von ihm verabschiedet, sondern ihn spüren lassen, wie sehr er mich verletzt hatte. Bittere Galle stieg in meinen Hals und ich würgte, angeekelt von mir selbst. Heiß brannte es in meinen Augen und wieder war es mein Herz, das splitterte. Es fühlte sich an, als ob es mir aus der Brust gerissen würde. Ich schluchzte laut auf, während Raoul mich festhielt und nichts weiter tat, als mich seine Wärme spüren zu lassen.

Bilder prasselten auf mich ein. Bilder von meinem Dad und mir – wie wir gemeinsam im Garten unseres Anwesens herumtollten, wie er mich in seine starken Arme schloss und mich herumwirbelte. Ich konnte mir einfach nicht vorstellen, dass er nicht mehr da war – er war einfach immer um mich herum gewesen. Solange ich denken konnte und jetzt war er fort – einfach so. Von einer Sekunde auf die andere. Ich hörte die anderen miteinander reden, doch es kam nicht wirklich bei mir an. Es war fast so, als säße ich nicht mehr in diesem Auto – fast so, als wäre ich ganz allein auf dieser Welt. Erst jetzt wurde mir klar, mit was für Menschen wir es zu tun hatten. Es wurde mir in dem Moment bewusst, in dem mein Vater starb.

Weil er zu viel wusste. Weil er versucht hatte, in einem Spiel mitzumischen, in dem nur die wirklich skrupellosen Menschen gewinnen konnten. Dass er nur der Verlierer sein konnte, hatte er nicht bedacht. Und Alejandro? Auch er war zu einem Spielball geworden, doch noch lebte er. Mein Vater hatte mir versichert, dass er erst sterben würde, wenn seine Aufgabe erledigt war. Die Aufgabe, die er auf Sokorovs Ball erfüllen sollte. Meinem Vater hatte ich nicht helfen können, doch noch konnte ich den Mann retten, der nicht nur meinen Körper genommen hatte, sondern auch mein Herz in seinen Händen hielt. Ihm durfte einfach nichts geschehen, denn dann würde die Welt alle Farben verlieren. Sie würde stumpf und grau werden und in Kälte untergehen.

Raouls Nähe gab mir die Kraft und Zuversicht, dass wir es schaffen konnten. Ich musste mich zusammenreißen, denn noch war nicht alles verloren. Noch konnten wir Luciana finden und ihrem Gedächtnis auf die Sprünge helfen. Sie musste sich einfach erinnern …

Kapitel 48

Noelle

„Verdammt, Raoul! Höher!“ Seine Finger gruben sich in meinen Po, während ich mich bemühte, einen festen Stand auf seinen Schultern zu finden. Ich schwankte hin und her und dabei versuchte ich vergeblich, nach dem Ende der Feuerleiter zu greifen, unter der wir beide standen. Colt – einer von Pedros Männern beobachtete unsere fruchtlosen Bemühungen, schüttelte den Kopf und dann war er nicht mehr zu halten. Er trat an Raouls Seite, fasste mir ohne mit der Wimper zu zucken unter den Rock und klatschte seine Pranke gegen meinen Oberschenkel. Ich quiekte erschrocken, doch da hatte er mich bereits ohne jede Anstrengung so weit in die Höhe gehoben, dass ich mühelos das hochgeklappte Ende der Leiter erreichen konnte. Mit einem leisen Rattern gab sie nach, als die beiden Männer mich zu Boden gleiten ließen.

„Nicht gut gesichert!“, ließ Colt hören und Raoul nickte zustimmend mit dem Kopf.

„Unser Glück, denn ansonsten hätten wir ein verdammtes Problem gehabt.“

Es war gut, dass ich keine Zeit zum Nachdenken bekam, denn unser Fahrer hatte tatsächlich nur einen einzigen Salon in Miami gefunden, der Janice‘ Styling-Area hieß.

Bereits als wir an dem nobel aussehenden Schuppen vorbeifuhren, erkannte ich die beiden schwarzen Luxuslimousinen, die vor dem Friseur am Straßenrand parkten und den grimmig dreinschauenden Leibwächter, der den Eingang zu bewachen schien. Es sah so aus, als ob er niemanden passieren lassen würde und gleich darauf bekam ich die Bestätigung, als der böse Bube eine potenzielle Kundin einfach fortschickte.

Shit! Uns hätte klar sein müssen, dass wir an die Frau des obersten Russenmafioso nicht einfach so herankommen würden. Daran hatten wir gar nicht gedacht, doch Colt arbeitete blitzschnell einen Notfallplan aus und jetzt waren wir gerade dabei, diesen in die Tat umzusetzen.

„Noelle!“ Raoul sah mich an und dabei erkannte ich die Sorge in seinen Augen. „Bist du dir sicher, dass du das hinbekommst? Wiederhole noch mal, wie wir vorgehen.“ Wenn die Situation nicht so ernst gewesen wäre, die drei Männer mich nicht mit ihren Blicken durchbohren würden, hätte ich am liebsten die Augen verdreht. Die hielten mich doch tatsächlich für dement.

„Ich klettere die Feuerleiter hoch, bis ich oben auf dem Dach angekommen bin. Dann benutze ich Colts Messer, um die Tür zum Notausgang aufzuhebeln.“ Skeptisch betrachtete ich die dünne Klinge und dann den Mann, dem die Waffe gehörte. „Bist du sicher, dass sie das aushält?“ Er grinste über das ganze Gesicht und nickte dabei mit dem Kopf.

„Speziallegierung! Hält alles aus!“ Viele Worte machte er nicht und ich seufzte.

„Ich mache mich auf den Weg ins Erdgeschoss“, führte ich weiter aus und steckte dabei die Klinge zurück in die Scheide. „Dort muss ich aufpassen, denn es könnte durchaus sein, dass Sokorov auch im Hausflur eine Wache positioniert hat. Falls das so sein sollte, komme ich zurück und wir müssen uns was anderes einfallen lassen. Ich hoffe, mein kleines Frauenhirn hat das soweit richtig wiedergegeben.“ Den letzten Satz konnte ich mir einfach nicht verkneifen.

„Richtig!“ Raoul sah mir tief in die Augen. Streng und unerbittlich. „Und Noelle! Keine Heldentaten! Du kommst umgehend zurück, wenn du den Salon nicht durch die Hintertür betreten kannst, während wir vorne für ein bisschen Aufregung sorgen. Tust du das nicht, liegst du über meinen Knien und selbst Alejandro könnte dich dann nicht davor bewahren, dass ich deinen niedlichen Arsch bearbeite.“ Darauf würde ich eine Wette abschließen. Ich warf ihm einen bösen Blick zu, während Raoul mich unverschämt angrinste und Colt leise lachte. Chauvinisten – alle beide.

Ich wandte mich ab, schlüpfte aus meinen Pumps und begann die Sprossen hochzuklettern. Der enge Rock des Kostüms war alles, nur nicht geeignet für die Tour über die Leiter. Erst nach Erreichen der ersten Plattform bekam die Feuerleiter Stufen aus Metall, die ich ganz normal emporsteigen konnte. Ich war schneller oben auf dem Dach, als ich angenommen hatte und den Notausstieg zu finden, war auch kein Problem. Nicht einmal das Messer musste ich einsetzen, denn die Tür war weder abgeschlossen, noch irgendwie anders gesichert. Ich huschte auf nackten Füßen das Treppenhaus runter – sechs Etagen, dann erreichte ich einen langen Korridor im Erdgeschoss. Wenn ich nicht vollkommen in die Irre ging, musste der Gang direkt hinter dem Geschäft enden und ich betete darum, dass Raoul sich nicht irrte. Ich musste es schaffen, zu Luciana zu gelangen – koste es, was es wolle. Nur so konnten wir

Alejandro retten. Raoul würde sich niemals darauf einlassen, die Gala zu besuchen, wenn er mich damit in Gefahr brachte. Das hatte er mir vorhin im Wagen deutlich zu verstehen gegeben und so war das hier meine einzige Chance, Alejandro zu helfen.

Ich gab mir Mühe, kein Geräusch zu verursachen und nur wenige Sekunden später schob ich mich, in dunklen Schatten verborgen, vorsichtig um die Ecke. Natürlich hatte ich kein Glück, ... so wie eigentlich immer.

Vor der Hintertür stand ebenfalls ein Mann. Ein schwarz gekleideter Bodyguard, der nicht minder gefährlich wirkte, wie der, der draußen auf der Straße Stellung bezogen hatte. Eigentlich hätte uns das klar sein müssen. Ich zog mich zurück. Jetzt noch mehr bemüht, kein Geräusch zu verursachen. Was, verflixt noch mal, sollte ich jetzt machen? Raoul hatte gesagt, ich müsse zurückkommen. Er hatte mir gedroht, dass er mir gnadenlos den Arsch versohlen würde, wenn ich es nicht täte. Andererseits war das hier unsere einzige Chance, relativ gefahrlos an Luciana heranzukommen und die würde ich nicht ungenutzt verstreichen lassen. Das konnte keiner von mir verlangen. Ich überlegte fieberhaft, wie ich das Problem lösen konnte.

Das hier war ein Wohnhaus. In der ersten Etage und weiter oben wohnten Menschen. Sokorovs Männer konnten unmöglich jeden kennen, der in diesem Haus ein und aus ging. Das war ein Ding der Unmöglichkeit. Was, wenn ich ganz ungezwungen an dem Kerl vorbeiginge? Was würde passieren, wenn ich ... Hektisch sah ich mich um. Vorhin war ich an einer Kommode vorbeigekommen. An einem Sideboard, auf dem ein paar alte Glasvasen standen – wahrscheinlich, um den Hausflur zu verschönern. Doch das schafften nicht mal die bunt bemalten Vasen. Es war einfach nur düster in dem alten Haus, das von außen weitaus freundlicher wirkte.

Ich huschte die paar Meter zurück, griff mir das Keramikteil, das am schwersten aussah und bemühte mich, es hinter meinem Rücken zu verstecken. Ein beschissener Versuch, der bei hellem Tageslicht mit Sicherheit auch aufgefallen wäre, lange bevor ich den Kerl erreichte. Hier, im dunklen Zwielicht des Treppenhauses, hatte ich vielleicht eine Chance – auch wenn sie nur gering ausfiel.

Ich schlüpfte in die Pumps und versuchte, möglichst ungezwungen zu laufen. Klack, klack ... meine Absätze verursachten laute Geräusche auf dem alten Steinboden und ich wusste, der Wachposten musste mich hören. Das war auch genau so beabsichtigt.

Ich bog um die Ecke und richtig. Er schaute mir bereits entgegen. Seinen Gesichtsausdruck konnte ich nicht erkennen, dafür aber seine angespannte und abwartende Haltung. Meine Hand, die ich in den Rand der Vase gekrallt hatte, wurde feucht. Plötzlich schien das Ganze keine so gute Idee mehr zu sein. Plötzlich bekam ich wackelige Knie, denn der Gorilla wurde mit einem Mal zu einem unüberwindlich wirkenden Hindernis. Konnte ich es wirklich schaffen, ihm das scheußliche Monstrum von einer Vase über den Kopf zu zimmern?

Dann trat der Kerl einen Schritt nach vorne, sodass er mir jetzt auch noch den Weg nach draußen versperrte. Umdrehen ging nicht mehr, denn dann hätte er die Vase in meiner Hand garantiert gesehen. Jetzt ging es nur noch vorwärts und das am besten mit Volldampf.

„Halt!“, brüllte er mir entgegen. „Keinen Schritt weiter! Sonst sehe ich mich ...“

„Kein Problem, Süßer“, säuselte ich leise. „Ich will nur raus. Muss zur Arbeit!“ Ich machte drei weitere Schritte und war jetzt weniger als zwei Meter von der lebenden Panzersperre entfernt. Ich würde meinen Arm verdammt weit in die Höhe bringen müssen, wenn ich ihm eins auf den Kopf geben wollte. Shit! Das hatte ich in meiner Planung gar nicht bedacht.

„Ich sagte: Keinen Schritt weiter! Die nächste Stunde kommt hier niemand durch!“ Wieder wagte ich mich einen Schritt nach vorne. Werfen wäre vielleicht eine Alternative, aber dann bestand die Möglichkeit, dass ich den Kerl verfehlte.

„Jetzt stell dich doch nicht so an, Baby!“ Ich versuchte alles, um meiner Stimme einen möglichst verruchten Touch zu verleihen. „Ich muss zur Arbeit. Lass mich einfach durch und ich bin schneller weg, als du gucken kannst. Und vielleicht erinnere ich mich beim nächsten Mal daran, dass du nett zu mir warst. Vielleicht kann ich dann auch ein bisschen nett zu dir sein, ... wenn du verstehst, was ich meine.“ Ich erstickte förmlich an meinen eigenen Worten. Ganz sicher würde ich so einen Charmebolzen nicht auf zehn Meter Entfernung an mich ranlassen, doch das ahnte er zum Glück nicht. Er entspannte sich ein bisschen und ich machte einen weiteren Schritt nach vorne. Jetzt war ich nah genug heran und spürte meine Entschlossenheit zurückkehren. Mir blieb gar nichts anderes übrig, wenn ich Alejandro retten wollte. Ich musste es tun, auch wenn ich mich im Geiste bereits bei dem Hünen entschuldigte. Immerhin machte auch der gefährlich aussehende Typ nur seinen Job. Dass er mir dabei im Weg war, dafür konnte er nichts.

Ich schenkte ihm ein gewinnendes Lächeln, wiegte die Hüften ein wenig und sein Blick glitt automatisch in Richtung meiner langen Beine – dumm für ihn. Blitzschnell riss ich die Hand nach vorne – ohne länger nachzudenken und ohne Skrupel. Hart zimmerte ich ihm den schweren Keramikkrug seitlich gegen die Schläfe. Es gab einen dumpfen Knall, als das Teil auf seinen Schädel prallte und dann ertönte ein lautes Ächzen. Ich wartete, denn irgendwann musste der Riese umfallen. Jetzt, ... jetzt gleich ... doch dummerweise tat er mir den Gefallen nicht. Er schwankte gegen die Wand, ächzte ein weiteres Mal und griff sich an den Kopf. Doch dann stieß der Typ ein übles Knurren aus, stieß sich von der Mauer ab und ehe ich mich versah, hatte er mich bereits an den Oberarmen gepackt, mich herumgeschleudert und gegen die Metalltür gedrückt, durch die man ins Innere des Friseurstudios gelangte.

„Du miese, kleine Schlampe“, stöhnte er laut, während ich versuchte, ihm vor die Beine zu treten. Ich brüllte laut und schrie, in der Hoffnung, dass mich irgendjemand hören würde. Dabei wusste ich ziemlich sicher, dass mir niemand zu Hilfe eilen würde – nicht gegen die Männer von Nikolai Sokorov. Keiner, der wusste, welchen Geschäften dieser Mann nachging, würde sich erdreisten und einen seiner Leute angreifen und ich konnte mir nicht vorstellen, dass die Bewohner dieses Hauses unwissend waren. Immerhin war das hier Lucianas Stammsalon. Trotzdem brüllte ich weiter – so laut ich konnte, und versuchte, mir das muskulöse Monstrum vom Leib zu halten, so gut es eben ging.

Ich sah, wie der Typ ausholte und wusste, er würde mich schlagen. Alles in mir spannte sich an, während ich weiter schrie. Das würde garantiert weh tun und ob ich den Schlag überlebte, das stand noch in den Sternen.

„Jetzt bekommst du, was du verdient hast, Bitch!“ Seine Stimme klang böse und ich machte mich auf alles gefasst, doch bevor er mich treffen konnte, wurde die

Tür aufgerissen und eine Frau mit Lockenwicklern in den Haaren flog auf den Gang.

„Verdammt, Igor! Kannst du nicht einmal Ruhe geben! Was soll der Lärm?“ Sie klang angepisst – mega angepisst. „Hatte ich dir nicht ausdrücklich gesagt, dass ich deine Cowboymanieren nicht länger dulde! Und jetzt lass das Mädchen los – aber schnell!“

Ich brauchte einen zweiten Blick, um zu verstehen, dass Luciana Sokorov vor mir stand – Alejandros vermisste Schwester …

Kapitel 49

Alejandro

Ich wusste weder, wo ich mich befand, noch wie viel Zeit in der Zwischenzeit vergangen war. Nachdem Drago Leonov mich überwältigt und meine Männer getötet hatte, verband man mir die Augen und brachte mich fort. Und noch immer hatte man mir die verfluchte Binde nicht abgenommen.

Ich vermutete, dass ich mich in einem Kellergewölbe befand, denn es roch leicht feucht und muffig. Kühl war es ebenfalls, was nicht das Schlechteste war. Die Stellen, an denen der Russe mich bearbeitet hatte, hämmerten und schmerzten höllisch – Wärme wäre mir gerade gar nicht gut bekommen. Einen so harten Punch hätte ich dem Kerl gar nicht zugetraut – so konnte man sich irren.

In vielen anderen Dingen hatte ich auch danebengelegen und musste mir eingestehen, dass Noelle die ganze Zeit über recht hatte. Von Anfang an vermutete sie die Falle und ich war in meinem blinden Wahn, Luciana näher zu sein als jemals zuvor, auch gleich hineingetappt. Ich hatte mich benommen wie ein Anfänger und dafür würde ich zahlen müssen. Der Russki hatte keinen Hehl daraus gemacht, dass er irgendetwas von mir wollte – bekommen würde er es nicht. Eher würde ich ins Gras beißen, als ihm bei seinen finsteren Plänen zu helfen. Sterben würde ich so oder so, denn mein Onkel konnte es sich nicht leisten, mich am Leben zu lassen. Dann nämlich, … würde ich ihn umbringen. Langsam und genüsslich.

In den langen, einsamen Stunden, die ich in meinem Gefängnis verbrachte, hielt mich nur eins bei Verstand: Der Gedanke, dass mein Mädchen in Sicherheit war. Raoul würde auf sie achtgeben und falls ich nicht zurückkehrte, wovon ich in der Zwischenzeit felsenfest überzeugt war, würde er sie an einen sicheren Ort bringen und sie mit einer neuen Identität ausstatten. Ich konnte ihr herzförmiges Gesicht förmlich vor mir sehen. Das Strahlen ihrer Augen, ihr Lächeln und die Hingabe, die sie mir immer wieder zeigte, wenn wir …

Plötzlich hörte ich das Schlagen einer Tür, dann Schritte und ich wusste, … es war jemand im Raum – und zwar mehr als eine Person. Vorsichtig drehte ich meinen Kopf in die Richtung, in der ich meine Besucher vermutete.

„Du bist also wach. Sehr gut! Dann können wir ja gleich zur Sache kommen.“ Drago! Es war der Bastard, der mich einkassiert hatte. Seine Stimme würde ich unter Tausenden wiedererkennen. „Ich weiß, dass du ein verdammt guter Schütze bist, Torres! Und deshalb wirst du so nett sein, meinen Onkel heute Abend zu eliminieren. Ich bin sicher, dass du der kleinen Aufgabe gewachsen bist.“ Plötzlich wurde mir die Augenbinde vom Kopf gerissen und ich musste gegen die hellen Scheinwerfer anblinzeln, die auf mich gerichtet waren. Im ersten Moment erkannte ich rein gar nichts, doch dann stockte mir das Blut in den Adern.

Drago war tatsächlich nicht alleine gekommen, doch mit diesem Anblick hatte ich überhaupt nicht gerechnet.

Neben ihm und in seinen Arm geschmiegt stand eine Frau, die ich hier auf keinen Fall erwartet hätte. Eine Frau, die ich zwar niemals als feste Partnerin in Betracht gezogen hatte, der ich jedoch bisher vertraute. Es war Elena!

Mir wurde übel, als ich sah, mit welcher Selbstverständlichkeit sie Drago umarmte und sich an ihn presste. War ich zuvor wütend gewesen, so rauschte jetzt blanker Hass durch meine Adern und brachte mein Blut zum Kochen. Ich konnte einfach nicht glauben, dass diese Frau mich so hintergangen hatte. Dass weder Raoul noch ich selbst auf den Gedanken kamen, dass wir den Tod regelmäßig gefickt hatten.

„Ich sehe, dass du überrascht bist, Alejandro!“ Sie lächelte mich an, so wie sie es immer tat, doch erst jetzt erkannte ich die Falschheit, die sie bisher geschickt verborgen hatte. „Nun! Als ich Drago vor einem Jahr kennenlernte, war mir sofort klar, dass er der Mann ist, der mich glücklich machen kann. Hast du dich denn nie gefragt, warum ich in den letzten Monaten nur das eine Mal die Hazienda besucht habe? Warum ich deine Nähe einfach nicht mehr ertragen konnte?“

„Dafür warst du allerdings sehr begierig darauf aus, mir in der Nacht des Angriffs den Blowjob meines Lebens zu verpassen, ... du falsche Schlange.“ Dieser Satz musste sein und ich erkannte auch gleich, wie der Russe sich anspannte und seine Umarmung etwas sehr Besitzergreifendes bekam.

„Bilde dir nur nichts ein!“, lachte Elena mich aus und ich fragte mich, ob ich die Spielgefährtin meiner Jugend eigentlich jemals richtig gekannt hatte. Niemals wäre ich auf den Gedanken gekommen, sie könne die Seiten wechseln. „Ich sollte nur für Ablenkung sorgen und da ich deinen Schwanz schon öfters in meiner Kehle stecken hatte, schien mir das kein allzu großer Preis für mein Glück zu sein." Wenn etwas in meinem Magen gewesen wäre, hätte ich es dieser Schlampe liebend gerne vor die Füße gekotzt. Leider musste ich mich mit einem trockenen Würgen begnügen.

„Genug gespielt, Torres!", schnarrte Drago Leonov wütend. Ihm schien der Gedanke nicht zu behagen, dass ich Elena bereits vor ihm besessen hatte. Sehr viele Male und in Varianten, die er sich nicht mal vorstellen konnte – und ich bedauerte gerade jede einzelne verfickte Minute davon. „Mein Onkel muss heute Nacht sterben und du wirst dir sicherlich denken können, dass du die Gala ebenfalls nicht überleben wirst. Es kommt jetzt nur darauf an, ob du ein artiger Junge bist und ich dafür deine Schwester leben lasse, oder ob die Letzte aus deinem Geschlecht auch ins Gras beißen muss. Ach, … und die süße Noelle, die könnte ich ebenfalls noch über die Klinge springen lassen – falls du nicht tust, was man dir sagt." Er drehte den Kopf und erst jetzt sah ich die beiden dunkel gekleideten Typen, die sich bisher im Hintergrund gehalten hatten. „Macht den Bastard los!" Und an mich gerichtet: „Falls du versuchen solltest, mir Unannehmlichkeiten zu bereiten, solltest du vielleicht wissen, dass deine niedliche Schwester gerade bei ihrem Stammfriseur sitzt und einer meiner Männer sich in ihrer unmittelbaren Nähe aufhält. Ein Druck auf das Knöpfchen in meiner Hand und Luciana wird ausbluten wie ein geschlachtetes Lamm. Ich hoffe für sie, dass du dich kontrollieren kannst."

Die Handschellen wurden mir abgenommen und das Blut schoss zurück in meine Finger. Ein unangenehmes Stechen und Kribbeln erfasste die Haut. Am liebsten wäre ich hochgeschossen und hätte mich auf diesen verdammten

Russen gestürzt, doch ich war zum Nichtstun verdammt. Dieser Leonov hatte zum jetzigen Zeitpunkt alle Trümpfe in der Hand und der Kerl wusste genau, dass ich das Leben meiner Schwester auf keinen Fall gefährden würde. Für den Moment musste ich die Füße stillhalten und zum Schein auf sein perfides Spiel eingehen.

„Du versicherst mir, dass meiner Schwester und Noelle nichts geschieht?“, knurrte ich wütend, wohl wissend, dass ein Schwein wie er sich niemals an seine Versprechen halten würde.

„Aber natürlich, denn irgendwie habe ich mein Tantchen ja auch gern. Sie muss nicht geopfert werden, wenn es sich vermeiden lässt. Und die arme, naive Noelle auch nicht. Fast tut es mir leid, dass ich nicht aus dem Honigtopf genascht habe. Sie war anscheinend vielversprechender, als ich angenommen hatte. Aber so kann man sich eben irren.“ Diese Bemerkung trug ihm einen bösen Blick von Elena ein und ich versuchte währenddessen verzweifelt, meine Übelkeit und die Benommenheit abzuschütteln.

„Ich mach‘s!“, stieß ich angewidert hervor und dabei hatte ich keine Sekunde lang vor, diesen Sokorov zu erschießen. Es musste einen Weg geben, meine Schwester zu retten und dabei diesen Idioten unschädlich zu machen. Sobald sie mir die Waffe in die Hand gaben, würde ich ...

„Falls du auf dumme Ideen kommen solltest, lass dir eins gesagt sein: Den ganzen Abend über wird ein Bodyguard in der Nähe deiner Schwester sein, der auf meiner Gehaltsliste steht. Ein falscher Zug deinerseits und es ist aus mit der liebreizenden Luciana. Nur damit wir uns nicht falsch verstehen, ich habe nichts gegen dich, aber deinem Onkel bist du schon lange ein Dorn im Auge. Und Dario kann es sich nun mal nicht leisten, dass du ihm am Ende ins Handwerk pfuschst, so wie dein Vater das in der Vergangenheit bereits getan hat. Das war auch der Grund, warum dein alter Herr sterben musste – genau wie du." Er seufzte theatralisch und wieder war es Übelkeit, die mir den Hals regelrecht zuschnürte. Ich hatte bereits geahnt, dass mein sauberer Onkel hinter dem Mord an meinen Eltern steckte. Es allerdings so direkt aus dem Mund des Russen zu hören, war mehr, als ich gerade verdauen konnte. „Dein Ableben wird schnell und schmerzlos erfolgen. Eine Kugel direkt durch deinen Kopf, abgefeuert von einem meiner eigenen Männer. Somit stehe ich als Held da, während du als Sokorovs Mörder in die Geschichte eingehst. Damit dürfte auch klar sein, wer das Kartell zukünftig leitet." Jetzt lachte er dreckig, während mich seine beiden Helfershelfer in die Mitte nahmen und mich abführten. Kurz bevor wir das Kellerloch verließen, hielt Leonovs Stimme uns allerdings noch einmal zurück.

„Genieß die Dusche, Alejandro! Es wird die letzte deines Lebens sein."

*****

Zwei Stunden später saß ich bereits in der Limousine, die mich zu Sokorovs Anwesen bringen würde – dieses Mal allerdings zu dem richtigen. In der Zwischenzeit war mir klar geworden, dass Leonov mich am Sommerhaus seines Onkels abgefangen hatte. Die eigentliche Villa lag im Herzen von Miami und wir waren jetzt auf dem Weg dorthin. Nicht mehr lange und wir würden ankommen.

In der Zwischenzeit hatte ich meine Ruhe zurückgewonnen und glaubte felsenfest daran, dass ich die aussichtslos erscheinende Lage noch hinbiegen konnte. Ich hatte bereits in weitaus miserableren Situationen gesteckt und immerhin würde man mir eine Waffe in die Hand geben. Bevor ich zuließ, dass dieser Bastard von einem Russen bekam, was er wollte, würde ich mein eigenes Leben wegwerfen. Das stand für mich fest. Zumindest um Noelle musste ich mich nicht sorgen, denn Raoul war an ihrer Seite und der würde niemanden an sie heranlassen. Er würde sie notfalls fesseln und knebeln, um sie von irgendwelchen Torheiten abzuhalten. Dieser Gedanke war es, der mich aufrecht hielt.

Ich bedauerte nur, dass ich Noelle nicht ein einziges Mal gesagt hatte, wie sehr ich sie liebte. Dass nur ihr allein mein Herz gehörte. Es ihr vielleicht nicht mehr sagen zu können, war für mich die größte Qual. Ich konnte nur hoffen, dass sie es tief in ihrem Inneren wusste, dass sie ahnte, wie tief meine Gefühle für sie waren.

An dem Tag, an dem ich sie entführte, hatte ich bereits gewusst, dass ich sie nicht mehr gehenlassen würde. Nachdem ich sie in meinen Armen hielt, als wir sie zur Hazienda brachten, war ich verloren. Niemals hätte ich gedacht, dass mich die princesa so sehr gefangen nehmen könnte – doch sie hatte es getan. Mit ihrem Mut, ihrem großen Herzen und ihrer Hingabe war sie nicht nur tief in mich gedrungen, sie hatte mich im Sturm erobert und Liebe dort geweckt, wo ich sie niemals wieder zulassen wollte. Ich würde dafür kämpfen, diesen Abend zu überstehen. Ich würde dafür kämpfen, mi corazón wiederzusehen …

Ich merkte nicht einmal mehr, dass der Wagen in der Zwischenzeit angehalten hatte. Dass wir bereits am Ort des Geschehens eingetroffen waren. Erst als einer der Hünen die Tür aufriss und mir die Hand entgegenstreckte, verstand ich, dass der Budenzauber jetzt beginnen sollte.

„Mach keine Dummheiten, Torres! Du weißt, was sonst passiert!“ Als ich neben ihm stand, blickte er mich mit böse funkelnden Augen an. „Die Waffe befindet sich im Gästebadezimmer in der ersten Etage. Öffne die Vorwand-Installation des Spülkastens und greif nach oben. Dort findest du, was du benötigst. Und keine faulen Tricks – wir behalten dich im Auge!“ Das hätte er nicht extra betonen müssen, denn davon war ich überzeugt.

Ich atmete noch einmal tief durch, straffte die Schultern und versuchte den Schmerz in meinen Rippen zu ignorieren – jetzt kam es also darauf an …

Kapitel 50

Noelle

Ich konnte noch immer nicht glauben, dass es am Ende so einfach werden würde. Vielleicht hätte ich von Anfang an auf meine Stimmbänder setzen sollen und nicht darauf, einem ausgebildeten Bodyguard die wirklich scheußliche Vase gegen den Kopf schmettern zu wollen. Dass diese Aktion nicht gutgehen konnte, hätte mir eigentlich klar sein müssen.

Jetzt stand ich der Frau gegenüber, die ich für Alejandros Schwester hielt. Nein! Ich musste mich korrigieren: Sie war seine Schwester. Aus der Nähe war die Ähnlichkeit der beiden verblüffend. Die gleichen schimmernden Haare und das gleiche wundervolle Blau der Augen. Luciana lächelte mich an und selbst dabei erkannte ich Alejandro wieder. Er lächelte zwar nur selten, aber das kleine Grübchen in der Wange, welches sich jetzt bei Luciana zeigte, dass besaß auch er.

„Meine Liebe! Ich hoffe, dass …“ Dann stutzte Luciana plötzlich und unterzog mich einer intensiven Musterung. "Ich habe das Gefühl, dass wir uns schon einmal begegnet sind. Ich …“ Sie hatte unser Aufeinandertreffen beim Juwelier nicht vergessen. Wir hatten uns nur einmal kurz in die Augen geschaut, doch auch bei mir war die Erinnerung daran noch sehr lebendig geblieben – fast so, als ahnte ich bereits damals, dass diese Begegnung wichtig für mich werden könnte. Ihren Mann, Nikolai Sokorov, hatte ich danach noch sehr viel öfter zu Gesicht bekommen – Luciana hingegen war ich nach dieser einen Begegnung nicht mehr über den Weg gelaufen.

Dabei fiel mir auf, dass Drago mich vor seiner Familie regelrecht versteckt gehalten hatte – mehr als ein paar zufällige Begegnungen mit seinen Angehörigen waren nie drin gewesen. Diese Tatsache wurde mir jetzt erst bewusst und damit kam auch die Erkenntnis, dass der Bastard nie vorhatte, mich zu heiraten.

„Ich bin, … ich war die Verlobte Ihres Neffen Drago!“, stieß ich angespannt hervor und spürte, wie sich der Gorilla in meinem Rücken merklich anspannte. Ich fragte mich nur, worin für ihn das Problem bestand. Immerhin hatte er gerade zu hören bekommen, dass ich *fast* zur Familie gehörte. „Ich muss dringend mit Ihnen sprechen, … über Ihren Bruder.“ Irgendetwas sagte mir plötzlich, dass mir keine Zeit mehr blieb. Luciana musste sich einfach erinnern – jetzt. Dementsprechend überfiel ich sie mit meinen Worten einfach.

„Ich, … ich habe keinen Bruder.“ Dabei runzelte Luciana die Stirn, als versuchte sie verzweifelt, etwas zu finden, das ihre eigenen Worte untermauerte. Die Unsicherheit in ihrer Stimme war deutlich zu hören. Ich schaute sie offen an, ließ sie sehen, dass ich meinte, was ich sagte.

„Alejandro ist sein Name und wenn wir nichts unternehmen, dann wird er sterben. Und nicht nur er, … fürchte ich.“ Ich musste etwas finden, das Lucianas Erinnerungen weckte, doch mir fiel kaum etwas ein. Alejandro hatte mir nicht viel über sich und seine

Schwester verraten. Nur ein paar Brocken, die ihn und Luciana verbanden – doch würden die reichen? Ich verfluchte den Umstand, dass ich nicht mehr wusste und dass Alejandro und ich nicht mehr Zeit miteinander hatten. Ich dachte fieberhaft nach. Versuchte mich an ein Detail zu erinnern, das in Luciana etwas weckte.

Hinter mir spannte sich der Wächter immer mehr an, doch den musste ich einfach ignorieren, auch wenn er mich langsam beunruhigte. Lange konnte es nicht mehr dauern und der lebende Bulldozer würde mich packen und ins Freie befördern – warum auch immer. Ich musste einfach weitersprechen, denn nur so konnte ich Luciana von der Richtigkeit meiner Worte überzeugen.

„Dein Bruder liebte eure Ponys und wollte immer in den Stall. Das war sein liebster Ort. In der Nacht, als eure Eltern ermordet wurden, ...“ Im selben Moment trat ein so erschrockener Ausdruck in die Augen von Alejandros Schwester, dass ich es mit der Angst zu tun bekam. Sie wurde kreidebleich, begann zu zittern und ihre Augen wurden genauso dunkel, wie ich es von ihrem Bruder kannte. Auch das hatten die beiden gemeinsam.

„Ich, ... ich ...“ Ihre Hand fuhr an ihren Hals, als würde sie keine Luft mehr bekommen. „Alejandro ...“, stammelte sie leise seinen Namen und dann noch einmal. Jetzt lauter. „Alejandro!“ Sie runzelte die Stirn und ich konnte sehen, wie es in ihr arbeitete. Wie die Bilder der Vergangenheit langsam in ihr lebendig wurden. Es waren keine schönen Visionen, das wusste ich aus Alejandros Erzählungen, aber vielleicht genau die, die Luciana brauchte, um sich zu erinnern.

„Ja, ... Alejandro!“, half ich nach, denn ich sah, dass nur noch wenig fehlte. „Er hat nie aufgegeben und er ist hier, um ...“ Ich kam nicht dazu, den Satz zu beenden, denn in diesem Moment flog der Leibwächter nach vorne. Aus den Augenwinkeln sah ich etwas in seiner Hand aufblitzen und geistesgegenwärtig warf ich mich in seinen Weg. Ich hörte Luciana schreien, dann spürte ich ein leichtes Brennen an meinem Oberarm und plötzlich überschlugen sich die Ereignisse.

Zwei Schüsse krachten und der Hüne, dessen Gewicht ich gerade noch in meinem Rücken gespürt hatte, war plötzlich fort. Er wurde nach hinten gegen die Wand katapultiert. Ich warf mich herum und erkannte mit einem Blick, dass der Typ mausetot war. Langsam rutschte er an der Mauer entlang nach unten. Auf seinem blütenweißen Hemd breitete sich langsam ein ekelhaft roter Fleck aus – genau dort, wo das Herz zu finden war. Viel schlimmer war jedoch das kleine Loch zwischen seinen Augen und die schmierig weißliche Substanz, die eine Schleimspur auf der vergilbten Tapete hinterließ. Würgend wandte ich mich ab, nur um den Bruchteil einer Sekunde später in die Mündung einer Waffe zu starren, die auf meinen eigenen Kopf gerichtet war.

Nikolai Sokorov stand mir gegenüber und hielt mich in Schach. Dabei positionierte er sich so vor Luciana, dass er sie mit seinem eigenen Körper schützte.

„Einen Schritt zurück mit dir, Kleine! Du bist die Verlobte meines Neffen und ich will dir nicht wehtun. Aber es ist besser, wenn du tust, was ich sage.“ Unbewusst trat ich zurück, denn der Mann hatte so knallhart seine Forderung zum Besten gegeben, dass ich wusste: Er würde mich gnadenlos erschießen, wenn er eine Gefahr für seine Frau in mir witterte. Genau wie bei unserer ersten Begegnung umgab den Mann eine Aura von Macht und Gewalt, die mich schlucken ließ. „So ist gut! Und jetzt sei so gut und erklär mir, was das hier zu bedeuten hat.“

„Ich, ... ich ...“, stotterte ich verwirrt. Wo kam der Kerl so plötzlich her und was machte er hier? War es üblich, dass ein so hohes Tier der Mafia seine Frau zum Friseur begleitete? Ich wusste, ich sollte etwas sagen, ... mich erklären, doch irgendwie wollte meine Zunge mir nicht mehr gehorchen. Zu meinem Glück bekam ich in diesem Moment Hilfe von gänzlich unerwarteter Seite.

„Lass sie, Nikolai! Das Mädchen hat mir das Leben gerettet. Wäre sie nicht gewesen, dann hätte das Messer mich getroffen. Wohin auch immer.“ Luciana packte resolut den Arm ihres Mannes und drückte diesen mitsamt der Waffe nach unten. „Und es gibt da etwas, über das wir beide uns dringend unterhalten müssen. Torres! Mein Mädchenname lautet Torres – wie konnte ich das nur jemals vergessen?“ Sie schluckte immer wieder und ich erkannte die Tränen in ihren Augen. Ob es die Schüsse waren, der Angriff des Bodyguards – ich wusste es nicht, aber es war mir auch egal. Luciana konnte sich anscheinend wieder erinnern.

Ich sah mit an, wie sich Sokorovs Stirn umwölkte und plötzlich, ... ich konnte es kaum glauben, erkannte ich auch das feuchte Glitzern in seinen Augen. Es war tiefe Liebe, die ich in seinen Iriden erkannte und eine noch tiefer gehende Furcht, er könne seine Frau verlieren. Sofort verschwand auch die brutale Aura, mit der er sich ansonsten stets umgab.

„Ich habe gebetet. Jeden Tag habe ich Gott angefleht, dass er dir deine Erinnerungen nicht zurückbringt. Dass er dich in dieser wundervollen Unwissenheit lässt.“ Jetzt schaute er mich an und ich erwartete, dass es Hass sein würde, den er mir entgegenbrachte – doch ich sah nur

Traurigkeit. „Ich wollte nicht, dass du dich daran erinnerst, unter welchen Umständen wir ..."

„Hast du wirklich geglaubt, dass ich mich niemals erinnern werde? Hast du tatsächlich angenommen, dass ..." Der Mann nickte in stummer Verzweiflung, griff nach Luciana, doch die machte eine abwehrende Bewegung und sofort sanken seine Hände herab. „Alejandro! Alejandro ist mein Bruder und wenn ich ..." Sie sah mich hilfesuchend an. Luciana kannte nicht einmal meinen Namen. Bisher hatte ich noch keine Zeit gehabt, mich vorzustellen. Und auch jetzt war Zeit etwas, das wir nicht hatten. Nicht, wenn wir noch etwas retten wollten.

„Noelle!", warf ich hilfreich ein.

„... und wenn ich Noelle richtig verstanden habe, befindet er sich in großer Gefahr. Und wahrscheinlich nicht nur er. Wir werden sie anhören müssen, Nikolai! Wir werden reden müssen, ... über sehr viele Dinge." Sie schüttelte sich, als würde ihr erst jetzt wirklich klar, was damals alles geschehen war. Ich konnte beobachten, wie sie schwankte und wie ihr Mann erneut versuchte, sie in seine Arme zu ziehen. Luciana sah ihn allerdings an, als wäre er ein Fremder und wich einen weiteren Schritt zurück. Wieder ließ Nikolai seine Arme sinken, als wüsste er, dass er seine Frau in diesem Moment nicht bedrängen durfte. Stattdessen wandte er sich in meine Richtung und wieder war es Hass, mit dem ich rechnete. Doch auch dieses Mal irrte ich.

„Es geht also um den Bruder meiner Frau. Ich will jetzt die ganze Geschichte hören. Ich kann nicht sagen, dass mir gefällt, was ich hier sehe und dass einer meiner eigenen Leute meine Frau töten wollte, ist für mich der größte Schock überhaupt. Aber das sagt mir, dass irgendetwas im Gange ist, von dem ich wissen sollte." Er hatte also gesehen, dass nicht ich das Ziel der Messerattacke war, sondern Luciana. „Sie sind verletzt! Wir sollten uns erst einmal darum kümmern und dann werden wir reden. Hier und jetzt!“ Erst jetzt erinnerte ich mich an das Brennen, das ich beim Angriff des Kerls verspürt hatte und starrte auf meinen linken Arm. Ein dünnes, rotes Rinnsal tropfte dort über meine Haut und ich registrierte, dass der Schnitt, den das tote Monstrum mir zufügte, nur oberflächlicher Natur war. Nicht mehr als ein harmloser Kratzer. Trotzdem war Luciana sofort an meiner Seite und reichte mir ein blütenweißes Taschentuch.

„Ist es schlimm?“ Ich schüttelte den Kopf. Noch immer stand ich neben mir, denn die Ereignisse der letzten Minuten hatten mich einfach überrollt. Dankbar nahm ich das Tuch entgegen und wischte mir das Blut vom Arm.

„Nein! Es geht mir gut!“ Das war zwar gelogen, denn mein Herz klopfte und hämmerte noch immer gegen meine Rippen, doch der Schnitt machte mir kein bisschen zu schaffen. Viel mehr hatte ich an der Tatsache zu kauen, dass selbst in Sokorovs eigenen Reihen Verräter zu finden waren. Drago hatte gute Vorarbeit geleistet – doch warum war der Mann auf Luciana losgegangen? Im Grunde genommen wäre es fatal für Dragos Pläne, wenn die Frau jetzt starb. Er verlor damit nicht nur ein wichtiges Druckmittel gegen seinen Onkel, sondern auch gegen Alejandro. Der würde auf keinen Fall auf Nikolai schießen, wenn er nicht dazu gezwungen würde. Ich schaute die beiden Menschen an, die darauf warteten, dass ich etwas sagte und dann sprudelten die Worte plötzlich nur so über meine Lippen.

„Drago will Ihren Platz einnehmen, Mister Sokorov! Er und Lucianas Onkel haben sich einen bösen Plan zurechtgebastelt, um Sie zu töten. Der Mörder soll Alejandro sein, der ebenfalls sterben soll. So hätte Dario Torres endlich freie Bahn, was Torres-Enterprises betrifft. Sie kennen ihn ja bereits von früheren Besuchen. Dem Mann ist nicht zu trauen und er ..."

„Darf ich fragen, wie Sie an diese Informationen gelangt sind?" Nikolai Sokorovs Augen funkelten unergründlich und seine Stimme klang kalt und abschätzend. Für den Bruchteil einer Sekunde flammte Schmerz in meinem Inneren auf, als ich an meinen Vater dachte, der nicht mehr lebte. Ihm konnte ich mit der Wahrheit jetzt nicht mehr schaden.

„Mein Vater ..." Ich stockte ganz kurz, als ich erkannte, dass sich Sokorovs Augen verengten. „Mein Vater hat es mir gesagt, kurz bevor er starb. Er hat, ... er hat Gelder veruntreut und wurde aus diesem Grund von Drago gezwungen, sich gegen Sie zu wenden. Er kannte den Plan und hat ihn mir verraten, als ich ihn unter Druck setzte."

„Dein Vater ist tot?" Nikolai war zum vertraulichen „Du" übergegangen. Wahrscheinlich hatte er es nicht einmal bemerkt.

„Er wurde ermordet, kurz nachdem meine Begleiter und ich seine Büros verließen. Ich habe, ... ich habe es am Handy mitanhören müssen. Die Chefsekretärin von Alejandros Onkel war diejenige, die ihn umbrachte. Wir hatten sie kurz zuvor das Gebäude betreten sehen." Luciana nahm mich in ihre Arme und ich schluchzte leise auf. Auch wenn mein Vater ein Verbrecher war, ... er war trotz allem ein Mensch, den ich sehr geliebt hatte und der Gedanke, dass er ermordet wurde, dass er nicht mehr da war, schmerzte unerträglich.

„Alejandro ...", flüsterte Luciana zum wiederholten Mal leise und ich konnte spüren, dass sie sich langsam wieder an alles erinnerte. An jedes noch so winzige Detail. „Wir müssen ihm helfen, Nikolai! Wir müssen Drago ausschalten und meinen Bruder retten. Dein Neffe darf nicht damit durchkommen. Ich habe es dir schon so oft gesagt: Er will Macht, er will Reichtum und er geht über Leichen, um genau das zu bekommen.“ Sie warf ihrem Mann einen Blick zu, den ich nicht zu deuten vermochte. Die beiden würden eine Menge klären müssen, denn unter all dem Schmerz, den Luciana gerade verarbeiten musste, erkannte ich eines mit Sicherheit: Sie liebte Nikolai Sokorov über alles.

Doch dann hörte ich plötzlich ein unglaubliches Getöse draußen vor dem Haus. Raoul und seine Männer. Die hatte ich vollkommen vergessen ...

Kapitel 51

Alejandro

Zügig bewegte ich mich durch die Menschenmassen, warf weder einen Blick nach links, noch nach rechts. Ich war fokussiert auf die Treppe, die mich in die erste Etage der riesigen Luxusvilla bringen würde. Dort würde ich, nach Leonovs Aussage, die Waffe finden, mit der ich seinen Onkel ins Jenseits pusten sollte. Während ich die Stufen nach oben stieg, arbeitete mein Kopf fieberhaft an einer Lösung. Garantiert würde der Scheißkerl es nicht zulassen, dass ich nahe genug an meine Schwester herankam, um sie notfalls mit dem eigenen Körper zu schützen. Er würde dafür sorgen, dass ich auf Abstand blieb.

Ich konnte niemandem trauen. Keinem Gast, keinem Bediensteten – nur mir selbst.

Drago würde mich die ganze Zeit über beobachten und ich wusste, der Mann hatte keine Skrupel, meine Schwester umbringen zu lassen, solange es seinen Zwecken diente. Er hatte alle getäuscht – auch so einen mächtigen Mann wie seinen Onkel. Ich selber hatte ihn ja auch für eine kleine Nummer gehalten, dabei hatte er im Geheimen bereits sein Netz gesponnen und war zu einem verdammt schwierigen Gegner geworden.

Die Waffe hatte ich mir schnell besorgt – es ging fast zu einfach und das machte mich nun doch stutzig. Ich fand sie genau an dem von Drago beschriebenen Ort, aber es wunderte mich sehr, dass Nikolai Leonov sein Haus nicht besser kontrolliert hatte. Ich wäre zumindest davon ausgegangen, dass Metalldetektoren zum Einsatz kamen, um so zu verhindern, dass irgendjemand eine Waffe an Stellen wie dieser deponierte. Der Kerl musste sich schon sehr sicher fühlen, um so leichtsinnig zu agieren. Damit brachte er mich allerdings in Zugzwang und bisher war mir noch kein zündender Gedanke gekommen, wie ich das Unheil noch abwenden konnte. Zudem war die Waffe auch nicht das einzige, was ich in der Spülung vorfand. Dort klebte noch ein Zettel und außerdem etwas, das verdächtig nach einem winzigen Hörgerät aussah. Auf dem Papier stand, dass ich mir das Teil ins Ohr stecken sollte – das hatte ich bereits vermutet.

Ich schob die kleine Automatik in das Innenteil meines Sakkos – dort hatte das Schwein eine Vorrichtung anbringen lassen, die verhinderte, dass man die Waffe von außen sehen konnte. Bestens getarnt ruhte der kleine Todbringer an meinem Herzen und erinnerte mich daran, was ich zu tun hatte. Dann drückte ich mir den winzigen Stöpsel ins Ohr und hörte sofort die ekelhafte Stimme meines Widersachers.

„Wenn du so weit bist, dann kann es ja jetzt endlich losgehen. Du wirst verstehen, dass ich ein bisschen ungeduldig bin.“ Das war alles – danach herrschte Funkstille.

Noch immer war ich nicht gewillt, nach Dragos Spielregeln zu spielen, doch ich musste mir erst einmal einen Überblick über die Situation im Saal verschaffen. Wo stand Nikolai, wo Luciana? Was konnte ich tun, um meine Schwester zu schützen? Vielleicht war es möglich, den Schuss so zu platzieren, dass Sokorov an den Folgen der Wunde nicht starb. Immerhin war ich ein verdammt guter Schütze und es sollte mir eigentlich nicht schwerfallen, den Kerl nur zu verletzen. Es kam eben nur auf den richtigen Zeitpunkt an.

Als ich die Treppe zum Festsaal herunterschritt, erkannte ich die beiden Idioten, die mich auf Dragos Befehl hin im Auge behalten sollten. Ich sah in grimmige, entschlossene Gesichter und wusste: Ich durfte mir keinen Fehler erlauben.

Mitten auf der Treppe blieb ich plötzlich stehen und ...

Das Blut rauschte heiß durch meine Adern und ich glaubte, irgendeiner Fieberphantasie erlegen zu sein. Da stand sie, ... meine Schwester. Auch wenn ich gewusst hatte, dass ich sie in dieser Nacht sehen würde, so war ihr Anblick doch ein Schock für mich. Dreiundzwanzig Jahre waren vergangen. Eine viel zu lange Zeit! Man hätte meinen sollen, dass sie sich so sehr verändert hatte, dass ich sie nicht auf den ersten Blick erkennen würde, doch dem war nicht so. Ihr Lächeln, ihre glänzenden Haare, die lebenssprühende Aura, die sie noch immer umgab – es war, als wären nur wenige Wochen seit unserer brutalen Trennung vergangen. Ich wusste, dass meine Blicke förmlich an ihr klebten und ebenfalls, dass man mich beobachtete. Drago konnte es nicht recht sein, wenn ich auffiel und das würde ich, wenn ich meine Schwester weiterhin anstarrte. Der erste ihrer Aufpasser warf mir bereits einen schrägen Blick zu.

Schnell zog ich mein Sakko zurecht und ließ den Blick über die anwesenden Menschen gleiten. Ich hatte nicht damit gerechnet, dass es so viele sein würden. Die Gala war mehr als gut besucht und ich fragte mich, wer von den Anwesenden wohl ebenfalls mit Drago Leonov paktierte. Ich konnte mir gut vorstellen, dass nicht wenige eine

Rechnung mit dem König der Unterwelt offenhatten und mit Sicherheit würden einige der Gäste ein Freudenfeuer anzünden, wenn es ihn endlich dahinraffte.

Plötzlich blieb mein Blick an einem grünen Kleid hängen. Ein dunkles, verführerisches Grün und ein Ausschnitt, der verboten gehörte. Mein Blick glitt höher und das war der Moment, in dem mir endgültig der Boden unter den Füßen weggerissen wurde. Mitten in einer Menschenmenge, umringt von zahlreichen Kerlen, die Noelle allesamt in den Ausschnitt glotzten, stand mein Mädchen und schien sich prächtig zu amüsieren. In ihrer Rechten hielt sie ein Champagnerglas und immer, wenn sie dies an ihre vollen Lippen hob, durchfuhr mich ein Blitzschlag – allerdings keiner der guten Sorte. Das dumme Weib spielte mit ihrem Leben und sie wusste es. Gerade warf sie mir unter verhangenen Wimpern einen Blick zu, der mir sagte, dass sie es ganz genau wusste ... Jedes verfluchte und verdammte Detail. Allerdings war es der Anblick von Raoul, der mich endgültig zur Weißglut brachte. Er stand neben ihr und grinste mich an – dieser Penner. Er hatte mir geschworen, Noelle wie seinen Augapfel zu hüten und was tat der stupide Pisser? Er brachte sie in die Höhle des Löwen – brachte ihr Leben leichtfertig in Gefahr. Jetzt musste ich nicht nur dafür sorgen, dass Luciana nichts geschah – jetzt hatte der Leonov-Bastard gleich zwei Druckmittel an der Hand. Mir wurde immer übler, erst recht, als ich mitansehen musste, wie Noelle sich an den Kerl zu ihrer Linken wandte. Da stand Esteban und bei dem war ich mir ziemlich sicher, dass er auf Dragos Gehaltsliste zu finden sein würde. Er war derjenige, den ich mein ganzes Leben auf dem Schirm gehabt hatte. Seit ich denken konnte, hatte ich diesen Bastard in Verdacht, meine Eltern ermordet zu haben. Und ausgerechnet dieser Kartellboss stand neben meinem Mädchen und glotzte ihr ebenfalls in den Ausschnitt. Da waren so viele Kerle, dass ich am liebsten zu Noelle gerast wäre, nur um sie mit meinem Körper abzuschirmen – vor den Blicken, vor einer hinterhältig abgefeuerten Kugel.

Falls wir das hier mit heiler Haut überstanden und dafür standen unsere Chancen wahrlich nicht gut, würde der Arsch der Kleinen in allen Schattierungen von Rot leuchten. Und Raoul würde ich in kleine Streifen schneiden und ihn an die Geckos auf meiner Hazienda verfüttern. Sie würden dankbare Abnehmer sein ...

Fieberhaft suchte ich den Saal ab. Ganz am anderen Ende im Eingangsbereich stand Drago Leonov und selbst auf die Entfernung konnte ich erkennen, dass er mich genau im Auge behielt. Er beobachtete jeden meiner Schritte und ich durfte auf keinen Fall weiter in Noelles Richtung schauen. Es bestand die Möglichkeit, wenn sie auch nur sehr gering ausfiel, dass der Bastard sie noch gar nicht gesehen hatte. Ihre Gruppe befand sich nicht weit von meiner Schwester entfernt, der Saal war brechend voll und der russische Bastard hielt am anderen Ende des Raumes Hof. Im Moment konnte ich noch die Hoffnung hegen, dass Noelle sicher sein würde – so sicher, wie man in einem Becken voller Piranhas sein konnte.

Irgendwo auf dieser höllischen Party würde sich garantiert auch mein Onkel finden lassen und der kannte Noelle in der Zwischenzeit ebenfalls. Nicht auszudenken, wenn er sie zu Gesicht bekam – von Elena ganz zu schweigen. Mein Mädchen saß auf einer hochexplosiven Bombe, die jeden Moment in die Luft fliegen konnte.

Wieder ließ ich meinen Blick durch den Saal schweifen, denn ich hatte meinen Onkel und die Bitch von seiner Sekretärin noch immer nicht entdeckt.

„Worauf wartest du noch?", schnarrte im gleichen Moment Dragos Stimme unangenehm in meinem Ohr. „Du weißt, was du zu tun hast! Wenn du deinen Auftrag nicht binnen zehn Minuten erledigt hast, ist deine Schwester die Erste, die ins Gras beißt. Schau genau hin!" Ein böses Kichern folgte. „Der Mann, der direkt neben meinem Onkel steht, hat in seiner Tasche eine Injektion, die deine Schwester binnen Sekunden tötet. Ein netter, kleiner Giftcocktail, gegen den niemand etwas ausrichten kann." Erneut lachte er – jetzt allerdings noch viel boshafter. „Und falls dich das nicht überzeugt: Ich habe gerade gesehen, dass wir einen liebreizenden Gast in unserer Mitte haben. Die kleine Schlampe namens Noelle gibt uns die Ehre. Sie würde fast ein noch besseres Bauernopfer abgeben, als mein Tantchen. An der hänge ich nämlich seltsamerweise." Er hatte Noelle bereits entdeckt. Er wusste, dass sie hier war. Jetzt würde mir nichts anderes übrigbleiben, als zu tun, was Drago verlangte. Wenn ich nicht mitansehen wollte, wie meine princesa starb, musste ich dem grausamen Befehl folgen. Gerade war mir die Wahl abgenommen worden.

Ich straffte die Schultern und stieg die Treppe nach unten. Dann drückte ich mich durch die umherstehenden Menschen und bahnte mir einen Weg in Richtung Sokorov und seiner Aufpasser. Das Herz schlug mir bis zum Hals, während ich meinen Blick fest auf die kleine Gruppe heftete, die jetzt vor mir auftauchte. Immer wieder traten Menschen in meinen Weg. Die Gefahr, einen unschuldigen Gast zu treffen, war extrem groß, doch hatte ich eine andere Wahl? Nein! Die hatte ich nicht.

Ich griff in mein Sakko, fühlte den kalten Stahl unter meinen Fingern und heftete den Blick fest auf den Boss der Russenmafia. Ich sah, wie er lächelte und bildete mir ein, dass er mich ganz genau im Auge hatte – aber das konnte nicht sein. Er konnte weder wissen, wer ich war, noch was ich plante. Er war vollkommen ahnungslos und ich musste ihn töten. Die ganze Zeit über versuchte ich meinen Hass auf diesen Kerl zu schüren, denn ich war mir ziemlich sicher, dass meine Schwester nie und nimmer freiwillig an seiner Seite war. Ich versuchte mir einzureden, dass ich sie befreite und dass ich keine andere Wahl hatte, doch dann geriet Luciana unverhofft in mein Blickfeld und ich erkannte, dass sie diesem Nikolai ein Lächeln schenkte – voller Wärme und ... Liebe. Sie liebte diesen Mafioso und ich würde ...

Ich schüttelte den Kopf – ich konnte es nicht. Ich konnte ihr nicht den Mann nehmen, den sie liebte.

Dann bemerkte ich, wie der fiese Typ hinter hier schmierig in meine Richtung grinste und provokativ in seine Jackentasche griff. Die Drohung war unverkennbar. Meine Finger schlossen sich fester um die Automatik. Jetzt! Jetzt war ein guter Zeitpunkt. Ruckartig fuhr mein Arm nach vorn, doch plötzlich sah ich nur noch Grün. Dunkelgrüner Stoff nahm mir die Sicht. Etwas Nasses kleckerte auf mein Hemd und plötzlich hallten Schüsse durch den Saal. Nicht einer, nicht zwei – sondern sehr viele. Schreie gellten durch den Raum, dann erlosch das Licht und ich hörte Noelle leise keuchen. Es hörte sich schmerzerfüllt an – so als ob ...

Siedend heiße Angst raste durch meinen Körper und mein Herz setzte einen Schlag aus, nur um gleich darauf in irrsinnigem Tempo loszurasen.

Ich konnte zunächst rein gar nichts erkennen, denn Noelles Kleid nahm mir noch immer die Sicht. Dass in meiner näheren Umgebung gekämpft wurde, konnte ich allerdings hören. Noelle! Sie lag halb unter mir und keuchte. Hektisch versuchte ich mich aus dem Gewirr ihrer Röcke zu befreien, als ich spürte, wie mich jemand in die Höhe riss.

Der Saal lag im Halbdunkel und erst als ich auf meinen Füßen stand, erkannte ich auch, wer mich gepackt hielt und im gleichen Moment eine Waffe drohend auf Noelle richtete. Diese lag noch immer am Boden und wimmerte leise. Ob sie bereits getroffen war, oder sich nur hart den Kopf angeschlagen hatte, konnte ich nicht sehen. Doch ich sah meine Schwester ein Stück hinter Drago und auch Sokorov erkannte ich. Dieser hatte Dragos Mann bereits ausgeschaltet. Dem gedungenen Mörder steckte ein Messer in der Brust und er würde nie wieder jemandem etwas zuleide tun. Ich dachte nicht eine Sekunde länger nach, sondern riss Dragos Arm in die Höhe. Das hier musste jetzt und hier ein Ende haben. Ein Schuss löste sich ...

Kapitel 52

Noelle

Die Unterredung im Friseursalon dauerte lang und es kam so vieles ans Tageslicht, dass ich mehr als einmal schlucken musste. Mit einigem hatte ich bereits gerechnet, anderes war so schrecklich, dass es mir die Luft aus den Lungen presste. Und schlucken musste ich, als Nikolais Männer meine Begleiter in den Friseursalon eskortierten. Raouls Blicke erdolchten mich und er schwor mir eine ganz besondere Form von Rache – dafür, dass ich mich nicht an die Regeln gehalten hatte. Doch auch er sah sehr schnell ein, dass wir mit Sokorov und vor allem mit Luciana die besten Verbündeten bekamen, die wir nur haben konnten. Der Mafiaboss betete tatsächlich den Boden an, über den seine Frau sich bewegte und er würde Alejandro niemals etwas zuleide tun, solange dieser nicht zu einer Gefahr für seine Frau wurde.

Unser Problem bestand darin, dass wir die Hintermänner des gemeinen Anschlags nicht kannten und ein noch viel größeres Sicherheitsrisiko war die Tatsache, dass keiner wusste, wie viele von Sokorovs Männern unter Dragos Befehl standen. Wir wussten nicht, ... wer war Freund und wer Feind. Und viel Zeit blieb uns auch nicht, es herauszufinden.

Sokorov hatte einige Männer, denen er extrem vertraute und auch wir konnten mit einer Handvoll aufwarten – viele waren es allerdings nicht. Am Ende brachten wir zwanzig Mann zusammen, denen wir unser Leben anvertrauen mussten. War darunter nur einer, der mit gezinkten Karten spielte, würden wir ein gewaltiges Problem bekommen.

An all das musste ich in dem Moment denken, als ich neben Raoul mitten im Ballsaal der Sokorovs stand und an meinem Champagner nippte. Wir hatten einen Plan, doch der beinhaltete eine Menge unbekannter Faktoren.

Nikolai hatte das Haus absuchen lassen – Millimeter für Millimeter. Natürlich wären weder Drago noch Alejandro mit einer Waffe am Körper zur Tür hereingekommen. Uns war allen klar, dass nur Sokorovs Bodyguards bewaffnet sein würden und Drago irgendwo im Haus etwas deponiert haben musste, um Alejandro die böse Tat zu ermöglichen. Und tatsächlich fanden Nikolai und seine Männer mehrere kleine Schusswaffen und tauschten die Munition aus. Sie enthielten jetzt nur noch harmlose Platzpatronen, mit denen Alejandro niemandem schaden konnte. Auch die übrigen Killer würden sparsam aus der Wäsche gucken, wenn sie mit ihren Geschossen nichts ausrichten würden. Allerdings wurde mein Liebster durch diese Maßnahme zu einem Ziel, das sich nicht wehren konnte. Zu Dragos Ziel, wenn der mitbekam, dass seine sauber ausgearbeiteten Pläne gescheitert waren. Und der hatte eine Menge Leute geschmiert, um sich ihrer Mithilfe zu versichern. Ich hasste ihn. Niemals hätte ich geglaubt, dass ich einen Menschen so hassen könnte.

„Mädchen!“ Raoul beugte sich zu mir runter und brachte seinen Mund ganz nah an mein Ohr. Mir wurde warm und immer wärmer – allerdings nicht, weil mich sein Handeln antörnte, sondern weil ich genau wusste, dass der Kerl noch eine Rechnung mit mir offen hatte. „Ich hatte bis jetzt keine Gelegenheit, dich zu fragen, ob du tatsächlich entdeckt wurdest, oder ob du gegen meinen ausdrücklichen Befehl gehandelt hast?“ Ich hätte ihn ja gerne angelogen, aber ich wusste genau, dass ich auffliegen würde. Alejandro hatte es mir oft genug zu verstehen gegeben – dass ich eben nicht lügen konnte. Darum versuchte ich es erst gar nicht und zuckte nur nichtssagend mit den Schultern.

„Noelle!“ Er sprach zwar sehr leise, aber so bedrohlich, dass mir ein Schauer über den Rücken rann. „Ich möchte nicht in deiner Haut stecken. Falls wir das hier überleben und davon bin ich überzeugt, wird Alejandro dir das Fell gerben. Worauf du dich verlassen kannst.“ Wieder zuckte ich mit den Schultern, doch dann erstarrte ich.

Auf der Treppe stand er. Der Mann, den ich über alles liebte. Der Mann, den ich retten wollte. Seine Augen hingen an seiner Schwester und ich konnte erkennen, wie schwer es ihm fiel, nicht die Treppe hinunter zu rasen, um sie in die Arme zu schließen. Ich konnte sehen, dass er am liebsten ...

Plötzlich blieb sein Blick an mir hängen und ich befürchtete fast, dass er sich jeden Moment verraten würde. Aber das durfte nicht geschehen. Schnell wandte ich meine Aufmerksamkeit dem Mann zu, der zu meiner Linken stand und zwang mich dazu, nicht noch einmal in Alejandros Richtung zu schauen. Er durfte auf keinen Fall die Aufmerksamkeit auf Raoul und mich lenken, wobei ich befürchtete, dass es dafür bereits zu spät war. Nikolais Männer hatten uns zu jeder Zeit darüber auf dem Laufenden gehalten, wo im Saal sich Drago und

Elena aufhielten und wo Dario Torres sein Unwesen trieb. Bisher hatten wir uns in der Menschenmenge gut verbergen können, doch ich befürchtete, dass Alejandro uns gerade verraten hatte. Sein Blick war zu lange an mir hängengeblieben, als dass Drago diese Tatsache hätte übersehen können.

„Er bewegt sich in Richtung Nikolai! Sieht so aus, als ob er den Scheiß wirklich durchziehen will! Ich kann es nicht glauben." Raoul beugte sich ein weiteres Mal zu mir herab, damit niemand seine Worte mitbekam. Jetzt kam es darauf an, dass mein Begleiter rechtzeitig zur Stelle war, um Alejandro aus der Schussbahn zu bekommen. Doch dann geschah alles blitzschnell und auf keinen Fall so, wie wir es vorhergesehen hatten.

Raoul flog plötzlich nach vorne. Unsere Gruppe stand nur wenige Meter von Luciana und Nikolai entfernt und was auch immer Raoul beobachtet hatte, er schoss nach vorn, packte Alejandros Schwester und warf sich mit ihr zu Boden. Alejandro! Ich musste Alejandro decken ... Nur dieser eine Gedanke beherrschte mich, als ich losraste und mich mit meinem ganzen Gewicht gegen ihn warf. Zum Glück war ich nicht die einzige, die ihn anrempelte, denn ansonsten hätte ich es nicht geschafft, ihn zu Fall zu bringen. Schüsse peitschten, das Licht erlosch und gleich darauf brach um uns herum die Hölle los. Ich wurde mehrfach von panisch umherirrenden Besuchern getreten, spürte Alejandros Körper auf meinem und konnte mich nicht rühren. Als die Notbeleuchtung schließlich ansprang und das Gewicht plötzlich verschwand, blinzelte ich benommen, nur um im gleichen Moment vor Angst buchstäblich zu erstarren. Wie ein gefährliches Ungetüm ragte Drago über mir auf und dabei hielt er Alejandro am Kragen seines Sakkos gepackt. Mit der anderen Hand richtete er die Mündung einer Waffe auf mich und ich konnte nur hoffen, dass es sich nicht um eine der Pistolen handelte, die von Sokorovs Leibwächtern benutzt wurden. Denn die waren mit scharfer Munition bestückt. Ich starrte der Schusswaffe entgegen und dann explodierte die Welt ein zweites Mal ...

In der einen Sekunde war die Mündung der Waffe noch auf meinen Kopf gerichtet, in der nächsten löste sich bereits der Schuss – ich wartete auf den Schmerz, ... auf irgendetwas, doch da kam nichts. Auch wurde die Welt nicht schwarz und kalt. Stattdessen hörte ich einen lauten Schrei und gleich neben mir brach einer von Pedros Männern in die Knie. Blut sprudelte aus einer Wunde in seinem Oberschenkel und erst in diesem Moment wurde mir bewusst, wie haarscharf ich dem Tod entronnen war. Natürlich hatte Drago eine Waffe, die mit scharfer Munition geladen war – woher auch immer er sie hatte.

Die beiden Männer rangen miteinander – keiner der beiden wollte nachgeben und ich versuchte mühsam, auf die Beine zu kommen. Alejandro schmetterte Drago die Faust erst gegen den Arm, sodass dieser keine Kraft mehr hatte und die Waffe fallenließ. Dann traf er den Bauch, doch der Arsch tat uns allen nicht den Gefallen und brach zusammen. Der Kampf wogte hin und her und keiner konnte einen wirklichen Treffer landen. Auf allen Vieren krabbelte ich in Richtung der Pistole, während um mich herum die Hölle tobte. Ich konnte überhaupt nicht mehr erkennen, wer gegen wen kämpfte. Menschen schrien und rannten an mir vorbei. Sie drängten zu den Ausgängen. Immer wieder erwischten mich Fußtritte vorbeirennender Gäste. Das hier war eine regelrechte Schlacht und ich betete, dass wir sie überstehen würden.

Aus den Augenwinkeln sah ich plötzlich die schwarzhaarige Furie auf Drago und Alejandro zulaufen. In ihrer Hand ein tödlich aussehendes, langes Messer. Diese Frau hatte meinen Dad umgebracht. Sie hatte meinen Vater kaltblütig erschossen und es sah so aus, als wäre sie erneut auf Mord aus. Alejandro würde sie mir nicht nehmen, eher würde ich dieses verkommene Miststück eigenhändig töten.

Die Waffe, sie war zum Greifen nah. Nur noch wenige Sekunden und Elena würde Alejandro erreichen. Dessen Aufmerksamkeit war ganz auf Drago gerichtet – auf die Schläge, die er abwehren musste. Wenn ich schrie, wenn ich versuchte, ihn zu warnen, konnte es passieren, dass Drago vollendete, was in seinen Augen zu lesen stand. Er wollte Alejandro killen. Obschon er wusste, dass sein mieser Plan nicht aufgegangen war, hatte er nur eines im Sinn: Er wollte töten …

Mir blieben nur noch wenige Sekunden, dann würde Elena Alejandro das Messer in den Rücken jagen. Nur Sekundenbruchteile, um eine Entscheidung zu treffen. Ich schaute in ihr verkniffenes Gesicht, erkannte den Willen darin, ihren ehemaligen Lover zu killen und ich warf mich nach vorne. Für den Bruchteil einer Sekunde glaubte ich, dass ich die Waffe nicht erreichen würde, doch dann legte sich meine Hand um den Griff. Fest schloss ich meine Finger, rollte mich auf die Seite und riss den Arm in die Höhe. Ich hatte keine Zeit mehr, um genau zu zielen, sondern hielt die Pistole nur in Elenas Richtung. Sie war bereits so nah, dass sie mit dem nächsten Schritt in Alejandros unmittelbare Nähe gelangen würde. Ich dachte nicht, ich handelte nur noch. Meine Finger legte sich um den Abzug und ich ...

Es gab einen Knall, der Rückstoß war mörderisch. Ich hatte das Gefühl, mein Schultergelenk würde aus der Pfanne gehebelt – der Schmerz war unglaublich.

Ich brauchte ein paar Sekunden, bis ich wieder klar sehen konnte und um zu erkennen, dass ich tatsächlich getroffen hatte, ... ich hatte Alejandro gerettet. Elena lag am Boden, die Augen geschlossen und sie rührte sich nicht mehr. Das Messer lag neben ihrer geöffneten Hand – der Beweis für die böse, hinterhältige Tat, die sie plante. Unter ihrer Brust breitete sich ein roter Teppich aus Blut aus. Er wurde von Sekunde zu Sekunde größer und ich wusste: Ich hatte die Hexe umgebracht. Nie wieder würde sie irgendjemanden hintergehen, nie wieder jemandem Schaden zufügen können. Erst jetzt wurde mir bewusst, dass ich tatsächlich ein Menschenleben beendet hatte. Ich hatte Elena niedergeschossen und Übelkeit wollte mir die Luft abschnüren. Ich röchelte und fühlte, wie Kälte über meine Haut krabbelte. Doch noch durfte ich nicht zusammenbrechen – es wurde noch immer gekämpft und Alejandro war noch immer in großer Gefahr. Ich konnte erkennen, wie Drago seine schmierigen Pranken um seinen Hals legte und ihn würgte. Ich sah, wie Dario Torres mit Nikolai kämpfte und Raoul sich einen weiteren Bodyguard vorknöpfte. Ich musste aus dem unmittelbaren Gefahrenbereich raus, denn ansonsten konnte es passieren, dass ich unabsichtlich erneut zu einem Druckmittel gegen Alejandro wurde.

Alejandro schlug Dragos Arme an die Seite, während ich mich herumrollte und verzweifelt versuchte, den Füßen meines Ex auszuweichen. Gleichzeitig versetzte Alejandro

Drago einen Kniestoß in dessen Kronjuwelen. Trotz des Kampflärms, der den Saal erfüllte, hörte ich ihn ächzen. Dann klappte er zusammen und wand sich am Boden – direkt neben mir. Ich schaute in seine weit aufgerissenen Augen und erkannte den Schmerz in ihnen – allerdings auch den brennenden Hass, den er mir entgegenbrachte.

„Du verkommene Schlampe! Warum warst du nicht auf der Hazienda, als meine Männer ...“ Den Rest des Satzes konnte ich nicht mehr verstehen, denn Alejandro riss den Bastard in die Höhe und versetzte ihm einen harten Faustschlag gegen die Schläfe. Dragos Kopf flog zur Seite und ich vernahm ein heftiges, lautes Knacken. So unschön, dass ich zusammenzuckte. Der Kopf des Killerschweins pendelte haltlos zur Seite und ich ahnte: Das hatte sein Genick nicht mitgemacht – er war tot.

Ich wollte aufspringen, wollte mich in Alejandros Arme flüchten, doch da traf mich ein heftiger Schmerz am Hinterkopf. Ein Gast sprang über mich hinweg und verschwand in der türmenden Menge. Ich schrie auf und plötzlich begann der Raum sich zu drehen. Die Kämpfenden verschwammen vor meinen Augen, wurden zu blassen, konturlosen Schemen, die in einem seltsamen Reigen miteinander tanzten. Bunte Pünktchen flimmerten vor meinen Augen und dann verengte sich mein Sehfeld. Es wurde immer dunkler und immer kälter, bis schließlich auch noch das letzte bisschen Licht erlosch ...

Kapitel 53

Alejandro

„Du dämlicher Pisser! Ich hatte dir gesagt, dass du sie schützen sollst und du setzt sie einer noch größeren Gefahr aus, als sie ursprünglich bereits bestand!" Ich packte Raoul am Kragen. Er hatte es tatsächlich gewagt, unser Zimmer zu betreten. Den Raum, in dem Noelle seit Stunden bewusstlos auf dem Bett lag und ich um sie bangte.

Der nach dem Kampf herbeigerufene Arzt hatte mir zwar bestätigt, dass mein Mädchen nur einen heftigen Schlag auf den Kopf abbekommen und wahrscheinlich eine Gehirnerschütterung hatte, doch ich war trotzdem außer mir vor Sorge. Sie war so blass und wirkte so zerbrechlich, wie sie da in dem großen Bett zwischen den schwarzen Seidenlaken lag, dass mir ganz anders wurde, wenn ich darüber nachdachte, was alles hätte passieren können. Was wäre geschehen, wenn ...

Ich wollte es mir nicht ausmalen. Wenn Noelle gestorben wäre, dann hätte ich das Licht meines Lebens verloren. All das, was mir in den letzten Wochen das Wichtigste in meinem Dasein geworden war. Ich konnte, ... ich wollte mir ein Leben ohne diese Frau nicht mehr vorstellen.

Am liebsten hätte ich meinen besten Freund gekillt, weil dieser den für mich kostbarsten Menschen in Gefahr gebracht hatte. Wie konnte Raoul nur zulassen, dass

Noelle unter den Gästen war? Ich schüttelte ihn und ballte die Faust, doch Raoul machte keinerlei Anstalten, sich zu verteidigen. Er wusste genau, dass er mich hintergangen hatte. Dass ich maßlos entsetzt war.

„Sag was dazu, cabrón! Ich will wissen, welcher Teufel dich geritten hat, gegen meinen ausdrücklichen Wunsch zu handeln. Du, ... du hast doch wissen müssen, was alles hätte passieren können.“ Ich schüttelte ihn und noch immer machte Raoul keine Anstalten, sich zu wehren. Am Ende würde ich ihm eine reinhauen müssen, um Antworten zu bekommen und dazu war ich durchaus bereit. „Rede, idiota!“ Er öffnete den Mund, wollte etwas sagen, als ...

„Was ist denn hier los?“ Die Stimme von Nikolai Sokorov hallte laut und kühl durch den Raum. Der Typ hatte mir gerade noch gefehlt. Ganz schlechter Zeitpunkt. „Das Mädchen braucht Ruhe und keinen lautstarken Streit an ihrem Bett.“

Mit einem Knurren auf den Lippen ließ ich Raoul los und flog herum. Der Unterweltboss stand in der offenen Tür, Luciana an seiner Seite. Sie lehnte sich schutzsuchend an ihren Mann, was ich nun gar nicht verstehen konnte. Dieser Bastard hatte unsere Eltern zwar nicht ermordet, aber sein Erzeuger war maßgeblich daran beteiligt. Nikolai war allerdings derjenige, der Schuld daran hatte, dass Luciana verschleppt worden war. Das hatte ich in der Zwischenzeit bereits von Pedros Männern erfahren. Und dass der Mistkerl mich daran erinnern musste, dass Noelle noch immer bewusstlos im Bett lag und ich mich gerade aufführte wie der letzte Mensch, machte ihn mir auch nicht sympathischer. Unbewusst ballte ich die Hände zu Fäusten und sofort trat Luciana einen Schritt nach vorne. Es sah fast so aus, als wollte sie sich schützend vor ihren Mann stellen.

„Sag du mir nicht, was Noelle braucht! Sei froh, dass ich dich nicht kaltstelle, du mieser …"

„Stopp, Alejandro!" Meine Schwester durchquerte in Windeseile das Zimmer und legte mir ihre kleine Hand auf die Brust. Seltsamerweise beruhigte mich das mehr, als Worte es vermocht hätten. Es erinnerte mich daran, wie sie mir früher immer die Hand auf den Kopf legte und meine Haare zauste, wenn ich mal wieder nicht schlafen konnte, oder ein besonders schlimmer Alptraum mich plagte. „Halt ein, Bruder …" Ihre Stimme war leise, das Lächeln ließ ihre Augen strahlen. In der Zwischenzeit hatte ich auch in Erfahrung gebracht, dass Luciana viele Jahre unter einer Amnesie gelitten hatte – dass sie sich bis zum heutigen Tag an nichts aus ihrer Vergangenheit erinnert hatte – bis zu dem Moment, in dem Noelle bei ihr auftauchte. Jetzt schaute sie mich allerdings voller Liebe und Wärme an und ich erkannte das Glitzern ungeweinter Tränen in ihren wundervollen Augen. Ihre Hand legte sich an meine Wange.

„Alejandro, … Die Vergangenheit, … lass sie ruhen. Nikolai ist, … er ist nicht der Mörder unserer Eltern. Er hat nicht richtig gehandelt. Das weiß ich jetzt, wo ich mich wieder an alles erinnern kann, aber trotzdem bleibt die Tatsache, dass ich ihn liebe. Und er liebt mich." Sie schluckte und wirkte plötzlich sehr verloren und hilflos, sodass ich sie fest in meine Arme schloss. Ich spürte ihr Zittern, hörte die kleinen, abgehackten Schluchzer – Luciana weinte. Über ihre Schultern hinweg begegnete ich Sokorovs Blick. Er musterte mich kühl, allerdings auch ein wenig fragend. Er wirkte auf mich ähnlich verunsichert, wie ich mich selbst fühlte. Ich hatte immer geglaubt, dass ich den Menschen hassen würde, der mir meine Schwester nahm und jetzt stellte ich zu meinem Entsetzen fest, dass ich es nicht konnte. Sanft hielt ich Luciana umfangen, wiegte sie leicht, so wie sie es früher bei mir getan hatte. Sie zu spüren – ich hatte schon nicht mehr daran geglaubt, dass dieses Wunder geschehen könnte. Sie lebte, sie war gesund – und wieder warf ich einen Blick in Nikolais Richtung. Ein Mafiaboss – mein Schwager und trotz allem, was uns trennte, liebte meine Schwester ihn und er hatte wohl auch immer gut für sie gesorgt. Ich wusste nicht warum, aber ich warf ihm ein vorsichtiges Lächeln zu und er erwiderte es. Noch wusste ich nicht, ob ich ihn jemals wirklich annehmen konnte, aber um Lucianas Willen wollte ich es zumindest versuchen. Diese weinte noch immer, schien sich gar nicht beruhigen zu wollen.

„Dein Onkel hat ausgepackt, Alejandro! Meine Männer kümmern sich gerade um das miese Stück Dreck. Er wird nie wieder jemandem schaden können und ist keine Gefahr mehr. Weder für dich, noch für mich.“ Sokorovs Stimme war während der kurzen Ansprache eisig geworden und ich konnte mir vorstellen, welches Schicksal Dario Torres erwartete. Nur ganz kurz verspürte ich einen Stich in meinem Herzen und fragte mich, wieso es so weit hatte kommen müssen. Ich hatte eine Menge Fragen, doch bevor ich auch nur eine stellen konnte, sprach mein Schwager bereits weiter. „Diese miese Brut hatte zunächst andere Pläne. In diesen wäre meine Frau die Zielscheibe gewesen. Sie wollten sie entführen, um an mich heranzukommen. Im Grunde genommen schulde ich dir mehr, als ich sagen kann, denn sie hätten Luciana getötet – gnadenlos, bedenkenlos und ohne jeden Skrupel. Doch dann kam dein Onkel ins Spiel. Der wusste natürlich genau um deine Besessenheit, die Mörder deiner Eltern zu finden. Und er hatte auch Kenntnis von dem Verhältnis, welches Drago und Elena miteinander verband. Er ließ das Gerücht streuen, dass Drago eventuell die Hintermänner der Mordnacht kennen könnte. Er wusste genau, wie du reagieren würdest, falls du von diesem Gerücht hörst und tatsächlich hast du genau das getan, was die beiden Männer erwartet hatten. Als du Noelle entführtest, dein Onkel von Drago die Benachrichtigung bekam, dass du sie geholt hast, war den beiden Männern klar, dass sie jetzt nur noch geschickt einstreuen mussten, dass Luciana noch lebte – doch dazu sollte es nicht mehr kommen. Als dein Onkel bei seinem Besuch auf der Hazienda erkannte, wie viel dir das Mädchen bereits bedeutet, stand fest, dass der neue Plan um ein Vielfaches besser funktionieren würde, als der, den sie sich zuerst zurechtgelegt hatten. Jetzt war es Noelle, die man als Waffe ins Feld führen wollte, um dich dazu zu zwingen, mich zu töten."

„Und das alles hat Dario Torres dir freiwillig verraten?" Ich konnte es nicht glauben, war mir allerdings auch ziemlich sicher, dass Nikolai die Mittel zur Verfügung standen, Dario Torres zum Reden zu bringen.

„Nicht ganz! Wir mussten ein klein wenig nachhelfen – wenn du verstehst, was ich damit sagen will!" Ich konnte mir lebhaft vorstellen, was damit gemeint war und tatsächlich empfand ich eine gewisse Genugtuung bei dem Gedanken, dass mein Verwandter nicht ganz schmerzfrei von dieser Welt abgetreten war. „Ein weiteres Mal änderten sie ihre Pläne, nachdem feststand, dass sich deine Kleine an zu viele Dinge erinnerte und ihr euch bereits auf dem Weg nach Miami befandet. Wie du es dir sicherlich bereits gedacht hast, wurde dein Penthouse abgehört. Dein Onkel wusste über jeden deiner Schritte Bescheid und er ahnte auch bereits, dass du in die Staaten fliegen würdest. Der Rest war dann nur noch ein Kinderspiel für ihn. Pedro hat dich im Übrigen nicht verraten, genauso wenig wie Estebans Kartell. Pedro wurde ebenfalls hinters Licht geführt. Du darfst ihm ruhig weiterhin vertrauen." Er nickte mir zu, dann streckte er seine Hand aus. „Luciana! Wir sollten jetzt gehen. Ich glaube, Noelle erwacht gerade und ich denke, dass ..." Kaum hatte Nikolai die Worte ausgesprochen, als Luciana sich auch bereits aus meinen Armen löste und mich ansah. Ihre Augen waren gerötet vom Weinen, doch ihr Lächeln ließ ihr gesamtes Gesicht strahlen vor Glück.

„Wir werden viel Zeit haben, Versäumtes nachzuholen, Alejandro – sehr viel Zeit. Ich habe dich wiedergefunden und ich gebe dich nicht mehr her. Und deine kleine Nichte wird dich vergöttern, ... das weiß ich jetzt schon. Juliana wird dich lieben und du sie auch."

Mit diesen Worten ließ sie mich stehen, lief hinüber zu ihrem Mann und winkte Raoul zu. Dieser setzte sich ebenfalls in Bewegung, warf mir allerdings im letzten Moment ein recht schiefes Grinsen zu. Er wusste, dass wir noch reden würden – auf unsere ganz spezielle Art und Weise. Nicht jetzt – später vielleicht, denn jetzt hörte auch ich Noelle stöhnen und eilte an ihre Seite. Ich bekam nicht einmal mehr mit, wie sich die Tür hinter den Dreien schloss, denn ich saß bereits am Bettrand und hielt Noelles zarte Hand in meiner.

Die Fingerspitzen zuckten leicht und dann ließ sie ein weiteres Mal das leise Ächzen hören. Dabei öffneten sich ihre Lippen minimal und die langen Wimpern flatterten – sie wachte tatsächlich auf.

„Noelle, ... mi corazón!“ Ich hob ihre Hand, legte sie an meine Wange und hielt sie dort fest. „Komm zu mir zurück, ... bitte. Ich liebe dich, ... vom ersten Moment an habe ich gewusst, dass es keine andere für mich geben kann. Ich habe dich geliebt, als du dich mir widersetzt hast, als ich deine Hingabe erkannte und ich werde dich auch noch lieben, wenn alle Sterne am Himmel ihren Glanz verloren haben.“ Ihre Augen öffneten sich, das wundervolle Grün schaute mir entgegen – verschleiert von Tränen. Ich erschrak. War ich zu schnell vorgegangen? Hatte ich mein Herz erschreckt?

„Alejandro“, flüsterte sie leise und dabei konnte ich spüren, wie ihre Finger über meine kurzen Bartstoppeln rieben. „Vielleicht muss man erst in der Hölle angekommen sein, um den Himmel zu erkennen, wenn sich dessen Pforten öffnen.“ Sie streichelte mich weiter und ich hätte ewig so auf der Bettkante sitzen können, nur um ihrer Stimme zu lauschen. In den letzten zwei Stunden war ich vor Sorge fast wahnsinnig geworden und auch der Arzt hatte mich nicht beruhigen können – nicht wirklich. Dass Noelle nicht aufwachen wollte, hatte mir mehr zugesetzt als alles andere und auch die Aussage, dass es sich nur um eine Gehirnerschütterung handelte, hatte mir keine Ruhe schenken können. Meinen Frust hatte ich an Raoul ausgelassen und das klärende Gespräch – das vergaß ich in diesem Moment vollkommen. Jetzt war nur noch wichtig, dass Noelle und ich lebten, dass wir beide fast unbeschadet diese Nacht überstanden hatten. Ich wollte etwas sagen, doch Noelle legte mir einen Finger an die Lippen. Sie schüttelte den Kopf und gebot mir Schweigen.

„Ich habe es dir die ganze Zeit über sagen wollen. Schon auf der Hazienda, doch ich konnte es nicht. Ich hatte Angst, schreckliche Angst, dass du mich zurückstoßen könntest.“ Sie seufzte leise und ich konnte sehen, dass sie all ihren Mut zusammennahm. Dann begannen ihre Augen plötzlich zu funkeln wie die herrlichsten Smaragde. „Ich liebe dich, Alejandro Torres! Es warst immer nur du und du wirst es auch immer sein. Du bist der Mann, der mich geraubt hat und dabei hast du mein Herz gestohlen. Ich habe gegen dich angekämpft, weil ich dich nicht lieben wollte – nicht den Mann, der mich entführt hat. Mein Herz hat anders entschieden. Als mein Vater mir sagte, dass Drago dir eine Falle gestellt hat, beherrschte mich die pure Angst, dir niemals sagen zu können, dass ich dich liebe.“ Sie legte ihre Hand in meinen Nacken, zog mich zu sich herab und …

Meine Lippen trafen auf ihre, mein Arm schlang sich um ihre Schultern und ich zog sie langsam zu mir in die Höhe. Es war kein Kuss voller Leidenschaft, sondern einer voll von ungesagten Worten und von einer so tiefen Liebe, dass mir der Atem stockte. Ich fühlte, dass ich endlich angekommen war – ich war zu Hause.

Kapitel 54

Noelle

Drei Monate waren seit der schrecklichen Nacht vergangen. Drei Monate, die wir in Miami verbrachten und Alejandro Gelegenheit gaben, seine Schwester und seine kleine achtjährige Nichte kennenzulernen. Und ich besuchte meine Mutter beinahe täglich, um gemeinsam mit ihr und meiner Schwester den Tod meines Vaters betrauern. Für die beiden war eine Welt zusammengebrochen und ich konnte ihnen einfach nicht sagen, in welch dunkle Machenschaften Daddy verwickelt gewesen war. Es hätte meiner Mutter das Herz gebrochen und sie noch kränker werden lassen, als sie es ohnehin schon war. Jede freie Minute verbrachte ich mit den beiden und als der Tag der Beerdigung kam, weinte ich hemmungslos. Noch einmal erinnerte ich mich an den Mann, der mich großgezogen und den ich unendlich geliebt hatte. Stark, mutig und unbesiegbar – so lebte er noch immer in meinen Erinnerungen. Dass er ein Mensch mit Fehlern und Schwächen war, das wusste nur ich. Für seine Taten hatte er mit seinem Leben bezahlt – der höchste Preis, den ein Mensch entrichten konnte.

Alejandro ließ für meine Mutter und meine Schwester ein Treuhandkonto einrichten, das von einem seiner Männer verwaltet wurde. Auf diese Weise waren die beiden abgesichert und es war sichergestellt, dass meine Mum die lebenswichtigen Therapien weiterhin erhalten würde.

Der Abschied von Miami fiel mir am Ende nicht schwer. Mit dieser Stadt verband ich nur noch schlimme Erinnerungen an Blut und Brutalität. Ich atmete erst wieder freier, als ich den warmen Sand des Strandes unter meinen Füßen spürte, als Alejandro und ich endlich seine Hazienda erreichten. Auch wenn es mir nicht bewusst war, dieses Haus war in den kurzen Tagen meiner Gefangenschaft mehr zu einem Heim für mich geworden, als die Stadt, in der ich geboren worden war. In diesem Moment saß ich mit dem Mann, den ich liebte, am Strand und starrte auf die heranrauschende Brandung – auf die weißen Schaumkronen, die zu uns an den Strand gespült wurden. Wir genossen den Zauber des Sonnenuntergangs und auch das Aufkommen der finsteren Gewitterwolken, die sich langsam über den Horizont schoben und die Sonne immer mehr verhüllten. In dieser Nacht würde es Sturm geben, doch seltsamerweise schreckte mich die Aussicht darauf überhaupt nicht. Es war die erste Nacht eines neuen Lebens, das heute begann. Ich würde sie mir durch nichts und niemanden – auch nicht von einem schlimmen Orkan – zerstören lassen. Mit Alejandro an meiner Seite hatte die Angst keinen Raum mehr. Sie konnte mich nicht mehr beherrschen.

Langsam versank die Sonne und die Wolken wurden dichter. In der Ferne hörte man das erste leise Donnergrollen und über dem Wasser flammte ein Blitz auf.

„Wir sollten zurück zum Haus gehen! Es wird gleich ungemütlich werden und ich will nicht, dass du mir noch einmal in Panik davonrennst." Alejandros Stimme vibrierte vor unterdrücktem Lachen.

Ja! Ich war davongelaufen – mehr als einmal. Meine eigenen Gefühle waren es, die mich dazu getrieben hatten, doch auch das hatte jetzt ein Ende. Ich wusste jetzt, wohin ich gehörte. Plötzlich stand Alejandro auf, fasste nach meiner Hand und zog mich in die Höhe. Ich landete in seinen Armen, ... genau der Ort, an dem ich mich am liebsten befand. Dort fühlte ich mich sicher und geborgen.

„Der Sturm, der sich gerade der Küste nähert, ist nichts gegen den Sturm, den ich gleich in dir entfesseln werde, mi corazón. Dein Herz wird rasen, princesa und entkommen kannst du mir nicht." Seine Stimme klang dunkel, beherrscht und überaus dominant, während seine Lippen an meinem Hals entlangwanderten und Stromstöße durch meinen Körper sandten. Er war sanft, er war zärtlich, doch die Unnachgiebigkeit in seiner Stimme sagte mir, dass er mich heute Nacht an meine Grenzen und darüber hinausbringen würde. „Es gibt da nämlich noch eine Sache, die mir Raoul wärmstens ans Herz gelegt hat. Er meinte, du hättest unglaubliche Probleme, Befehlen zu gehorchen." Alejandro legte seine Hand unter mein Kinn, hob meinen Kopf an. „Ist das so, mi corazón?" Ich schluckte, denn ich wusste ziemlich genau, worauf Alejandro hinauswollte. Da war die unbedachte Aktion mit der Vase und dem Bodyguard, der ... Ich nickte mit dem Kopf und bestätigte so ... Himmel! War ich denn verrückt geworden? Sofort verdunkelten sich Alejandros Augen und ich ahnte: Gerade hatte ich den Teufel in ihm geweckt. Den Mann, der mich die nächsten Stunden für meine Vergehen bestrafen würde. Eine erregende Angst krabbelte durch meine Glieder und mein Unterleib begann zu glühen.

Alejandros Mund legte sich besitzergreifend auf meinen. Er verschlang mich regelrecht und ich sank mit einem Seufzen in seine Arme – ließ mich von ihm halten und führen. Der Kuss wurde immer wilder, immer heißer und ich war kaum noch in der Lage, auf meinen eigenen Beinen zu stehen. Plötzlich löste er sich von mir. Im ersten Moment war ich so benommen, dass ich Alejandros Worte kaum verstand. Es dauerte den Bruchteil einer Sekunde, bis ...

„Zieh dich aus, princesa! Sofort!“ Jetzt rann Eiswasser durch meine Adern. Die Kälte wurde eine Sekunde später zu einer unglaublichen Hitze, als ich in seine Augen schaute, die jetzt förmlich zu glühen schienen. Meine Lage würde sich nicht verbessern, wenn ich nicht tat, was er von mir forderte. Aber hier? Jetzt? Es war noch nicht dunkel. Vom Haus aus würde man uns sehen können. Auch die Unterkünfte seiner Angestellten waren nicht weit genug entfernt. Ich zögerte eine Sekunde zu lang.

„Nun! Anscheinend hatte Raoul recht ...“ Alejandros Lächeln wurde sehr dunkel, während seine Hand auf meinen Rücken glitt und er den Reißverschluss meines Kleides öffnete. Die dünnen Spaghettiträger rutschten haltlos über meine Arme und Alejandro schob sie vollständig nach unten. Das Kleid glitt flüsternd nach unten und blieb zu meinen Füßen im Sand liegen. Mit dem BH ging er nicht so pfleglich um. Ein Ruck, ein scharfes Reißen und das Spitzenteil klaffte vorne auseinander. Bevor ich Luft holen konnte, hatte er bereits einen Nippel zwischen die Finger genommen und rollte diesen hart – gerade an der Grenze zur Schmerzhaftigkeit. Jetzt knickten tatsächlich meine Beine unter mir weg und Alejandro musste mich halten. Sanft streichelte er die harte Spitze, so lange, bis der Schmerz in brennende Lust überging.

„Ungehorsam, unbeherrscht und gierig. Genauso mag ich es“, flüsterte er nah an meinem Ohr und die feinen Härchen in meinem Nacken stellten sich auf. „Und jetzt runter mit dem Slip! Falls ich dort auch noch nachhelfen muss, möchtest du nicht erleben, zu was ich in der Lage bin.“

Die erregende Furcht ließ mich nass werden – ich spürte die Feuchtigkeit, die den String tränkte und die kühle Luft, als ich diesen mit einer Hand langsam nach unten schob. Dabei unterbrach ich nicht eine Sekunde lang den Blickkontakt mit Alejandro. Nicht das kleinste Funkeln seiner Iriden entging mir.

Der Wind spielte mit meinen offenen Haaren, streichelte meine Haut und bereits nach wenigen Sekunden bedeckte eine Gänsehaut meinen Körper. Alejandro trat einen Schritt zurück. Wenn jetzt jemand in unsere Richtung sah, würde er mich auf jeden Fall sehen – nackt, wie Gott mich erschaffen hatte.

„Jetzt wirst du ein braves Mädchen sein und mir folgen. Und bevor du fragst: Du wirst genauso bleiben, wie du jetzt bist.“ Aus der Gänsehaut wurde ein tiefes Schaudern, das über meinen Rücken rann. Ich wusste, dass Raoul im Haus war – Thereza ebenso. Alejandro war bereits losgelaufen – sehnsüchtig starrte ich auf das Kleiderbündel zu meinen Füßen. Der Wind blies den Sand über den Strand und in ein paar Minuten würde von meinen Klamotten nicht mehr viel zu sehen sein. Das Donnergrollen war jetzt schon viel stärker zu hören, doch das war gar nichts gegen das Unwetter, das in meinem Inneren tobte. Zunächst setzte ich nur zögernd einen Fuß vor den anderen, doch plötzlich erkannte ich, dass der Gedanke, uns könne jemand beobachten, unglaublich antörnend wirkte. Ich stöhnte leise und natürlich hatte

Alejandro es gehört – trotz des starken Windes, der über den Strand blies und mich frösteln ließ.

Wir überquerten den Rasen – ich bildete mir ein, dass ich auf der Terrasse eine schattenhafte Bewegung wahrnahm. War das Raoul? Die Spitzen meiner Brüste zogen sich zusammen, meine Nippel wurden so hart, dass ich das Ziehen bis hinein in meine Klit spürte. Würde Raoul ... Nein, das hatte Alejandro bestimmt nicht gemeint, als er vorhin am Strand von seinem Freund sprach. Zögernd betrat ich die Veranda und folgte ihm. Er hatte sich nicht ein einziges Mal umgedreht, ließ mich allein mit meinen widerstreitenden Gefühlen und Gedanken. Was würde er machen, wie mich bestrafen für meinen Ungehorsam gegenüber Raoul?

Obwohl ich bereits wusste, was mich in Alejandros Schlafzimmer erwartete, blieb mir für einen Moment die Luft weg, als ich über die Schwelle trat. Der Raum machte noch immer Eindruck auf mich und allein der Anblick des Bettes mit den vielen Fesselmöglichkeiten ließ meine Lust unglaublich steigen. Ich rieb die Schenkel aneinander und hoffte, dass Alejandro irgendetwas sagen, etwas tun würde, um mich von meiner Ungewissheit zu erlösen, doch natürlich wurde mein Wunsch nicht erfüllt.

Stattdessen zog er sich das schwarze Shirt über den Kopf, lief zur Kommode und holte die schwarze Augenbinde hervor. Dann einen Analplug aus Glas, dessen schiere Größe mich keuchen ließ. Das, ... das konnte er doch nicht ... Dieses Ding würde niemals passen, ... im Leben nicht. Automatisch wich ich einen Schritt zurück.

„Sind die beiden Spielsachen nicht nach deinem Geschmack?“ Alejandros Stimme klang dominant und ich ahnte, es würde mir nichts nutzen, wenn ich mich sträubte. Im Gegenteil! Jedes Zaudern meinerseits würde mir nicht gut bekommen.

Ich zitterte, als Alejandro sich mir näherte. Jeder Muskel schien sich zu bewegen. Wie ein Raubtier, das auf der Jagd war – wunderschön anzusehen und doch tödlich. Faszinierend, aber auch schmerzhaft gefährlich. Er umkreiste mich langsam, war sich seiner Beute sicher. Plötzlich spürte ich seine Finger über meinen Rücken streichen und zuckte zusammen. Unbeabsichtigt trat ich einen Schritt nach vorne. Ich hielt die Spannung keine Sekunde länger aus, am liebsten hätte ich mich auf die Knie geworfen und um Gnade gefleht. Doch ich wusste, dass mir das jetzt nicht mehr viel nutzen würde.

„Geh rüber zum Bett, dreh dich nicht um und stell dich zwischen die beiden Pfosten." Jedes seiner Worte peitschte auf mich ein und führte dazu, dass ich noch feuchter wurde. Prickelnde, erregende Furcht schlängelte sich durch meinen Unterleib und ließ diesen in Flammen aufgehen. Ich schlich förmlich – setzte nur zögerlich einen Fuß vor den anderen, doch das rächte sich sofort. Alejandros Hand fuhr hart auf meinen ungeschützten Po und erinnerte mich daran, dass er dicht hinter mir war – dass er es war, der hier und jetzt den Ton angab.

Ich blieb vor dem Bett stehen, senkte den Kopf und lauschte kurz in mich hinein. Aufregung, grenzenloses Vertrauen und Begierde schufen eine so große Erregung, dass ich wusste: Würde Alejandro meine Klit in diesem Moment berühren, ich würde kommen – sofort. Doch natürlich machte er keine Anstalten und wieder rieb ich meine Schenkel aneinander. Das lustvolle Ziehen meiner hitzigen Lustperle war mehr, als ich aushalten konnte. Alejandro reagierte überhaupt nicht auf mein Zappeln.

Stattdessen legte er meine Handgelenke in weiche Manschetten und befestigte sie an den Ösen, die in Schulterhöhe an den Pfosten angebracht waren. Jetzt war ich gefangen, konnte nur noch ein Stück nach vorne und wieder zurück. Der Spielraum war klein und als sich dann die schwarze Binde vor meine Augen legte, stöhnte ich auf – halb aus Lust, halb aus prickelnder, erregender Furcht.

„Jetzt, princesa, ... jetzt gehörst du mir. So, wie es dir von Anfang an bestimmt war.“

Kapitel 55

Noelle

Es wurde dunkel um mich herum – wieder einmal. Meine Sinne konzentrierten sich jetzt einzig aufs Fühlen und ich ließ ich mich stöhnend in die Fesselung sinken, als Alejandro federleicht über meinen Rücken strich. Seine Finger fuhren kitzelnd an meiner Wirbelsäule entlang. Ich seufzte wohlig, nur um im gleichen Moment zusammenzuzucken.

„Spreiz deine hübschen Beine, princesa!" Der Kontrast zwischen dem sanften Streicheln und der kühlen, sehr befehlenden Stimme, ließ einen Schauer nach dem anderen über meinen Rücken rieseln. Der Befehl war so zwingend, dass ich automatisch tat, was er verlangte.

Alejandros Hand fuhr von hinten zwischen meine Schenkel. Fordernd spreizte er meine Schamlippen und ich konnte das nasse Schmatzen meiner Muschi hören, als er mit der Handkante darüberfuhr, sich einen Weg bis zu meiner Klit suchte. Ich bebte, ich keuchte, als er meine Labien spreizte und mit den Fingern Druck auf meine geschwollene Lustperle ausübte. Genug, um mich in die Fesseln fallen zu lassen, aber nicht annähernd genügend, um mich zu erlösen. Dabei war ich jetzt bereits schon so weit, dass ich den Höhepunkt herbeisehnte – mehr als alles andere.

Alejandros Mund fuhr an meinem Hals entlang, er küsste die empfindlichen Stellen, knabberte und saugte, bis ich glaubte, ich müsse den Verstand verlieren. Dann biss er sanft in meine Halsbeuge und ich schluchzte auf, weil das Gefühl so unglaublich war; sich mit dem Pochen meiner Klit verband und dem Druck, den er an dieser Stelle ausübte.

„Beug dich vor! Den Arsch raus, Kleines!“ Die Forderung traf mich unvorbereitet und sofort hatte ich wieder den Anblick des gläsernen Plugs vor Augen – wie das große Toy im Licht gefährlich funkelte. „Was ist? Worauf wartest du?“ Die Hand zwischen meinen Beinen verschwand und ich hätte weinen mögen, so groß war der Verlust. Dafür traf mich ein harter Schlag auf meinen Po und das heiße Brennen verband sich sogleich mit dem Ziehen in meinem Unterleib. Es schürte die Hitze, die sich mehr und mehr in meinem Inneren sammelte. Stöhnend trat ich zwei Schritte zurück, spreizte meine Beine noch mehr und drückte den Po raus, denn genau das war es, was Alejandro von mir wollte. Offen und zugänglich präsentierte ich mich seinen Blicken und dafür streichelte er sanft über die bebenden Rundungen.

„Oh, mi querida! Wenn du wüsstest, wie sehr mich dein Anblick antörnt! Wie sehr es mich danach verlangt, auch noch dein letztes Geheimnis zu erkunden.“ Seine Worte jagten eine gewisse Ängstlichkeit durch meine sich immer weiter verabschiedenden Gehirnwindungen, aber genau das war es, was meine Erregung noch mehr anheizte. Draußen begann der Wind zu heulen und der Donner grollte jetzt so laut, dass ich zusammenzuckte. Doch das war alles nichts gegen den Tornado, den Alejandro in meinem Körper entfachte.

Während er weiter meinen Po streichelte, umfasste er mit einer Hand meine Brust und begann diese zu kneten – schwer lag sie in seiner Hand und ich keuchte vor Verlangen, als er begann, meinen Nippel zu rollen und zu zupfen. Es war nur ein sanfter Schmerz, doch der reichte aus, um mich in die Ekstase zu treiben. Ich merkte nicht einmal mehr, wie etwas Kühles in meine Ritze tropfte, bekam kaum mit, wie Alejandros Finger meinen Anus sanft umkreiste, bevor er behutsam in diesen verbotenen Ort vorstieß. Er drehte seinen Daumen leicht und dehnte mich vor, für das, was gleich kommen würde. Das leichte Brennen erinnerte mich wieder an den Plug, der mir drohte. Verlangen machte sich in mir breit, als seine andere Hand von meiner Brust über meinen Bauch nach unten glitt, die feuchte Spalte teilte und meine Klit umkreiste – es verdrängte die Unsicherheit und ließ mich alles andere vergessen. Ich drängte mich ihm entgegen, doch sofort zog er den Finger aus meinem Anus und versetzte mir einen Klaps auf den Po.

„Anscheinend kannst du es kaum noch erwarten, princesa. Wer wäre ich, deinem Wunsch nicht nachzukommen.“ Nur eine Sekunde später fühlte ich kühles Glas durch meine Ritze streichen und jetzt verspannte ich mich doch noch – erst recht, als ich den leichten Druck fühlte, den Alejandro auf meinen Schließmuskel ausübte. Ich drückte mit aller Kraft dagegen an, sperrte mich für eine Sekunde gegen den Gedanken, an dieser Stelle genommen zu werden, doch dann fühlte ich das beruhigende Streicheln in meinem Rücken, den sanften und leisen Klang seiner Stimme.

„Lass es zu, mi corazón! Ich würde niemals etwas tun, das dir ernsthaft schadet oder dir Schmerzen bereitet, nach denen du nicht selbst verlangst.“ Er küsste sanft meinen Rücken und ich spürte, wie die Anspannung langsam aus mir wich. „Du wirst es lieben, princesa! Vor allem, weil ich dir keine Wahl lassen werde. Die hattest du nie und die wirst du auch nie haben.“ Es waren genau diese Worte – es war genau das, was ich brauchte, um mich endgültig fallenzulassen. Mit einem Schlag wichen alle Angst und jede Verkrampfung. Langsam drang das Toy in mich ein. Es brannte auf eine seltsam verruchte Weise und der leichte Schmerz verband sich mit dem Druck, den Alejandro im gleichen Moment auf meine Lustperle ausübte. Der Plug drang immer tiefer in mich ein – jeden Millimeter konnte ich spüren. Die Fülle war erschreckend und erregend gleichzeitig und dann ging es auf einmal ganz leicht. Plötzlich war das gewaltige Teil in mir drin und nur der Gedanke allein reichte, um mich fast kommen zu lassen. Ich ruckte in die Fesselung, doch die hielt mich gnadenlos fest, während Alejandro den Plug leicht drehte, dann an ihm zog, nur um ihn wieder tief in mir zu versenken. Immer und immer wieder. Trotzdem war es nicht das Brennen in meinem Po, das ich fühlte, sondern reine, animalische Lust. Erregung, die sich immer weiter steigerte, bis ich es nicht mehr aushielt. Die Wogen rasten durch meinen Unterleib und ich schrie auf, als sie mich wie aus dem Nichts überfielen. Meine Muskeln krampften sich um den Plug und verstärkten so die Wellen, die meine Pussy erfassten. Es wollte kein Ende nehmen und Alejandro folterte mich weiter. Immer wieder drehte er das Toy, zog an ihm und stieß es wieder tief in meinen Anus. Schweiß bedeckte meinen Körper und ich hatte das Gefühl, nicht mehr ich selbst zu sein, mich aufzulösen in einem Meer aus Leidenschaft und Hingabe.

Nur langsam ebbte der Höhepunkt ab, nur langsam kam ich wieder zur Besinnung. Nur am Rande bekam ich mit, wie Alejandro das Spielzeug aus meinem Po zog. Die Dunkelheit, die mich nach wie vor umgab, schenkte mir einen Moment des Friedens, doch dann hörte ich das Flüstern von Stoff. Ich nahm jedes Geräusch überdeutlich war – auch die Schritte, die sich erst entfernten, sich dann aber rasch wieder näherten. Er hatte irgendetwas geholt, nur was? Erneut machte sich Unsicherheit in mir breit, denn mir war klar, was gleich folgen würde. Alejandro würde mich nehmen, er würde …

Ich schluchzte leise auf und sofort war er an meiner Seite, streichelte mir das verschwitzte Haar aus der Stirn.

„Schscht, mi corazón! Ich werde immer auf dich aufpassen, immer darauf achten, dass es dir gutgeht. Ich liebe dich so sehr …“ Leise flüsternd erreichten mich seine Worte und damit auch seine Liebe, seine Achtung und seine Wärme. „Vertraust du mir?“

„Ja, …“, stöhnte ich leise, als ich spürte, wie er mit seinem Arm um mich herum griff. Dann hörte ich ein leises Brummen, spürte ein starkes Vibrieren am Eingang meiner nassen Pussy. Langsam schob er den kleinen Dildo in mich hinein und ich hätte es nicht für möglich gehalten – sofort erwachte mein Körper wieder zum Leben und antwortete mit brennender Gier auf die Penetration. Er traf meinen G-Punkt – mit jedem Stoß katapultierte Alejandro mich immer höher in den Himmel.

Sein harter Schwanz rieb durch meine Pospalte, dann spürte ich seine große Eichel an meinem Anus. Für den Bruchteil einer Sekunde überkam mich Scham, doch die verging in dem Strudel aus Verlangen, welches Alejandro in mir entzündete. Ich riss an den Fesseln, als er begann, in mich einzudringen – als er die letzte Bastion eroberte, die mir noch geblieben war. Dann drückte ich mich gegen ihn, presste mich seinem heißen Schaft entgegen und konnte jeden Zentimeter seiner Männlichkeit genau fühlen. Er dehnte mich immer weiter – langsam, behutsam und dabei ließ er mich immer höher fliegen.

Ich weinte, ich bettelte und flehte um mehr, war mir dessen allerdings gar nicht bewusst. Und dann war er in mir – so füllend, wie ich es niemals für möglich gehalten hätte. Er streichelte beruhigend meinen Rücken, wisperte mir die unglaublichsten Dinge zu und dabei bewegte er sich nicht. Er ließ mir Zeit, mich an seine Größe zu gewöhnen, ehe er sich langsam und vorsichtig zurückzog, um dann ebenso vorsichtig wieder in mich einzudringen. Dabei hielt er den kleinen Dildo in meiner Muschi jetzt genau dorthin, wo er mir die größte Lust bereitete. Bei jedem seiner langsamen, tiefen Stöße kam ich ihm entgegen. Wo vor wenigen Sekunden noch Furcht war, beherrschte mich jetzt nur noch eine flammende Begierde. Wo ich vor wenigen Minuten noch meinte, ich könnte diesen Akt nicht ertragen, war jetzt nur noch ein Zusammenspiel unserer Körper, die sich im Takt unseres eigenen Sturms vereinigten. Mein Herz trommelte gegen die Rippen, mein Stöhnen übertönte das Rollen des Donners und als der Orgasmus mich mit einer unglaublichen Heftigkeit hinwegfegte, war es mir, als ob ich selbst zum Wind wurde, der draußen ums Haus heulte. Ich wurde zum Orkan, der draußen die Wogen des Pazifiks peitschte. Meine Gefühle übermannten mich, mein Schrei hallte weithin hörbar durchs Haus, als auch Alejandro seinen eigenen Gipfel erreichte. Er war tief in mir, so tief, dass ich jedes Zucken seines Schaftes spürte. Den heißen Samen, den er meinem Fleisch schenkte, das sich zuckend und fest um seine Männlichkeit schloss. Und noch immer pulsierte mein Körper im Griff eines unglaublichen Orgasmus‘. Dabei presste ich mich eng gegen den Körper des Mannes, der mich nie verlassen würde. Niemals wieder würde ich alleine sein und diese Erkenntnis war so schön, dass ich ein weiteres Mal schluchzte und an den Manschetten zerrte, die mich hielten. Ich musste Alejandro spüren – sofort. Ich brauchte seine Wärme, seine Nähe jetzt dringender als alles andere. Mein Atem drang hektisch über meine Lippen und ich wimmerte leise. Ich merkte nicht einmal mehr, dass Alejandro sich bereits zurückgezogen hatte, dass er dabei war, die Manschetten zu lösen. Erst als ich in seinen Armen lag, er mich hochhob und fest an sich drückte, atmete ich erleichtert auf. Schluchzend barg ich meinen Kopf an seiner Brust und er raunte mir beruhigende Worte ins Ohr. Dann ließ er sich auf dem Bett nieder, legte mich auf seinem Schoß zurecht und schließlich nahm er mir die Augenbinde vom Kopf. Das alles war mir egal! Ich hatte noch immer das Gefühl, zu zerbersten, nur um mich eine Sekunde später wieder zusammenzusetzen. Er und ich – es war noch immer so, als wären wir eine Einheit. Als gehörten wir zusammen, für die Ewigkeit.

„Alejandro, ich ..." Die Worte, sie waren in meinem Herzen, wie eine klingende Melodie, aber ich wusste nicht, wie ich sie aussprechen sollte. Wieder schluchzte ich, weil meine Gefühle so wirr, so durcheinander waren.

„Ich liebe dich, mi corazón. Du warst und du wirst immer die eine sein, die mein Herz in ihren Händen hält. Mit dir geht die Sonne auf und sie wird erst dann untergehen, wenn wir es zulassen. Das wird niemals geschehen, denn ich werde es nicht zulassen. Du bist meine Liebe, ... mein ganzes Leben." Tränen rannen über meine Wangen. Niemals hatte ich damit gerechnet, solche Worte von Alejandro zu hören. Sie weiteten meine Brust und machten mich frei, denn jetzt wusste ich wahrhaftig, dass nichts und niemand jemals zwischen uns stehen würde. Nicht die

Vergangenheit, nicht die Gegenwart und erst recht nicht die Zukunft, die uns beiden gehörte.

„Ich liebe dich, Alejandro! Niemals hätte ich gedacht, dass die Liebe so ist. Dass sie Himmel und Abgrund, Sturm und sanfte Brise in einem ist. Du bist der Mann, der mir keine Wahl lässt, der mir meine Freiheit genommen und eine noch viel Größere geschenkt hat. Dir will ich gehören – jetzt und für immer, denn nur du bist es, dem mein Herz gehört und der es beherrscht.“ Ich barg meinen Kopf an der muskulösen Brust, lauschte dem Klang seines Herzens, das nur den einen Takt klopfte: Du bist mein und wirst es auch immer bleiben …

Epilog

Alejandro

Ich stand am Fenster und beobachtete, wie der Sturm die wilden Wogen des Pazifiks peitschte. Trotz der Dunkelheit konnte man die Schaumkronen erkennen, die auf den Strand zurollten. Der Wind heulte und schnell würde dieser Orkan keinesfalls abziehen. Ich wandte mich vom Fenster ab und schaute auf mein Bett.

Dort lag sie. Die Frau, die ich liebte und der ich es verdankte, dass ich meine Schwester nach so vielen Jahren wiedergefunden hatte. Es war nur ein dummer Zufall, ein Zucken der Schicksalsgöttin, dass unsere Wege sich kreuzten. Was mit einem gewalttätigen Akt begann, mit Noelles Entführung, hatte sich als mein größtes Glück entpuppt. Sie dort zwischen den Kissen zu sehen, friedlich schlafend und träumend, war mehr, als ich zu hoffen gewagt hatte. Zwischendurch sah es nicht wirklich gut für uns aus und ich dankte allen Heiligen, dass sie mein Herz beschützt hatten. Dass wir beide die Hölle aus Intrigen und Verrat überlebten.

Meine Gedanken kreisten unermüdlich um Noelle und ihr großes Herz. Sie war so unglaublich stark und wusste es nicht einmal. Ihre Liebe und ihr Mut waren es, die mich angezogen hatten. Wie ein Ertrinkender hatte ich nach ihr gegriffen, ohne wirklich zu ahnen, dass sie die eine Frau war, die ich nie wieder loslassen würde.

Seufzend wandte ich mich wieder dem Fenster zu und erschrak zutiefst.

Draußen auf der Veranda stand Raoul und schaute mich an. Ich konnte sehen, dass er etwas auf dem Herzen hatte. Sein Gesicht war ernst und seine Miene wirkte tatsächlich abweisend – das kam nicht allzu oft vor. Ich signalisierte ihm, dass ich kommen würde, schlüpfte in meine Jeans und verließ das Zimmer. Allerdings nicht, ohne einen letzten Blick auf meine schlafende Schönheit zu werfen. Noelle würde nicht aufwachen, denn ich hatte ihr alles abverlangt. Sie war erschöpft und müde und würde den Sturm verschlafen. So war es auch geplant, denn sie hatte Ruhe bitter nötig.

Ich schloss leise die Tür hinter mir und hielt dann Ausschau nach meinem Freund. So ganz hatte ich ihm die Aktion in Miami noch nicht verziehen. Noch immer hielt ich es für bodenlosen Leichtsinn, dass er Noelles Drängen nachgegeben hatte. Andererseits wusste ich aber auch sehr genau, dass ich ohne das Eingreifen der beiden nicht mehr am Leben wäre.

Schließlich entdeckte ich Raoul mitten auf dem Rasen. Bewegungslos stand er im Regen, schien auf mich zu warten und plötzlich ahnte ich, was ihn bewegte. Die Sache aus Miami hing noch immer zwischen uns und Raoul wusste es. Ich beschleunigte meine Schritte, denn ich wusste, was jetzt kommen würde. Wir beide würden das regeln – von Mann zu Mann. So, wie wir es immer machten, wenn es mal zu Unstimmigkeiten kam.

Der Regen klatschte auf die nackte Haut meines Oberkörpers und trotz allem fror ich nicht. Das Glühen in meinem Inneren wurde nämlich immer stärker.

„Du willst die Sache also endlich aus der Welt schaffen, Raoul?“ Eigentlich war das keine Frage, denn ich sah meinem Freund an, worauf er aus war. Sein Kopfnicken wäre nicht nötig gewesen, denn ich kannte ihn einfach zu lange und zu gut.

„Du hast den ersten Schlag, Alejandro! Der steht dir zu, weil ich tatsächlich falsch gehandelt habe. Einen weiteren wirst du nicht bekommen.“

„Ein weiterer wird auch nicht nötig sein, Freund. Es wird dich auf den Rasen fegen, bevor du dir auch nur in die Hose pissen kannst.“ Ich grinste, ließ die Knöchel meiner Hände knacken und ballte sie zu Fäusten. Raoul stand regungslos vor mir und wartete auf meinen Angriff. Würde er tatsächlich nichts tun, um den Schlag abzuwehren? Ich konnte es fast nicht glauben ...

Ich umkreiste ihn, schaute ihm tief in die Augen. Der Kerl ließ nicht durchblicken, ob er Schiss hatte – nicht ein Muskel seines Körpers zuckte. Dann holte ich aus und ließ meine Faust gegen seine Brust krachen. Der riesige Kerl wurde zurückkatapultiert, landete auf seinem Hinterteil und rutschte mehrere Meter über den nassen Rasen. Doch ich kannte Raoul. Gewonnen hatte ich keinesfalls und richtig: Behände sprang er auf die Füße und ehe ich mich versah, musste ich seinen Angriff abblocken. Unsere Unterarme krachten aneinander. Scheiße! Das hatte wehgetan.

Ein weiteres Mal umkreisten wir uns, ließen uns dabei nicht aus den Augen. Ich wartete auf ein Zucken, auf ein Zeichen von Raoul, dass er angreifen würde, doch den Gefallen tat er mir nicht. Dann trat er zu. Sein Bein flog nach vorne und ich schaffte es noch gerade, dem Angriff auszuweichen. Eine schnelle Drehung brachte mich aus dem Gefahrenbereich.

„AUFHÖREN!“, kreischte da eine mir allzu bekannte Stimme. „Seid ihr beide denn verrückt geworden?“ Ich flog herum und sah, dass Noelle über den Rasen auf uns zugeflogen kam. Eigentlich sollte sie schlafen. Warum war sie nicht einfach im Bett geblieben?

Binnen Bruchteilen von Sekunden klebte das durchsichtige Negligé an ihrer Haut und entblößte ihre rosigen Nippel – ein Blickfang für jeden Mann. Ich fing sie auf, als sie stolperte und auf dem nassen Rasen ins Rutschen kam, während Raoul leise lachte. Über Noelles Kopf hinweg sah ich meinen Freund verständnislos an. Das Lachen war an dieser Stelle nun wirklich nicht angebracht. Die Erklärung folgte allerdings auf dem Fuße.

„Ich fürchte, in deinem neuen Leben ist kein Platz mehr für ein klärendes Männergespräch." Er verschluckte sich fast an seinem Gelächter, als ich ihm einen bösen Blick zuwarf. „Dafür aber sehr viel Raum für eine Frau, die anscheinend darauf steht, bestraft zu werden. Ich persönlich wüsste ja, wie ich dieses Fehlverhalten deiner Kleinen ahnden würde und bin mir sicher: Du weißt es auch." Er drehte sich um und ging davon, während ich versuchte, meine zitternde Frau mit meinem Körper zu wärmen. Dann drehte Raoul sich noch einmal um, schaute uns beide an.

„Zu deiner Wahl kann man dich nur beglückwünschen und was auch immer in den letzten Tagen zwischen uns stand – ich denke, wir werden es bei einer Partie Schach klären müssen, denn ansonsten kann deine Maus am Ende der Woche nicht mehr sitzen." Dann war er fort.

Männergespräche waren etwas sehr persönliches und Raoul hatte recht: Die Störung musste bestraft werden und ich wusste auch bereits, wie ...

Ende

Printed in Poland
by Amazon Fulfillment
Poland Sp. z o.o., Wrocław

48762492R00238